杜甫夔州詩現地研究

簡錦松著

臺灣 學生書局 印行

參考圖片集錦

簡錦松　陳丁林
趙貴林

001　白帝山與東瀼溪谷

參閱內文 47 頁　楚宮陽臺　圖二

003　赤甲山西部

參閱內文 50 頁
楚宮陽臺　圖四

002　夔門鋼絲架設的電腦模擬圖

參閱內文 49 頁
楚宮陽臺　圖三

本照片集主要由本人拍攝，如爲趙陳二君所攝，皆已在內文註明。

004　今稱赤甲山峰尖與粉壁牆

參閱內文 53 頁
楚宮陽臺　圖五

005　舊曆十二月日出方位

參閱內文55頁
楚宮陽臺　圖六

006　今稱赤甲山頂之冬日夕照

參閱內文 58 頁　楚宮陽臺　圖七

007　白帝山- 馬嶺- 唐赤甲山（今子陽山）

參閱內文 67 頁
赤甲白鹽　圖二

008　白帝山江面望唐赤甲山（今子陽山）

參閱內文 69 頁
赤甲白鹽　圖四

009　白帝鎮紫陽村漢城遺址（甲區）

參閱內文 70 頁　赤甲白鹽　圖五

010　東瀼水流域及瞿唐峽衛星影像圖

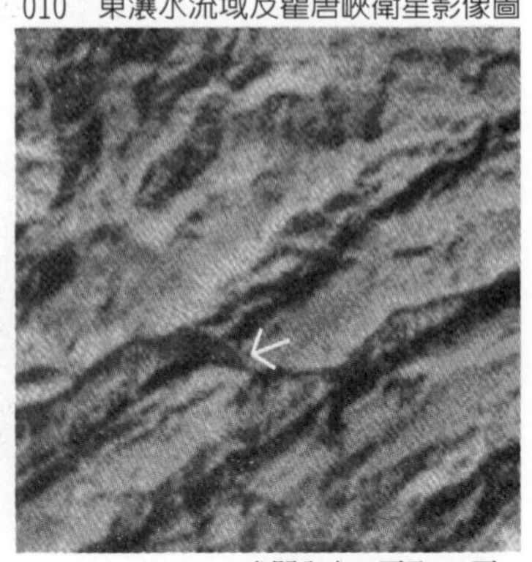

參閱內文72頁及187頁
赤甲白鹽　圖六

011　今稱赤甲山孤高的地形特徵

參閱內文 73 頁　赤甲白鹽　圖七

012　今稱白鹽山烏雲頂北望今稱赤甲山全貌

參閱內文 74 頁及 129 頁　赤甲白鹽　圖八

013　今稱赤甲山（唐白鹽）西側山麓民居

參閱內文 75 頁　赤甲白鹽　圖九

014　今稱白鹽山地形特徵明顯

參閱內文 77 頁
赤甲白鹽　圖十

015　今稱白鹽山頭下望黑石灘

參閱內文77頁及215頁
赤甲白鹽　圖十一

016・今稱子陽山望瞿唐峽內

參閱內文 81 頁
赤甲白鹽　圖十二

017　唐稱之赤甲白鹽二山居民景象可能圖

參閱內文 83 頁
赤甲白鹽　圖十三

018　瞿唐峽南岸明顯不適人居

參閱內文 84 頁
赤甲白鹽　圖十四

019　由地形可詮釋白鹽危嶠北

參閱內文頁 87 及頁 193
赤甲白鹽　圖十五
並請參看 029

020 · 冬夜江岸望今稱赤甲山月

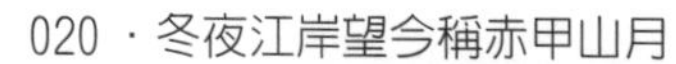

參閱內文 108 頁
赤甲白鹽　圖十七

021　白帝山北彎流與清東門遺址

參閱內文 111 頁
赤甲白鹽　圖十八

022　奉節縣後山望峽口諸山

參閱內文 127 頁
赤甲白鹽　圖十九

024　東屯宅可能位址之卵石灘

參閱內文 162 頁
東屯茅屋　圖一

023　王十朋從東屯登今稱赤甲山

參閱內文 129 頁　赤甲白鹽　圖二十

026　杜甫瀼西宅與東屯宅之推定位址

參閱內文 180 頁　赤甲白鹽　圖三

025　東瀼水在土地嶺下之沙壤

參閱內文 163 頁及 255 頁
東屯茅屋　圖二

027　草堂大橋

參閱內文 189 頁　東屯茅屋　圖六

028　八陣村農田與旱八陣石灘分界

參閱內文 191 頁
東屯茅屋　圖七

029　白鹽危嶠北

參閱內文 193 頁
東屯茅屋　圖八

030 黃連村稻田一景

參閱內文 196 頁
東屯茅屋　圖九

031　由上壩北望之稻田

參閱內文 196 頁
東屯茅屋　圖十

032　上壩至八陣二組之稻田

參閱內文 197 頁
東屯茅屋　圖十一

033　99/01/29 東瀼水入江口

參閱內文 199 頁
東屯茅屋　圖十二

034　1999/8/26 日長江回水入東瀼水之位置

參閱內文 201 頁
東屯茅屋　圖十三

035　臭鹽碛（魚復浦）

參閱內文 205 頁
東屯茅屋　圖十五

036　1999/09/22 之灩澦口水位尺

參閱內文 203 頁　東屯茅屋　本圖在文內未附

037　灩澦石

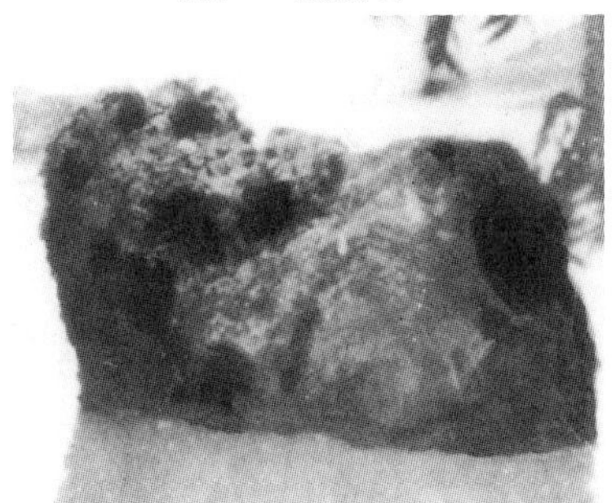

參閱內文 207 頁　東屯茅屋　圖十六

038　灩澦石之位置

參閱內文 208 頁
東屯茅屋　圖十七

039　灩澦石位置

參閱內文 208 頁
東屯茅屋　圖十八

040　水上看唐赤甲山- 馬嶺- 白帝山

參閱內文 210 頁
東屯茅屋　圖十九

041 冬日風箱峽水位

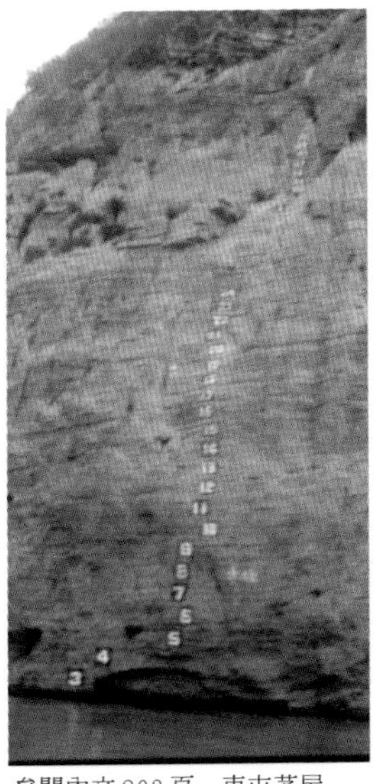

參閱內文 203 頁　東屯茅屋
本圖在文內未附

042 冬日黑石灘雙崖

參閱內文 215 頁　東屯茅屋　圖二十

043 夏日黑石灘雙崖

參閱內文 215 頁
東屯茅屋　圖二十一

044 白帝山東側的瀼水入江口

參閱內文 247 頁
東屯茅屋　圖二十四

045　冬日白帝山東側的東瀼水

參閱內文 247 頁
東屯茅屋　圖二十五

046　土地嶺南麓與杜甫瀼西宅

參閱內文255頁
瀼西草堂　圖一

047　東瀼水之長江回水與瀼西民居

參閱內文 256 頁及圖 034
瀼西草堂　圖二

048　由頁岩磚廠向北可望見白帝山

參閱內文258頁
瀼西草堂　圖三

049　由東瀼河谷望馬嶺峭壁

參閱內文259頁
瀼西草堂　圖四

050　瀼水東岸平岡人家

參閱內文259頁
瀼西草堂　圖五

051　枯水期梅溪河口

參閱內文260頁
瀼西草堂　圖六

052　洪水期的奉節縣城與梅溪河口

參閱內文 260 頁
瀼西草堂　圖七

053　自梅溪河口北望所見

參閱內文261頁
瀼西草堂　圖八

054　縣城與南宋臥龍山

參閱內文262頁
瀼西草堂　圖十

055　梅溪河山高谷深

參閱內文 263 頁
瀼西草堂　圖十一

056　梅溪河上游深峽

參閱內文 264 頁
瀼西草堂　圖十二

057　東瀼水的寬谷景觀

參閱內文 264 頁
瀼西草堂　圖十三

058　白帝山直下之險

參閱內文 270 頁
瀼西草堂　圖十四

059　東得平岡出天壁

參閱內文 271 頁
瀼西草堂　圖十五

060　唐代瞿唐驛可能位址示意

參閱內文 272 頁　瀼西草堂　圖十六

061　唐代瞿唐驛可能位址全景

參閱內文 273 頁　瀼西草堂　圖十七

062　東城長影

參閱內文 276 頁　瀼西草堂　圖十八

063　8月午後日照

參閱內文 277 頁
瀼西草堂　圖十九

064　舍西崖嶠壯

參閱內文 281 頁
瀼西草堂　圖二十

065　秋耕屬地濕

參閱內文 283 頁
瀼西草堂　圖二十一

067　奉節縣頁岩磚廠全貌

本照片取材自《1991-1996奉節年鑑》，爲冬日所攝，頁岩磚廠現已拆遷。請與 066 比較。

068　碧溪搖艇闊

參閱內文 294 頁
瀼西草堂　圖二十三

069　由今稱赤甲山望縣城

066　頁岩磚廠前南望

參閱內文 289 頁　瀼西草堂　圖二十二

參閱內文 301 頁
瀼西草堂　圖二十四

070　冬季魚復浦予人平地之感

參閱內文 322 頁
瀼西草堂　圖二十五

071　八陣磧

參閱內文 325 頁
瀼西草堂　圖廿七

感　謝

重慶市奉節縣人民政府惠予協助

本次研究得到重慶市奉節縣委、奉節縣人民政府、奉節縣旅游文物局、奉節縣白帝城文管所的大力協助，趙貴林先生與姚炯先生均全程參與研究，趙先生多方指導，提示珍貴照片，協助取得重要研究資料，夔州杜甫研究會胡煥章會長、三峽學院譚文興教授、四川師大郭祝崧教授、成都大學鍾樹梁教授、重慶沈立先生贈送相關論著，特別是白帝山馬嶺的友人提供珍貴的專業協助，對本研究助益良多。攝影家台南陳丁林先生、杭州唐曉虹小姐、台灣師大博士生李欣錫、中山大學研究生李宜學、中山大學中文系許偉婷、康嘉玲同學，冒著暑熱，登山涉水，一起做現地測量工作，在調查途中協助我們的還有不少熱情的農民。此外中山大學研究生陳家煌、蔡慧崑同學、財團法人古典詩學文教基金會吳鳳琳、林素卿、方碧鳳小姐和內人賴美享女士協助圖書資料收集、照片整理及資料打字輸入等工作，特別是蔡慧崑君出力最多，貢獻最大，謹向以上的單位和個人敬致深深的謝意。我的五歲小女簡嘉，日日在書桌電腦旁安靜地等我把書稿完成，也謝謝她年小而懂事。內人美享長期任勞任怨，家岳父母爲我照顧年才一歲的復兒，舍弟在台北孝養父母，中壢岳家也時予鼓勵，使我沒有後顧之憂，應是本書得以誕生的最大助力。最後，要特別感謝我的恩師雨盦汪中教授和張健教授長期指導，汪師並爲書名題字。並謝謝學生書局鮑邦瑞總經理和游均晶小姐爲本書完成了出版前的最後一步。

自 序

「杜甫夔州詩現地研究」現階段的成果，終於集結成書，總字數約二十餘萬，地圖、照片、表格數十件，構成了全新的研究相貌。

杜詩學界將杜甫一生作品分爲「壯遊詩」、「長安詩」、「秦中詩」、「入蜀詩」、「成都詩」、「出蜀詩」、「夔州詩」、「兩湖詩」等八個時期，而「夔州詩」則被定位爲晚年成熟期的重要階段。它包括了杜甫從離開雲安縣以後，到離夔途中暫泊巫山縣接受送別酒宴之前的詩篇，所有的詩都是作於夔州州治所在之地(中心位置在今奉節縣白帝鎭)，數量約四百三十餘首，佔全集一千四百餘首中的七分之二。此外，雲安縣雖然在行政上隸屬夔州，不過，習慣上談「夔州詩」的時候，並不談雲安時期所作。出峽途中到江陵之前，有少數幾首回憶夔州旅程的詩，雖未列入「夔州詩」內，但常被一起提到。

杜甫最著名的作品，如七律代表作〈秋興八首〉、〈諸將五首〉、〈詠懷古跡五首〉，排律代表作〈秋日夔府詠懷奉寄鄭監李賓客一百韻〉，五古代表作〈壯遊〉、〈偶題〉、〈八哀〉，七古代表作〈觀公孫大娘弟子舞劍器行〉，七絕代表作〈夔州歌十絕句〉等，都寫於夔州。「夔州詩」數量多、水準高，更因爲它源源本本地，不說空話，把當地的山川風月、人文物象，個人的住宅田園、舟馬交誼，都作了深入的觀察與描述，不僅創造了寫實詩風的新境界，更成爲歷來杜詩研究者最重視的一個部份。

由於「夔州詩」的地位重要，相關的研究課題，也非常廣泛而深入，茲以1984年4月23日至26日舉行的杜甫夔州詩學術討論會爲例，這次會議集合了杜詩的重要學者，會後，《草堂》雜誌以「杜甫夔州詩研究專輯」名義，刊登了其中的三十四篇論文。這些文章可分爲六類，像陳貽焮〈夔藝雌黃〉、曾棗莊〈巫山巫峽氣蕭森－讀杜甫夔州山水詩〉、屈守元〈從幾個小統計看杜甫夔州詩創作的一些問題〉等，屬於綜論及美學的問題。雷履平〈論杜甫夔州律詩〉、曹慕樊〈杜甫夔州詩及五言長律的我見〉，屬於分體論述的問題，鍾樹梁〈讀杜甫《夔州歌十絕句》〉、王仲鏞〈在夔州精心結撰的一組史詩－杜甫《洞房》八首淺說〉、鄧紹基〈杜詩別解三題〉、劉尙勇〈杜甫夔州詩例釋〉、程千帆〈《杜詩鏡銓》批抄（2)〉、李國瑜〈關於杜甫《觀公孫大娘弟子舞劍器行》中的“劍器渾脫”問題〉，屬於詩篇釋證的問題，裴斐〈杜詩風格與夔州風土〉、祁和暉〈杜甫夔州詩中反映的民族問題〉，屬於風土民族問題，周維揚〈公來雪山重，公去雪山輕－從杜甫詩談對嚴武的評價〉、濮禾章〈略談杜甫詩中所詠的劉備〉，屬於人物評價的問題，譚文興〈關於《夔州歌十絕句》之六的注釋〉、陳尙君〈杜甫離蜀後的行止原因新考－《杜甫爲郎離蜀考》續篇〉，屬於傳記地理考證問題。以上這六大類的研究主題，相當程度地代表了當代杜甫夔州詩研究的現況與方向。台灣、新加坡學者的如楊承祖：〈杜甫政治生涯的新探討一東川奔走眞相的解釋〉、楊松年〈杜甫戲爲六絕句研究〉，則在大陸之外也提供了新思維。惟相對於大陸學者的熱烈關注杜詩，大陸以外研究杜甫詩的風氣稍顯沈寂。

上述研究方向，也反映在專書方面，通論杜甫的著作如汪師(中)《杜甫》、馮至《杜甫傳》、陳貽焮《杜甫評傳》、鍾樹梁《杜詩研究叢稿》、張夢機《杜律旨歸》、陳文華《杜甫傳記與唐宋資料考辨》、簡明勇《杜甫詩研究》、簡恩定《李杜詩中的生命情調》、林麗娟《杜甫詠懷詩研究》固不必說，專論夔州的著作如方師（瑜）《杜詩夔州詩析論》，大體也在這些主題範圍內。夔州本地人所撰寫兩部書，胡煥章《杜甫夔州吟》，及劉健輝等人合著的《杜甫在夔州》，他們雖然能從本地經驗來看杜詩，多數的觀點仍與衆人相同。近年三峽學院的譚文興寫了一些從夔州地理詮證杜詩的文章，尚未輯成專書。至於《古典文學研究資料彙編杜甫卷》以及正在進行中的《杜詩全集》的彙注工作，則可以看出杜詩研究的另一個方向。

在熱鬧的論壇背後，我們也發現今日的杜詩學，乃是結合了傳統杜詩研究和中西美學理論，再加上資料庫觀念，所形成的綜合研究面相，而其基礎仍然在傳統的杜詩研究。所謂傳統杜詩研究，就是以古注爲中心，匯整歷代詩話及歷代文集的詩文記述，所形成具有詳注、年譜、作品編年、考據、傳記的龐大結構體系。有了這個體系，於是，近年興起的美學分析、傳記論證、資料匯編等等工作，乃能日益繁衍，而蔚爲大國。然而，傳統杜注本身即已潛藏著難以解決的根本問題，對整個杜甫研究，有重大不利影響。爲什麼這樣說呢？

傳統杜注的出現，雖如百花爭放，千巖競秀，各占勝場，但是早期以宋人趙次公、黃鶴注爲主，後期以錢謙益、仇兆鰲注爲主，卻是不爭的事實。而不論是趙、黃、錢、仇各家注，他們都是經由《水經注》以至唐宋明清以來私家或官方的地理總志、方志、單篇詩文，先定位了瀼西、瀼東、赤甲、白鹽、白帝、西閣、東屯等地名位置，然後才結合其他條件去系聯夔州詩。問題是，杜甫夔州詩有四百三十餘首，我們都知道，不但寫實作風是杜甫的特色，而且，杜甫在夔府的活動範圍不大，唐代夔州城所在的瞿塘峽口白帝山－馬嶺附近，據我利用平面控制測量法，在海拔127-157米一線沿環山小徑實測的結果（大體上沿著長江幹流TⅡ級階地135-140米，順著現地小徑的實際高程變化），白帝山東西約481米，南北約437米，馬嶺南北長約224米，東西寬約197米，環繞一周約爲1873.7米，整個區域的面積就這樣而已。周邊的情況，由白帝城到奉節縣城中心，即使是迂曲的公路里程，也只有9.8公里，由白帝城北到東瀼水河谷主要農耕區的北界（上壩北方山口，黃連村一組），公路仍只有9公里，以430餘首詩寫十幾公里內、前後22個月的起居生活，當然會寫得非常具體而仔細。趙、黃、錢、仇諸人既沒有到夔州去看過現地景物，一遇到具體的地方就無法作注，本是可以預料的事，他們卻又過度依賴古代書面文獻，以至於對夔州地名的注釋，幾乎全部是誤解。然而，過去的注家不但沒有注意到這一點，更不幸的是，他們在作注過程中，大量的彼此輾轉傳鈔，所以，表面上看是千種百種杜注，其實都是一個口徑，不但不能彼此發明新義，還掯制了修正錯誤的管道。

舉例言之，在〈秋興八首〉中說道：「巫山巫峽氣蕭森」，所有的杜詩注，一致以巫山縣的山與峽來注解這兩個名詞。但是，杜甫當時只住在夔州奉節縣，絕對不可能到巫山縣，把巫山巫峽解釋到巫山縣去，確實有問題。而且，杜甫經常在奉節縣談楚宮陽臺，在〈詠懷古跡五首〉中，他還說：「最是楚宮俱泯滅，舟人指點到今疑。」古注多把楚宮泯滅注到巫山縣去，也有注到荊州江陵去，可能是這樣嗎？在夔州奉節縣寫詩，而且寫的是身邊事，卻遠遠牽扯到其他州縣去，合理嗎？但是，當杜詩古注紛紛引巫山縣有楚宮來作注時，即使像王嗣奭這樣富有懷疑精神的人都不得不妥協。此外，在〈秋興八首〉還有：「信宿漁人還泛泛」之句，瞿唐峽口是急流灘，汛期徑流量較大的時候，水流湍急，水面比降可達1‰，如果不是在特定的位置，因爲特殊的地理條件，根本不可能讓一艘古代小漁船過了兩夜仍在同一處泛泛而漁，只有經過現地調查之後，了解在杜甫西閣所居山下的今稱南門沱，因爲是地形造成的長江回水沱，而且在秋末水落時期，才能構成杜甫所說的畫面。像這樣的情形，沒有到過現場的古注作者怎能了解？當然，難怪所有的古注對此都沒有加注。像這樣誤注、失注的情形一再發生，並不止於少數幾處。因此，現代學者如果不另尋新途徑，太過度倚重和根據古注作基礎，所進行的種種研究，將或多或少地失去了研究的正確性。

發現了古注的不可靠之後，我開始思索，究竟怎樣的研究方法，才能確實有效地解決問題？當時我正試圖解開「楚宮陽臺」的謎團，認爲必須到現地調查才能打破困局，正巧幾年前旅行過白帝城、瞿唐峽這些地方，於是我找出昔日的照片和錄影帶，並利用天文學的計算程式，初步整理出幾個全新的論點，而後再度親赴夔州印證，寫成了〈杜甫夔州詩「楚宮陽臺」之現地研究〉，台灣大學文史哲學報接受了我的投稿，刊登出來了。從此，一步一步走上了杜甫夔州詩現地研究的道路。以後我又寫下〈杜甫夔州詩「赤甲白鹽」之現地研究〉，在廣州中山大學所舉辦的學術會議中宣讀。另一篇〈杜甫夔州詩「東屯茅屋」之現地研究〉，也得到中央研究院文哲研究所的《中國文哲研究集刊》的學術審查通過。這些內容，現在都收入本書。

在現地研究過程中，由於身在現場，一邊比對著杜甫原句，一邊檢閱古注內容，我不斷地感受到「地名定位」對夔州詩研究的重要性。杜甫在夔州時期的生活型態，雖然是遷徙不定的流寓模式，但由於身有疾病，不適合步行或騎馬太遠，生活的基調還是安穩的。因此，他的詩篇和居住地維繫著密切的關係，不但他經常把住宅附近的風景寫入詩中，後人也根據他在詩中所記載的宅舍果園，去爲他的詩做編年，像瀼西、東屯、西閣、赤甲這些地點，便是他們用以判別寫作年代的標竿。

然而，在有系統的研究了赤甲、白鹽、東屯、瀼西之後，我更發現歷代古注對地名的定位工作，做得粗糙極了，就如前面所說的，多數杜注對地名詮釋都犯了嚴重錯誤，既然連地名都已說錯，詩意的詮釋當然不會正確。詩意詮釋不正確，嚴重地說，將會導致現有夔州詩編年成果的大大崩壞。所以，本書的撰寫方式，除了最早完成的「楚宮陽臺」章之外，就是以赤甲、白鹽、東屯、瀼西等地名爲綱領，去架構整個涵蓋了立體時空的綜合研究。我希望從正確的地名定位開始，逐步校正所有夔州詩的詩意詮釋，而後更進一步建構「現地研究」的方法規範，爲古典詩研究開創一條新路。

杜詩研究必須走出新路，已是未來可見的趨勢，不論是要尋求杜甫詩的眞實境界也好，不論是要重整宋明清的舊注也好，不論是要從事詩意詮釋與美學分析也好，不論是想重建杜甫詩的編年也好，把工作現場移轉到現地去研究，將會成爲所有研究者的共識。中國山東大學《杜甫全集》校注組同仁，在已故蕭滌非（1991逝）老教授領導下，已經突破舊格局，他們曾於1979、1980年做過兩次赴山東、河南、陝西、甘肅、四川、湖南等地，對有關杜甫的行蹤遺跡及影響作了一番初步的考察訪問（原序）杜詩的訪古之旅，並出版《訪古尋詩萬里行》一書（108頁，6萬餘言），這次的工作，不但引起學界重視，他們的創造性作爲，確實已指向杜詩研究的正確新方向。

可惜的是，他們的旅行考察團行色匆匆，在各地的停留時間都太短，筆記也過於簡略，特別是因爲他們的旅行性質重在「訪古」，僅僅只是核對歷史文獻既成的記載，順便訪問本地耆老，在嚴謹的考證方面，完全尚未著力，因此成果有限。以〈夔州白帝辨遺蹤〉（頁177至185）一節的內容而言，所述各點，均難稱與事實相符。

本書從跨科際的多重角度，在現地從事攝影、錄影、測量、採樣土壤岩塊、觀察水文情況，並仔細研讀地質、水文、泥沙、環境學者對本地區的專業研究報告，再以此基礎，比對所有杜甫夔州詩作，並進而全面深入地判讀自《水經注》一直到1995年《奉節縣志》、1998年《奉節年鑒》等所有重要的地理書籍，檢核十七種重要的杜詩古注，以此種種作爲，希望能留下更接近杜甫當年原貌的紀錄，以便後人勾畫出最接近實際的杜甫夔州生活圖像。

在研究過程中，也得到許多師友的協助，他們有的從正面爲我提供研究素材和經費，有的從反面提出質疑，都對本書有重大的益處。許多反面的思考，非常有意思，比如有人說：

1．現代的自然地理和唐代不同吧！山川地貌都改變了，你怎麼可能從一千多年後的現地研究去看到杜甫當年的景象？

2．現代的人文環境也和唐代不同，像杜甫時代用竹筒接水，現在你到那裡去找？這種研究，對詩意詮釋有什麼益處？

3．長江從葛洲壩建好以後，水位大幅提昇，你要考慮這個問題。更何況唐代距今千年以上，長江河床一定淤高了，還會是現在的樣子嗎？

4．杜詩注是外地人根據書面資料做的，可能會不確實。地方志是當地人記載地方事，一定有相當的準確度，你有沒有查過方志呢？

5．你是中文系的人，這個研究計畫牽涉到那麼多跨學門的研究，怎麼能夠兼顧呢？從你的學歷背景，應該無法完成吧！

6．研究詩人作品，只是要了解詩人的情意，有必要這樣大費周章地考察地理嗎？這樣的研究方式會不會以地理為重，詩只成了研究地理的配角棋子，本末倒置呢？

7．你在書中提到古今地名的改變，如赤甲山和白鹽山、子陽山，現在的稱謂和唐代完全不同。但是，地名改變有這麼容易嗎？我現在住的地方，從先祖定居到現在已經六代了，都沒有改變，地名改變一定有重大條件，還有內在的人文因素，你都考慮到了嗎？

8．山東大學的蕭滌非先生所發起的「訪古學詩萬里行」，已經訪查了所有的杜甫走過的路線，你曾經參考過嗎？他們已經做過了的工作，你何必再做。

以上八個反對意見，有來自私人交誼，也有來自學術會議，也有來自一些書面討論，難得的是，他們都能從相反的角度來思考現地研究，並且把存在於今日學界的普遍疑點，為我提示出來。除了上述這些質難，還有一些不太重要的，不及備載。由於他們的細心，使我在這本書中，有更周密的處理。

大體而言，對於自然科學的地理、地質、水文、泥沙、交通等等跨學門的問題，我以各學科的專業學術論文為基礎，再輔以我的現地測量記錄，來做闡明。對於杜詩古注、歷代詩文及地理總志、地方志的問題，我以資料原文的精密比對為基礎，再輔以前述驗證後的現地調查成果，來做推論。其間並多次運用「完全模擬實際狀況」等多種先進的研究方法，對文獻資料做核實的考證。因此，以上所有問題，在內文中都已經得到圓滿的解答，可以毋庸置疑。由於書序不是解決實質問題的場合，我只提出大家的質疑及基本解決之道，請在閱讀本書時觀照我的說法。

諸位學界先進和未來有志於杜甫詩學的朋友們！不能再等了，所有國際杜甫研究學界都必須正視的是，所有杜甫在夔州的活動史跡，都面臨西元 2003 年長江三峽工程完工的問題，一旦長江三峽工程完成，大壩的正常蓄水位是175米，枯水期最低消落水位是155米，防洪限制水位是145米，不論在那一種情況下，其淹沒程度都足可以改變白帝山、東瀼水與周邊諸山的相對視覺結構，杜甫本人在這個地區曾經生活過的蹤跡，甚至包含宋代諸名家所誤指的杜甫遺址，若非被淪爲庫底，便是相對視覺結構已經改變，喪失了參考的價值，斷絕了考證的可能。至於本書的成果，屆時雖可作爲後世杜甫研究者的重要參考書籍，但是本書所欠缺之處，仍然很多，未來兩三年之內，作者將再盡全力研究這個地區，爲可敬的本書讀者，完成全面的杜甫夔州詩的現地資料庫。

在這本小書完成之時，傳授我杜甫詩學的汪中教授已經年過七旬，擔任我博士學位指導教授的張健先生今年也到了七十之齡，命我南下中山大學擔任教職的張以仁教授則在年初歡度七秩，家中父母也早已過了耳順之年。謹以此書獻給他們，雖不敢自比於奉觴添壽之用，至少可以算得上娛親的綵衣吧！

民國八十八年十二月

簡錦松　序於高雄不敢安居室

目　錄

伍 · 瀼西草堂

壹·前言

1·釋名

「現地研究」四字，是我所創立的名詞，目的在強調這項研究是在眞實的土地上做的，與傳統書面研究的觀念完全不同。何以不用大家所熟悉的「田野調查」這個名詞呢？這是因爲近百年來「田野調查」的工作已經有它既成的型態，而「現地研究」顧名思義雖然有幾分像「田野調查」，內在的研究精神與實際的執行方法，都與一般認知的「田野調查」並不相同，所以另立了這個名詞。

「現地研究」是以被研究的詩篇爲對象主體，研究時必須親自到作品原產地去做實物的比對勘驗工作。以本書所研究的杜甫夔州詩來說，杜甫在夔州所作的四百三十餘首詩，是我的對象主體，夔州的山川景物，是對比客體，研究時對象主體與對比客體，必須在科學的驗證下，達成相應的關係。簡而言之，我的工作，就是把詩句所描寫的形貌，在現地景物中找出可以相應之處，將詩句和實地結合起來。至於杜詩古注與前人的各種文獻記載，以及許多與本研究有關的跨學門專業論著，將被以類似法律事件的證人身分，運用在比對研究時的驗證工作上。由於證人的言詞會影響最後判斷，所以，審愼地運用這些材料，也是絕對必要的。

類似這種「現地研究」的方法，在自然科學界經常被用到。比如生物學者，必須利用現有的植物圖鑑，與實際從山野中採集來的草木樣本，比對特徵，確認品種。天文學者，必須依據現有的星圖和運算，去和實際觀測的天空星象，比較其變化。水文學者，必須從分散在各控制點、水文站取得實地收集的河川水位、流量、泥沙等資料。考古學者，必須從實際發掘的工地取得古代實物。這些學科的成就，其研究基礎都是從現地工作中，以沾滿泥土、遍身血汗換來的。這次我把這種觀念橫向移植到中文學術的研究上來，是追隨整體學術的腳步，並非我獨創的發明。

也許是因緣具足，當我注意到現地研究法對文學研究有所助益的時候，正是從事杜甫詩教學十五年後，正想撰寫一篇關於夔州詩文章之際，幾經思考，我確認「杜甫夔州詩」最適合拿來做爲「現地研究」的典範。怎麼說呢？

「範圍小」、「變化少」、「詩篇多」、「寫實性高」，這四點就是「夔州詩」成爲「現地研究」最好樣本的條件。在〈自序〉中，我曾對杜甫在夔州的活動範圍小、詩篇數量多、寫實表現突出這三點作了扼要的說明，現在我們再討論「變化少」這個環節。杜甫所居住的唐代夔州州治，位於瞿唐峽口，今屬奉節縣，雖然現代的城市與杜甫當年所居住的環境，必然有所差異。但是，由於峽區交通不便的封閉性，使得此地一千多年來進步得比較遲緩，相對的，也減少了對古代地貌的破壞程度。而且，根據《三峽工程地質研究》一書精密研究的結論，本地區地質穩定，歷史上沒有災害性的地震記載，未來也沒有誘發地震的可能，因此，白帝山和周圍諸山的結構性關係，以及兩條瀼溪的地理景觀，從唐至今應無重大變化，本文經由現代所見的實境，有條件地推測古代的情況，原則上可以成立。我原先比較擔心的是宜昌葛洲壩水庫完工已十餘年，可能會影響今日瞿唐峽及奉節縣城的水情，不過，根據《三峽工程水文研究》、《三峽工程泥沙研究》二書所載的葛洲壩水庫全部庫區（壩前至G118）回水及淤沙資料，可確定葛州壩並沒有抬高奉節水位，換句話說，瞿唐峽與白帝山及至奉節今縣城的長江河道，仍是天然河道，不會影響到本研究。經過了以上的考慮，我認爲以「現地研究法」從事研究，可以爲杜甫夔州詩做出全新的詮釋。

我在1990年曾經到過長江三峽，當時只有百聞不如一見的訪古想法，雖然拍得相當多量的照片及錄影帶，只是偶而運用在教學和演講中，和正式研究尚無關聯。眞正的進入嚴肅的現地研究工作，是在1999年1月22日至2月3日第二次到奉節的時候。這次到奉節縣之前，我已經進行杜甫夔州詩的研究好一陣子了，所以出發前做了很好的安排和妥善的準備，包括事先聯繫了奉節縣人民政府，熟記了每一首杜甫詩必須查證的要點，擬定了希望測量和拍照的目標，到了奉節之後，在接待我的縣旅游文物局的趙貴林先生和姚炯先生建議下，還修改了部份計畫，所以完全沒有浪費什麼時間，工作進度很快，每天一早，便在趙、姚兩人或其他縣府同仁嚮導下，外出考察，有時午飯、晚飯都沒吃，有時合併只吃一餐，夜晚就在旅館柔和的燈光下，整理一日所見，每晚打字到深夜三點。回台之後，我立刻馬不停蹄地完成了楚宮陽臺的定稿，又寫成赤甲白鹽、東屯茅屋的初稿，並且對白帝城、瀼西草堂的問題，完成了初步整理。

同年8月21日至31日，我第三次到奉節，由於夔州長江冬夏水位落差極大（多頻率高低水位落差約30米，如以1870年發生的歷史最大洪水與枯水年份特低水位對比時，偶而會高達50米以上），而且確實會影響到景觀的差異，所以我第二次來夔時選擇了冬天，第三次再度來夔，選擇的是夏末秋初。由於有上次研究的基礎，對東屯稻田了解得更爲徹底，對冬夏水位變化與灩澦堆的實際大小，也得到許多具體的數據，還找到極爲可信的瀼西草堂的可能位址，也登上了今稱白鹽山（唐名不詳，可能無名稱，也可能與江北的山合稱白鹽山），並觀測了今稱赤甲山上（唐名白鹽山）宋代驛道的可能性。特別值得一提的是，我們利用平面控制測量法，測量了白帝山及馬嶺的大小，所得的數據雖然不及專業測量人士所作的那麼精確，但在尙未獲得官方的萬分之一地形圖之前，它應是研究白帝山最具參考價值的第一手資料。

這次來夔的工作分量比上次更重，我仍舊是白天外出工作，夜晚努力打字，與我同行的，除了陪同考察工作的趙、姚二位之外，還有杭州唐曉虹小姐，台南著名攝影家陳丁林先生，以及台灣師大國研所博士生李欣錫、中山大學中研所碩士生李宜學，中文系本科生康嘉玲及許偉婷。在烈日下，我們這群外行人以笨拙的動作，做著艱苦的大地測量。回到台灣以後，我修改並推翻了部份以前的論點，並繼續完成本書。

總之，「現地研究」是未來古典文學研究者最值得開發的一條大道，現階段雖然並無完善的方法規範，不過，通過本書的實際工作，已經可以看見新研究法的一些初步成效，希望將來能夠具體的建立整套研究規範，吸引更多人投入這條值得一行的研究新路。

2、結構

本書由四大主題切入夔州詩研究最迫切的「地名定位問題」，撰寫成四篇專論。四篇都有自己的內凝結構，處理各自的研究子目，但彼此之間，隨時保持著密切的相互參證關係。為了讓讀者看到我在建構「現地研究」方法的過程，本書的排列先後，是依照完稿順序來編輯的，讀者可以從中比較我在不同的研究時程裡，不斷創新的各種細部研究方法。

四篇中第一篇的主題是「楚宮陽臺」，我確立了楚宮陽臺與夔府（指州治所在的唐奉節縣）的關係，根據杜甫詩的指稱，認為陽臺在今稱赤甲山（唐白鹽山）主峰的峰尖下方。這篇文章中，我主要採用詩人語意與詩作詮釋之間的對應關係，從原作的解讀入手，把杜甫本人對「楚宮陽臺」這個概念的指述，不加任何附會地呈露出來。然後，再依據原詩的內容，利用照片來呈現詩中描寫之處的地形地貌，讓讀者可以看見與杜甫所見相似的畫面。文中我還利用冬夏日照的角度變化，作為分析的條件，有效地解決了許多問題。

第二篇的主題是「赤甲白鹽」二山，所有杜詩學者，幾乎無人不知赤甲與白鹽，兩山的山名從《水經注》到杜甫詩是一致的，南宋范成大與陸游以後，稱呼有了改變，以白帝山為軸心，鄰近三座大山的名字，被做了一次大旋轉。原來在唐代稱為赤甲的這座山，後來被改稱為子陽山（紫陽山），原來在唐代稱作白鹽的這座山，後來被改稱為赤甲山，原來在唐代名稱不詳的瞿唐峽南岸高山，後來則被改稱白鹽山。本章對於山名的本原及變化，做了詳細的分析。由於正確地校正了山名，不僅使得許多原來不可解的詩句，如「白鹽危嶠北」、「幾度寄書白鹽北」等，得到了合理的解釋，而且有助於杜甫東屯及瀼西兩處住宅的定位。

第三篇談「東屯茅屋」，這是杜甫在夔州曾住過的房宅之一，東屯位在東瀼水（草堂河）濱，歷代都無異議，但是，位在東瀼水濱的那一個位置呢？南宋及明人說在「北距白帝城五里」之處；清代所建東屯杜公祠，則在今奉節縣白帝鎮浣花村四組。這兩種說法是不是指同一地點？也就是說，南宋至明代所認知的東屯宅與清人所認知的東屯宅，是否在同一處？由於無法證明「距白帝城五里」的確實距離，所以兩種可能都有。不過，二說即使不在同一處，也應該相距不遠，而且，都不符合杜甫詩所描寫的景觀。我根據長江和東瀼水的水文情況，參證杜詩所稱東屯以種稻爲主的記載，指出凡是汎期洪水會淹沒且不宜種稻的地區，都不是東屯，進而把東屯定位在東瀼水與石馬河匯流之處，今白帝鎮八陣村二組朝南的山坡下，使杜甫東屯相關詩豁然可解。本章並以第一手材料，對東瀼水及灩澦堆做了具體的解說。

第四篇談「瀼西草堂」，杜甫在夔州的住宅，除了西閣之外，瀼西草堂的重要性最著，在南宋最早的趙次公注杜時，仍把瀼西草堂定位在東瀼水濱，亦即白帝城北面溪谷中，可是，陸游卻認爲瀼西草堂在大瀼水，也就是今稱梅溪河這一邊。兩溪相距約公路里程4,500米，並不太遠，但由於兩溪的河谷結構完全不同，宋以後把瀼西誤認爲在梅溪河西之後，使得杜甫在瀼西草堂居住時期的所有詩篇，都解不通了。本書根據河谷地形、水文條件、周邊山勢與舟馬交替等實地景觀，在今奉節縣白帝鎮土地嶺西南坡的東瀼水畔，找到與杜甫詩中對瀼西草堂的描寫十分相似之處，認爲這就是瀼西草堂最可能的位址。與東屯茅屋的地理位置比較，瀼西草堂在東屯宅之南，比較接近白帝城。此外，由於南宋迄今誤以梅溪河西爲瀼西的說法，早已深入人心，本文特別對《水經注》和唐宋明清的重要文獻資料，作了深入的辨析，將「瀼西」一名何以位移的歷史演化過程，完全解說明白。

在前述四篇之後，還有簡短的結論及參考文獻、索引等。

3．資料

「現地研究」對傳統的重大突破，就是資料觀念的改變。對於研究資料的認定，將從傳統中國文學研究的資料觀，轉向現地主義中國文學研究的資料觀。

在論文寫作之前，我仍像以前處理論文資料一樣，先收集書面材料，首先把準備研究的杜甫夔州詩全部輸入電腦，然後選定十七種流傳較廣的重要杜詩古注，將所有可能與這次研究主題有關的注解，都輸入電腦，其中最主要的當然是地名。爲了解地名沿革，又輸入了所有目前可以找到的古代地理總志，以及夔州本地的府、縣志書的相關條文。並利用中央研究院所提供的漢籍檢索服務，將二十五史中與杜甫及夔州可能相關的資料，剪輯整理。並由全唐詩中將與本研究可能相關的詩篇，先行整理。再由羅鳳珠主持的元智大學網站中，把宋詩和宋詞中可能相關的部份，也一一下載完畢。這些工作全部準備就緒，然後才進行資料分析。除了運用電腦的排序功能，作了許多基本分析之外，我主要採取熟讀熟記的方法，把資料轉存在腦子裡，在思維中去過濾、解析、研判。

如果是傳統的研究工作，前述這些資料已經很充分了。但是，若要建立現地研究的新規模，還是不夠，我開始收集夔州地區許多與杜詩相關地點的海拔高程，收集關於夔州地區的地質研究，收集東瀼水和梅溪河的水文資料，收集長江最大洪水水位和最低水位，以及洪水年及枯水年多頻率高水位和低水位，收集夔州水稻、蔬菜及果園的農作資料，調查白帝山、馬嶺的大小面積，測量主要山脈與四季日出日落、月出月沒的相對關係，觀察當地考古隊發掘古代墓葬的現場。對於各式夔州地圖、地形圖、示意圖、衛星雷達影像圖，更都著意收集。同時，爲了讀懂這些跨科際的論著，也研讀了不少相關學科的專業知識。

杜甫所寫的詩，本來就有強烈的現地寫實性，與現地實物景觀經常密切結合，但是，在傳統中國文學界的研究工作中，並不注重對實地實物的了解，因此，包括前人古注和現代研究者在內，許多杜詩研究只顧在語言層次上談美感、談詩史、談情懷，談一切美學解析，卻忽略了求詩意與詩境的眞實，而這份眞實必須建立在眞正的土地上。現在對我而言，傳統資料的收集方式，只佔了工作的一半，另外就是現地資料的收集，也佔了一半，希望透過這些努力，讓所看到的境象更爲具體，更爲接近杜甫的原意。

4·方法

本書的另一個著力之處，就是新研究方法的開發。

我曾在撰寫杜甫夔州詩現地研究計畫時，提出五個研究方法步驟：(1)·研讀本集，並將資料輸入電腦。(2)·研讀相關文獻及論著，並將資料輸入電腦。(3)·以人工進行詩句分類，並將結果輸入電腦。(4)·現地山水實體測量調查。(5)·現地景觀與詩句比對調查。其中第一至第三項，屬於傳統的杜甫詩研究，第四、第五項是新的做法。

傳統的杜甫詩研究，或者採用作品解析之法，去詮釋詩中的意旨韻味，或者集注各種形式史料，去了解詩中的人事地物，這兩個方法，我仍然採用，並且通過電腦的運用，結合國內及國際文史資料庫，做得更全面。不過，我所謂的研讀工作，並不只是平面式的閱讀，還希望採用向下挖掘的辦法，全面查核所有杜詩古注互相抄襲的情況，整理古代各種地理總志及地方分志記載分歧與因襲的條文，並對近代、現代杜甫研究中某些廣為人知的傳說，清查其來源。

做完了前三個的研究步驟之後，我開始進行現地研究的重要課題，就是測量工作，首先我致函奉節縣人民政府，要求協助，得到縣府回信表示支持，並由縣旅游文物局出面指導，在我的專業要求下，由縣府配合，對杜甫可能到過的地方，做了多點測量，包括平面測量與高程測量，我本來不懂測量工作，這時才開始自修測量學，雖然所得有限，不過，由於長江三峽工程正在進行，本庫區內有多處標記了135、146、175米水位高程控制的標示，有利於對比研究。這些工作雖然不能像專業人士做得那麼好，但是，經由嚴謹的測量結果，已經可以推算出杜甫生活起居的許多重要信息。而且，由於長江三峽工程施工的關係，中國大陸集合了各類人才，從地質、水文、泥沙、考古、生態環境等十三個方面，都做了精密的研究，部份研究成果輯成《長江三峽工程技術叢書》，是一套學術及實用水準都很高的著作，解決了許多跨科技研究的困難。在下一步工作中，我還擬向位在南京的中國內政部水資源研究所尋求更多的水文資料，並向國科會申請精密的光波經緯測距儀，以利長期的研究工作，而國立中山大學海洋環境工程系的薛憲文教授也同意協助，在下階段的研究中使用G.P.S.衛星定位儀進行現地高程的複測。

在研究過程中，我也經常採用「完全模擬實際狀況」的現場重建方法，去檢驗一些難以定論的資料。這是利用古人帶有時間地點的記載，在同時同地或時地十分接近的條件下，藉著動態完全模擬手段，以求得眞相的方法。譬如范成大與赤甲月出的實驗、王十朋在白鹽山越嶺的觀測、白帝城東城長影的摹擬、東屯稻田下界的劃定。灩澦堆高程的確認等等，都是以這個觀念方法完成的。以下，我對這個方法略作介紹：

在《王十朋全集》中，有一組足以證明南宋還把今稱赤甲山稱爲白鹽山的例子，那就是夔州刺史王十朋離任的時候在古峰驛所作的一首詩，詩中很清楚寫到，今天留宿古峰驛，明天離開驛站，過了山頭之後，如果魂夢重返夔州，必須飛過白鹽山。與此詩同時存在的，還有王十朋的四、五首詩。

這條資料如果只當作書面材料，固然有證據價値，但是，由於它的文句簡略，我們如果不實際了解這座山的山路狀況與山頂構造，即使採用其說，也不敢眞正地確認其事。

於是，我們找到王十朋在登上所謂「白鹽山」之前經過的東屯，這是南宋李襄建有杜甫祠堂而稱爲東屯的地方(前面已說過，應在清杜公祠或比它稍近白帝城的位置)，而後，又看到現代農民所使用的經由東屯上山的登山小徑，據王十朋所說，登山之後須在古峰驛過夜，並說可登上峰頂燕子坡，下望瞿唐峽最窄處，再下驛站夜宿。我們實際看到了山腹的地形，基本上坡度平緩而且範圍廣大，還有石廟村的三個居民聚居。由此登上峰頂，山下正是瞿唐峽最窄處－黑石灘。至於往大溪之路，須從石廟村往上翻過主峰峰尖之北的第二、三層山脊之間的孔道，翻過山口之後，下坡就到了瞿唐峽東口外的黛溪

（大溪）北岸，由此下船赴巫山縣，水路平緩，與王十朋詩中記載相合。通過這個方法的考證，就可確認王十朋所經過的大山是白鹽山，也就是說，當王十朋離開時，仍稱今赤甲山為白鹽山。

同樣方法，也被用來證明范成大經過夔州東下之年，已經把今稱赤甲山就稱做赤甲山了。我首先由文獻《吳船錄》中找出范成大經過夔州的時地，是在舊曆七月十八、十九日夜晚，泊船在夔州南門下，再由《范石湖集》發現他當晚在船上看月，看到月亮從今稱赤甲山峰尖的南側飛騰而出，並且有詩紀實。於是，我就選擇在1999年舊曆的同一月同一日，也到江邊等待月亮。宋代夔州城與現代奉節縣城的重疊性很高，所以我在小南門（開濟門）外看月的地點，與范成大當年泊舟處應該相距不遠，我們一直等到月出，果然看見是在范成大所描寫的那個方位，就這樣，證明范成大所望的那座赤甲山，也就是現在奉節人所稱的赤甲山。

這兩次實驗所得到的答案，雖然相反，但是論證方法都相當堅實，兩個結論都沒有錯，因此可以證明，同樣是今稱赤甲山，在南宋淳熙年間，已經同時有不同的人稱它為白鹽山或赤甲山了。其實，這樣的研究所成果，固然對整個杜甫夔州詩研究工作有所幫助，但真正使我感覺愉快的，是對研究工作的觀點有了徹底改變，研究工作不再只是從書面到書面，過去那種不管再怎麼做，總覺得甲說也可以，乙說也可以的不敢確定感，到此一掃而空。

除了上述各種研究方法，照片及錄影帶技術，也非常重要。在每一個特別關鍵的地方，我常用照片來解說。照片的取捨，都是以研究進程所須的觀點而拍攝（自攝及陳丁林先生所攝部份）或選用（指來自趙貴林先生的一部份）的，與一般輕鬆的畫刊或遊記書籍刊登照片的作法，迥不相同。至於一般相機無法照出全景，必須用Adobe PhotoShop和Adobe Illustrator電腦程式來合成兩張以上照片的場合，我都故意留下相連的接縫處，保留其眞實性，以便後來的研究者可以檢驗我的工作。

5．貢獻

到目前爲止，所有杜詩注本對夔州的全面了解，仍然十分薄弱。本書的出版，不但對夔州和杜甫有清晰的文字論析，而且種種照片及測量數據，也可供杜詩學者參考。尤其是，長江三峽工程完工後會淹沒奉節縣的大部分地區，將來白帝山只剩下70-80米，變成了白帝島，其他在175水位以下，一切與和杜甫有關的遺址，都將沈睡在庫底。本書因採實地實物的實證法則，大量運用現地攝影、錄影、測量、採樣等研究法，盡可能留下更接近杜甫當年的景觀樣貌，相對地保存了夔州和杜詩的最後聯繫記錄，對全世界的杜詩學者而言，都是頗有意義的。

不過，辛苦走完第一階段的道路，我自己並不覺得有什麼貢獻，雖然這是當代第一件以現地研究方法從事杜甫研究的工作，但是，我更看到了自己研究能力明顯不足的一面，也看到了比我預期更多的困難，在現代學術這個巨大的圖騰之前，自覺卑微極了。我相信，我所做的事，只是一個開端，未來一定有更大更寬更直的大道，引領著更多人去開發更偉大的中國文學研究。

其實，任何研究都是在前人的偉跡下進步的，以「現地研究」的精神來說，這種工作，並不始於今日，司馬遷寫《史記》之前，走遍全國，從許多篇傳文後面的「太史公曰」，可以發現司馬遷的旅行實在是早期類型的現地研究。杜甫青壯時期，曾經旅行華北、華中、華東大部分地區，由〈壯遊〉一詩看來，那也可以說是一種對古代史跡的現地研究。至於以杜甫爲目標的現地研究雛形，如唐代劉禹錫、李貽孫以本地刺史的身分，在詩文中強調「瀼西」等杜甫熟用的名詞，也可以看到這個現地的意思。

在南宋，王十朋、范成大、陸游都做過近似現地研究的工作，特別是陸游，他的學詩方法，有很大的成分是用現場參與的觀念去學習與追摹古人，不論在他的《入蜀記》或一般詩文中，都有很多證據，他研究的對象不限於杜甫，還有李白、蘇軾等。范成大熱愛杜詩，在出任四川制置使時，來回兩度泊船夔州，留有《吳船錄》和一些詩篇紀念杜甫。到了明清兩代，由於杜詩極受重視，歷任四川布、按、督、撫官員，夔州知府、知縣，常常都會或多或少運用現地求證的觀念來談杜詩，譬如曾任四川涪州知府且精熟杜詩的王嗣奭，任滿東歸時曾在夔州特別停留，他所著的《杜臆》，與清代王士禛的《蜀道驛程記》、陶澍的《蜀輶日記》也都做了類似的工作。1982年蕭滌非教授所領導的山東大學《杜甫全集》校注組曾組織了考察團，沿著杜甫的旅行路線，走訪了山東、河南、陝西、四川、湖南等省境，也曾到夔州，上白帝，登西閣，覽赤甲、白鹽之山、訪東屯、瀼西之跡，並且出版了《訪古學詩萬里行》一書，雖然行色匆匆，所言難以據信，但也可算是現地研究的先驅。重慶市萬縣的三峽學院中文系，有譚文興等幾位先生從事夔州研究，譚先生與我的研究觀念更爲接近。奉節本地學人胡煥章等人的工作，更是發揮了本地人就地研究的特長。

但是，這些古代名家、現代學術先進雖然留下了許多寶貴的見解，卻限於時代因素、歷史眼光及客觀資源，所能提供我們的成果仍屬有限。如宋代的陸游在夔州居住一年多，他雖然使用杜甫用過的詞彙，總令人覺得模擬用詞的氣氛高於現地比對的意求，他又相信本地人李襄對東屯的說法，因此，他雖然有現地研究的雛形，終仍舊是訪古探奇的性質。范成大只在旅行途中經過夔州，他雖然曾經到訪白帝山上宋人仿建的杜甫高齋，也談到赤甲山，更注意到山與月的角度，算是相當有意義了，但也僅僅做了這一點而已。至於以注杜爲職志的王嗣奭，因爲停留時間甚短，觀念上又未能完全脫離傳統注釋家依戀官方地理書籍的習慣，雖然常有創見，但也往往被他本人把自己所發現的否定了。山東大學《杜甫全集》校注組的用心和努力都值得肯定，小組成員對杜詩的熟悉度，也令人贊歎。但是，他們的工作仍只停留在訪古而已，畢竟不是從現代精密學術的角度出發所作成的研究，所提出的見解都仍是古人不正確的舊說。總之，前述的詩人、學者們基本上都未能拋下尊崇古注的心理，所作研究常會依傍古注，不是眞正獨立的「現地研究」。

誠然，未能拋下尊崇古注的心理，乃是前人無法眞正走上「現地研究」的主因。不論是宋代陸游也好，現代的蕭滌非也好，他們到了當地，感覺重要的一件事，常常就是向本地人訪問杜甫遺跡，然後由本地人指引去認識杜甫在這塊土地上的活動，雖然他們也會仔細查核一下杜甫的詩篇，但因爲耆老往往也是讀杜詩古注而熟習杜詩的人，或者像今日杜公祠旁居住的老先生，本人雖非杜詩學者，卻已經輾轉聽受熟習杜詩者的轉述，因而耆老所傳說的杜甫故事或遺址，往往與杜詩注本或方志記載並無差異。那些早就精熟杜注的外來訪客，聽到相同的言論，得到印證之喜，便很少人會去懷疑耆老所說的眞僞。

事實上，有學問的耆老，他所知道的杜甫知識，本來就是來自書上，訪問者和被訪問者所讀的書大體相同，當訪問者去會見耆老之後，再把耆老所言記錄下來，去印證原來的知識，就正好形成一個無效的循環論證。而且，大家也許都忘了，從杜甫死後到兩宋，歷經了四、五百年，政治變革加上經常有少數民族反亂，中間又經過一次重大的遷城事件，即使在南宋，所謂耆老傳說，早就變形扭曲了。可是，杜詩古注乃至許多相關的古地理文獻資料，都是出於南宋之後，因此，前面所說的無效循環論證，不僅是無效而已，還會出現僞說錯亂的現象。

本文在研究方法上，很清楚地了解到各種論證方法的弱點，從根本之處起就全力避免這個推論陷阱，既廣泛地運用古文獻材料，卻不信古書、不信古注。雖樂於聽受耆老解說，尊重耆老傳述，但也不信耆老。以一半的心力去整理古代文獻，另一半心力去觀測現代景物，不廢古人，也不尊古，可以用科學方法，結合實際數據去做研究，從新的證據求得出新的結論，小心地開闢「現地研究」的大路、新路，這一點，雖然算不得多大的學術貢獻，至少可作爲後進的參考。

6・展望

本書雖然結束，但是對我正在進行的現地研究並沒有結束，未來的後續研究，包括白帝山、白帝城、赤甲宅、西閣等問題，都還必須在目前的基礎上加速進行，未來完成的結果，與本書《杜甫夔州詩現地研究》中二至五章的論文形態相似。完成之後，將繼續進行三件事：（1）·建立杜甫夔州詩與現地景觀之對照資料庫。這是以普通照片、錄影帶、幻燈片、學術性論述、一般性說明等五種方式，交叉呈現，對與現地有關的詩篇，進行立體的詮釋。除含有充分的學術價值，可做學術研究之外，還可上網供大學師生、社會大衆取用。(2)·建立杜甫在夔州的生活資料庫。這是對杜甫曾經活動的相關地點，建立精準的海拔高程、平面距離與經緯度座標資料庫。最後，並可據以繪成杜甫夔州生活的詩意地圖。（3）·重作夔州詩的編年及舊注校正。由於本研究的成果，能修訂古注的錯誤，對詩篇作出更接近眞相的詮釋，將來可逐首完成新注，並重新爲夔州詩做好正確的作品編年，隨宜校正舊注的錯誤。

此外，還有一件非常迫切的工作，就是要積極尋找合作伙伴，取得與本研究相關地點的衛星雷達遙感圖像（L-SAR圖像），經由影像的解譯分析，建立科學的夔州杜甫詩遺址檔案。據我所知，利用衛星雷達遙感圖像解析功能對古河道及古代城市提供新的數據，以進行古遺址的研究，早在幾年前，歷史地理學界已經有人用這個方法進行對古彭蠡澤消退與九江安慶城址轉移的研究，相當成功。對於本研究來說，假使能夠充分採用這種方法去論析長江與東瀼水、梅溪河、赤甲城、白帝城、夔州城（假如夔州與白帝各異城的話）等河道及城牆的古今演變，所得應會更多，也更有助益於後來的研究者。

由於這項計畫不僅需要專業技術與龐大經費，最重要的是，還必須得到大陸當局的批准。希望的未來幾年能夠突破種種難關，完成這項工作。不然的話，到公元二００三年之後，即使想做也不可能了。

貳．楚宮陽臺

一．前言

目前我們對杜詩地理的了解，主要來自宋元明清歷代的舊注，這些舊注又來自於《水經注》、《元和郡縣圖志》、《通典》、《太平寰宇記》、《元豐九域志》、《輿地廣記》、《輿地紀勝》、《方輿勝覽》、《大明一統志》、《四川總志》、夔州的府志、縣志，正史的《地理志》，以及像唐劉禹錫〈夔州刺史廳壁記〉、李貽孫〈夔州都督府記〉、宋陸游〈入蜀記〉、〈東屯高齋記〉、范成大〈吳船錄〉之類的文章，[註1]歷代注釋家輾轉傳鈔這些資料，並未經過嚴謹的核校，往往原書誤用、誤解、誤信、誤傳，與杜甫原詩的語意差距甚大，但是學界仍然採信，即使注解與杜甫原詩顯然不合，也少有人指出。其實，不論這些書裡的那一條資料，除了《水經注》之外，都是比杜甫的年代晚了幾十、幾百、上千年的，編書的人也並沒有一個人像杜甫這樣，在夔府住過頭尾三年，作詩四百餘首，有充分的資格爲夔州的地名來發言。我們如果不相信杜甫本人的說法，卻寧願相信後

1．此處所稱《水經注》等各書，皆常見之古代地理書籍，故不一一加注詳細版本資料，僅於書後參考文獻中註明出版處所，但如文中有引用各書內容資料時，必須標註完整版本資料，以省篇幅而成體例。

人的追述，不就犯了研究上證據倒錯之病嗎？

以「楚宮、陽臺」來說，杜甫在夔州所作的詩，凡寫到這個名詞，都是指著夔府（奉節縣）現地的山峽而說話的，甚至在他已離開奉節縣到了巫山縣的出峽途中，仍然以「楚宮岸」來稱呼夔府（奉節縣），註2可是，從趙次公以來各家注釋，註3一再地以「巫山縣」來注解，完全不理會杜甫的語意，無視杜詩的內容，至今日所有注杜的學者，均未注意改善。

巫山巫峽的傳說，主要在楚宮、陽臺與神女三者，但這些都是出於傳說，更明確的說，是出於宋玉的賦，並無證據顯示，有人眞實看見類似宋玉賦中所說的楚宮陽臺（神女因無關於地理，在此不作討論）。縱使楚王曾經建築宮臺於此，在宋玉寫作當時，此地早爲秦軍佔領，楚王早已遷都壽春，不可能再來了。因此，「楚宮」一事早就充滿了不確定性。後世雖傳說紛紜，《水經注》尤言之鑿鑿，不過，了解《水經注》性質的人也都明白，這部書眞實與虛擬駁雜，事件與傳說混陳，他所記的楚宮地點，並非定論。從《水經注》到杜甫時代、再到現代，人們所見到的新古跡，像神女廟、陽雲臺、楚王宮，曾經過多次的遷徙改建，更無可據。在這種背景下，舊注把「楚宮、

2．唐人習慣上稱州名即稱州治所在，夔州首縣爲奉節縣，州治應與奉節縣同城。稱夔州即指奉節縣，無須另外注明。但舊注爲牽就巫山縣之詮釋，或有以「夔州」一詞指全州之境，爲免混淆，且夔州屢爲都督府，杜詩又本有稱夔州爲夔府者，因而本文凡指奉節縣處，多以「夔府」稱之。關於這一點，我還有專文〈杜甫夔州詩中巫山巫峽地名新論〉，即將發表。

3．宋趙次公注，林繼中輯校：《杜詩趙次公先後解輯校》（上海：上海古籍出版社，1994年12月。以下簡稱趙注）

陽臺」鎖定在巫山縣，並不足為奇。

然而，杜甫對這件事情卻不曾含糊，比如他在尚未入峽前，和別人談到峽中的水程時曾說：「朝雲暮雨祠。」到雲安縣以後，尚未到奉節縣之前還寫過：「江通神女館」，出峽舟行途中又寫下：「神女峰娟妙」之句，註4尤其是後者，表示了他在離開巫山縣以後將要親眼看看神女峰。但是，杜甫雖然在期待經過巫山縣時肯定了神女館、神女祠與神女峰在巫山縣，為何全然不提「楚宮、陽臺」呢？難道不是意味著「楚宮、陽臺」與巫山縣無關嗎？

三峽山區除水路外，自古尚有陸路，巫山縣距離夔府三十幾公里的水程，如果不走水路，由夔府到巫山縣尚有山路可通(請參閱本書第三章宋代古道，現代巫山奉節間的公路是沿清代古道，經由白帝鎮、草堂鎮、雙潭，經巫山縣關口至縣城，全長78.4公里，寬6.5米，1980-1990年所修，與此不同）。但是杜甫在夔府的所有詩中，確實顯示他在最後出峽之前，不曾到過巫山縣一次，這也是所有杜詩讀者從來沒有異議的事。因此，當杜甫明確的在他所居住之地，指著眼前山峰來使用「楚宮」詞彙時，決然不會是巫山縣的概念。

更明確的證據是，杜甫出峽經過巫山縣時，曾上岸停留，接受唐十八旻招待並題詩於壁，詩中絕無一字提及楚宮。然而，當酒會的主人唐旻離開巫山縣以後再度寄信給杜甫，杜甫的回詩就寫道：

---

4 ．三詩分見清仇兆鰲：《杜詩詳注》（北京：中華書局，1979年10月），卷12，頁982，〈奉送崔都水翁下峽〉、卷9，頁751，〈遣愁詩〉。卷21，頁1866。〈大曆三年春白帝城放船出瞿塘峽久居夔府將適江陵漂泊有詩凡四十韻〉詩。

…一失不足傷，念子熟自珍。泊舟楚宮岸，戀闕浩酔辛。除名配清江，厥土巫峡鄰。登陸將首途，筆札枉所申。…〈敬寄族弟唐十八使君〉註5

據「登陸將首途，筆札枉所申。」之句可知，唐十八寄此信給杜甫必是在捨舟登陸之時，唐十八由何處登陸呢？他這時貶官黔州（清江郡），必須到夔府登陸、渡江，才能從長江南岸轉陸路到黔州赴任。註6登陸處既可確定爲夔府，可見他在「泊舟楚宮岸」之句，確定是以夔府（奉節縣）爲楚宮所在之岸了。反之，若杜甫也和其他人一樣把「楚宮」定位在巫山縣，那麼，這首詩就不會再把夔府奉節縣稱爲「楚宮岸」。

爲了釐清杜甫夔州詩中的「楚宮、陽臺」的正確說法，乃有本研究之產生。

本文將採用現地研究的新方法，結合「以原詩釋原詩」的精神，

5．《詳注》，卷21，頁1863。唐十八，岑仲勉《唐人行第錄》未考出其名，郁賢皓《唐刺史考》（南京：江蘇古籍出版社，1987年2月）第六編，頁1066，定爲唐旻。

6．這是唐代由夔州到黔州的官道，現在由夔州往黔州、廣州的主要省道，也是由奉節南岸對縣，走新民、興隆這一路，經恩施南下黔州。詳見《中國司機實用地圖冊》（北京：地質出版社出版，1998年7月）。李白被流放夜郎，也不在巫山縣渡江，而是遠到白帝城待命渡江，杜甫集中還有一首〈贈李十五丈別〉詩，送李文嶷是由夔州往黔州，也說是由奉節縣捨舟就陸。至於黃庭堅詩及陸游《渭南文集．入蜀記》說施州正路在巫山縣，宋時的主要道路疑由巫山縣渡江，走南陵山，越一百八盤的山路南下，即黃庭堅詩所謂「一百八盤攜手上，至今猶夢繞羊腸。」，與唐代不同。

從三條研究主軸進行研究，第一、從寫作筆法分辨杜甫使用「楚宮、陽臺」詞彙時，不是一般用典，而是尋訪古跡的手法，第二、從杜詩內容分辨杜甫使用「楚宮、陽臺」詞彙時，是以現地觀念寫親身目睹的經驗。第三，從夔府奉節縣的實地觀測印證杜甫夔州詩中「楚宮、陽臺」的實際可能位置。

在研究過程中，我首先把杜詩從舊注剝離，讓杜甫原詩自己來做最原始的表述，而後也讓舊注充分參與討論，本文所援用的舊注，有宋趙次公《杜詩趙次公先後解輯校》等十七種。註7對於地形地貌的解

7．本文所用杜集，除趙次公注本外，《草堂詩箋》、《杜詩錢注》、《杜詩詳注》、《杜臆》、《杜詩鏡銓》、《讀杜心解》、《讀杜詩說》皆有單行本，將隨文附註版本。無單行本者，主要採用黃永武主編《杜詩叢刊》第一至第四輯，（臺北，大通書局，1974年），各書原板本書下：(1)．宋．郭知達集註《九家集註杜詩》，清．文瀾閣欽定四庫全書本。(2)．宋．劉辰翁批點，元．高楚芳編《集千家註批點補遺杜工部詩集》，明．嘉靖己丑（八年）靖江王府本刊本。(3)．宋．徐居仁編、黃鶴補註《集千家註分類杜工部詩》，元．皇慶元年建安余氏勤有堂刊　元末葉氏廣勤堂印本。(4)．宋．闕名　集註《分門集註杜工部詩》，上海涵芬樓影四部叢刊，借南海潘氏藏宋刊本。(5)．明．邵寶集註《刻杜少陵先生詩分類集註》，明萬曆廿三年吳周子文刊本。(6)．明．單復撰《讀杜詩愚得》，明．宣德九年江陰朱氏刊本。(7)．清．盧元昌註《杜詩闡》，清．康熙二十五年書林刊本。(8)．清．吳見思註《杜詩論文》清．康熙十一年吳郡寶翰樓刊本。(9)．清張溍撰，《讀書堂杜工部詩集注解》，清．康熙三十七年讀書堂刻本。其中(3)．宋．徐居仁編、黃鶴補註《集千家註分類杜工部詩》，實即《四庫全書》本改題作《補注杜詩》（補千家集註杜工部詩），除於黃希、黃鶴二人注語上加「補注」二字，著爲體例外，二書內容全同。

說，則是以我親自在現地實際勘查和測量所得，並盡量以照片輔助說明，照片一部分出於自攝，一部分出於趙貴林先生和陳丁林先生，希望以實證的法則，避免臆測與誤解。

在從事現地研究時，當然會考慮古今地形變化的問題，由於本文所處理的地貌是比較原則性的，唐代夔州所在的奉節縣，歷史上並無災害性的大地震，是屬於地殼穩定的地區，重大水災造成山崩與居民損傷，只有五代後唐長興三年赤甲山崩這次見於記載，基本上古今變化不大。此外，由於許多地名的稱謂，現代稱呼和杜詩中所指的位置並不相同，如本文中經常提到的赤甲山與白鹽山，唐代杜甫所指的與後人所指的完全不同，見本書第三章，行文時暫以今地名稱呼，取便讀者，並冠以「今稱」或「今名」以提醒讀者留意之。

二·杜甫以「古跡概念」來看「楚宮、陽臺」

談到杜甫夔州詩中「楚宮、陽臺」的眞實意義，首先要區別的，就是杜甫運用這兩個名詞時，究竟是使用了古跡概念，或者是典故概念，或者是地名替代概念，三者有很大的區別。

所謂古跡概念，是指詩人在寫作時，自覺所面對的是一個古跡的實體。所謂典故概念，是指運用一個事件、故事或傳說，來寄託比興或美化詩句。所謂地名替代概念，是以某一特定的非標準地名名詞，來替代另一個標準地名。標準地名，例如政府正式公布的地名便是。

如果杜甫認爲夔府（奉節縣）有楚宮陽臺古跡，那麼，他在寫作的時候就必須以一個實體來對待，賦予其固定的方位，並允許親眼目擊，而不是抽象式的用典，或只做地名代換而已。

爲了易於比較，下面我先整理杜甫在夔府所有使用了「楚宮」「楚王宮」「陽臺」「高唐」「神女」等詞彙的詩句，註8列舉於下(表一)，本表第一欄是詩句，第二欄將這些詩句的寫作手法分爲三類－古跡興感概念、地名借用概念、單純典故概念，並在第三欄中略作說明。

表一・杜甫夔州詩使用「楚宮陽臺」系列詞彙表

詩　　　　例	分類	說　明
1・泊舟楚宮岸，戀闕浩醉辛。〈敬寄族弟唐十八使君〉	地名概念	代稱夔府
2・瘴餘夔子國，霜薄楚王宮。〈大曆二年九月三十日〉	地名概念	代稱夔府
3・巫峽曾經寶屏見，楚宮猶對碧峰疑。〈夔州歌十絕句8〉	古跡概念	目見
4・最是楚宮俱泯滅，舟人指點到今疑。〈詠懷古跡五首2〉	古跡概念	目見
5・風煙巫峽遠，臺榭楚宮虛。〈贈李八祕書別三十韻〉	古跡概念	即楚宮泯滅意註9
6・清旭楚宮南，霜空萬嶺含。〈朝二首〉	古跡概念	目見
7・春雨闇闇塞峽中，早晚來自楚王宮。〈江雨有懷鄭典設〉	典故概念	目見雨在峽中而又用典
8・楚王宮北正黃昏，白帝城西過雨痕。〈返照〉	古跡概念	目見
9・暫留魚復浦，同過楚王臺。〈奉寄李十五祕書文嶷二首〉	古跡概念	邀遊當地古跡
10・楚宮臘送荊門水，白帝雲偷碧海春〈奉送蜀州柏二別駕〉	地名概念	代稱夔府註10
11・白帝更深盡，陽台曙色分。〈曉望〉	古跡概念	目見
12・削成當白帝，空曲隱陽臺〈瞿唐懷古〉	古跡概念	目見
13・何須妒風雨，霹靂楚王臺。〈雷〉	古跡概念	目見
14・干戈盛陰氣，未必自陽臺。〈雨／始賀天休雨〉	典故概念	單純用典
15・玄冬幾夜宿陽臺。〈見王監兵馬使說近山有白黑二鷹〉	古跡概念	近山謂陽臺在所居附近
16・中有高唐天下無〈夔州歌十絕句之十〉	地名概念	代稱夔府
17・高唐暮冬雪壯哉〈晚晴／21：1846〉	地名概念	代稱夔府
18・高唐寒浪減，彷彿識昭丘。〈秋日寄題鄭監湖上亭〉	地名概念	代稱夔府
19・一柱全應近，高唐莫再經〈泊松滋江亭〉	地名概念	代稱夔府
20・飄零神女雨，斷續楚王風。〈天池〉	典故概念	詠風與雨
21・江流思夏后，風至憶襄王〈上白帝城〉	古跡概念	因所見而懷古
22・雨隨神女下朝朝〈夔州歌十絕句之六〉	典故概念	所居正對赤甲北而用典
23・神女花鈿落。〈雨四首之四〉	典故概念	在夔詠雨故而用典
24・神女峰娟妙，昭君宅有無。〈大曆三年春白帝城放船出〉	地名概念	實經神女峰
25・他日辭神女，傷春怯杜鵑。〈秋日夔府詠懷一百韻〉	地名概念	替代夔府

以上二十五個例子，十一個是古跡概念，九個是地名概念，五個是典故概念。地名概念的九個例子中，有一個是神女峰本身，八個可以用夔府來替代，杜甫選用它們來替代夔府，歸根究底還是與傳說的存在脫離不了關係，因此，也可以視爲另一種形式的用典，註11 在典故概念中，也有些是介於古跡概念的，如「春雨闇闇塞峽中，早晚來自楚王宮」，是寫春雨時節，黑雲從瞿唐峽頂下來，重點所在是峽中，杜甫所認定的陽臺又恰在這個位置，頗有面對古跡而寫的意思，原應歸入古跡概念詩，但春雨所下之地是整個城市，是否由楚王宮來的，畢竟不是那麼切實，而是帶有用典的性質，所以仍然列入典故概

8．本組例詩主要是居住夔府時期所作，其中參雜了一兩首到了荊南以後的回憶之作，如〈泊松滋江亭〉〈秋日荊南述懷三十韻〉都是初出峽之作，內容和夔府有關者。所有詩句均據《杜詩詳注》，均於題後標明簡略卷頁，如〈敬寄族弟唐十八使君／《詳注》卷21，頁1863〉。省略爲〈敬寄族弟唐十八使君／21：1863〉。

9．此詩巫峽地名，係代指夔府，遠字訓爲偏遠，言我所居對長安而言實乃偏遠。

10．同等級地名對舉時，杜甫有一種以部份代全體之法，如本例楚宮與白帝兩句對舉，白帝既可作爲夔府地名之代表，楚宮亦可視爲夔府之代換。其例尚有「高唐寒浪減，彷彿識昭丘。」上句高唐即夔州，指自身所在，寒浪減，指正月淩寒出峽，峽中有浪，浪盡即出峽，正好接下句懸想出峽見到昭丘，此昭丘亦即峽州，高唐昭丘、夔州峽州都是同級地名，在運用上都是以小地名代換大地名。又如「一柱全應近，高唐莫再經。」高唐與一柱都是小地名，以代夔府及江陵。

11．如「他日辭神女，傷春怯杜鵑。」之句，本詩是在夔府詠懷之作，並未見到神女峰，在此應是採地名概念，借「神女」代替「夔府」。神女代夔州，其實也有因神女典故而取來代用的一段因緣。

念。又如「雨隨神女下朝朝」之句，本詩所詠的是東屯，東屯正好遙對今名赤甲山的背面，在陽臺之背，因而引起用典的動機，嚴格來說，也可歸入古跡概念。但是，這首句主題在雨，如果不提神女，雨也是要下的，詩人應有用神女來美化雨的意圖，因而仍可視爲用典手法。

然而，單純用典的手法，像李商隱那樣，身在與巫峽沒有關係的地方，爲了寫細雨，就運用了神女典故，寫出「楚女當時意，蕭蕭髮彩涼。」的情況，註12 在這裡並不存在。神女之雨、襄王之風這樣的典故被拿到杜甫詩裡，基本是因爲古跡傳說的存在，才會發生，地名之所以用楚宮岸或高唐來代稱，也同樣是基於傳說之存在於本地，才被用爲代稱。所以，在杜甫夔州詩中凡用到「楚宮陽臺」詞彙時，本就帶有濃厚的古跡味道，何況在許多古跡概念的例句中，還表現出強烈的現地目擊感，更不能不予以正視。

在本節中，我們先討論三首杜甫直接稱「楚宮、陽臺」爲古跡的詩篇，這三首詩題是：〈瞿唐懷古〉、〈詠懷古跡〉、〈夔州歌十絕句之八〉，首先，請看〈瞿唐懷古〉詩：

西南萬壑注，勁敵兩崖開。地與山根裂，江從月窟來。削成當白帝，空曲隱陽臺。疏鑿功雖美，陶鈞力大哉。註13

這是杜甫楚宮古跡概念詩中最重要的原型。在杜甫詩集中，除了本詩

12．見清馮浩：《玉谿生詩集箋注》（臺北，里仁書局，1981年8月）卷3，總頁721。「帷飄白玉堂，簟卷碧牙床。楚女當時意，蕭蕭髮彩涼。」

13．《詳注》，卷18，頁1558。

以外，以懷古爲題的作品，尙有〈公安懷古〉和〈詠懷古跡五首〉。〈公安懷古〉一開頭就以「野曠呂蒙營，江深劉備城。」兩句點出遺跡，〈詠懷古跡五首〉雖然部分詩篇的詮釋尙有爭議，但基本上，這一類題目就是針對古跡而寫，無可置疑。本題既爲瞿唐之懷古，果然在第三聯便具體提出所懷的對象是兩件古跡：一是白帝城，一是陽臺。

由於自第一聯開始，杜甫就完全以現地游望的筆法來進行，而且所指定的兩個古跡中，白帝城是眞確實有的古跡，因此，它無可避免的要面對陽臺古跡也是眞實存在的問題。雖然我們也知道，杜甫其他詩篇也寫過「楚宮久已滅，幽佩爲誰哀？」〈雨／峽雲連清曉〉，但是，杜甫既然指引讀者去看「空曲隱陽臺」，也就是說當他寫詩時，必然做了眺望的動作，也必定確有眺望的方向，而目光的最後投射點，也必然存在於某個他特別關注的位置。縱使杜甫並沒有看見今稱赤甲山中眞有楚宮陽臺等古跡建築，但是，他已經指示了一個觀看的方向，並把那個他所指定的地點，視爲傳說中「楚宮」「陽臺」的所在。

關於這一點，舊注中也注意到此事，單復《讀杜愚得》說：「其削成之勢，則當白帝，而空曲之間，則隱陽臺。」註[14]楊倫《鏡銓》也說：「所以削成之崖，正當白帝，而空曲之處，尙隱陽臺耳。」註[15]都

14．明單復《讀杜詩愚得》（臺北：大通書局，1974年。以下簡稱讀杜愚得）卷12，頁51上，總頁947。

15．清楊倫《杜詩鏡銓》（臺北：華正書局，1978年9月，以下簡稱鏡銓），卷15，721。

是順著杜甫的語意作出推演。此外，王嗣奭《杜臆》和仇兆鰲《詳注》也都看出杜甫這首詩的寫實性，他們也覺得不可迴避了，所以《杜臆》首先提出：

> 按《總志》：白帝山，府治東五里，峽中視之，孤特甚峭。故以華山之削成者比之。陽臺山在府治北，高百丈。今瞿唐隱于空曲中也。[註16]

這段注文有兩個錯誤，但它背後的含義卻很重要。杜詩原句是「削成當白帝」，可見「山如削成」的，應不是白帝山而是隔岸當面相對的今稱白鹽山，王嗣奭以「削成」二字爲指「白帝山」，固誤，接下來他解釋「陽臺山」又有失誤，文中所稱《總志》是《四川總志》的省稱，該書有「陽臺山」條：「巫山，治北，高百丈。上有雲陽臺遺址。」[註17]並沒有「府治北」之說。《四川總志》文字多沿襲自《大明一統志》，據《大明一統志・夔州・陽臺山》條：「在巫山縣治北，高百丈。上有雲陽臺遺址。」[註18]也沒有「府治北」之說。較早的樂史《太平寰宇記》在〈巫山縣〉下就有「陽臺」記載，[註19]王氏並非不知道這本書，但他不聽樂史之說，卻因一貫採信本朝官書而改用《四川

16・清王嗣奭：《杜臆》(上海：上海古籍出版社，1983年)，卷7，頁253。

17・《四川總志》(臺北：商務印書館，四庫全書存目本)，卷14，頁六，總頁史199-497。

18・明李賢：《大明一統志》(陝西：三秦出版社，1990年2月)，卷70，頁4上，總頁1088。

19・宋樂史《太平寰宇記》(臺北：商務印書館，四庫全書本)，卷148，頁8下。本條內容詳見下文所引錢箋。

總志》，並且多出了一個「府」字，就把《四川總志》原作巫山縣的移到奉節縣了。發生這樣的錯誤，難道只是王嗣奭的一次誤寫嗎？

同樣的問題也發生在《詳注》中，仇氏在「空曲隱陽臺」的句下引述《杜臆》，他刪去「瞿唐隱于空曲中也」，增入「五里」二字，變更為：「《杜臆》：陽臺，在府治北五里，高百丈。」註[20]我們細檢《詳注》夔州詩部份，注出「陽臺」位置的只有這一條，其他三處「陽臺」名詞，他只在〈曉望〉詩下注了：「宋玉《神女賦》：陽臺之下。」另二處「干戈盛陰氣，未必自陽臺。」「玄冬幾夜宿陽臺。」皆無注。而這唯一注出地點的條文中，他卻誤傳了《杜臆》的誤寫。王仇二人為什麼會相承誤引呢？推考其故，難道不是因為杜詩的語意，已明白表示陽臺古跡就在奉節縣眼前可及之處，使注解家沒有了騰挪退步、游移其詞的空間，只好去找尋能圓成其說的證據，不幸成了誤寫誤傳的結局嗎？

杜甫不但在〈瞿唐懷古〉詩中正面提出「陽臺」的古跡說法。在「詠懷古跡五首之二」，他也以指點古跡的筆法來寫「楚宮」：

> 搖落深知宋玉悲，風流儒雅是吾師。悵望千秋一灑淚，蕭條異代不同時。江山故宅空文藻，雲雨荒臺豈夢思。最是楚宮俱泯滅，舟人指點到今疑。註[21]

詩的前半由秋林搖落寫到懷念宋玉，後半才寫到古跡。第五句，謂宋玉宅猶在而其人已非，己身在夔府，亦不能到，所以空憶文藻。第六

20．《詳注》，卷18，頁1558。
21．《詳注》，卷17，頁1501。

句說宋玉雲雨陽臺之賦，別有懷抱，不止記夢而已。末聯說古代或有楚宮在眼前的山中，今楚宮雖泯滅無跡，舟子尚能爲客人指點其處。反復讀這首詩，便會發現詩中所詠古跡，應是夔州奉節縣有個傳說中的「楚宮」，杜甫由探問此一古跡而懷念起與此傳說之原創有最密切關係的宋玉，兼作異代自悼之想。杜甫雖曾請人探訪過歸州及江陵的宋玉宅，見於其他詩篇，但這首詩所詠的「古跡」並不是宋玉宅。然而舊注多數都把本詩所詠古跡鎖定到「宋玉故宅」上，視「楚宮」爲陪賓，這樣一來，既然「宋玉宅」根本不在夔府，並非現地，因而注「楚宮」時引述遠在巫山縣的記載，也就無人深思其非了。

以下，是關於本詩的重要舊注：

1 · 此言楚之所謂高唐觀、朝雲廟者，無有矣，後人亦疑其當時之有無，未可知也。（趙次公注）

2 · 夔州巫峽十二峰，下有神女廟，按宋玉高唐賦言楚王夢巫山之女，此興託也，故公有雲雨荒臺豈夢思之句。（分門集注、集千家註、讀書堂杜詩注並引趙注）

3 · 《寰宇記》：「楚宮在巫山縣西二百步，在陽臺古城內，即襄王所游之地。」「陽雲臺，高一百二十丈，南枕長江。」宋玉賦云：『游陽雲之臺，望高唐之觀。』即此也。」（杜詩錢注）

4 · 《杜臆》：玉之故宅已亡，而文傳後世。其所賦陽臺之事，本託夢思以諷君，至今楚宮久沒，而舟人過此，當有行雲行雨之疑。總因文藻所留，足以感動後人耳。風流儒雅，眞足爲師矣。…俱泯滅，與故宅俱亡矣。《寰宇記》… （詳

注）

5·最可異者，楚宮已泯滅矣。至今舟人過此，猶指高唐神女之遺跡，疑當年果有此事。（杜詩闡）

6·公目宋玉宅而詠所懷，言宋玉亦吾師也。…且陽臺楚宮俱已泯滅，舟人猶能指點，使我不能無疑焉，賦也。（讀杜愚得）註22

以上各家注解明明都注意到杜甫所說：「最是楚宮俱泯滅」，「俱泯滅」之意，就是楚宮在當時已看不到了，卻還是要引《太平寰宇記》這些與杜甫原意相反的後代記載來注杜，合理嗎？況且，杜甫既然只在奉節縣，根本未到過巫山縣，就三次肯定地說楚宮已經泯滅，爲什麼他能這樣肯定，不是很值得我們思索嗎？

再說到「舟人指點到今疑」，這句話的語意，前人都不注意，《詳注》和《杜詩闡》注意到了，卻把「至今疑」的主人翁當作舟人，沒有得到杜甫的語意，只有《讀杜愚得》說「舟人猶能指點，使我不能無疑焉」，他注意到了指點者是舟子，而接受指點者是杜甫，這才符合杜甫本意，同時把詩的現場拉回到夔州現地了。

詩篇的詮釋，主觀上必須尊重作者的本意，客觀上必須遵照語言

22·《趙注》戊帙卷七，總頁1083、《分門集注杜工部詩》（以下簡稱分門集注）卷13，頁26，總頁993、《集千家註批點杜工部詩》（以下簡稱集千家註）卷15，頁35，總1271、《讀書堂杜工部詩集注解》（以下簡稱讀書堂杜注）卷15，頁30，總1452、清錢謙益：《杜詩錢注》（簡稱錢注，臺北：世界書局，1991年）卷15，330 、《詳注》卷17，頁1501、《杜詩闡》卷25，頁2，總1199、《讀杜愚得》卷13，頁36，總1027。

習慣，以「舟人指點到今疑」這句詩來說，假如按一般的說法，楚宮就在巫山縣城外，那麼明顯，旅客何必依賴舟人指點，舟人指點又何以不能自信而與聽者同疑？再說，楚宮古跡若在巫山縣，那麼，舟人就必須得把船開到巫山縣，才會開始指點，現在航行於三峽間的大客輪廣播也是到瞿唐才說夔門，進入巫峽才說神女峰，這是一般語言的習慣，古今不會相差太大。杜甫既未到巫山縣，怎能看見舟人指點巫山縣風景的行為呢？反之，杜甫既不會在巫山縣看到舟人指點旅客，那麼，他所看到的「舟人指點到今疑」的事，就應是發生於夔府（奉節縣），而且就在杜甫的生活範圍內。以杜甫這樣的外鄉客，既到夔府，初到之時必然會向人打聽本地的古跡傳說，或許他曾經向舟人尋問，而舟人以不敢肯定的語氣指點給他看。如果奉節縣沒有楚宮遺跡的傳說，那麼，當杜甫發問的時候，舟人應該說：「這裡看不到，你必須到巫山縣才問人。」而不是「舟人指點到今疑」了。

經過以上分析，我們知道杜甫對「楚宮」的態度，並不只是文學的、傳說的、典故的，他把它當作曾經存在的古跡，用眼睛去看著它，面對它吟詩、思索。從下面要舉出的〈夔州歌十絕句之八〉中，也可以得到證明。：

> 憶昔咸陽都市合，山水之圖張賣時。巫峽曾經寶屏見，楚宮猶對碧峰疑。註23

〈夔州歌〉共有十首，第一、二首專寫山城白帝和江水瞿唐，第三首

23．《詳注》，卷15，頁1302。

寫公孫述等割據人物。第四首赤甲白鹽二山，第五首寫白帝城北郊外的瀼東瀼西，第六首記東屯，也在白帝城北郊，是比瀼東瀼西更遠的山谷，第七首記江船，貼切夔府，第九首武侯祠堂，在夔州城的西郊，第十首寫夔州城郭。前後九首都集中在奉節縣來寫，不可能獨獨在第八首，遠寫數十公里外的巫山縣，所以這個「巫峽曾經寶屏見」句中的「巫峽」，應和杜甫夔州詩所有的「巫山」「巫峽」地名一樣，都指「夔府」（奉節縣）。

本詩中，杜甫自言曾在長安看過販售的巫峽楚宮山水圖，註24現在遷居夔州，坐對碧峰，目疑楚宮，而作此詩。至於「楚宮猶對碧山疑」，這個「對」字，必然是杜甫面山而立望，這個「疑」字也是杜甫望山而疑，楚宮遺跡雖然已經無存，杜甫在奉節縣仰首而望，尋覓楚宮古跡的動作，畢竟是個存在的事實，爲什麼杜甫會在夔府去仰望楚宮呢？他心中所想的楚宮應在身前可以目及之地。否則，如果杜甫也認爲楚宮在數十公里外的巫山縣，理應不會做出這樣的動作，這句詩也就不該這樣寫了。

以下是關於本詩的主要舊注：

1．次公曰：楚宮猶對碧峰疑，言昔畫圖上見楚宮，今對碧

24．類似杜甫這首描寫長安商人販賣巫山圖的詩，把巫山和白帝城連在一起談的，李白也有一首〈巫山枕障〉，見安旗：《李白全集編年注釋》（成都：巴蜀書社，1990年4月），頁301。原詩是：「巫山枕障畫高丘，白帝城邊樹色秋。朝雲夜入無行處，巴水橫天更不流。」詩中的高丘，正是從宋玉所謂「高丘之岨」而來，連著第二句「白帝城邊」來看，應是指白帝城邊的高崖，正與瞿唐兩崖的地形地貌相同，與這首〈夔州歌〉極爲相似。

峰，猶疑是舊所見之畫也。（趙注，分門集注曾引此條）

2·蘇曰郭秀才過巫峽，愛十二峰，立馬久之。嘆曰：吾昔年買山水圖，疑其妄妝景色，今日親見，勝彼圖十八九矣。…趙曰：…（分門集注）

3·夔州歌十絕句之八／賦也，咸陽，公故居也。寶屏碧峰，俱指巫峽山峰，言巫山有十二峰，曰望霞、曰翠屏、曰朝雲、曰松巒、曰集仙、曰聚鶴、曰淨檀、曰上昇、曰起雲、曰飛鳳、曰登龍、曰勝泉，沿峽首尾一百六十里。…詩又言，昔在長安市鬧之地見賣巫山十二峰畫圖，疑其妄妝景色，今日親經是地，信其果然。然楚宮遠在荊州，望之尚疑其景不至如此也，夔之名山，豈不當詠歌也哉。（分類集註）

4·八章，記楚王宮也。咸陽所見者畫圖，夔州所對者眞境。但楚宮難覓，終成疑似，即眞境亦同幻相矣。公詩「舟人指點到今疑」即同此意。（詳注）

5·我昔在咸陽都市曾見夔州山水，圖其寶屏上，若巫峽若楚宮，一一識之。今客夔所見巫峽，果如寶屏，無可疑者，惟楚宮泯滅，不可復問。合之寶屏，猶未免於疑耳。（杜詩闡）註25

25·《趙注》戊帙卷三，總頁969，《分門集注》卷4，頁26，總頁430引同、明邵寶：《刻杜少陵先生詩分類集註》（簡稱分類集註，臺北：大通書局，1974，收入杜詩叢刊。）卷23，頁50，總2022、《杜詩闡》卷26，頁22，總1300、《讀書堂杜詩注》卷16，頁23，總1534。

以上各家注中，早期的趙次公說的頗爲含糊；《分門集注》及《分類集註》都暢論巫山十二峰，完全疏離本題，自不可信；仇注在其他篇章中，雖然始終以巫山縣來解釋「楚宮」，但是本詩的語意實在無法牽到巫山縣，所以他也只好說：「夔州所對者眞境。但楚宮難覓，終成疑似。」用「夔州」一詞模糊其詞，避開使用「巫山縣」，而免除了與杜甫原意的直接衝突。請注意仇氏所說的「對」字與「覓」字，這完全是當面仰望而作出了搜尋動作的用語，如果楚宮在巫山縣，杜甫張眼找什麼呢？除了仇注之外，《杜詩闡》說得最好：「今客夔所見巫峽，果如寶屏，無可疑者，惟楚宮泯滅，不可復問。」他認爲杜甫是在夔府把眞實山水和當年圖畫山水做了比較。假使楚宮在巫山縣，因爲杜甫事實是看不見巫山縣的，則「客夔所見」便不成立。

以上對這三首詩作了分析，兼顧到舊注的得與失。在這三首詩當中，共同的特點，是詩人都做了「注目尋望」的動作，雖然詩人事實上不可能望見楚宮建築遺跡，但是，他確實是以尋覓古跡的心情來對待這一件事情、寫出這許多首詩。

過去的杜詩注本，他們剪輯了古代地理書中的楚宮記載作注，基本上是採取了「典故概念」，他們強調楚宮傳說的寄託用典性，抹去楚宮古跡的地理實在性，在那種詮釋法之下，地理上的不可能，完全不被考慮。但是，令人不得不警惕的卻是，杜甫在詩集中留下的〈瞿唐懷古〉和〈詠懷古跡〉〈夔州歌十絕句之八〉等詩篇，卻能以非常清晰的古跡概念，把楚宮問題，從典故層面提昇到古跡存在的地理層次，使我們得以脫離舊說而作出全新的闡釋。在下一節中，將從「現地觀念」，來探討「楚宮」古跡在夔府（奉節縣）現地存在的問題。

三·杜甫以「現地觀念」來寫「楚宮、陽臺」

所謂「現地觀念」就是寫作者與被詠者同時存在於同一個可見的空間中，如上所述，杜甫在運用到「楚宮、陽臺」詞彙時，曾經使用尋訪古跡的筆法，這種筆法的基本要素，就是相信被提到的古跡，現在或過去或人們傳說中曾經存在於現地，由於古跡的存在或曾經存在，作詩的人才會到當地來懷古、尋望，這樣一來，詩篇就會呈現的親眼目擊感，這就是「現地觀念」的寫作模式。

進行主要例證討論之前，我先舉出一首舊注嚴重自相矛盾的詩：

> 避暑雲安縣，秋風早下來。暫留魚復浦，同過楚王臺。猿鳥千崖窄，江湖萬里開。竹枝歌未好，畫舸莫遲回。〈奉寄李十五祕書文嶷二首〉註26

這是李文嶷在雲安避暑，杜甫邀他秋天來夔相見的詩。杜甫先提出：「暫留魚復浦」，魚復浦是枯水期才有的沙質卵石磧，位置就是唐夔州城外的西側稍遠大江中，往來的大江船所停泊的瞿唐驛(請參閱頁273)，就在魚復浦東，杜甫作這首詩的時候，正逢夏秋水漲，魚復浦尚在江面之下30米，所以詩人用這個名稱，並非實景，而是以此具有歷史意義的小地名來代稱夔州城。這時杜甫居住在西閣(位在白帝山夔州城的某處，比較明確的位置將另文討論)，他既然邀友人暫留在夔州城，當然就要招待友人。第一件事，他就想到了一同去尋訪

26·《詳注》，卷15，頁1293。

楚王臺的遺跡，所謂「同過楚王臺」，其意在此。

過去的注釋家不信杜甫所說的「楚王臺」，每每把它注成巫山縣的古跡，又爲了牽就自己所設定的「楚王臺在巫山縣」之說，才把「同過楚王臺」解釋爲杜甫邀李文嶷「同過臺而出峽也」，《趙注》、《集千家分類詩註》、《集千家註》、《分門集注》、《分類集註》、《杜臆》、《杜詩闡》、《詳注》、《鏡銓》、《心解》、《讀杜愚得》等，衆口一辭，都持此說。註27

如果單看「魚鳥千峰窄，江湖萬里開」的句子，又沒有經過正確的解讀，舊注會導向「約同出峽」，倒並非無跡可循。但是，這兩句詩本可解讀爲瞿唐峽風景，爲杜甫邀李文嶷觀賞的項目，未必一定要解爲出峽所見。相反的，把這首詩解爲約同出峽，才大大違背了李文嶷和杜甫二人的生活現實。

李文嶷在雲安縣收到杜甫寄來這首詩，乃大曆元年夏秋，這年夏秋，夔府苦熱，杜甫雖然不見得喜歡夔州，但因爲健康問題，他已決定暫居夔府養病，他不但遣阿段引水，遣信行修水筒，以求居處安適，還積極參與當地社交活動，這些帶有長期居住味道的動作，在此時大量表露出來，那裡有反而去邀李文嶷出峽話頭呢？

27．見《趙注》戊帙卷2，頁935、《集千家分類詩註》1265、《集千家註》卷14，頁22，總1152、《分門集注》卷19，頁13，總1345、《邵寶集註》卷20，總頁2948、《杜臆》卷7，頁250、《杜詩闡》卷22，頁15，總1083、《鏡銓》卷13，頁611、《讀杜心解》（簡稱心解，北京：中華書局，1961年10月）卷3 之4，頁499 、《讀杜愚得》卷12，頁42，總930。

作注諸家既不管杜甫的實際生活需求，對於李文嶷的動向，注解也前後矛盾。何以說呢？原來，諸家既主張杜甫約李文嶷共同下峽，不免就要對李文嶷的行蹤做交代，《杜臆》就說：「想秘書將下江陵。」《杜詩鏡銓》則說：「時祕書將適洪州，公故約其至夔相會，同下峽也。」其實李文嶷並沒有出峽的打算，事實是這樣的，李文嶷收到杜甫邀約，經過不多時，這年秋天他果然來了。他早先在雲安等待赴夔府的旅行目的，並不是爲了下峽，而是想從夔州渡江到南岸，然後越山到黔州觀察使的辦公室去，杜甫又作〈贈李十五丈別〉詩，爲他送行，中有「北迴白帝棹，南入黔陽天。」之句，註28明確指出李文嶷的旅行路線。杜甫也在這首詩中說到自己的情況：「多病紛倚薄，少留改歲年。」說明自己居夔的緣由，並且預計停留的時間，至少會越過今年年底。這兩首詩的寫作時間，相距只有幾十天，且不說杜甫事先應知道李文嶷的目的地不在下峽，不可能和他同行，就說杜甫自己的養病情境沒有什麼改變，也不會冒然約人同出峽，這首詩單純就是約李文嶷早日來訪的邀遊之作。既然杜甫作詩邀人來遊，而且提到同遊的地點是「楚王宮」，不就是因爲認定「楚宮」在夔府奉節縣的現地嗎？

上述〈奉寄李十五祕書文嶷二首〉的詮釋，舊注和杜甫原意有相當大的落差，我必須要先破舊說才能立新說，相當費力，也可能會有人不十分同意。以下，我將再舉出舊注和我的主張有相合之處的〈曉望〉、〈返照〉、〈朝二首之一〉和〈雷〉四首詩，看看杜甫如何呈

---

28 · 李文嶷是由夔州往黔州，這條道路是唐代赴黔的正路，詳見註6。

現「楚宮」的「現地感」。

這四首詩的共同特徵在於都是以「陽臺」、「楚王宮」與「眼前當時的昏曉天象、山景」結合，換言之，詩人抬頭直接看見了「楚王宮」的晨光，直接看見了「楚王宮」的黃昏。我們知道楚王宮的建築並不存在，因此這裡所說的「楚王宮」只是指一座「楚宮」傳說地點所在的山峰而已，這座山峰就在眼前。

請先看〈曉望〉詩：

> 白帝更聲盡，陽臺曙色分。高峰初上日，疊嶺未收雲。地坼江帆隱，天清木葉聞。荊扉對麋鹿，應共爾爲群。〈曉望〉註29

這首詩杜甫以一貫的步步寫實的手法，清曉的更聲、曙色、日照次序、日照方位、天明之後所見的景物，循著物理本然，一一紀實，我們讀到詩中的每一句，彷彿順著杜甫的指示去如實眺望。從趙次公以下的歷代舊注雖然充滿了矛盾，但也很明顯的不能不承認詩中充分展現的現地感。以下仍將舊注擇錄於後：

1．次公曰：白帝者，白帝城也，陽臺則宋玉所謂陽臺之下是已。‥地坼言江闊也，故江帆隱于其中耳。或曰隱音穩，…言帆行於闊之江，所以安隱，於義亦通。公在夔州白帝，則眼前可見者也。陽臺在下流之左邊，帆則出峽所用，題云曉望，則皆遠望之想其如此也。（見趙注，分門集注、九家集註、黃鶴注皆引述趙說）

29．《詳注》卷20，頁1753。

2・賦也，白帝城楚陽臺皆在夔州。…公在東屯曉望，而言城樓更盡，陽臺初明，峰升寒日，嶺宿霾雲。（分類集註）

3・上二，將曉之候。中四，曉望之景。…宋玉《神女賦》：陽臺之下。（見詳注，讀杜心解與此近似）

4・白帝之更籌已盡，陽臺之曉色已分。二句曉。未幾高峰之巔，寒日已上，而疊嶺之內，宿雲猶埋。二句曉景。（杜詩論文）

5・白帝城頭更聲已盡，楚王臺上曉色遂分，遙見高峰，寒日早上，其餘疊嶺，宿雲尚霾。此望之可見者。（杜詩闡）

6・公在巫峽，書將曉所見之景物。（讀杜愚得）

7・此六句皆曉望所見。（讀書堂杜詩注）註30

上述各注中，《趙注》被引述的次數甚多，可惜並不正確。趙次公既承認白帝城是現地，並說：「陽臺則宋玉所謂陽臺之下是已」避而未談到巫山縣，但他又說「陽臺在下流之左邊，帆則出峽所用，…」，這就指到巫山縣了，因而他最後不得不講出「皆遠望之想其如此也」的話，換言之，趙次公把這句詩解釋為杜甫向下流的巫山縣遠望而冥想之詞，想以此解決事實上無法望見的窘境，十分牽強。他的錯誤在

30・《趙注》戊帙卷11，總頁1206、《分門集注》卷3，頁31，總頁373、《九家集註杜詩》（簡稱九家集註）卷32，頁24，總2289、《集千家註分類杜工部詩》（簡稱黃鶴注）總773 、《邵寶集注》卷18，總頁2640、《心解》卷3 之6，總頁558、《杜詩論文》夔州卷43 ，頁24，總1675、《杜詩闡》卷27，頁16，總1340、《讀杜愚得》卷14，頁31，總1120。

於完全不知道當地的地形地貌，他說：「地坼言江闊也，故江帆隱于其中耳。（或）言帆行於闊之江，…」而眞實的情況是長江流進瞿唐峽口之後，江面束窄，決非闊江，而且峽水在通過今稱赤甲山正對白鹽山粉壁牆這一段，逐漸在轉彎，過了風箱峽以後，更加明顯，長江入峽本已經不是正東流下，有一點偏南的走勢，到了這裡更偏南行，轉折的角度不小，如果從白帝山附近向東望，彷彿江峽全被阻斷，所以「江帆隱」是船在轉折處隱沒而不見。連江帆都在眼前隱沒，又何以致其「遠望之想」？後世的注釋家雖未必知道地理上的眞實，但從《詳注》《心解》以下諸家都只引述陽臺典故而未採用其進一步解說看來，他的「皆遠望之想其如此也」主張並沒有得到認同。相反的，像《讀書堂杜詩注》所云：「此六句皆曉望所見」儼然多家的共同心聲。也就是說，雖然也有人將「楚宮、陽臺」的位址定爲巫山縣，但是，現地目擊的作詩筆法，卻也充分地在前人注釋中被提出來了。

從以上的舊注分析看來，本詩明白顯示陽臺在杜甫眼前目力可及之處，但是，衆人皆知是眼前景，爲何又要把陽臺注到巫山縣去？爲何沒有人尊重杜甫的話呢？

再看下一首〈返照〉詩：

> 楚王宮北正黃昏，白帝城西過雨痕。返照入江翻石壁，歸雲擁樹失山村。衰年病肺惟高枕，絕塞愁時早閉門。不可久留豺虎亂，南方實有未招魂。註31

31．《詳注》卷15，頁1336。

這首詩，大多數的舊注迴避作注，只有以下幾條：

1 · 楚王宮白帝城俱在夔州，正黃昏，宮北背日，故易昏也。雨痕，雨急故有痕跡，城西向日，故有返照。（分類集註）

2 · 此詩作於西閣者。從高視下，見楚王宮北已黃昏，而白帝城西猶過雨痕。閣臨城西，無所障蔽，故雲開日漏，猶見雨痕，亦映於返照而見之。乃返照入江至翻動石壁；而歸雲擁樹，遂失山村，此宮北所以先暗也。（杜臆）

3 · 《杜臆》謂詩作於西閣，閣臨白帝城西，故見返照。…顧注：楚王宮，在巫山縣西北。…上四，雨後晚晴之景。（詳注）

4 · 楚王宮在巫山縣西北。浦注：黃昏非指夜靜，乃日落蒼黃時也。（鏡銓）

5 · 楚王宮北時正黃昏，白帝城西忽而雨過，痕者雨過未久也（杜詩論文）[註32]

以上各條，矛盾時見。《分類集註》說：「楚王宮、白帝城俱在夔州，…宮北背日，故易昏也。」他雖沒有指出確實的方位或地點，卻顯然贊同楚王宮在杜甫目力可及之內。《杜詩論文》和《杜詩闡》從原文推演詩意，都把它當作眼前景來處理，亦合杜甫本意。

---

32 · 《分類集註》卷 23，頁 14，總頁 3211、《杜臆》卷 9，頁 303、《鏡銓》卷 14，頁 668、《杜詩論文》夔州卷 42 ，頁 7，總 1617、《杜詩闡》卷 26，頁 18，總 1294，此注與《杜詩論文》近似。

在各家注中，《杜臆》、《詳注》與《鏡銓》之間的同異矛盾，構成很有趣的現象。《杜臆》首先說：「此詩作於西閣」，又說：「從高視下，見楚王宮北已黃昏，…此宮北所以先暗也。」照他的說法，楚王宮在西閣之下，據我研究夔府地理，此說應不正確。但是，不論《杜臆》在這裡犯下了什麼誤謬，他明明白白地指出了「楚王宮」是杜甫眼前景，是杜甫在西閣西望所見之景，乃是他本注的主旨。仇氏既然認同他所說詩作於西閣的主張，就應該連同關於楚王宮的部份一併接受，說法才會圓滿。可是仇氏卻不這樣做，他另外引「顧注：楚王宮，在巫山縣西北。」仍把「楚王宮」推到「巫山縣西北」，等於是在奉節縣東三、四十公里的連山疊嶺之外，和《杜臆》把作詩地點定爲西閣的本意，一百八十度完全改變方向了，而且，楚王宮若遠在巫山縣，仇氏又怎能推論出「上四，雨後晚晴之景。」的即景之說呢？由此可知，仇氏引述了兩家注，卻自相矛盾之甚，然而《鏡詮》竟又因襲《詳注》，也引述了「楚王宮在巫山縣西北」，誤誤相沿，爲什麼後人並不懷疑呢？

再看下一例：

> 清旭楚宮南，霜空萬嶺含。野人時獨往，雲木曉相參。神鶻無聲過，饑烏下食貪。病身終不動，搖落任江潭。（朝二首之一）註33

本題各注中，《九家集註》、《黃鶴注》、《分門集注》都引《趙注》：

33．《詳注》卷20，頁1791。

「清旭，清朝也。…楚宮，則楚王之宮也。霜空言帶霜之空也。」註34在這裡，《趙注》只說「楚宮則楚王之宮也」，但〈大曆二年九月三十日〉詩趙次公注作：「按寰宇記：巫山縣有楚宮，云襄王所遊也。」註35，〈敬寄族弟唐十八使君〉詩，趙注也作：「楚宮，指言夔州，蓋楚襄王所遊之宮也。樂史《寰宇記》於巫山縣載楚宮之名。…巫山縣則在夔之東七十五里。」註36如果把這幾條注解連起來看，趙次公把楚宮所在解為巫山縣，是他一貫的主張。但他如果在這首詩注直接提出巫山縣，全首詩的現場感就破壞了，連帶的他自己對第二句「霜空」一詞的解釋也失去立場，所以他只簡略說了「楚王之宮」，不像其他的篇章，把巫山縣直接寫出。

《詳注》則避開了「楚王宮」不談，從第二句萬嶺含談起：「首章，對朝景而興久客之悲，在四句分截。葉落霜空，故萬嶺皆含日色。既而獨往山上，又見木杪停雲，參在眼前矣。」《杜臆》、《錢注》、《心解》、《鏡詮》也都避而不談楚王宮。

《分類集註》說：「萬嶺含，言霜空木落故山嶺皆含旭日也。…公在夔州，託興而言楚宮。旭日始旦，而萬嶺皆含，方天初曉之時。」註37他先說「公在夔州，託興而言楚宮。」是把楚宮定位在巫山

34．見《趙注》戊帙卷10，總頁1172、《九家集註》卷32，頁8，總2258、《黃鶴注》總764、《分門集注》卷3，頁26，總頁363。

35．《趙注》戊帙卷9，總頁1163

36．《趙注》戊帙卷9，總頁1262，又，戊帙卷1，總頁881，〈江雨有懷鄭典設〉次公曰：「楚王宮，指言高唐也。」

37．《分類集註》卷18，總頁2623。

縣，但是他也不自信，所以接著又順著杜詩的語意，指出是眼前之景，《杜詩論文》、《杜詩闡》、《讀杜愚得》、《讀書堂杜詩注》也都明確指出是眼前景。註38特別是《杜詩闡》說：「孟冬日行北陸，朝旭宜在楚宮南，日出霜空，氛陰都盡，故楚宮以南，萬嶺皆含清旭，此時朝景中，野人喜日出而身獨往。」用日出方位來闡說此詩各景物和楚宮的關係，把杜甫以「楚宮、陽臺」爲當面可見的精神充分表達出來。

另一首「雷」詩，也寫到楚王臺，也有很清楚的現地感：

> 巫峽中宵動，滄江十月雷。龍蛇不成蟄，天地劃爭迴。卻碾空山過，深蟠絕壁來。何須妒風雨，霹靂楚王臺。註39

這首詩寫冬夜的雷打在楚王臺上，如果單純把它看作用典，顯然是不夠的。《黃鶴注》、《分門集注》、《分類集註》、《詳注》皆引趙注：「今雷鳴不時，若妒神女，而霹歷以震之。」註40指出雷震楚王臺是實景，由於趙、仇等人一貫以巫山縣來注「楚王宮」，所以在此處他們採取模糊的說法，既不再提楚王臺在巫山縣，當然也不會提出楚王臺在奉節縣，這也是可以諒解的。他們能以實景來看這句詩，便

38．《杜詩論文》夔州卷 40，頁 2，總 1530、《杜詩闡》卷 25，頁 7，總 1210、《讀杜愚得》卷 13，頁 40，總 1035、《讀書堂杜詩注》卷 15，頁 35，總 1462。

39．《詳注》卷 20，頁 1789。

40．《黃鶴注》827、《分門集注》卷 1 ，頁 26，總頁 258、《分類集注》卷 19，頁 16，總 2698。

已彌足珍貴。

至於《杜臆》所說：「雲雨乃雷之佐也，何須妒之，而下霹靂於楚王之臺乎？…時公在西閣，近楚王臺，故云『來』。『雲雨』用神女事。」註41雖然這首詩應非作於西閣，《杜臆》解「楚王臺」的位置也不正確（見前「返照」詩），但是他既願指出「楚王臺」在奉節縣，等於是指認了這兩句的現地感。而《讀杜愚得》說：「乃形容雷之蟠，碾擊楚臺而妒雲雨。興而賦也」註42若興字指以神女用典，賦字應指雷擊楚王臺乃爲寫實手法，也是認爲雷打楚王臺乃實景。總之，不論舊注出於何人，都能一致地從詩意上看出雷擊楚王臺是眼前實景。

經過以上討論，我們可以從這四首詩發現，杜甫在夔州寫到「楚宮、陽臺」時，都是以現場目擊的寫實方法來作詩，眞切的地形地貌，充分的現地參與感，隨處都可以發現。如果說，「楚宮、陽臺」古跡不在奉節縣，不在杜甫眼睛所能看見之地，事實上是不可能的。

四．瞿唐峽西段的地形地貌與楚宮陽臺方位

上文中，我們談過杜甫以「古跡概念」來對待「楚宮、陽臺」詞彙，並且從作品發出的「現地感」，質疑杜甫詩裡的「楚宮、陽臺」古跡應該就在夔府奉節縣。在本節中，我將更進一步證實這項理論。

有一個從未爲人所道的現象，卻是杜甫夔州詩的明確特徵，那就

41．《杜臆》，卷8，頁282。
42．《讀杜愚得》卷13，頁39下，總1034。

是當杜甫使用「楚宮、陽臺」詞彙時，一旦寫到和地形地貌相關的句子時，就會明顯的出現峽區地貌，如果詩中還必須指述楚宮方位時，他所投注的視線方位，都有兩個條件，一是位在瞿唐峽內，二是位置要高。在前引的〈瞿唐懷古〉〈夔州歌十絕句之八〉二詩中，已指出「楚宮、陽臺」乃是「位在瞿唐峽內」的特點；〈曉望〉〈返照〉〈朝二首之一〉〈雷〉四首詩，則指出了「位置高」的特點，以現地的地形地貌條件來看，能綜合這兩點的，那就是瞿唐峽內空曲之處的今稱赤甲山主峰。在本節中，我想結合杜詩和實際山水從地理形勢來證實這一點。

首先我們檢視一下夔府（奉節縣）的地理，如果以杜甫生活爲核心，那麼，被指爲與杜甫可能有關係的地域，暫分爲四個部份，從東到西依次是（參見圖一）：

第一區：瞿唐峽區。過了灩澦堆，從白帝山西南端算起，連接今稱赤甲山，以及對面的今稱白鹽山，所形成的臨江峽谷地帶。第二區：瀼東瀼西區。位在唐代夔州城北，今白帝山以北、今稱赤甲山西北面，今稱子陽山東北，今名鐵柱溪或草

圖一　今奉節縣與杜甫行跡對照示意圖

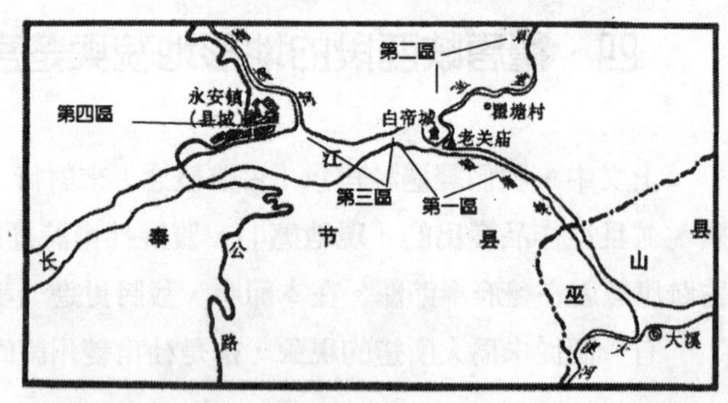

本圖以吉林大學考古學系暨四川省考文物考古研究所：〈奉節縣老關廟遺址第三次發掘〉一文所繪「老關廟遺址位置示意圖」爲底本，見文物出版社：《四川考古報告集》頁 11，特此致謝。輪渡位置，今已隨奉恩新路東移至縣城白馬灘，此圖似爲舊路。

堂河的唐代瀼水所流經的寬闊谷地。（圖二）第三區，唐夔州城周區：白帝山以及今稱的子陽山下，魚復浦（八陣磧）及其以東的這一帶臨江地區。第四區，是梅溪河以西、臥龍岡下（清至今稱）的緩坡－急斜坡，註43從北宋迄今，

圖二　白帝山與東瀼溪谷

左白帝山，前爲長江，橋下東瀼水，右今稱赤甲山，1998年夏季。　趙貴林攝。

爲夔州府治及奉節縣治所在。以上這四區，每個區域都有獨特的地形地貌，雖然同在奉節縣，區分仍是非常明顯。杜甫居夔時期，前後住過幾個地點，像西閣、赤甲宅、瀼西草堂、東屯高齋、柑林、以及赤甲山、白鹽山等地名，舊注和實際地理、古今地名變化之間的複雜關係，請閱本書其他部份及後續對白帝城及赤甲宅的研究。註44現在我們所討論的是「楚宮陽臺」問題，和第一區的關係較爲密切。

白帝城和白帝山名氣甚大，但它卻不是一座大山，海拔高程僅爲247.78米，我在海拔127-157米一線（大體上沿著長江幹流TII級階地135-140米，順著現地小徑的實際高程變化）實測過兩次，東西長

43．本文關於地貌之名詞，採用汪鐵生：《地形測量學》（山東省：石油大學出版社。1991年5月）頁281：「山的側面叫做山坡，傾斜在5°以內者爲緩坡，5°～20°的爲急斜坡，20°～45°爲陡坡，幾乎成豎直形態的叫峭壁，下部凹入的峭壁爲懸崖，山坡與平地相連處叫做山麓。」

44．四區的分法，僅是我根據現地考察及歷代杜詩詮釋而臨時設定的。

約481米，南北長約437米。我們是從白帝城候車站對面起，沿「馬嶺－白帝山北坡－東坡－南坡－西坡－馬嶺－原出發點」測了一次，又反過來，沿「馬嶺－白帝山西坡－南坡－東坡－北坡－馬嶺－原出發點」再求證一次。環繞一周約爲1873.7米，以東西兩個交界處區分，白帝山方面約有1280.1米，反之，馬嶺方面約有593.6米。以上數據，就準確度來說，與專業測量的數據應有部份誤差，不過，我們已經力求準確了，目前除我的實測外，並無其他資料可供運用。至於白帝城的地理中心位置坐標，可參考今稱赤甲山上的老關廟遺址，此處已測定爲東經109° 34′ 35″，北緯31° 2′ 26″[註45]。

白帝山的西南方迎向長江，原有灩澦石（已炸毀，見第四章），西方在枯水期間，與魚復浦東端隔水遙遙相對，西北方以馬嶺與唐赤甲山（今稱子陽山）相連，山下自然回水成沱。南岸即今稱白鹽山。

今稱的白鹽主山海拔約1400餘米，多數山頂是在600-1000米以上，臨江爲陡崖峭壁。此段山上有永樂鎮的白龍村，夜晚從子陽山、白帝山都可以看到它微弱的燈光。白鹽山峭壁雄偉而連綿，西低東高，據1995年10月28日夔州舉辦「三峽走鋼絲」國際活動前，工作人員曾於同年2月18日，實測白鹽山獅子包的鋼絲架設點爲海拔405米，距江面是328米（亦即江面海拔77米，時爲冬日枯水期），北

45．據吉林大學考古學系與四川省文物考古研究所合撰之〈奉節縣老關廟遺址第三次發掘〉報告書所載老關廟遺址的中心地理坐標，見四川省文物考古研究所編：《四川考古報告集》（北京：文物出版社，1998年5月）頁11-40。按：老關廟遺址距離白帝山頂大約東西600-650m，南北30-40m，北緯31°每二經線間距離爲約97km，請自行推算白帝城中心地理坐標。

岸架設點在赤甲山老屋基坪後的山脊，高度為375米；註46 獅子包正在白鹽山粉壁牆連續峭壁上方，可推斷這一帶峭壁的連續高度為約300-400米，對岸老屋基坪山脊則與峭壁頂端部位還有距離，其峭壁高度應不足300米（圖三）。

圖三　夔門鋼絲架設的電腦模擬圖

轉錄自趙貴林編：《世界奇人三峽走鋼絲》中國三峽出版社

白帝山與今稱的赤甲山之間，是著名的古溪流－東瀼水(又名瀼水、草堂河、鐵柱溪)，東瀼水冬春水量甚小，夏秋水量豐沛，據我1999年1 月29日實地測量，當天是立春前七天，水流甚微，距離入江口將及100 米處，河寬才一米多，可以一躍而過。奉節夏秋洪水期中，受長江回水影響，水量很大，據譚文興、龍占明說：「根據筆者分別在今年的四月和八月，從白帝山東側渡過東瀼水到信號臺、飛樓寺去考察時，東瀼水水面都像煮沸了的水一樣，小木船搖搖晃晃，簸蕩不已。」註47 這段敘述形象鮮明，有助於了解東瀼水入江口。溪口有白帝城索橋，橋面高程約127-128米，吊橋的兩座索塔間的主橋位跨度約168米，全長約222.4米，多年多頻率高水位為103米，不

46．見趙貴林著：《世界奇人三峽走鋼絲》(北京：中國三峽出版社，1995年10月），頁5。

47．見所著〈從麝香山談起〉(萬縣師專學報，1990年第1期，頁11-13)

會淹到索塔基部，溪口寬度約150米左右。讀者從〈圖四〉所看到的是汎期的洪水水位，海拔高程約103米，溪口寬度約170米以上。至於完工十多年的葛洲壩，對奉節水位並無影響。註48

圖四　赤甲山西部

由空中向東拍攝今稱赤甲山，左爲東瀼水，右爲長江，此爲高水位時所拍。對赤甲山的層次表現得很清楚，攝影年代稍早，尙無索橋。　趙貴林攝

吊橋過去，就是今稱赤甲山西部（圖四），此橋遙遙對準到赤甲峰尖，如果以橋東端爲基點，測量赤甲峰尖南緣的方位角爲119度（正東偏南29度）。赤甲山上有新建的「赤甲樓」臨崖而立，如以此樓爲基點，測量赤甲峰尖南緣的方位角爲115度（正東偏南24度）。由於杜甫常在白帝城東端向東

48・據中國大百科全書總編輯委員會《中國地理》編輯委員會編：《中國大百科全書・中國地理卷》（北京：中國大百科全書出版社，1993年6月），頁117-118，說：「大壩使上游水位抬升20多米，…洪水季節回水110多公里，到達巴東以上，枯水季節回水210公里，到達奉節縣城。」可知即使在枯水期，奉節縣城已是回水之末稍，長江水利委員會：《三峽工程泥沙研究》（武漢：湖北科學技術出版社，1997年10月），頁85有表3-3「葛洲壩庫區沿程水位抬高值」，更精確的資料顯示，至黛溪（大溪，距壩188.1km）只在流量5000立方米時抬高0.3米，奉節縣水位全年無抬高，仍是自然河道的原來水位。

眺望，也常到今稱赤甲山西部的臨江一帶，計算這兩個角度應有意義。

今稱赤甲山的形勢，西部山勢較低，逐漸向東，地勢愈高，從白帝山隔著吊橋向東眺望，此山的西部山腰雖然逼仄，部份坡度尚稱緩和，自古即有居民，還有明代修建的關帝廟，現在廟已不存，曾有考古隊在150-182米之間的山坡從事發掘工作，稱爲老關廟遺址，奉節縣政府在此興建「古象紀念館」，唐代如有居人，實有可能；又，今稱赤甲山上，即主峰下的西北方，也還有石廟村、茶盤村等村落。至於此山的西北坡，現稱爲瞿唐村，那已經進入東瀼水的河谷內了。

今稱赤甲山的臨江峰尖，海拔高程應有1400-1500米，其餘山頂多在1000米左右，臨江與今稱白鹽山相對的峭壁，但不及白鹽山壁那麼雄麗而完整。以80°～90°以上的角度插入江中的峭壁，約只有200-300米高，峭壁再上去的部分，有20°～45°的陡坡，也有45°以上的急陡坡，所以嫵媚有餘，雄偉不足，所幸她的主峰一角獨起，姿態奇崛，才能與白鹽的雄高相抗。

今稱赤甲山主峰的顯著地貌特徵，早在南宋的范成大即有詩描寫，詩云：

> 月出赤甲如金盆，蹲龍呀口吐復吞。長風浩浩挾之出，影落半江沉復翻。天高夜靜四山寂，惟有灘聲喧水門。高齋詩翁不可作，我亦不眠看終夕。〈魚復浦泊舟，望月出赤甲山，山形斷

49．見宋范成大：《范石湖集》（上海：上海古籍出版社，1981年8月），卷19，頁270。

缺如鼉龍坐而張頤，月自缺中騰上山頂〉註49

清陶澍《蜀輶日記》也說：「又東爲赤甲山，其高插天，一角銳起尤奇。」註50近年蕭滌非教授所指導的山東大學的杜甫考察團則說：「赤甲在江北，山頂狀如桃子，當地俗稱桃子山，呈暗紅色。」註51三人所談的都是同一特色。

值得注意的是，杜甫把這一點特徵，用來形容唐代名爲白鹽山的山頂，范成大、蕭滌非的說法，顯然與杜甫的認知有違。

今稱赤甲山的山脈走向雖然是東北－西南方位，但由於長江切割的角度關係，從地表看去，似以主峰峰尖爲中點，向兩翼展開，西段支脈呈現西北－東南的走向，到了主峰下的東段，變成偏近於南北走向。因此，從白帝山向東望，會感覺到今稱的赤甲、白鹽兩崖似乎在峽裡相抵相觸，碰撞在一起，杜甫說的「空曲隱陽臺」，「空曲」一詞和「隱」字給人的感覺，可說非常貼切。從白帝城方向看過來，彷彿江水被今稱赤甲山遮斷。（圖五）

以上我對瞿唐峽西段峽口的地形地貌作了概略的介紹，下面我們用這些知識再來驗證前兩節討論過的幾首杜甫詩：

先回頭檢驗「雷」詩，如前節所述，「何須妒風雨，霹靂楚王臺。」，霹靂打在楚王臺上，固然用了傳說作爲基礎，但雷擊傳說楚

50．清陶澍：《蜀輶日記》（臺北，學海出版社，1969年2月），卷3，頁29，總頁205。

51．山東大學杜甫全集校注組：《訪古學詩萬里行》（北京：人民文學出版社，1982年月），頁180。

圖五　今稱赤甲山峰尖與粉壁牆

自今稱赤甲山西部臨江處拍攝赤甲峭壁及主峰，對岸為今稱白鹽山粉壁牆東北連續峭壁。江路轉折處，正見空曲之狀。趙貴林攝

王臺所在的山峰，則是眞實的景象，所以在這首詩的第三聯就有：「卻碾空山過，深蟠絕壁來。」的峽區實況的描寫，句中的空山，是因為有峽，絕壁則確實有今稱赤甲白鹽兩山的崖壁，兩者都為明確的特徵。這種山勢，除了第一區以外，奉節縣區沒有相同的地形地貌。瞿唐峽內，杜甫的行蹤並沒有越過今稱赤甲山主峰，所以，可確定杜甫所詠的是這個地段。再說，霹靂之雷本是從高處降下，正好顯示楚王臺位在山勢頗高之處，而今稱赤甲山的主峰也足以相當。

再回顧前面所舉的〈曉望〉詩，首聯「白帝更聲盡，陽臺曙色分。」白帝城並不只是古跡，它與夔州城兩城一體，此處詩人是以白帝城的稱呼來代稱州城，唐代制度顯示城上當有鐘漏以及管理人員，依當時的〈漏刻法〉，註52每夜五更，每更擊鼓，每更五點，每點擊

52．請參閱簡錦松：〈唐代時刻制度與張繼「夜半鐘聲」新解〉，（彰化：國立彰化師範大學國文學系主辦，第四屆中國詩學會議論文，1998 年 5 月），頁 189-226。本文因為排印時間問題，實際上只以抽印本形式出現，如有需要請洽該校或本人。

鐘，所以在城內或近郊的居民可以聽鐘鼓而知更點。「更深盡」是指當夜的夜漏已盡，曆法的術語稱爲「夜漏盡」，「夜漏盡」的時刻距離日出時間還有二刻半（等於現代時間三十六分鐘〉，就在這天上蒙光漸明、白日未出的時刻，「陽臺曙色分」，這是指「陽臺」在這樣天色中，可以用目視分辨了，由於事實上並無「陽臺」建築，所以杜甫意思應是說，在被認爲是陽臺所在的那個山峰，已分明可辨了。第二聯「高峰初上日，疊嶺未收雲。」詩人寫白日從高峰頂上躍出，而重嶺連疊，宿雲仍未完全收盡。

由於杜甫聽得到白帝城的更聲，又可看到寬闊的曙空，推斷他作詩的地點應在今稱子陽山東南坡。再從「天清木葉聞」來看，秋葉在落，但詩中並沒有特殊寒意，可假定是農曆九月，若以九月十五日爲例，當白日離開地平面至日出一小時後，太陽角度約爲104.5-109度（正東偏南14.5-19度），[註53]而今稱子陽山東南坡面對今稱赤甲峰尖的方位角，隨著散步走動而變化的話，可能有100-130度，因此，詩人應可看見日出前太陽被今稱赤甲山的連綿高嶺遮住，主峰峰尖在曙色中逐漸明晰，隨後白日出現，就像從今稱赤甲山的峰尖後面生出的情景（今稱子陽山東南坡與今稱赤甲峰尖的對比關係請看頁81，第

53．日出日落位置，就是太陽在黃道面與地平線相交點，本文角度利用天文軟體《skymap32》計算，以唐夔州城爲觀測位置，唐夔州治爲白帝城，取白帝城地理中心位置坐標爲基準，參閱注45。今奉節縣政府所在地距離白帝城約七公里，故王越主編：《中國市縣手冊》（浙江省：浙江教育出版社，1989年5月），頁445，爲北緯31.0度，東經109.5度。日期定爲大曆元（766）年。可參閱簡錦松：〈從實證觀點論王之渙登鸛雀樓〉，《中國文哲研究集刊》第14期（1999年3月），頁117-192。

三章圖十二)。像這樣詩句與現地景物十分相似的情形，要將它視爲偶然呢？還是可以作爲「楚宮、陽臺」就在今稱赤甲主峰的證據呢？

其次，再回顧〈朝二首之一〉：「清旭楚宮南，霜空萬嶺含。野人時獨往，雲木曉相參。神鶻無聲過，饑烏下食貪。病身終不動，搖落任江潭。」本詩的季節是冬天，霜空固然代表了寒意，烏之饑、鶻之過，也表示寒冬。《詳注》認爲是孟冬，依奉節縣的月均溫來說，時間可能還要更晚，詩裡所寫的寒意很重，應是過了舊曆十一月、到十二月也未可知。註54 以大曆元年11月1日爲例，當旭日從地平線升起一小時內的方位角約爲117-118度(正東偏南27-28度)，若是在大曆元年12月1日，旭日從地平線升起至一小時後的方位角約爲117-114度（正東偏南27-24

圖六　舊曆十二月日出方位

向今稱赤甲山峰尖之南眺望，舊曆十二月中旬的早晨果然是清旭楚宮南，本圖由江上拍攝。　簡錦松攝

54・據《奉節縣志》(四川省奉節縣志編纂委員會，北京：方志出版社，1995年12月)，頁85，白帝山附近海拔145米高程的氣溫，十一月平均14.7度，十二月爲10.1度，請自行換算舊歷。〈十月一日〉詩：「有瘴非全歇，爲冬不亦難。」(詳注，20/1787)，又〈孟冬〉詩：「巫峽寒都薄，黔溪瘴遠隨。」(詳注，20/1788)

度)，不論是其中那一個月份，杜甫如果從今稱赤甲山的西部臨江山脊上，看見旭光傍著赤甲峰尖的南崖照射出來，如同首句「清旭楚宮南」的方位情景，應有可能。第二聯：「野人時獨往，雲木曉相參」，從語意上來看應有所往之地，如果詩人迎著冬日清晨旭光，踏著沿江山脊朝主峰方向散步，就與此詩情境完全符合。（圖六）註[55]

〈朝二首〉這組詩和〈曉望〉、〈返照〉、〈雷〉等詩，《杜臆》、《黃鶴注》、《詳注》、《鏡銓》都編爲東屯之作，是明顯錯誤，本組詩第二首明明說：「浦帆晨初發，郊扉冷未開。」又說：「巫山終可怪，昨夜有奔雷」，「巫山」二字已點出與瞿唐峽有地緣關係，浦帆晨見，又是緣江的特有景觀。所謂「浦帆」是指來自瞿唐驛的遠行船，當下峽的浦帆初發，在今稱子陽山上（唐稱赤甲山）可以看見，在今稱赤甲山西南部山腰上（唐稱白鹽山，即東瀼水流入長江處）也能夠有條件地看見，註[56]至於深入東瀼水，向北走進三百米以後，就

55．（圖六）攝於瞿唐峽內江船行駛途中，時間爲上午九時四十分至十時之間，故照片中所顯示的太陽位置偏南，與在白帝山東側、今稱赤甲山西側觀察所見，稍有不同。本文舉證此張照片的目的，在解說日行南陸的情形，讀者如予以合理推論，即可與正文所述角度互相參證。

56．劉健輝、劉新宇、劉紅雨、張素華合著的《杜甫在夔州》一書中曾說：「赤甲住宅，向西可看到魚復浦江面。」（重慶市，重慶出版社，1992年11月）劉書所稱赤甲住宅是以今稱赤甲山爲杜甫的赤甲居處。根據原序，三四位作者中有三人出生在夔州，四人均在夔州讀書工作多年，踏遍了夔州的山山水水。不過，在今稱赤甲山西部山腰雖可看見魚復浦臨江的部位，但由於正迎著視線的白帝山擋著，不易看到瞿唐驛前江面的遠行船。還有，把赤甲宅定位在今稱赤甲山的說法，是明清以來普遍的說法，譚文興、龍占明〈從爵香山談起〉一文，也把赤甲宅定位於此，他說得比較詳

連長江都看不見了，更別提什麼浦帆，從遠離在數公里內陸的東屯，更是絕對看不到江船，註57冬日的東瀼水也不可能行船，所以決不會是東屯之作。作詩地點可能是在面向今稱赤甲山的今稱子陽山上，或是兩山之間這條沿江之線上，那就是白帝山了。總之，詩人冬日向東方仰望今稱赤甲主峰，把這個位置指為「楚宮」傳說之處。

再談〈返照〉詩，因詩中有「楚王宮北正黃昏，白帝城西過雨痕。」和「返照入江翻石壁，歸雲擁樹失山村。」這兩個地形特徵，確實位置，不難推論。前文我將奉節縣與杜甫有關的劃為四區，夏天的水位高，白帝山的西面崖壁大部份沒入水中，所以除了第一區以外，其他三區中並無石壁可言，因而可以認定這個風景應在瞿唐峽。而且，在夕陽時刻這樣的短時間內能夠同時或先後看到「白帝城西過雨痕」和「返照入江翻石壁」的，應只有兩種可能，一是杜甫正在散步，由白帝山西側走到可以仰望今稱赤甲山的白帝城東，這段山路只有數百米，散步是很普通的事。二是杜甫站立在今稱赤甲山西南部臨江的崖邊。前一說是因為散步可以兼顧二處，後一說則是因為詩人向今稱赤甲山方向看到楚王宮北正黃昏，注意力隨詩句次序轉到白帝山西方的天空看到雨過之痕，隨之發現石壁夕照，乃是合於章法的。

在以上兩種可能中，對「楚王宮北正黃昏」的觀察都可以成立，

細：「於白帝廟所在地的白帝山對面的赤甲山下最南端那個山梁中間。這個地方靠近東瀼水，也就是在現在長江航道信號台那個地方，距離東瀼水面一百米左右。」（萬縣師專學報，1990年第1期，頁11-13），本人對此另有看法，將來再以專文論述。

57．不論是本書推定的東屯位址，或是宋以後歷代所稱的東屯，都看不見江船。關於東屯問題，請參看本書第四章。

圖七　今稱赤甲山頂之夕照

今稱赤甲山主峰峰尖秋冬之際夕照，所謂楚王宮北正黃昏也。

不論杜甫從白帝城東部向東方仰望，或從今稱赤甲山西部向東方仰望，所見到的黃昏景觀都相同，因爲秋日夕陽由西方照來也好，或冬日夕陽由西南方照來也好，都會直接照射今稱赤甲山主峰的西南崖（圖七）。相對的，今稱赤甲山峰尖的東北面以及其連嶺背後的天色，將會昏暗得比較快，形成了強烈的陰陽明暗的分隔。像這樣的詩境，只要任何人到了同個地點向東一望，必然無疑地會同意以上所說。因此，「楚王宮北正黃昏」之句所指示的楚宮所在位置，不能不指到今稱赤甲主峰這個區域。

特別是當杜甫曾作〈見王監兵馬使說，近山有白黑二鷹，羅者久取竟未能得，王以爲毛骨有異他鷹，恐臘後春生，騫飛避暖，勁翮思秋之甚，眇不可見，請余賦詩〉一詩云：

正翮摶風超紫塞，玄冬幾夜宿陽臺。註58

題中說「近山」是鷹所宿之地，詩中又說「陽臺」是鷹所宿於此，兩相核校，不就是說「陽臺」對於杜甫所居之處是「近山」嗎？

通過了以上的討論，我們注意到杜甫凡是使用了「楚宮、陽臺」

58．《詳注》，卷18，頁1587。

詞彙的作品，都和瞿唐峽有關，而一旦他必須指個具體的方位時，他又會指向今稱赤甲山的主峰，尤其是在三首與日出日沒相關的詩篇中，不但發現杜甫指稱「楚宮、陽臺」時，都是在高峰的南面，而且杜甫所說的日照角度與實際所見都可吻合，這是不是意味著今稱赤甲主峰的西南崖正是舟人指點的疑似楚宮的位置呢？

當然，我們絕對明白，杜甫絕對沒有看到楚宮的一鱗一爪，可是作爲一個傳說的遺址位置，吸引了杜甫一而再的注意力，是不是可能呢？在夔府，也許他聽到某些來自舟子或其他當地人的指點，相信在今稱赤甲山頂的高峰之陽（山南爲陽），可能有個傳說中的「楚宮、陽臺」曾經被建成，曾經被毀滅，空留一段宋玉的雲雨夢思，對杜甫而言，實在是可以接受的。

五 · 結語

以上，我以古典詩寫作方法爲基礎，以現地研究的實際調查爲驗證，從杜甫原詩著手，參考主要的杜詩舊注，將杜甫在「楚宮、陽臺」相關詩篇中所指示的地形地貌、景物方位等等，作了縝密的整理。我認爲杜甫確實把夔府的某一座山峰，視作楚宮古跡的遺址，時時對之眺望，時時詠入詩篇。雖然這種說法從前並沒有人提出，但是，假使杜甫所聽聞的傳說中不曾有楚宮陽臺在那一片山嶺上，杜甫會無緣無故到此地指名「楚宮、陽臺」，從而眺望與懷古嗎？總結全文，對於杜甫夔州詩中的「楚宮、陽臺」，我謹作出如下結論：

1 · 杜甫對「楚宮、陽臺」事件的傳述，有完整的一致性。

2 · 杜甫對「楚宮、陽臺」詞彙的運用，主要是採取古跡概念。

3．杜甫對「楚宮、陽臺」景物的描述，是以現地觀念，用爲眼前目見之景。

4．杜甫所指「楚宮、陽臺」的位置應在今稱赤甲山主峰的西南崖。

5．由於杜甫認知「楚宮、陽臺」早已泯滅，因而杜甫所指的「楚宮、陽臺」，僅是他接受指點而信其應有的一個後設位置，不能具實指出某一點建築遺址。

最後，請留意本章一再使用今稱赤甲山及今稱白鹽山二詞，這是因爲白鹽赤甲二山的古今指稱有所出入，下一章即將討論這個問題。文中若有因爲行文的文氣關係，未加今名或今稱的，都是指今稱的赤甲山或白鹽山。

參·赤甲白鹽

一·前言

研究杜詩而享有盛名的鍾樹梁老教授在〈讀杜甫夔州歌十絕句〉一文中說：

> 關于赤甲、白鹽，舊注大抵相同。惟赤甲之稱，《讀杜心解》以爲“土石皆赤，如人袒臂，故名”。繆荃蓀校輯的《元和郡縣圖志闕卷遺文》卷一《夔州》：“赤甲山，在城北三里。漢時嘗取邑人爲赤甲軍，蓋犀甲之色也。”白鹽山，則《水經注》云：“土人見其高白，故因名之。”杜甫《白鹽山》詩：“他皆任厚地，爾獨近高天。”白鹽、赤甲，兩山相對，形勢甚佳，常見于杜公吟詠中，如“奔峭背赤甲，斷崖當白鹽”(《入宅三首》)。宋范成大《瞿唐行詩序》云：“白鹽、赤甲皆峽口大山。”清王士禎《白帝城》詩：“赤甲白鹽相向生，丹青絕壁鬥崢嶸。”又，陶澍《登白帝城》：“蒼煙紅樹不知暮，赤甲白鹽相向開”。都以兩山相對爲辭，亦可想見其風景佳勝。註1

鍾先生是杜詩研究的長輩名家，這小段話正可說是今人對於赤甲白鹽二山說法的總結，相當具有代表性。但是，在這樣見識寬廣的言論下，卻隱藏著古注所殘留的缺陷。

鍾先生引述了《元和郡縣圖志闕卷遺文》和《水經注》[註2]對赤甲白鹽二山的記載來解釋杜詩，卻沒有注意到，二書的說法與范成大、王士禎、陶澍等人的看法，根本互相矛盾。也就是說，赤甲白鹽二山在唐代以前的名稱與南宋以後的名稱，有重大的位移，南宋至今所有的詩文記載及杜甫詩注均懵然不覺，此文也承襲其誤。

杜詩中提到赤甲山有五次，提到白鹽山有七次，既然《水經注》和唐代多種地理書中的記載，顯然對於赤甲與白鹽二山的位置，與現代的指謂根本不相同。那麼，杜甫身爲一個身歷其境又擅長寫實的詩人，究竟持那一種稱謂方式呢？當時的眞相究竟如何呢？

長江是中國主要的江河，也是主要的交通大動脈之一，但是，這項認知恐怕不能適用於唐代及唐代以前，我們從《全上古三代秦漢三國六朝文》及《先秦漢魏晉南北朝詩》、《全唐文》、《全唐詩》四部書，以及《史記》到《新唐書》《舊唐書》等歷朝正史，[註3]反覆地以魚復、江關、赤甲、白帝、永安、奉節、固陵、巴東、信州、夔州

1．見《草堂》（成都：草堂雜誌編輯部），1984年第2期，總8期，杜甫夔州詩研究專輯一，頁88-73。後收入其所著專書《杜詩研究叢稿》（成都：天地出版社，1998年9月），頁99-113。

2．本書所引《水經注》，採用後魏酈道元注，清末楊守敬熊會貞疏，今人段熙仲點校：《水經注疏》（江蘇：江蘇古籍出版社，1989年6月），但爲符合一般習慣，行文時仍用《水經注》。

3．清嚴可均校輯：《全上古三代秦漢三國六朝文》（北京：中華書局，1991年10月）、逯欽立輯校：《先秦漢魏晉南北朝詩》（北京：中華書局，1983年9月）、《全唐文》（北京：中華書局，1987年2月）《全唐詩》（北

等相關名詞去查證，所得甚少。就以唐代來說，任官於夔州的人應為數不少，但是《新唐書》《舊唐書》中幾乎沒有他們的存在。郁賢皓《唐刺史考》收集的夔州刺史，除了劉禹錫、唐次、李貽孫等少數之外，其餘資料都頗簡略。註4《全唐文》中談到夔州的文章只有四篇，其中三篇是劉禹錫的，一篇是李貽孫的，劉李二人都曾任夔州的地方官。《全唐詩》中談到詩人經過三峽的少之又少，只有七八個人。而兩部唐書中，提到這個區域的更是渺乎難求。如果這是重要的江路，這樣寥落的記載，未免太令人吃驚。尤其是相對於下游的峽州、江陵與上游的梓州、成都，被疏忽的現象更為明顯。

或許是因為這個緣故，有關夔州早期的資料很少，直到宋代，由於商業經濟有結構性改變，造船技術有長足進步，長江航運也相對發達，在《全宋文》中，對於夔州的記載漸增，到了宋代，宋眞宗咸平四年（1001），夔州自峽西路分出，升格為路，成為全國十八個路級單位之一（以後北宋確立二十三路制度）：

> 至道三年，分天下為十五路，天聖析為十八，元豐又析為二十三：曰京東東、西，曰京西南、北，曰河北東、西，曰永興，曰秦鳳，曰河東，曰淮南東、西，曰兩浙，曰江南東、西，曰

京：中華書局，1990年2月），四川大學古籍整理研究所編、曾棗莊、劉琳主編：《全宋文》（成都：巴蜀書社，1994年4月）。至於《史記》至《新唐書》《舊唐書》等歷朝正史，皆自中央研究院漢籍資料庫二十五史部分進行檢索，特此聲明並致謝忱。

註4．見郁賢皓《唐刺史考》（江蘇．江蘇古籍出版社，1987年2月），頁2394-2403。

荊湖南、北，曰成都、梓、利、夔，曰福建，曰廣南東、西。（宋史．地理志）註5

當夔路初自峽路析出時，第一任路帥丁謂，就開始規畫在今奉節縣城營建新州城，由次任的薛顏於景德二或三年完成，註6自此奉節的地位才實質地提高。在唐代，到達夔州的人都有貶謫憂患，或根本就是貶官黔中的過客，到北宋這種感覺仍未消除，但南宋時已很少再看見

5．見《宋史．地理志一》（北京：中華書局，1978年）卷38，總頁2095。又此事較早記載於王應麟：《玉海》（南京：江蘇古籍出版社，1988年3月），冊7，收《通鑑地理通釋》，卷3，頁14上。

6．據《新校本宋史》卷283，頁9566，〈丁謂傳〉，咸平三年，因成都有王均之叛，川峽路不寧，峽路蠻擾邊，命往體量，還奏稱旨，領峽路轉運使，次年即咸平四年，析峽路而增夔州路，遂爲首任夔路轉運使。丁謂在夔這幾年，也是夔路在官書上出現率最頻繁的幾年，可見他受中央倚重，以及改革與規畫的急速。對於遷城工作已有規畫，所謂：「其後徙置夔州城砦，皆謂所經畫也」。至景德元年，他推薦薛顏自代，據《新校本宋史》卷299，頁9943，〈薛顏傳〉：「始，孟氏據蜀，徙夔州于東山，據峽以拒王師，而民居不便也，顏爲復其故城。」此事在《續資治通鑑長編》（北京：中華書局，1980年1月）卷61，頁1368，列於景德二年九月。另外，在《新校本宋史》卷98，頁2226，〈地理志．夔州路〉條云：「夔州，都督府，雲安郡，寧江軍節度．州初置在白帝城，景德三年，徙城東。」以上是景德移城始末，不過，宋史一說二年，一說三年，還待統一說法。至於〈薛顏傳〉說移城是自東山復其故城，〈地理志．夔州路〉說是徙城東，方位與事件性質都有疑點，依《宋史》及《續資治通鑑長編》其他各節所載，孟與宋軍最後的攻城戰役確是在白帝城發生，似乎意味著在孟蜀之前州城早已不在白帝，而在今梅溪河西，而爲孟氏移至東山白帝？因唐後期至五代間，關於夔州的記載不明，這些疑點也就無從確認。

了，夔州史上的重要遊宦人物，像王十朋、陸游等人，都沒有貶謫之感，自兩宋以至於民國，峽路的行記更是不斷出現。

換言之，夔州內部的山川地名，歷經秦漢至今，由於各種變數而產生了不少斷層現象，今日我們已無法從「古地理書籍的檢閱」、「歷代文人的記載」、「地方耆老的口述」等常用的方法，得到完全通用於各代的地理知識，必須仔細考慮每個朝代間重大的地名歧異。

本文先對二山的現在地理作實地解說，並作成地名位置示意圖。再就杜甫有關二山的詩篇作一次檢驗，指出杜甫的原始指謂，然後回頭由《水經注》入手，探測早期二山的命名原型，再由唐宋明清重要的古代地理總志、方志了解地名轉變軌跡；而後參酌唐、宋、明、清的詩文記載予以求證，最後，表列古代各種杜甫詩注的依據來源，並剖析其是非得失。希望綜合富有科學性的現地調查及傳統文獻解讀學這兩種方法，釐清赤甲白鹽二山名稱之古今變化。

二 · 赤甲白鹽二山及其周邊之現地考察

本節擬對白鹽與赤甲二山及其周邊地理形勢，作全觀式的解說。由於二山的古今稱謂不同，行文中將以括號方式作古今對照。

首先請看圖一〈夔府奉節縣地理示意圖〉，這幅地圖這是以吉林大學考古學系與四川省文物考古研究所合撰之〈奉節縣老關廟遺址第三次發掘〉一文所繪「老關廟遺址位置示意圖」為底本，註[7]圖中地名，

7 · 見四川省文物考古研究所編：《四川考古報告集》（北京：文物出版社，1998年5月）頁11-40。

圖一　奉節縣古今地名對照示意圖

則依本文需要另行補充，均以今日奉節縣人所熟悉的地名爲之，並補註古代的稱謂。這幅圖是我所見過最好的一幅，[註9]可惜由於比例尺較太小，對於區域內的地形變化，不能作詳盡的描述。比如說，地圖中瞿唐村位置應有兩條平岡，這一點對於現場判讀非常重要，但在這裡只能反映今稱赤甲山的山形，兩條平岡都省略了。

1·馬嶺與今稱子陽山

8·關於本圖，我分別從土地嶺奉節磚廠與白帝山北坡，以定點相對測量的方法，取得雙向的方位角，再從子陽山的東南坡與奉節磚廠以東200米處，仍以定點相對測量的方法，取得雙方的方位角。經過交叉比對，確認本幅示意圖與實地相符。再由白帝山北坡的白帝一社17號和白帝山與馬嶺交界處白帝一社10號這兩處，利用水平角測量原理，計算白帝山北坡與奉節磚廠的距離，與本示意圖上所顯示的直線距離互相比較，結果十分接近。

圖二　白帝山－馬嶺－唐赤甲山

從長江南岸今稱白鹽山海拔1025處向白帝山拍照，白帝山北與唐赤甲山相連的就是馬嶺，東傍瀼水，南倚長江，江水寬闊處是回水沱，南宋王十朋曾在此舉行龍舟競渡。

白帝山向南突出於江面，它的西北端以一條走廊狀的狹間與子陽山相連接，這就是《水經注》所稱的「馬嶺」。註9它的左右兩側都是峭壁，目前全部爲奉節縣氮肥廠所有，西面山壁上有廠區的大門，目前奉節縣城往草堂橋的公路，有分支通過廠區門前到白帝山風景區，稍稍破壞了馬嶺西側山壁的原始地貌。白帝山與馬嶺交界處的地面海拔爲146米（有長江水利處的水位高程控制點），馬嶺與子陽山腳相接處（即公路分叉處）海拔爲157米，馬嶺介乎其間。東側山壁上是廠區的背後，地貌比較完整，與山下東瀼水的水位對比（枯水期少水，河床約80餘米，汛期水位以平均值103米代表）時，以極大的落差形成懸崖。

馬嶺北端所接連的大山，如依《水經注》所說，應該就是赤甲山，但是赤甲山之名，從南宋後期的《方輿勝覽》起，已經被指向白帝城東邊、位在長江北岸、俯臨瞿唐峽內的那座山，此處的山名，便

9．馬嶺之名，應從水經注。光緒《奉節縣志》（台北：學生書局，1971年）頁126，說：「馬嶺在白帝赤甲間，東十四里。」此書所謂赤甲山爲今名，在白帝城東，依所說里數，馬嶺在白帝山東方的瀼水中，實爲錯誤。

不再爲人提起，《大明一統志》、《正德夔州府志》、《四川總志》都不見子陽山名的記載，明代曾任夔州知府的王嘉言曾親自考察，說：

> 白帝城北嶺上有高址，形勢最險，可捍敵，號關索城。[註10]

也就是說在王嘉言的時代，此地之山只稱爲「白帝城北嶺上」，而無名字，山上有高址，就是古城遺址，據王氏之意，當地人稱此爲關索城。清乾隆本《奉節縣志》以「下關城」上面的古城遺址爲「紫陽城」，(圖三)[註11]是它的得名來源，但清初王士禎以「子陽城」稱山上古城遺址：

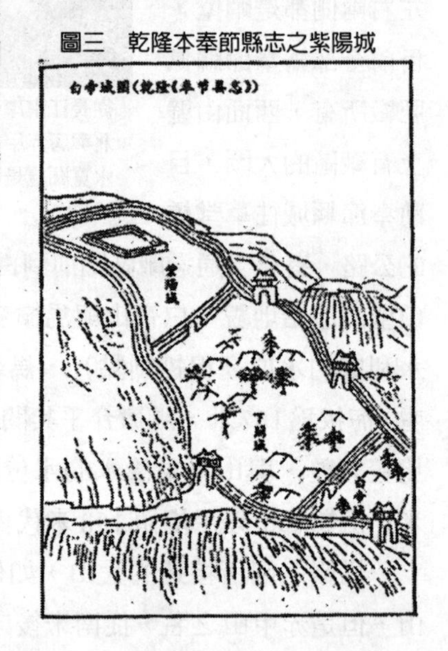

圖三　乾隆本奉節縣志之紫陽城

> 連騎而東，石路頗坦，迤山上女牆曰子陽城，其下爲下關城，稍折而南即白帝城。(蜀道驛程記)[註12]

10・清黃宗羲編：《明文海》(北京：中華書局，1987年2月)，卷362，頁06上，總頁3722。

11・據奉節縣志方志編纂委員會編：《1995年版奉節縣志》(北京：方志出版社，1995年12月)頁57，轉引清乾隆刊本《奉節縣志》之〈白帝城圖〉。

12・見清王士禎：《帶經堂集》(台灣大學有清刻本)，今據胡煥章《三峽詩

圖四　白帝山江面望子陽山

唐赤甲山，今稱子陽山，由白帝城西南江上眺望，才能了解它的全貌。拍照時是冬天。照片右側山上乃白帝城風景區所定位的杜甫西閣之北。

子陽是西漢公孫述的字，公孫述曾築赤甲城，故此城遺址被稱爲子陽城。但是王士禎並沒有說這座山也叫子陽山，稱子陽山是現代奉節縣本地人的稱法，現代戶政區名稱爲「白帝鎭紫陽村」，與民間習慣不同。在清代後期出版的《四川通志》、《奉節縣志》才有：「羊角山，在縣東十餘里，下臨大江。」之說，註13依方位道里計算，或指此山，但無法證實。

子陽山的東南以馬嶺連接白帝山，西南及正南兩面，下臨大江，西北是連續而上的更爲高大的山地，今以現有古城遺址這個區域爲子陽山的第一重山嶺的話，後續的山嶺也可稱子陽山。（圖四）其東方基本上爲東瀼水所繚繞，從接近馬嶺的山腳下到土地嶺是居民集中區。由奉節縣城來的公路，在馬嶺西北端白帝村一組停車，向南分出一條支道至白帝城風景區登山口，主線則左轉由東北方向往草堂大橋

文選》頁335-340。原題誤作〈義正祠記〉，據譚傳樹改。

13．見清嘉慶22年版《四川通志》（成都．巴蜀書社，1984年9月），卷14，頁2下，總頁843。又見清曾秀翹：《奉節縣志》（台北：學生書局，1971年3月），卷7，頁146。此爲光緒19年刊本。二書將白帝山定位於城東十三里，子陽山在白帝旁，依此推算，有可能指此山。

圖五　白帝鎭紫陽村漢城遺址（甲區）

此爲四張連續照片組成，最右一張照片的後方，爲長江對岸之山。

及汾河鎭。公路轉彎後約100-200米處，即子陽山登山口，這是白帝村三組的一個巷子，巷子南方靠近長江處，明代以來又稱西閣坪，本地有人認爲杜甫西閣應在此。登上山坡之後，住家漸稀，有古井嵌在山壁中。此地可俯視白帝山頂，方位在東南175°。仰望今稱赤甲山峰尖在東南135°，照相後再向西北上山，皆農舍。

根據《水經注》以至唐五代《元和郡縣圖志》、《通典》、《舊唐書》都說古赤甲山上有赤甲城，我這次實際考察時在海拔360米左右，（此爲本地蔡姓農戶所說，我與趙先生都懷疑應該更高），看到一些疑似漢城的遺址，爲方便敘述，暫分爲甲、乙、丙三區。

甲區就在今白帝鎭紫陽村2-18號農舍東南，有一段看來比較完整的城壘，被認爲極有可能是古漢城遺址者，清人稱爲皇殿臺（圖五），在清代輿圖中以方形臺狀的圖形紀錄了這個遺址。皇殿臺遺址長34.9米，北端高約5.7米，寬26.5米，南端高約1米，寬約48.8米，呈梯形，城壁垂直度爲85°，接近南－北走向。這段城壁都是大石堆成，大多數石塊長0.35米，也有大到0.45米及小到0.25米的。我曾做了採樣，和今稱赤甲山老關廟遺址的岩石比對，頗爲相似。子陽山地區從漢代至今的天然覆蓋程度並不太深，我在山腳下看到奉節縣文物隊所挖掘的考古工地，生土以上的部份約1.5米，據此大略可以推想漢代初建時的情形。

另一段城壁遺址（乙區），是在離開甲區後向下走不遠的臨江懸崖上，長28米，高0.18-0.23米不等，古城壁的走向與江水大致平行。山坡極陡峻，由此下望白帝山頂約在東南140°。

從這段城址南端，緊貼著臨江懸崖邊的小徑西行，約百餘米，也有一段較小的古城牆（丙區）。長6.5米，高度由2.3米至1.4米不等，築城的石塊大小相當整齊，長約0.77-0.35米，高約0.15米，正對著南岸奉節水泥廠下方突入江中的八狼角，地形特徵明顯，向右望，就是長江由西南方向以250°角向東北直衝而來，與《水經注》所言「江水又東，南經赤岬城西。」頗相合。長江流經這兩段城壁的下方時，緩緩轉折，最後以105°向東南偏東流去，由早先西南方向而來，到最後向東南流去，其間轉折之處的夾角約爲145°。

兩段石牆遺址連線雖是懸崖，但懸崖正下方仍有可用於建築的土地，唐夔州城有可能延伸到這附近。在這之外，就是一片寬大的回水沱，我認爲此沱的稍偏東側就是唐代夔州瞿唐驛所在（請參閱頁273及第五章之圖十六、十七）。由於這是子陽山第一層山嶺的極西，展望極好，可監控全部魚復浦及上游的全部來船。

除了上述三遺址，臨江一側沿路上都還有斷斷續續的石牆，但由石塊的形狀、質地看來，疑是後人所築。路極險峻，一路須跳躍乃下。南面山腳據說有漢墓及戰國墓頗多，近年頻傳盜墓，我來夔考查當日，有奉節縣文物隊的考古工作也在進行中，前已述及。

從此山東緣向東北遠望，最遠可以望見東瀼水與石馬河合流的旱八陣與八陣村二組附近，歐家灣和上壩則看不見。目光拉近一點，可以看見土地嶺到白帝山之間的東瀼水河谷，這就是杜詩所說的「瀼東瀼西」全景（請參閱頁256第五章圖二）。接近東瀼水岸的山坡上，有一大型圓蓄水池，據說是古代洗馬池遺址，公路在山麓雖看不見，但公路下方還有傳說中的唐代城門古跡，我仔細觀察過現存的城牆及城門，應非唐物，可能是清陶澍《蜀輶日記》所說的清代下關城的東門。但由於古城門位置的下方就是陡壁，而且從白帝山連結馬嶺延續而來，非常完整，唐城的北門如果建在這裡，不能排除有此可能。將來我另有論文研究白帝城，敬請再行參考。

2・今稱赤甲山

今稱的赤甲山和白鹽山，從衛星影像圖看起來，是一條東西窄、南北長的大山塊，[註14]據1995年版《奉節縣志》所記載的學名是為七曜山脈，東北－西南向，由白帝鎮桃花山起，經新民、城關、安坪、吐祥四區出境，至湖北省石柱縣。長江橫切而過，形成寬度從150米至250米不等的瞿唐峽。[註15]（圖六，圖中有箭頭處。）在三峽工程地質分析中，大溪－白帝城之間7公里的峽區，屬於碳酸鹽岩夾碎屑岩中山

圖六　東瀼水流域及瞿唐峽衛星影像圖

本圖中央位置，有東北西南走向之大山即巫山縣志所稱七曜山脈，圖中藍線為長江，箭頭所指為瞿唐峽，峽北為唐白鹽山，今稱赤甲山，其西即東瀼水河谷。

段之陡中傾灰岩，橫向河谷亞段，《三峽工程地質研究》有如下說明：

> 即瞿唐峽段，臨江山頂高程600-1000米，兩岸陡崖對峙，平均谷坡坡角45° - 64° ，枯水期水面寬150-250米，基岩爲二疊系-三疊系灰岩，無較大斷層。註16

以上說法比較簡略，下面再就實際觀察的情形作說明。

今稱的赤甲山，在長江之北，白帝山之東，以東瀼水與白帝山、今稱子陽山分隔。這座山有極易辨識的地貌特徵，南向的臨江一面均爲峭壁，峭壁海拔約200-300米，峭壁上方，一般是向內縮起而尖聳的急斜坡，景緻秀麗。臨江的山頂高度一般是600-1000米左右，主峰一角銳起，在瞿唐

圖七　今稱赤甲山孤高的地形特徵

今稱赤甲山，唐稱白鹽山，左爲白帝山，右爲今稱白鹽山，七月洪水期，趙貴林由船上拍攝

14．中國科學院遙感應用研究所編製：《中國衛星影像圖》，第九分頁，北京，科學出版社出版，1991年）。

15．見四川省奉節縣志編委會：《奉節縣志》（北京：方志出版社，1995年12月），頁83。

16．長江水利委員會據：《三峽工程地質研究》（武漢：湖北科學技術出版社，1997年10月），頁82-83，表3-3「三峽工程庫區工程地質分段表」。

峽中成為非常明顯的地標，其高度應略高於1400米，這是我從正對面的白鹽山烏雲頂上觀察所見，當時我站立的位置可能是海拔1400米，誤差不超過30米。關於赤甲白鹽主峰的確實高度，因手邊無1:10,000的地圖，無由確認。北京的中國地圖出版社所印行《中華人民共和國國家普通地圖集》並未在峰頂位標記1,500米以上的等高線及色標，可能未達1,500米。

由烏雲頂看赤甲山，（圖八）很明顯地可以看見，在峰尖的西邊山是一塊台地，上面有三個聚落，合稱石廟村，再北一點眺望不見之處，有茶盤村。現在有公路通茶盤村，由此登山比老路近了幾公里。

過去上赤甲山是由俗稱杜公祠的東方，涉水越過東瀼河谷，再沿瞿唐村六組北側山谷登山，上山之後，可在石廟村休息，再由今稱赤甲山的峰尖背後的第二道山嶺處翻越棱線，再由東面山坡下山，山下就是大溪鎮的對岸。下面要談到的南宋陸路，王十朋可能就是從這條路越過瞿唐峽，然後在大溪上船東下，范成大也應由這條登山古道，

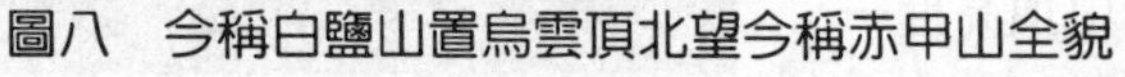
圖八　今稱白鹽山置烏雲頂北望今稱赤甲山全貌

從大溪下船，走陸路進入夔府白帝山。

圖九　今稱赤甲山（唐白鹽）西側山麓民居

本圖是由今稱子陽山東面山坡向對面今稱赤甲山西側眺望，現在山上居民已經很少，從照片正中央開始，它的下面是一條平岡，杜甫所謂「東得平岡出天壁」之處，由此向左邊（北）到照片結束處，山麓都有人家，最左爲瞿唐村四組。照片右方爲東瀼水所環繞的是白帝山，白帝山旁邊是今稱赤甲山臨江處，古來亦有居民。

今稱赤甲山鄰接白帝山這一側，是它的西端，坡度多爲25-35度，對比奉節低山平均坡度的20度來說，仍嫌坡度太大，但比起瞿唐峽內的臨江面，地形已經相對平緩，由南側江岸東瀼水入口起，沿東瀼水河谷向北觀察，一路上有零星的菜園、農家、村落，現地名爲瞿唐村一組至六組。奉節縣政府則在東瀼水的入江口上，建有旅游設施「古象博物館」，並在臨江一面的峭壁上建了「赤甲樓」。往北進入東瀼水流域內，也還保留一些農家。（圖九）

東瀼水流量很小，但河谷寬廣，從草堂大橋以下經常有300-400米，還不包括河谷兩側的斜坡（參閱頁256，第四章表一）。山地溪流不免有些彎流，基本上是南北流向，成爲今稱赤甲山與今稱子陽山、白帝山的最好分隔線。今稱赤甲山西麓，除了接近東瀼水入江口一帶之外，土地嶺對面，即瞿唐村五組、六組一帶，也有明顯的峭壁。不過，由於草木植被良好，沒有峭壁的土石之感。過了連續峭壁，往北，有石馬河從東北來與東瀼水相會，石馬河切割今稱赤甲山的北、東北端而過，形成規模較小的石門。從衛星照片來看，七曜山脈跨越石馬河之後，繼續發展，感覺上仍然相當完整。如果從地面來看，石馬河的南北兩側已是兩座山，本文所介紹的今稱赤甲山，以石馬河爲北界，符合現代當地人的稱法，也應不違背當年杜甫的稱謂。

今稱赤甲山分屬奉節縣與巫山縣，由峽中來說，黑石灘以西是奉節縣，黑石灘以東是巫山縣。這樣一線分劃下來，不但瞿唐峽被分割爲二線，赤甲山的東西兩坡就分屬兩縣了。赤甲山的東坡，巫山縣境大溪鎭的龍船嘴與火爆溪台地了，1974 年曾有考古工作隊在此發掘，再遠就是巫山縣曲尺鄉、朝陽鄉。註17 由長江江面仰望今稱赤甲山的東面，山坡非常宏壯完整。

以上就是從《荊州記》、《水經注》以來被稱爲「白鹽崖」、「白鹽峰」、「白鹽山」，南宋中期以後改稱爲「赤甲山」的瞿唐峽北岸。

3·今稱白鹽山

「白鹽山」一名，在《荊州記》、《水經注》中指的是瞿唐峽的北崖，到了現代，卻稱瞿唐峽的南崖爲白鹽山。其間變化過程，將在後文討論，此處是以現地觀念進行解說，所指的是今稱的白鹽山。

如上所述，今稱的白鹽山，本來和今稱赤甲山是一個完整的山塊，被長江分割爲二。所以在白鹽山的北側，不論是西北面或東北面，都是切割痕跡猶新的岩壁，尤其是粉壁牆一帶，直上 300-400 米，寸草不生，予人深刻印象。至於峭壁以上的部位，呈現集中式的

---

17 ·文物出版委員會編：《文物》1959 年 5 月 8 日第 5 期，總第 105 期，頁 75，〈夔峽口發現古文化遺址〉。

圖十　今稱白鹽山地形特徵明顯

洪水期由赤甲山西段山上約800米處看今稱白鹽山，粉壁牆在照片右三分之一，向左過完連續峭壁便到風箱峽。我登上的位置在照片上看不到，在左上角高峰之後。　趙貴林攝

頂峰形態，坡度仍非常陡峭，由高處攝取全景，看得非常清楚。(圖十)今稱白鹽山山頂的高度約在1400-1500米之間，1999年我到臨江的最高峰訪察(即烏雲頂，就在圖十照片左邊山頭的後方），那天我們用餐的農舍海拔只有1325米，由這裡再往上攀登，才到臨江高崖。

據我估計，臨江的最高點至多接近1400米。隔江而南，恰好與今稱赤甲山的峰尖正面相對，由這裡看，赤甲峰尖宛如直立的三角形平面圖，高度比我立足之處還要多些，已見前說。由此處向下俯望，腳下就是瞿唐峽最窄處，也是奉節縣與巫山縣分界的黑石灘，這是由左右兩塊突出水面的大石把江面束窄的。（圖十一）

圖十一　今稱白鹽山頂下望黑石灘

從白鹽山烏雲頂下望黑石灘，高水位時所攝，確定日期原作者已記不得。請對比215頁所攝，彼時淹沒程度較多。　趙貴林攝

烏雲頂現爲奉節縣永樂鎮烏雲村，東側山下便是巫山縣的大溪鎮，大溪文化是長江三峽重要的考古發

現，不過，據最近的考古報告顯示，巫山縣城所發現的新考古據點可能比大溪文化還要豐富。註[18]大溪在文獻中也稱黛溪，有一條溪流環繞著白鹽山東南蜿蜒入江，這裡也是葛洲壩水庫冬季回水末端註[19]。

今稱白鹽山的南部，從吐祥區出境，進入湖北省，從衛星影像圖來看，今稱白鹽山南部與湖北西部的山群結合，形成一個非常廣大的山區，這裡也是《南史》、《北史》所稱「南蠻」民族的原住地，又稱五溪蠻。杜甫〈詠懷古跡五首之一〉詩中所說：「三峽樓臺淹日月，五溪衣服共雲山」，即指這些少數民族，南蠻族人對晉宋齊梁後魏北周都發動過戰爭，在魏末周初發生過幾次滅絕性的戰役後，到了唐代，此區可謂安定，杜甫所謂：「時清關失險。」（峽口二首之二，詳注18:1554）即指百蠻穩定而言。唐宋時期往黔中、夜郎的主要道路，就是在夔州渡江而南。至於今日奉節縣城，則在依斗門西方約一公里的白馬灘和對岸李家壩之間，有汽車輪渡連接新奉恩公路，長途汽車可達廣州。今稱白鹽山之西，山勢稍低，約在1050-1250米之間，南宋稱爲勝已山，清人稱爲文峰，有清人所建寶塔古跡尚存。

18・見四川省文物管理委員會、四川省文物考古研究所、巫山縣文化館合撰：〈巫山縣境內長江大寧河流域古遺址調查簡報〉，收入《四川考古報告集》頁1-10。

19・長江水利委員會：《三峽工程泥沙研究》（武漢：湖北科學技術出版社，1997年10月），頁85，有表3-3「葛洲壩庫區沿程水位抬高值」，壩前水位爲63.5米，其中巫山縣距壩里程163km處，在流量每秒5000立方米時，抬高1.9米。流量10000立方米時，抬高0.9米，流量20000立方米時，抬高0.2米。至黛溪（大溪，距壩188.1km）只在流量5000立方米時抬高0.3米，奉節縣全無抬高。

總而言之，白帝山周邊除了子陽山腳下有白帝鎮市集外，其餘都是人口稀少的山區，今稱白鹽山不適人居固不待說，接近白帝山的今稱赤甲山也人煙杳然，這是由於將近一千年來，夔州州城遠遷到大瀼水（今梅溪河）以西的今奉節縣城，人口完全集中到新城的緣故，未來長江大壩三期水位完工後，水庫的淹水線是175米，屆時奉節的今縣城完全沒入水下，白帝山只剩下 70 餘米的山頂部份，變成一座小島，東瀼水流域從黃連村一組以下，都變成大湖，各個山峰位置的相對感也會改變，杜甫當年的詩境，就只能在照片及錄影帶中懷想了。

三 · 杜甫詩中之赤甲白鹽二山

1 · 赤甲白鹽二山之地貌特徵

杜甫詩中明確地寫到赤甲白鹽二山的詩共有九首，列表如下(表一)：

表一　杜甫夔州詩中「赤甲白鹽」一覽表

詩　題	詩　句
1 夔州歌十絕句之四	赤甲白鹽俱刺天
2 入宅三首之一	奔峭背赤甲，斷崖當白鹽
3 自瀼西荊扉且移居東屯茅屋四首	白鹽危嶠北，赤甲古城東
4 赤甲	卜居赤甲遷居新
5 黃草	赤甲山下行人稀
6 白鹽山	全首
7 返照	不盡白鹽孤
8 寄裴施州	幾度寄書白鹽北
9 曉望白帝城鹽山	全首

從右表中，我們可以看到赤甲白鹽兩山的形貌與位置特徵，(1) · 兩座山都很高大。(2) · 白鹽山在落

日返照中顯得孤拔。(3)·赤甲山下有長江重要驛站。(4)·杜甫曾居住在背倚赤甲、面對白鹽之宅。(5)·杜甫也曾居住在白鹽山之北，赤甲山之東的地區。以下我們一一來討論：

卓立群峰外，蟠根積水邊。他皆任厚地，爾獨近高天。白牓千家邑，清秋萬估船。詞人取佳句，刻畫竟誰傳。(白鹽山，詳注 15：1352)[註20]

返照開巫峽，寒空半有無。已低魚復暗，不盡白鹽孤。荻岸如秋水，松門似畫圖。牛羊識僮僕，既夕應傳呼。(返照，詳注 20：1738)

這兩首詩中對白鹽山的描寫有一個交集，就是以「卓立群峰外」「爾獨近高天」「不盡白鹽孤」這三句話所構成的既孤且高的形像。

舊注對此句的詮釋，如：

白鹽，山名，高，故光不盡而孤出。(杜臆 335)

白鹽山最高，返照射於其上也。(讀書堂杜詩注 1638)[註21]

20·清仇兆鰲：《杜詩詳注》(北京：中華書局，1979年10月)，卷20，頁1746。爲了節約篇幅，統一體例，除第二章有特殊需要外，本章及四、五兩章，凡直接引用杜甫原句時採用《杜詩詳注》本，簡稱其名爲《詳注》，並將卷頁改爲以下格式：「詳注，20：1746」，下同。

21·見清王嗣奭撰：《杜臆》(台北：中華書局，1986年11月。)及《讀書堂杜詩注》爲清張溍撰：《讀書堂杜工部詩集注解》之簡稱，清·康熙三十七年讀書堂刻本。採用黃永武主編《杜詩叢刊》第一至第四輯(台北，大通書局，1974年)。

白鹽高而孤露。（詳注1738）

以上三家注都注意到這個問題了，並且以「最高」「孤出」「孤露」來形容。宋、明、清的詩人寫到白鹽山時，都不忘了學習杜甫使用「孤」字，可見此句受重視的程度。

從實際山川來說，到底有沒有一座山，在夔府的群山中會予人以「最高」「孤出」「孤露」的感覺呢？除了參考前文所舉出的照片之外，從杜甫詩也可以得到相同答案，在討論這一點之前，請先回到原詩，把杜甫的作詩位置，也就是觀察的始點找出來。

從詩中的寫景，杜甫自己已經出示了他的觀察點，應該是在可以看見魚復浦及瞿唐峽內的位置，而視線的重心，則首先投射在瞿唐峽中杜甫所稱的「白鹽山」山頂上。以白帝山周邊的現地條件考察，最可能的位置，應在是今稱子陽城的南坡（圖十二）。理由是（1）如果只爲了看白帝山以東的某一座山峰，那麼凡在此山之西的相當位置皆可，既可在子陽山、白帝山看，也可以在魚復浦看，均可得到「不盡白鹽孤」的景觀。但是，在白帝山向東望鹽山，就不能同時向西望魚復浦，所以，作於白帝山的可能性應予排除。至於魚復浦本身，已成爲受觀看的目標，所以

圖十二 · 今稱子陽山望瞿唐峽內

白帝城西北，海拔約360米以上子陽山（唐赤甲山）臨江崖上望瞿唐峽內。我所立位置雖比杜甫作這首詩的時候高，方向應該近似。　簡錦松攝

也不能成爲觀察始點。（2）就「荻岸如秋水，松門似畫圖。」的景觀而言，荻岸可能指子陽山下的水岸，亦即〈秋興八首之三〉尾聯所謂：「請看石上藤蘿月，已映洲前蘆荻花。」的洲前，「如秋水」三字出自《莊子．秋水》，既然以用典虛寫，當時就應不是秋天。「松門」常見於西閣諸作，應非地名，而是指當地有松林景觀，據我綜合杜甫西閣詩所見，松門應在西閣的視野之內，極可能是西閣附近峽口兩岸松林較多所形成的景觀，因以爲名。如果杜甫在觀察時，同時也可以看見魚復浦的漸暗、南門沱的萩草、白帝山西側及對江的松林，只有在子陽山南坡之地。（3）再進一步說，因爲尾聯有「牛羊識僮僕，既夕應傳呼。」之句，顯然用了詩經「日云夕矣，牛羊下來。」詩人既然可聞牧童傳呼聲，則作詩之人與牛羊下山的蹊徑應該是在一起的，若在魚復浦中，聽不到傳呼之聲，若在白帝城中，不會有牛羊下山，從身邊經過。總之，詩人所在位置以今稱子陽山上較爲合理。

作詩的時間，可以斷定是春天，春天的夕陽從大約正西的方向射來。對鄰近峽區的高山而言，那麼，在夕空中唯一能夠符合「最高」「孤出」「孤露」的條件，會令人產生「不盡白鹽孤」的山頭，應只有唐代稱爲白鹽山而今日稱爲赤甲山的山頂，沒有第二個可能之處。

反之，如果這裡的「白鹽」是指今稱白鹽山，由於它在瞿唐峽口這一小段崖壁是偏向「東南－西北」的走向，因此，秋冬之時它的山壁以下，不能得到夕照，它的山頂雖高，然而，相對於詩人作詩所在的觀察點而言，山頂方位太偏南方，也不是觀賞夕照的理想方向，而且山形雄偉連貫，也不會令人起「孤、卓」之感。

2・赤甲白鹽二山之經濟人文條件

在杜甫詩中，共有三次是以赤甲山與白鹽山相對並舉，首先是〈夔州歌十絕句之四〉：

赤甲白鹽俱刺天，閭閻繚繞接山巔。楓林橘樹丹青合，複道重樓錦繡懸。（詳注 15：1302）

本詩雖然同時舉出兩山之名，但著眼點是兩山性質之相同點，無法見證二山各自的確切位置。對兩山的相同點，杜甫提出了「閭閻繚繞接山巔」的整體印象，並說明了當地植被與居室的形象。楓林是長江流域的主要林相，橘樹代表人工開發，複道重樓，如錦如繡，都代表了富庶的居民經濟，最後一個懸字則回應了住宅繚繞到極高處的前提。

從（圖十三）中可以看見，現在稱爲子陽山的山坡，至今仍是閭閻繚繞，山下即杜詩所謂「瀼東瀼西一萬家」的位置，對岸的今稱赤甲山，雖然現代看來顯得荒寂，但在唐朝，它的坡度低又近接州城，有極好的發展條件。如果這兩座相對的山就是赤甲白鹽，完全可發展成杜甫所形容的富庶景象。

圖十三　唐稱之赤甲白鹽二山居民景象可能圖

唐赤甲山（今子陽山）與白鹽山（今赤甲山）夾東瀼水，兩山都有適合居住處，可能發展成類似的居民景象，此即夔州歌所謂赤甲白鹽，閭閻繚繞，而瀼東瀼西，則一萬家也。

若以現在的地名來說，「赤甲白鹽俱刺天」就是分別位在峽口南北兩岸的山區，北岸是今稱赤甲山，南岸是今稱白鹽山，兩山的高度都很高，可稱爲「俱刺天」，但從人工開發的經濟情境而言，就與杜甫的認知完全不合。

圖十四　瞿唐峽南岸明顯不適人居

進入瞿唐峽口前方，秋日白帝山與今稱白鹽山夾岸相對，今稱白鹽山全是峭壁，山上雖有小徑，小徑向西有斜坡至江面，均無農作。　趙貴林攝

何以言之，今稱赤甲山西部的坡度約25－35度，雖然已經不十分適合人居，但它的坡度畢竟比較緩和，而且接近白帝城，還有可能發展成杜甫所說「閭閻繚繞接山巓」的居民區，而隔江的今稱白鹽山，除了照片中小徑入江處，坡度稍緩，其餘皆是峭壁，除非在峭壁上方營造居室，否則就不可能有民居。（圖十四）雖然杜詩也說過夔州居民的房子是「鳥獸居」，所居在「層顛」，但是，畢竟與「閭閻繚繞」的景象相差太遠。現在位於今稱白鹽山上也有白龍村、烏雲村等聚落，但是，由於山形阻隔了視線，我們從北岸白帝山上，仍看不見峭壁頂上白龍村的民居，只在夜晚有微弱的燈火，烏雲村更隔在稍遠處，無法由白帝山看見。可以想見，在杜甫當年，絕對不會在隔江南岸出現「複道重樓錦繡懸」的富庶景象。

再說，以唐朝當時的渡江能力而言，要渡過長江並不容易。像杜詩所說，白鹽、赤甲兩山居民這麼多，依照平常的想法，兩山應有交通船往來，如果這兩座山分在長江兩岸，交通船就必須考慮到渡江的問題。但是，直至今日，尚無船隻在瞿唐峽口南北橫渡的，更何況，隨著夏秋兩季水位高低變化不同，在冬季枯水期時，勉強過峽或許還可以做到，夏季高水位時，瞿唐峽內大約有四、五個月的時間是經常封峽，長途旅人都改走陸路，註22更別說是橫渡兩岸了。註23如果江南岸眞有居民，必須先向西溯江或陸行，遠離峽口的激湍，找到水流比較平緩處，才能渡江。渡江之後，又必須再走一大段路才到白帝城（唐人習稱夔州城爲白帝城），如要到今稱赤甲山，更須再穿越過白帝城，渡過東瀼水，才能到達。這段路的艱險程度，必須到現地才能體會。

從古代城市發展規律來看，行政中心所在是城市發展的重要因素，註24從現代經濟學來看，城市發展和城市經濟均與公共開發程度

22．如黃庭堅：《豫章黃先生文集》（台北：商務印書館，四部叢刊本），卷19，頁20上，總頁203，有〈與王觀復書三首之二〉云：「庭堅既以江漲不能下峽，則欲至青神見老家姑，…」。山谷至青神省其姑事在元符三年（1100）七月二十一日解舟上行，八月十一日至青神，見《山谷詩內集》卷首目錄，頁91。則所謂江漲在六、七月間也。於時山谷在戎州，與夔州相距猶遠，可見江漲封峽，是江行常識。

23．關於渡江問題，請參閱本書頁273第五章部份內容，本人在〈杜甫夔州詩「白帝夔州」之現地研究〉中另有對瞿唐驛的全盤考察。此外，《正德夔州府志》（上海：上海古籍出版社，據天一閣藏明代方志選刊影印，1961年12月），卷7，頁8上，〈古蹟門〉載隔江南岸上有諸葛亮石鼓「與八陣圖相對，世傳諸葛武侯教戰之鼓。」不論這種古跡是否屬實，對岸如有類似遺跡，應是爲了渡江。

24．參閱日本愛宕元：《中國的城郭都市》（東京：中央公論社，中公新書1014，1991年6月），頁44-80。

有密切關係，公共開發首重交通及通訊建設，以如此困難的交通狀況，它的發展必定大大受到阻害，絕無可能發展成如杜甫所說繁榮的居民集中區的景況。無論如何，比較富庶的居民願意把住宅買在與行政區之間隔著危險的瞿唐峽，公共交通萬分不便，每天回家還得再爬上高峻的峭壁，是令人相當不可相信的。

以今日的科技發達至此，南岸白鹽山上，通往烏雲頂的比較好走的公路，要到近幾年因爲計畫營建遊樂區才修造，臨江側的道路，也到 1995 年才爲了長江三峽走鋼絲的國際活動而特別新修，仍極爲不便。[註25] 奉節縣的居民仍大量集中在江北岸的縣城，南岸稱爲對縣，即使部份坡度較爲平緩地區，仍然遠遠不能與北岸的市容相比。又如跨越東瀼水的白帝城索橋，雖然只有219米，但是要到1994年6月才建好。[註26] 因爲是人行吊橋，除了有利於觀光外，對居民的增加並無助益。在行政中心及交通便利這些對比條件都相當的情形下，可以推想唐代長江南北兩岸的景況。因此，如果把赤甲、白鹽解爲夾江二山的話，就顯然與杜詩所描述的景觀難以相合。

3・赤甲白鹽二山之對比位置

25・見趙貴林著：《世界奇人三峽走鋼絲》(北京：中國三峽出版社，1995年10月)活動全名爲「95' 國際橫跨中國長江三峽高空走鋼絲競技表演賽」。

26・重慶市奉節縣志編委會辦公室：《奉節年鑒》(奉節：奉節縣人民政府，1998年3月)，頁345，〈白帝城索橋〉條。不過，據我實測，橋長有222.4米，此書載橋面高程爲132.8米，應指拱形橋面的最高點，我在東主索塔處及接近橋中心處都用垂繩法測量過，應在127-129米之間。

其次談到杜詩所稱白鹽、赤甲二山的相對位置，請先看〈自瀼西荊扉且移居東屯茅屋四首〉這首詩：

> 白鹽危嶠北，赤甲古城東。平地一川穩，高山四面同。煙霜淒野日，杭稻熟天風。人事傷蓬轉，吾將守桂叢。（之一，詳注20：1746）

這是杜甫寫東屯住宅之作，關於東屯確實位置的辨證，請閱下一章，原則上東屯在東瀼水，並無問題。

問題是，這首詩所反映的赤甲、白鹽二山的方位，與現在的地名完全不相合。如果是今稱赤甲及白鹽二山，赤甲山之東，就是巫山縣境大溪鎮的龍船嘴與火爆溪台地了，根本不對。而且，白鹽山北的說法也不能成立。由（圖十五）可以看見，今稱白鹽山在江南，隔江就是白帝山與今稱赤甲山的連峰，這兩座山已經完全遮斷了東瀼水流域這片寬谷。換言之，從東屯向南望，看不見白帝城山，今稱的白鹽山，只能藏身在西南方今稱赤甲山山脊上露出一點山頭，不能清楚被人看見；主要看見的是白鹽山（今稱赤甲山）。

圖十五　由地形可詮釋白鹽危嶠北

拍攝人在東瀼水與石馬河匯流處旱八陣中央向正南取景，東屯在本照片的左側（照片中看不到），照片前方山都是今稱赤甲山（唐白鹽山），自眼前至左上角一角銳起的峰尖皆是，右上角後一層山爲江南岸之今稱白鹽山。又因置拍攝之故，照片中並無唐赤甲山及古赤甲城。因本照片向正南取，所以東屯可稱在白鹽之北。

因此，當杜甫向旁人介紹位在東瀼水畔的自宅時，如果他使用的稱謂與今人相同，他應該說：

赤甲危嶠北。

或者，如果他還著重白帝城，他應該說：

赤甲危嶠北，白帝古城東。

由於東屯位在白帝山的東北，今稱赤甲山的北方，所以這樣的假設句可以成立。固然，它們的平仄並不正確，但平仄押韻都是末節，如果二山的眞實位置如此，他就會這樣寫，剩下的平仄押韻問題，根本也難不倒他，至於古赤甲城就提不到了。可是，杜甫卻說：「白鹽危嶠北，赤甲古城東。」，爲何杜甫會說出這樣似乎不合理的話來？

在歷代古注中有四種解釋。大多數都是越解釋越見其混淆。首先是趙次公所注：

次公曰：首兩句以引下句耳。平地一川，蓋在白鹽山之北，而赤甲城之東故也。（趙注 1122）[註27]

趙注說「白鹽山之北，赤甲城之東」，《九家集註 2249》[註28]照抄原句。表面上，趙次公的說法和杜甫詩的語句正好一致，其方位認知與

27・宋趙次公注，林繼中輯校：《杜詩趙次公先後解輯校》（上海：上海古籍出版社，1994年12月。）本文引趙次公注，皆簡稱趙注，如須引頁碼，均作：「趙注 1122」之類，下同。其他杜注亦同。

28・《九家集註》係宋・郭知達集註《九家集註杜詩》之簡稱。清・文瀾閣欽定四庫全書本。原名《新刊校正集註杜詩三十六卷》四庫改今名。此處採用黃永武主編《杜詩叢刊》所收本。

山名稱謂，也與現代不同，恰與我在前面所作的推論相同。其實並不是這樣，原來趙次公是以白帝城當作赤甲城，他在「白帝夔州各異城」下注爲：「白帝以言公孫之城，夔州以言劉備之城，蓋永安宮所在也。白帝城在瀼之東，夔州城在瀼之西，此所以爲異城。」（夔州歌十絕句之二，趙本965），趙次公所謂瀼，是指宋代州城旁的大瀼溪（今稱梅溪河），並不是杜甫所指的東瀼水；他所謂劉備城、永安宮，也是指宋時新移的州城。註29 在基本的地理認知上已不正確。

其次，若依趙次公注的說法，白帝山上的白帝城就是公孫述的赤甲古城，白鹽山在大江之南，所以東屯就在「白帝城之東，白鹽山之北」。這種說法，不但與杜甫原意相違，更與我的推斷毫不相干，不過大陸上還是有人相信。其實，白帝城之東與白鹽山之北，只有長寬各350-250餘米的東瀼水入江口，冬季水落是一片沙質河谷，夏日水漲，全部變成河道，因此，趙氏所說牽強得太過無理。

不過，無論趙次公的說法多麼不正確，他仍努力地在思考東屯位於白帝城與白鹽山之間的方位關係，它的背後意義，還是值得肯定。下面兩種解釋則完全不知所云：

> 東屯界白鹽赤甲間，其地平坦，百頃若案，而一川甚穩。（杜詩闡 1379）註30

29．關於趙次公對東瀼水的解釋，在這裡確是指梅溪河，但是，在談到瀼西的問題，他又斬釘截鐵地說，瀼水只有一條東瀼水，在白帝城東，用以詮釋杜甫瀼西住宅，請參閱第五章第六節，頁356-358。

30．清盧元昌註《杜詩闡》，清．康熙二十五年書林刊本。今採用黃永武主編《杜詩叢刊》所收本。

大曆二年秋，公自瀼西移居東屯，而有所感言。東屯當白鹽之北，赤甲之東，其地平易，則一川穩而天風熟杭稻矣。（分類集註 2488、讀杜愚得 1144）註31

《杜詩闡》則只說「赤甲白鹽間」，其他並無說明，如照今稱的赤甲白鹽二山名來推算，二山之間是大江，自無可能，可見他並未發現問題所在。《分類集註》和《讀杜愚得》認爲「白鹽之北，赤甲之東」，未說明何謂赤甲、何謂白鹽，但《分類集註》的地理知識也同樣是以《大明一統志》及《四川總志》爲依歸的，註32依照這兩本書對赤甲山及白鹽山的記載，與現代稱呼完全相同，仍然是把東屯宅指到長江裡面，可見他們雖然提出「白鹽之北，赤甲之東」，可能只是順著原詩語意，敷衍成文，沒有經過深刻思考或求證。

像這些明明與今地名不符合的注解一再出現，因而，自認爲熟習地理的錢謙益就另闢蹊徑：

《困學紀聞》東屯乃公孫述留屯之所，距白帝五里。東屯之田，可百許頃，稻米爲蜀第一。于臬〈東屯少陵故居記〉：峽中多高山峻谷，地少平曠，東屯距白帝五里而近，稻田水畦，延袤百頃。前帶清溪，後枕崇岡。樹林葱蒨，氣象深秀。稱高

31．《分類集註》爲明．邵寶集註《刻杜少陵先生詩分類集註》之簡稱，明萬曆廿三年吳周子文刊本。《讀杜愚得》爲明．單復撰《讀杜詩愚得》之簡稱，明宣德九年江陰朱氏刊本。二書皆採用黃永武編《杜詩叢刊》本。

32．明李賢：《大明一統志》（西安：三秦出版社，1990年2月），與明虞懷忠、郭棐等：《四川總志》（台北：商務印書館，四庫全書存目，1998）。

人逸士之居。（杜詩錢注316）[註33]

在錢氏之後，《讀書堂杜詩注1611》、《詳注1746》、《心解552》、《杜詩鏡銓833》[註34]都引此文，這種脫離趙注而自行開發新說的情形，又是集體發生的狀況下，顯得很不尋常。其實，于氏此文作於宋寧宗慶元三（1197）年，其言僅可證明南宋時人對於東屯的解釋，至於對赤甲、白鹽二山，他並未作出任何解說，其實並不適合用來爲這首詩作注。然而，爲什麼明清的注家寧願離開趙注而選擇引用于臬的〈東屯少陵故居記〉呢？我以爲，這些注家都是查閱過《方輿勝覽》、《大明一統志》或《四川總志》這一類地理總志，他們從這三部書的記載來認定「赤甲、白鹽」二山方位的話，很快就會發現趙次公注這一系列的早期杜注，與地理總志之間，存在著極大的差異，因而決定迴避趙注而另闢蹊徑。

客觀來說，如果杜甫詩篇所提供的條件十分充分的話，詮解杜詩，只要順著那些可用爲證物的杜甫詩的指示，去發現杜甫原來所看見的一切就可以了。以這兩句來說，杜甫本來就說了，「在赤甲山之東、白鹽山之北」，只要照這樣去標定當地的實際山川，就是解讀杜甫詩的中赤甲、白鹽兩山位址的良好途徑。所以，有了照片，[註35]就可以向讀者說明白鹽山（今稱赤甲山）與東瀼水犬牙交錯的形狀，從

33．清錢謙益：《杜詩錢注》（台北：世界書局，1991年）

34．《鏡銓》爲清楊倫《杜詩鏡銓》（臺北：華正書局，1978年9月）之簡稱。

35．特別是劉家信著：《中國長江三峽全景》（北京：中國城市出版社，1997年5月），頁33，〈瞿唐峽鳥瞰〉之類空中航照更好，因版權問題未引用。

而也就明白了杜甫爲什麼會在東屯詩寫出「白鹽危嶠北，赤甲古城東」之句，乃是因爲唐代的白鹽山，就是今稱的赤甲山，由於東瀼水走向的關係，東屯事實上是在今稱赤甲山之北方，代換成唐朝說法，就是不折不扣的「白鹽北」。而且，無論唐人所稱白鹽山是只有江北的這部份，或是包括了長江南北兩岸，都符合杜詩的本意。反之，如果把這句詩中的「白鹽山」解釋爲長江南岸的今稱白鹽山，便完全與杜詩不合。關於這部份，我在下一章談「東屯茅屋」時還要討論。

總之，由於赤甲白鹽二山名稱的古今差異，使得杜詩的古注一片混亂，不能冷靜客觀地去了解杜甫原意，只能游離在各種傳說上，隨人耳食，實在可歎。

請再看一首〈曉望白帝城鹽山〉：

> 徐步攜斑杖，看山仰白頭。翠深開斷壁，紅遠結飛樓。日出清江望，暄和散旅愁，春城見松雪，始擬進歸舟。（曉望白帝城鹽山，詳注15：1280）

此詩應如何解，早期的注家只順著詩句演繹爲解，沒有注意題目上白帝城、白鹽山、作者杜甫三者之間的方位關係，從明代《杜臆》說：「詩題當作〈白帝城曉望鹽山〉。」問題被挑起之後，爭議就不少。清代《杜詩詳注》同意並引用了《杜臆》的看法。施鴻保《讀杜詩說》反對，他認爲是在江面上仰首望白帝城與鹽山，不須改題目字，《讀杜心解》雖然在詮釋的基礎上有嚴重的錯誤，註36 他錯誤地以明代夔

36．《心解 497》云：「…按：城與山皆在夔城之東，十絕句云『白帝夔州各異城』可證也。《杜臆》欲以曉望字置白帝城下，誤認白帝夔城爲一

州府城（今奉節縣城）來解釋杜甫的唐代夔州城，但他畢竟也注意到了這個問題，並參與了反對王嗣奭與仇兆鰲二氏的行列。現代注杜者，參加討論的也不少，以奉節本地學人胡煥章先生說得最清楚，他說：

> 從赤甲山、白鹽山、白帝城的方位看，赤甲居東，白鹽居南，白帝居西，三者恰成品字形。站在任何一方，都可望見其中的兩方，詩題只是提到白帝和鹽山，可以肯定杜甫既不是在白帝城望，也不是江上望，而是在赤甲一方望的。註37

本詩的寫作時地，歷代注杜家都認爲是大曆二年初春居赤甲所作，依照這條線索，胡煥章認爲這首詩是在赤甲山望白帝城與白鹽山，而且以本地人立場，他的解說相當清楚。問題是，今稱赤甲山與今稱白鹽山，很難當得起這首詩的描寫。由今稱赤甲山向白帝山與白鹽山望去，雖然確實都可以看見，但是，並不在同在一個方向內，往白帝山曉望之後，必須迴頭向左轉，才能再望白鹽山，如此章法極爲無理。

這首詩題目之所以會發生問題，是出於王嗣奭的細心，他是歷代

耳。此初到夔州作，在未上白帝城之先。舊編皆非。」浦起龍指責《杜臆》，其實是他自己弄錯，他錯誤地以明代夔州府城（今奉節縣城）來解釋杜甫的唐代夔州城，因而誤解其位置，才會說：「城與山皆在夔城之東」這一類的話。

37．見胡煥章：《杜甫夔州吟》（自印本，1994年10月）頁115-117，5關於曉望白帝城鹽山〉。胡先生並認爲「日出清江望」之句的「望」字，是「霧」字之誤，言之成理。

所有注家中表明親自到過夔州的第一人，也是率先懷疑楚宮陽臺位置，懷疑白帝夔州並不異城的人物。因爲他有心觀察，所以，雖然在經過夔州停船的短短時間內，仍有不少創見。王嗣奭地理知識的依據的是《大明一統志》及《四川總志》，對赤甲白鹽二山的指謂，已和現代說法相同，即江北岸爲赤甲山，江南岸爲白鹽山。

在他特殊的經歷背景之下，再因爲在這種地理與歷史雙重認知，使王嗣奭懷疑杜甫不可能在一首詩中，從赤甲山同時曉望白帝及白鹽二山而得到詩中所寫的動作及景觀。因此，他建議將詩題改爲「白帝城曉望鹽山」。如果以明代的地理知識來說，王氏的懷疑，確實非常細心而令人佩服。

杜甫這首〈曉望白帝鹽山〉詩，一開始作者就說自己是在散步途中，看山的姿態是先仰望，可見在三、四句及五、六句所寫的都是由「望」字而生出的遠景。所以，杜甫接著寫到所見風景峽中斷壁、是翠開江峽、遠處紅樓及日照江面，他寫的都是在視線遠處之景。至於第七句的松雪，也是望中之景，這是比較近身的景物，方便在詩的尾聯作結到己身來。（圖十六）

圖十六　曉望白帝城鹽山

距白帝城約1000米，海拔約300米之子陽山上（唐赤甲山），望望白帝城鹽山，江面水位約爲海拔102米。　簡錦松攝

一首詩寫了這麼多景物，在章法上是很難成立的，除非這些所望之景彼此能緊密結合，更重要的是，

必須在同一個視角上，依照人類正常的目視方法，如果不特意扭頭，在110° 角之內，都算是同一視角。照相時，我的位置在今稱子陽山東南山坡，照片中所見與詩中所寫之境吻合，因爲 50mm 鏡頭照片所顯示的比常人的視界還要窄一點，所以符合同一視角的原則。杜甫可能在我照相的位置，或者是同個方向比較稍低一點位置，向東眺望。

至於松雪，在白帝山的西面，顯然可以看到大片松林，杜甫寫西閣的詩，經常寫到西閣外可見到大片松林，如：

> 樓雨霑雲幔，山寒著水城。逕添沙面出，湍減石稜生。菊蕊淒疏放，松林駐遠情。滂沱朱檻濕，萬慮倚簷楹。（西閣雨望，詳注，14:1472）

> 巫山小搖落，碧色見松林。百鳥各相命，孤雲無自心。層軒俯江壁，要路亦高深。朱紱猶紗帽，新詩近玉琴。功名不早立，衰疾謝知音。哀世非王粲，終然學楚吟。（西閣二首 1，詳注，14:1473）

> 反照開巫峽，寒空半有無。已低魚復暗，不盡白鹽孤。荻岸如秋水，松門似畫圖。牛羊識僮僕，既夕應傳呼。（返照，詳注，20:1738）

這三首詩，除了〈返照〉詩的「松門」曾被誤釋爲峽名之外，其他二首的松林，應是實有松林，並無歧說。所以，當杜甫在今稱子陽山（唐赤甲山）上望白帝城、白鹽山的話，一切遠望動作結束，眼光收回近處的松林，這是相當合理的律詩章法。

詩的結構性章法是科學的，合乎人體自然需求的，是由歸納得來的客觀知識，杜甫這首詩如果照過去的解釋，就不合結構性章法，所以引起王嗣奭的懷疑，如果我們早知道杜甫當時所稱的「赤甲山」，並不是現代所稱的今稱赤甲山，白鹽山也不是今稱的白鹽山，唐代的赤甲山原本就是在白帝山及唐代白鹽山的西邊，那麼，從現地實證來說，杜甫在本詩所寫的，就都是在同一視角之內，換言之，詩句中所寫的仰望動作、方向、景物就完全和諧了。可見山名修正以後，對杜詩的詮釋有極大益處。

下面，請再看一組杜甫以赤甲、白鹽二山形容自己住宅位置的〈入宅三首〉詩：

> 奔峭背赤甲，斷崖當白鹽。客居愧遷次，春色漸多添。花亞欲移竹，鳥窺新捲簾。衰年不敢恨，勝概欲相兼。（其一）
>
> 亂後居難定，春歸客未還。水生魚復浦，雲暖麝香山。半頂梳頭白，過眉拄杖斑。相看多使者，一一問函關。（其二）
>
> 宋玉歸州宅，雲通白帝城。吾人淹老病，旅食豈才名。峽口風常急，江流氣不平。只應與兒子，飄轉任浮生。（其三，詳注18：1606）

這組詩，所有的杜注衆口一辭地認為是初春遷入赤甲宅時所作，只有明萬曆十九年（1591）歸州知府吳守忠所編的《三峽通志》，鈔錄這三首詩，題目定為〈瀼西入宅〉，註38與衆人稍異。各家杜注的說法，

38．明吳守忠《三峽通志》（北京：中國書店，1991年5月），卷2，頁3上。本書為吳氏任歸州府知府二年後，特別編寫將到北京作為書帕之用，吳氏為江西豫章人，據他所說：「州鮮藏書家，即求古峽中記以供臥游未能也。於是出所攜一統志、楚蜀通志，旁以荊夔諸郡邑誌，會而粹之。」，

先決條件是他們相信今稱赤甲山就是唐代的赤甲山，杜甫既然曾經居住在赤甲山，就是居住在今稱的赤甲山。這樣簡單的推理，雖也言之成理，但是，它也忽略了問題的根本。如果，今稱赤甲山不是唐代所稱的赤甲山，那麼，杜甫赤甲宅的位置，不就應該易位嗎？

關於這三首詩是不是赤甲宅的入宅之作？赤甲宅位於何處？何時遷入？這種種問題，其實相當難解。對於杜甫赤甲宅的問題，我將來另有專文討論，但由於本詩的解釋關係到赤甲、白鹽二山的位置，在這裡我先提出一些值得思考之處。

比如說，如果我們注意到詩的第二首，曾經提到：「水生魚復浦，雲暖麝香山。」及第三首的「峽口風常急，江流氣不平。」這些都是杜甫赤甲住宅所能見到的景物，但這些景物對於赤甲宅的位置和時間都有有疑問。就時間上來說，詩中明白說「春歸」，又說「水生魚復浦」，這兩件事都是有特定時間意義的，「春歸」一詞，在羅鳳珠教授所提供的宋代詩詞檢索資料中，[註39]宋人的用語百分之九十六以上，是用於舊曆三月三十日春天結束時，我另查《全唐詩》，以白居易分界，白居易使用這個名詞最多，全部是用於舊曆三月三十日春天結束時，但白居易以前，並無此例。杜甫另一次使用「春歸」二字，是在〈白帝樓〉詩：「臘破思端綺。春歸待一金。」(詳注，21:1839)是冬盡春來之意，再參酌本詩各句，應是春天初歸之意。問題

不過是書作者亦稱：「獨夔峽遠在上游，無緣一至，以稍寓目於西瀼灩澦之間。」可見本詩雖改題爲〈瀼西入宅〉，而作者並未親臨其地，所以不能作爲堅證。

39 · 本項資訊，採用元智大學羅鳳珠教授主持之「網路展書讀」查詢系統。

是「水生魚復浦」這句，大曆二年立春是舊曆元日，大曆三年立春是舊曆1月12日，春歸可以此日爲代表。但立春日在陽曆是2月4日，陽曆一至三月是長江水位最低的月份，這是有官方水文統計數字作依據的，也是古今夔府居民所熟知的實況，我也親自在1999年立春前六日考察了魚復浦，完全沒有水生魚復浦的可能。況且，詩中還說到花，即使古今物候有別，但是，在今天，「花亞欲移竹」的景象確實不是立春時節可以見到的。

其次，在詩中談到魚復浦和麝香山，從今稱赤甲山臨江的西南角雖然可以望見魚復浦，但是太遠，看不親切。至於麝香山因位置不確定，也很難做推論赤甲宅的確證。註40 這些問題不能解決，赤甲宅的遷入時間，便有問題，甚至赤甲宅有無存在的問題也不能確證。

總之，雖然「奔峭背赤甲，斷崖當白鹽」兩句的形象非常鮮明，但是符合這樣對比的位置也不只一處，由於赤甲宅的所在位置尚難論定，就少了第三種地形地物作爲比對基準，譬如天平儀器，少了中間的支架，無法用作有效的證明利用，所以我對這組詩做了有所保留的處理，將來與赤甲宅的研究一併進行。

以上，我運用杜甫原詩的語句，指出杜甫在使用「赤甲山」和「白鹽山」時，他所指的兩山位址，顯然與現代的稱呼完全不同，杜甫認知的「赤甲山」，今日稱爲子陽山，杜甫認知的「白鹽山」可能包括長江兩岸，現在北岸稱爲赤甲山，南岸稱爲白鹽山。

40・譚文興的〈從麝香山談起〉就是爲了解決這類問題而寫，不過，我覺得他與其勉強要在今稱赤甲山這個不合理的角度去找「一半的麝香山」，不如另外思考正確的可能性。參閱頁56，第二章，註56。

當然，地名的變化並非一朝一夕，為了解兩山名稱變化的軌跡，並為將來正確注杜的工作定出一個客觀依據，下文將從古地理書與古代文人著作這兩條路線，作深入考辨。

四・唐以前赤甲白鹽二山之名稱

1・《水經注》中赤甲白鹽名稱原型

在杜甫之前，談到赤甲山和白鹽山的，莫詳於《水經注》，此書的記載雖有部份缺失，仍不失為後人的主要依據。書中從永安宮以下到瞿唐峽東口之間敘述的順序是這樣的：「永安宮－八陣圖－赤岬城－白帝城－灩澦石－瞿唐峽－白鹽崖－大溪。」註41 為便於後續討論，我將相關的兩段文章抄錄下來，並分別加上編號，其他與本章無關的部份從略：

A１－江水又東，南逕赤岬城西，是公孫述所造。因山據勢，周回七里一百四十步，東高二百丈，西北高一千丈。南連基白帝。山，甚高大，不生樹木，其土悉赤，土人云，如人袒胛，故謂之赤岬山。

B１－江水又東，逕廣溪峽，斯乃三峽之首也。其間三十里，頹岩倚木，厥勢殆交。北岸山上，有神淵，淵北有白鹽崖，高

41・見《水經注疏》，卷33，頁2713-1719。

可千餘丈，俯臨神淵，土人見其高白，故因名之。

從（A1）中，我們看見他寫到公孫述曾在赤甲山上築城，並介紹了赤甲城周圍里步數與此城的高度爲：「周回七里一百四十步，東南高二百丈，西北高一千丈。」可以下面公式換算：

7里140步=7*300步+140步=2,240步

1步（漢）=1*6尺*0.231米=1.368米

2,240步=2,240*1.368米=3,064.32米

1步（晉）=1*6尺*0.245米=1.47米

2,240步=2,240*1.47米=3,292.8米

以上依漢晉時期以「三百步爲一里，六尺爲一步」的里步制度，再分別以漢尺及晉尺兩種規格計算，得知赤甲山城的城周當爲「3,064.32-3,292.8米」。由於不能確知酈道元所採集的數據是漢人或晉人所記，我分別使用了（1漢尺=0.231米）及（1晉尺=0.245米）註42的兩種換算法。現今考古發掘之二百餘漢代城址，大多數的城周在2000-4000米之間，赤甲城的大小，屬於中等，註43記載宜可信。

42．關於漢尺依陳夢家〈畝制與里制〉定爲0.231米，見河南省計量局主編：《中國古代度量衡論文集》（鄭州：中州古籍出版社，1990年2月），頁227-247。〈畝制與里制〉。晉宋尺，依曾武秀〈中國歷代尺度概述〉，定爲0.242-0.247。本文爲求簡明，暫取平均值，見《中國古代度量衡論文集》，頁130-165。

43．參閱日本愛宕元：《中國的城郭都市》，頁44-80。

至於《水經注》又說：「東高二百丈，西北高一千丈」，則有誇大之嫌。首先我們看這兩個數字本身，已陷入計量上的不可能，因爲一邊的高度是462-490米，另一邊的高度是2,310-2,450米，除非距離非常遙遠，否則，這兩個制高點的連線角度一定很大。假設連線角度是70度的急陡坡，連接兩個最高點至少需要2502米的距離，可是《水經注》已經說過，此城的周迴只有3,064.32-3,292.8米，即使是不規則的四角形，最長的一邊最多也不會超過1646.4米，因爲距離不足，兩個最高點實際上是連不起來的。所以，這個數據絕對不可能，更何況現存的古城遺址的海拔高程只有三、五百米左右，雖然向南坡臨江這一面有坡度超過75度以上峭壁，但是深度及範圍都不至太大，至於從古城遺址東面下行到馬嶺北端，一般坡度只有20-30度，並不影響上述結論。《水經注》在記載山的高度、江峽長度方面常常過度誇張，除此之外，對瞿唐峽的長度的說法也不正確。註44但是，基本上，《水經注》指出赤甲城是東南低，西北高，如以白帝城西北這座大山看來，還是符合實情的。

44．《水經注》的部份數據可能有問題，在接下來的這一段也是如此，「江水又東，逕廣溪峽，斯乃三峽之首也。其間三十里，頹岩倚木，厥勢殆交。」所說的是瞿唐峽，三十里可換算爲17,474-13,230米，現今文獻記載瞿唐峽段有7或8公里之說，據《三峽工程泥沙研究》，頁89有表3-5「葛洲壩庫區淤積量沿程分布表」，瞿唐峽位屬G107-G110段，長5.2公里，這個里程數應不包括瞿唐峽東口開闊處及東瀼水入江口以西(含白帝山）。同叢書之《長江三峽地質研究》，頁93則以大溪至白帝城爲7公里，這兩說應是最正確的。所以《水經注》此一數據肯定是錯的。

在《水經注》中，它不但由赤甲山向南觀察，說：「南基連白帝山」，另一方面也由白帝山向北觀察，說道：

…北緣馬嶺，接赤岬山。其間平處南北相去八十五丈，東西十七丈。又東傍東瀼水，即以爲隍。西南臨大江，窺之眩目。唯馬嶺山差逶迤，猶斬山爲路，羊腸數四，然后得上。

它一面強調了白帝山是「北緣馬嶺，接赤岬山」，又詳細記載馬嶺，並說：「其間平處南北相去八十五丈（196.35-208.25米），東西七十丈（161.7-171.5米）。」南北長與東西長之比爲1:0.823，根據我所作的實測，南北約爲224米，東西約爲197米，南北長與東西長之比爲1:0.879，兩個數據相當吻合。因此，《水經注》對於赤甲山、赤甲城、馬嶺、白帝山等名稱位址的指述，非常值得參考。

其次，從（B1）中，我們看到《水經注》寫廣溪峽（即瞿唐峽），並特別介紹江北岸的白鹽崖。這一點和現代稱呼完全相反。現代稱峽北岸之山爲赤甲山，至於白鹽山之名，則被移位到長江南岸。古今地名最大的不同，即始於此，也曾引起《水經注》研究者的困惑。註45

由上述《水經注》簡短的記載中，我們已經明確地可以看見，《水經注》中所說的赤甲山與赤甲城，就是今日所稱的子陽山與子陽城遺址的位置，與我們現在習稱的赤甲山，位址完全不同。

45．關於這個問題，在熊會貞爲《水經注》作疏時已經懷疑了。他引據《禹貢錐指》說：「白鹽山在奉節縣東，隔江十里，則在南岸矣。蓋別一山也。」他知道這兩個白鹽山的指謂不同，但無法確認那個說法正確，所以只好說可能是另一座山。見《水經注疏》卷33，頁2819。

《水經注》中對於赤甲白鹽二山的稱謂，應不只是酈道元本人的意見，酈道元（469-527）是後魏人，《水經注》作於515-524年之間，當時白帝城所屬地區稱爲信州，爲敵對的南朝所有，當時南北關係十分緊張，以酈道元的身份，他不可能親自來到此地。他曾在「東南流經興安縣西」句下稱引盛弘之《荊州記》，註46 有可能是參考了《荊州記》、《荊州圖副》之類的古地理著作才寫成有關三峽的部份。開元時人徐堅《初學記》還存著三則《荊州記》等書對此地的記載：

> 盛弘之《荊州記》云：「峽之首北岸曰白鹽峰，中黃龍灘水，沿泝所忌。註47
>
> 荊州圖副（御覽説一作荊州圖記）白帝城，西臨大江，東南高二百丈，西北高一千丈。註48
>
> 荊州圖副：魚復縣西北赤甲城，東南連白帝城，西臨大江。註49

46．《水經注疏》卷36，頁2991。

47．見唐徐堅：《初學記》（北京，中華書局，1979），卷8。又見宋樂史・《太平寰宇記》（台北・商務印書館，四庫全書本）卷148，頁5，總頁401。又，《太平寰宇記》有台北文海出版社有清萬廷蘭校勘本，但夔州部份視四庫本尤多訛誤，不知何故。

48．見《初學記》卷24城郭。又見《太平御覽》（北京：中華書局，1992年2月），卷192，頁8下，總頁929。此處疑有衍文，不可據以證明赤甲山上的古赤甲城一名白帝城。又，前舉趙次公以白帝城即赤甲古城，是以白帝山上之白帝城爲赤甲古城，與此不同。

49．見《初學記》卷24〈城郭〉，又見劉緯毅：《漢唐方志輯佚》（北京：北京圖書館出版社，1997年12月），頁232。

以上三則都與《水經注》文字相近同，可見其淵源，《水經注》若採用盛弘之之書，則赤甲山與白鹽崖的稱謂，最晚在晉宋時期已經有之。換言之，從晉宋時期所稱之赤甲山，當爲今稱子陽山，晉宋時期所稱之白鹽山，當爲今稱赤甲山。至於江南岸的高峰，當時並無名稱記載。

2·隋唐時期赤甲白鹽二山之稱謂

從《水經注》到唐代，地理志中有關赤甲、白鹽二山的記載很少，只有以下數條：

> 巴東郡梁置信州，後周置總管府，大業元年府廢·統縣十四，户二萬一千三百七十。人復舊置巴東郡，縣曰魚復·西魏改曰人復·開皇初郡廢·大業初，置巴東郡·有鹽井、白鹽山。(隋書·地理志)註50

> 華陽國志曰：「巴楚相攻，故置江關·」舊在赤甲城，後移在江南岸，對白帝城，故基在今夔州人復縣南。(後漢書·李賢注)註51

> 魚復縣，屬巴郡，故城在今夔州人復縣北赤甲城是·(後漢書

50·《隋書》(北京：中華書局，1983年10月)，卷29，總頁825。〈地理志上·巴東郡〉

51·《後漢書》(北京：中華書局，1983年10月)列傳卷13，總頁537，〈公孫述傳〉。又見卷17，頁660，〈岑彭傳〉引，於江字下衍一州字。按：

．李賢注）註52

奉節　漢魚復縣，屬巴郡，今縣北三里赤甲城是也。（舊唐書）註53

赤甲山，在城北三里。漢時嘗取邑人爲赤甲軍，蓋犀甲之色也。〈元和郡縣圖志逸文〉註54

以上四段記錄中，《隋書》僅有白鹽山，不詳位址，但從《水經注》稱「白鹽崖」，《初學記》引《荊州記》作「白鹽峰」，至此始有「白鹽山」之稱，可謂一大進步。其餘三條之中，二者皆指漢魚復縣在赤甲城，在今縣之北三里。第二條引《華陽國志》談及「巴楚相攻，故置江關。」，我懷疑本當作「巴楚相攻，故置扞關。」乃李賢因漢時爲江關都尉治所，因而致誤，以非本文重點，不作深入討論。註55

顏注引《華陽國志》應只有兩句，「舊在…故基。」決爲注文。任乃強以此全補入正文，應誤，見晉常璩撰，任乃強校注：《華陽國志校補圖注》（上海：上海古籍出版社，1994）卷1，總頁36。隨後，他又引《水經注》「江水又東，逕赤甲城西，是公孫述所造。…南基連白帝。」之語，注云：「赤甲城者，在白帝城東隔溪赤甲山上。」誤讀《水經注》更爲顯然。

52．《後漢書》列傳卷31，總頁1110。此人復即奉節縣，據〈校勘記〉云：「按：校補謂章懷作注，於釋地多承用隋代舊名，所見已多，蓋新更之名，尙無圖經可據，其相助爲理者仍爲隋時學者，沿襲用之，未及改正，不足爲異也。」，其說可信。同書，總頁1117。

53．《舊唐書》（北京：中華書局，1988年5月），卷39，總頁1555－1556，〈地理志．山南東道．夔州〉條。

54．《元和郡縣圖志》之〈闕卷逸文〉卷1，P1057。

55．詳見拙撰〈杜甫夔州詩「白帝夔州」之現地研究〉。

由於各書明確地指出魚復故城就是赤甲城，如在現地核對，縣北三里可達子陽山上的古城遺址，與諸書所說相合。因此，我認爲杜甫以今稱子陽山爲赤甲山，以今稱赤甲爲白鹽山的說法，不但與《水經注》相同，也與唐代的主流觀點相同。

不過，在唐朝其他詩人作品中，談到白鹽山的多，談到赤甲山者根本沒有。有關白鹽山的詩篇如劉禹錫的〈竹枝詞九首〉的第一首：

> 白帝城頭春草生，白鹽山下蜀江清。南人上來歌一曲，北人莫上動鄉情。（其一）註56

劉禹錫任夔州刺史時（長慶元821年冬－長慶四824年秋末在任）作了這組詩，以後在長慶四年十月任滿離夔時所作的〈別夔州官吏〉詩中，又對這九首〈竹枝詞〉給予高度的自我評價：「唯有九歌詞數首，里中留與賽蠻神。」註57。這九首除本詩之外，第二首蜀江寫水面，第三首寫瀼西，第四首寫成都與夔府的商業交通，第五首永安宮外踏磧，第六首灩澦堆，第七首寫瞿唐灘。第八首寫巫峽。第四及第九首沒有固定地名，第九首效法杜甫〈負薪行〉、〈最能行〉，寫夔州民俗。九首詩皆爲夔府本城所能目見之景物時事。

---

56 · 劉禹錫撰，瞿蛻園箋證：《劉禹錫集箋證》（上海：古籍出版社，1985年1月），卷27，頁852。

57 · 《劉禹錫集箋證》，外集卷8，頁1465。全詩是：「三年楚國巴城守，一去揚州揚子津。青帳聯延喧驛步，白頭俯傴到江濱。巫山暮色常含雨，峽水秋來不恐人。唯有九歌詞數首，里中留與賽蠻神。」請注意其中的驛站情景。

本詩是全部九首的提綱，劉氏也選擇夔州州治所在的白帝城優先處理，詩的一開始寫「白帝城頭」，可能是白帝山的東側之城，因爲正對著下水之峽，所以更容易牽動鄉愁。那麼，詩人在白帝城頭所面對的白鹽山，究竟是江北之山還是江南之山呢？在中國的城市建置規則中，城門必定是人煙密集的熱鬧之區，這首詩以歌爲背景，應也是著眼於快樂喧鬧這一面，春天的東瀼水流量很小，游人可以輕易地往來兩岸，因此，若以隔東瀼水相鄰的這座人口稠密的山爲白鹽山，應比較合乎詩意的要求。

除了身爲本州刺史而帶有官方氣氛的劉禹錫詩篇之外，一位旅行過此的詩人唐求也有重要作品留了下來，這首詩也充分證明了白鹽山的位置，與唐代杜甫所指相同，而與現代說法不同。

下面，請再看唐求詩：

> 維舟鏡面中，回對白鹽峰。夜靜沙堤月，天寒水寺鐘。故園何日到，舊友幾時逢。欲作還家夢，青山一萬重。〈舟行夜泊夔州〉[註58]

瞿唐峽的上水船常選擇在冬季或早春的月夜行船，這在唐宋詩中數見不鮮。這一夜唐求的船隻也是溯江而上，停泊在夔州瞿唐驛，唐代的瞿唐驛大約在今白帝山以西1,000-1,500米江岸，還不到魚復浦沙磧的最東端，當船泊好之後，詩人在船上「回對白鹽峰」，時間是天寒水落之時，江面如鏡，既然還可以聽到晚鐘之聲，應該不是深夜，詩人爲何回對白鹽峰，可能與月出有關。我曾於1999年立春前，在極

58．《全唐詩》卷724，頁8307。

可能是唐代瞿唐驛的位置上拍下了一張月圓之景（圖十七）。這次拍照的時機，對於唐求來夔州的季節、泊船當夜的時間、泊船的可能位置都注意到了，從照片中的月亮方位，可以想見唐求當年「回對白鹽峰」的情景，詩人所看見的白鹽山月，並不是在今稱的白鹽山，而是在今稱的赤甲山頂，由此可見，唐求所稱的白鹽山，應該就是指現在的赤甲山。

圖十七·立春前三夜江岸望赤甲山月

距白帝城1500米處長江岸邊看月，月在正東。圖中燈火明亮處爲白帝鎭街道，稍右燈火微弱處爲白帝山。正中稍遠處的山峰就是今稱赤甲山頂，由今稱赤甲山頂峰尖向左延伸，是它的連續山嶺。這一夜是 1999/2/1 09:10pm。同年舊曆七月十七至十九日，月亮貼著在赤甲峰尖下方出來，向西南上方昇起。 簡錦松攝

以下，再從赤甲山崩事件來看五代的赤甲山：

> 唐長興三（932）年，秋七月（壬辰），是月夔州赤甲山崩，大水漂溺居人。〈續唐書〉註61

這次山崩是因爲大雨引起，又見〈舊五代史·明宗紀〉這場雨自長興三年春初下起，到了三月，已覺春雨成災，到秋七月己丑，秦鳳兗宋亳穎鄧皆大水，三天後夔州就發生山崩。奉節縣的地質，並無斷裂構

61·見，宋正海總主編：《中國古代重大自然災害和異常年表總集》（廣東：廣東教育出版社，1992,12）頁34。又見《舊五代史》（北京：中華書局，1987年5月）卷43，總頁593，〈唐明宗本紀九·長興三年〉條。是時唐明宗正派軍圖謀伐蜀，所以注意特別夔州。

造，所謂山崩，應是較大的泥石流，唐赤甲山（即今之子陽山）是階地發達的低山丘陵順向寬谷，組成岩石主要是侏羅系陸相碎屑岩，而今唐白鹽山（即稱今稱赤甲山），是中山橫向峽谷，組成岩石主要是比較堅硬的三疊系石灰岩及泥灰岩等以及少量二疊系灰岩組成，註62 因此，不論從斜坡岩石地質、水流破壞能力及空間地貌形勢看來，唐白鹽山（今稱赤甲山）爲灰岩組成，穩定性好，無較大崩塌、滑坡體，無孕震構造。一旦引發山崩，當然以唐赤甲山（今稱子陽山）可能性較高，即使是1998年發生的破壞了沿江公路的重大泥石流現象，也是在子陽山山下這個區域。況且，唐白鹽山（今稱赤甲山）臨接長江三峽這一面都是峭壁，基本上不適合民衆居住，即使山崩，居民損傷也必不多，而唐赤甲山（今稱子陽山）的臨江這一面，有民居、寺廟、驛站等居民生活區，山崩所造成的人員傷亡必大，如果這個推論成立，那麼，即使到晚唐五代，赤甲白鹽二山的稱謂，仍和今人的認知不同。

不過，由這次山崩，也使我想到，對於我用實際的山水來對比古代詩文和地理記載，也一定有人會質疑說：唐代的地形地貌會和現代一樣嗎？但是宋明清的記載，區內既無因地震而誘發的災害，如地震斷層或地震形成基岩崩塌，註63 由於坡谷上形成一些崩塌、滑坡，是

62．長江水利委員會據：《三峽工程地質研究》（武漢：湖北科學技術出版社，1997年10月），頁93，表3-4「三峽工程水庫各段誘發地震組合條件簡表」所載。

63．中國人民保險公司、北京師範大學：《中國自然災害地圖集》（北京：科學出版社，1992,10。）頁58，〈中國地震及誘發災害類型分布〉。

山區河流發育過程中正常的自然現象，也沒有陵谷改變的重大事件。近年因爲長江三峽工程的緣故，中國水利部的「長江水利委員會」對三峽地區的地質做了深入的研究，其結論是：「基本上這是一個無震或地震活動極其微弱的地區。岸坡主要由堅硬－中等堅硬岩石組成，斷層不多，新構造運動和地震活動也不強烈，因而總體穩定性較好。」註64 特別是奉節縣遠離長江三峽地區主要斷裂構造和地震震中，在區域穩定性分區上，也屬於穩定等級最高的相對穩定地塊。所以，雖然在長江幹流的十里舖溝（去壩167.72）、司家碼頭（去壩182.26）、三塘河（去壩185.94）曾有較大滑坡，但距離白帝城（去壩157.52）甚遠，最近的有9.7公里，最遠的已有27.92公里，且發生重大泥石流的江段與白帝城段的地質並不相同，故與本研究無直接影響。至於草堂河內雖有災害性溝谷型泥石泥，但發生在甘溝子、廖家溝、竹坪溪等地，也距離東屯、瀼西、白帝城這些杜甫相關地區很遠。因而以現在的相對地形來討論杜甫詩中山川名稱，應是可行的。

以上，從杜甫到劉禹錫、唐求詩篇，及《五代史》官書，都有以今子陽山爲赤甲山，以今赤甲山爲白鹽山的例證。

惟一難以解決的是李貽孫所談到的赤甲山問題，劉禹錫離開夔州後21年到任的李貽孫（會昌五年845在夔州刺史任），他指出：

> 城東北約三百步有孔子廟，赤甲山之半，廟本源乾曜廨，嘗爲郡參軍，著圖經焉。其後爲宰相，今其地又爲孔子廟，傳者稱

64．《三峽工程地質研究》頁16、頁27、頁33、頁77、頁126-129，特別是頁126-129對奉節地區的泥石流的討論，爲本文所引用。

爲盛事矣。〈夔州都督府記〉註58

唐以三百六十步爲一里，三百步還不到一里，約當442米。據李貽孫所說，出城四百餘米就有孔廟，而且在赤甲山之半。如果能夠確切地解釋這首詩，赤甲山的位置就可以確定了。

計算的起始點必在夔州城，應該由那一個點起算呢？如果由城北面（暫定以清代下關城東門爲唐代夔州城北門的可能位置）註59，走東北偏東，他可以出城門先下山坡、渡溪到瀼東，再上今稱赤甲山，白帝城北東瀼水的河谷正是河谷迴彎處，

圖十八·白帝山北彎流與清東門遺址

東瀼水自土地嶺東側迂迴至其南，而後向南流，直抵白帝山下才折而向東，再轉而西南入江。白帝山下，谷極寬平。箭頭處爲清東門遺址，明清有東瀼水渡口及往東北向之陸路。　陳丁林攝

58·《全唐文》卷544，頁5514。

59·此東門遺址，本地人及新編縣志皆認爲是唐城遺址，據門上石塊及砌縫石灰，疑是清下關城門。從白帝村3組74號旁下公路，距此不遠即有長江水利委員會所立146.7米水位高程控制點，下公路後，經本村人栗德兵先生指點到東門遺址，此人約五十歲。東門並非向正東，方位角爲100度，同治九年大水時，水至門內黃瓜樹下。清代由下關城至東瀼水、東屯等地，皆出此門，有路，依地勢看，不可能太大。由於地勢關係，唐夔州城之城門，或宋瞿唐關之關門曾設於此的話，也不令人意外。今假設唐人由此出城，又假設唐代赤甲山就是對岸今稱赤甲山，由於這裡是東瀼水大轉彎處，兩岸的山腳之間的距離超過500米。

地形相當開闊，單單是渡溪到對岸山腳，就有500米以上（圖十八）所以，短短三百唐步的距離，絕對不能讓他走到今稱赤甲山之半。

假如他由清東門遺址出發，不過東瀼水，而是向東北偏北走442米會到什麼地方呢？大約就到子陽山麓的頭溪溝和二溪溝之間再折上山，這裡仍是今稱子陽山範圍，假如李貽孫所說的是這個意思，那麼他所指的赤甲山，就與本文的觀點一致。

另一種可能，如果由白帝山東面有城門，出城三百步，也有可能上到今稱赤甲山之半，約當古象館背後。不過，這個方向主要是向東方而不是向東北走，三百步無論如何達不到東北方位。總之，由於出發點尚待證明，本文在此不做論斷，以俟將來。

五·宋明重要地理志書之赤甲白鹽二山

1·從里程比較赤甲白鹽二山之位置

現存重要的古代地理書籍中，對於「赤甲山」「白鹽山」的記載，互相沿襲的情況非常明顯。本小節裡，首先我將以《太平寰宇記》、《方輿勝覽》、《大明一統志》、《四川總志》、《夔州府志》五部書，和隆慶年間夔州知府王嘉言文章中所記錄的道里數，製作一個總表（表二·赤甲白鹽二山及周邊地名里程表），以說明各書記載的分合情形。本表主要呈現歷代重要地理總志、地方志對赤甲白鹽二山認知的參差誤謬現象，打破一般研究者盲目相信古代地理文獻的心理，並從中探討如何運用古代文獻的應有作法。同時爲了讓讀者了解周邊情況，本表中也刊載了白帝山、灩澦堆、瞿唐關等相關地名項目。

表二・赤甲白鹽二山及周邊地名里程表

書　名	白鹽山	赤甲山	白帝山	灩澦堆	瞿唐關
太平寰宇記	州城澗東北岸有白鹽峰	今縣北30里	郡城	州西南200步	尚無瞿唐關
方輿勝覽	城東17里	城北3里	廟在奉節縣東8里舊州城	州西南200步	
大明一統志	府東17里	府城東北8里	山在府城東5里 廟在府城東8里舊州城內	瞿唐峽口江心	府城東8里
夔州府志	府東17里	府城東15里	山在府城東5里	瞿唐峽口江心	府治東8里
四川總志	治東17里	治東北15里	府治東13里 廟在府城東10里舊州城內	瞿唐峽口江心	
王嘉言知府記	瞿唐峽在夔東12里，白鹽山在峽口之南	夔東12里	城距夔10里	夔東10里	

在上表中，我選用這五部書，註65不只因爲它們是現存的重要地理總志及專志，更重要的，這些都是宋代以來注杜的學者們最愛引用的書，影響極爲深遠。至於王嘉言知府的記錄也列入本表，則因爲他

65・此引《大明一統志》而不用《大元一統志》《大清一統志》，因爲除了《大明一統志》之外，餘二書皆未經杜詩古注引用。《大元一統志》至今祇有殘本，當時見否未可知。古注中用《一統志》者，如在錢謙益以前皆明朝人，清人有浦起龍《讀杜心解》、仇兆鰲《杜詩詳注》，仇書本是薈萃諸家，承受援引，不足爲奇。浦書則因成於雍正二年，而《大清一統志》奉敕撰於乾隆二十九年，見《四庫全書總目》（北京：中華書局，1992），卷68，總頁597，故用前明之《志》。另浦書之版本爲浦起龍撰，王志庚點校：《讀杜心解》（北京：中華書局，1981年12月）

是明代夔府官員中最熱心記錄夔州山川的，他所作〈八陣圖記〉、〈瞿唐峽記〉、〈灩澦堆記〉、〈白鹽山記〉、〈赤甲山記〉、〈草堂記〉、〈風廂匣記〉、〈白帝沿革記〉、〈相公溪記〉、〈清涼洞記〉，載於黃宗羲所編的《明文海》。註66 各篇文章都極富寫實性，道里清晰，敘事明白，是明朝少見的有用文章，雖然所述僅能代表明代意見，與杜甫本意未必相合，仍有引錄的價值。

在這個總表之外，後續我還做了兩個分論表（表三、四），在分論表中，我將古注中引用的情形一一標注出來，以作參考。

由本表可知，北宋《太平寰宇記》是以唐代至北宋初年的舊州城爲基準，註67 南宋《方輿勝覽》一半一半，對於赤甲山、灩澦堆、瞿唐關，是以唐代至北宋初年的舊州城爲基準，白帝山、白鹽山，是以移治今奉節縣城後的新州城爲基準的。

明代的三種志書，《大明一統志》最先完成於天順五年（1471），

66．《明文海》，卷 362，總頁 3719-3724。

67．《太平寰宇記》採用唐代的十道制度，他的資料，應視爲唐代資料的沿續，表中如說「州城」「今縣」都是指唐朝以白帝山爲核心的夔州和奉節縣。而且，夔州之遷於梅溪河西，是在景德二－三（1005-6）年，此時《太平寰宇記》已經成書。《方輿勝覽》編撰於南宋，當時州城已於北宋移到梅溪河以西的今奉節，但是他所援用的資料有沿襲舊記載的，如對赤甲山及灩澦堆的數據抄自《太平寰宇記》，也有他自己新取得的從今奉節計算的白帝山和白鹽山的數據。以白帝山爲例，他在山名下引《元和郡縣圖志》說「即州城所據，與赤甲山相接。」，卻在白帝廟下以南宋當時的奉節縣作基準計里，在白帝山越公堂條下，也注「在瞿唐關內」，這也是以南宋制度而言，由於他這樣自我混淆，所以他所提出的各種里數，包含兩種計算基點，容易混淆。

《正德夔州府治》次之，《四川總志》因爲經過多次修訂，今日通行本是萬曆九年（1591）完成的，[註68]後二書的內容多數照錄《大明一統志》文字，另闢專章廣錄名家詩文，其來源除自《方輿勝覽》等書外，取自各家文集尤多。

《大明一統志》的前身咸信是出自《大元一統志》，[註69]其書至今已亡佚，只有清人輯本，收錄一些零散資料，無從有效比對。從部份逸文觀之，應是收集《太平寰宇記》《方輿勝覽》等書，加以整理變化再添加一些新材料做成的。

由於各書的傳鈔性格明顯，我們也看到《大明一統志》不顧自己的矛盾，硬是抄了《方輿勝覽》對白帝廟及白鹽山的里數，因爲赤甲山既在府城東北8里，白帝山就不會在東5里，白鹽山也不會在東17里，且不說這三座山的對比關係，單是把白帝山定位在距府5里，而把白帝廟定位在距奉節8里，就絕對不可能同時並存，因爲白帝廟就在白帝山頂，而且山頂很小。再說，如果瞿唐關被定位在「府在城東9里」，宋代的瞿唐關基本上就是唐代夔州州城的位置，明代也許有稍作移動，但沿江的地形就是這樣而已，即使想變也沒有多少可變的

---

68 · 今傳世之《四川總志》乃萬曆九年本，爲明虞懷忠、郭棐等纂修，有北京圖書館明萬曆刊本，現收入《四庫全書存目》史部199冊，此書的歷朝修纂情形，可參見《四川總志》卷24，頁48下，總頁史199-717，劉大謨〈重脩四川總志序〉可知，《總志》本已舊有，正德十二年（1517），清戎侍御台峰熊子重脩，嘉靖二十一年（1542）又重脩，即劉氏作序之本，可見經常修訂。

69 · 元孛蘭等撰：《大元一統志》（殘本）（台北：藝文印書館，據遼海叢書景印）。

空間，基本上變動應該不大。所以根本沒有理由把白帝山定位成「山在府城東5里」，可見傳抄混亂又不加核校的缺陷是具體存在的。

以上五書之間，呈現著交互援引的錯綜關係，其間的里數差距頗多，而且呈現出交叉位置互有同異的奇怪現象。明夔州知府吳潛在〈興修府志公移〉一文中曾批評舊府志的編輯情形說：「僅載本府暨奉節一縣，亦莫能詳，舛訛又甚。」[註70]，可說是一語道盡。研究者如果不能徹底查明各書互相傳抄的混亂關係，就冒然引用其說，這就是歷代杜詩古注陷於嚴重錯誤的主因。

王嘉言所記的里數，部份比較接近實情，但仍有疑點，特別是他說從灩澦堆到今赤甲山的距離約二里，而實際上，取海拔高程127-134米環山小徑作基準，從灩澦堆（從灩澦堆的江心側起算）到相對的白帝山小徑最多不到90米，由相對小徑到白帝城索橋西端約251.5米，索橋長度據官方說法是219米，我的實測是222.4米。這樣加起來，由灩澦堆至今稱赤甲山東南腳，至多也只有563.9米。如果是在冬天枯水期，而且設定由江面計算的話，距離會比較大，但由於這一帶都是岩岸，與上述數據也不會有太大差距（參閱本章頁86及第五章，頁277）。王嘉言所下的「二里」結論，不知道是怎麼計算來的。我懷疑他可能下令實際做了些測量工作，但是執行得並不徹底。

2·關於赤甲山部份（赤甲城等附）

70·明吳潛：《正德夔州府志》（上海：上海古籍出版社，據天一閣藏明代方志選刊影印，1961年12月），卷12，頁59下。

表三　古代地理書中的赤甲山

書　名	記　載　內　容	被徵引情形
水經注	江水又東，南逕赤岬城西，是公孫述所造。因山據勢，周回七里一百四十步，東高二百丈，西北高一千丈。南連基白帝。山，甚高大，不生樹木，其土悉赤，土人云，如人袒胛，故謂之赤岬山。	1．太平寰宇記 2．趙注、九家集註、黃鶴注、集千家註、分門集注、讀杜愚得、杜詩錢注、詳注、鏡銓同節引
元和郡縣志	赤甲山－元和志：在城北三里，上有孤城。漢時常取巴人爲赤甲軍，蓋屬甲之色也。	
通典	奉節－漢魚復縣地。又有魚復故城在北，赤甲城是也。即漢之江關。有白帝城及諸葛亮八陣圖，聚石爲。〈通典〉註71	1．舊唐書、方輿勝覽。
舊唐書	奉節－漢魚復縣，屬巴郡，今縣北三里赤甲城是也。	1．寰宇記疑據此而誤作三十里
太平寰宇記（新定九域志附）	赤甲城－公孫述築，不生樹木，土石悉赤，如人肘臂，故曰赤甲城。與舊白帝城相連，皆在縣北，即楚地江關之要焉。…註72 奉節縣－去州四里，…本漢魚復縣也，今縣北三十里有赤甲城，是舊魚復縣基，漢書地理志：魚復縣江關都尉所居，有橘官，蜀先主改爲奉節縣。註73 古魚復縣－在縣西一十五里，蜀先主改爲永安縣，今無城壁也。註74 赤甲城，見寰宇記。〈新定九域志〉註75	1．方輿勝覽、 2．黃鶴注、分門集注、杜詩錢注、詳注、鏡銓

方輿勝覽	赤甲山－《元和志》：在城北三里，上有孤城。漢時常取巴人爲赤甲軍，蓋屬甲之色也。《寰宇記》：公孫述築。不生樹木，土石悉赤，如人袒臂，故云赤甲。舊白帝城相連。《類要》赤甲城即古魚復縣基。	1．大明一統志
大明一統志	赤甲山－在府城東北七里，不生樹木，土石皆赤，如人袒臂，故曰赤甲。或云：漢時嘗取巴人爲赤甲軍，因名。上有孤城，相傳公孫述築。《類要》謂即古魚復縣基。註76 魚復城－在赤甲山，上有赤甲城，相傳公孫述築，即漢魚復縣基也。註77	1．夔州府志、四川總志 2．分類集注、杜臆、讀杜心解
夔州府誌	赤甲山－在府城東十五里，土石皆赤，如人袒臂，故曰赤甲。或云漢人嘗取巴人爲赤甲軍，因名。上有孤城，即古魚復縣基。註78 魚復城－赤甲山上有赤甲城，相傳公孫述築，即漢魚復縣基也。註79	1．四川總志
四川總志	赤甲山－治東北十五里，不生樹木，土石皆赤，如人袒背，故曰赤甲。或云漢時嘗有巴人爲赤甲軍因名。上有孤城，相傳公孫述築，《類要》謂即古魚復縣基。註80 魚復城－赤甲山上有赤甲城，相傳公孫述築，即漢魚復縣基也。註81	2．詳注
王嘉言赤甲山記	由夔治而東過灩澦二里屹然立於峽口之北者赤甲山也。註82	

71．唐杜佑《通典》（北京：中華書局，1992年6月）卷175，頁4596，〈夔州條〉。

首先，請看表三，注意古代重要地理志書對赤甲山的記載及其變化。

本表中，可以看到所有對赤甲山的描寫，大部分直接抄取《水經注》，一部分出自《元和郡縣志》，互相轉鈔。《太平寰宇記》較晚出，受引用的程度則不少於前人，《大明一統志》是官書，在明代有一定的影響力。

在各書中，《太平寰宇記》具有承先啓後的地位，但是，由於抄錄的資料可能過於龐雜而欠缺整理與考證，許多令人懷疑之說，都由他而起：

1．今縣北三十里有赤甲城，是舊魚復縣基。

按：本條與《舊唐書》文字全同，只增加了「十」字，甚爲可疑。《方

72．《太平寰宇記》，卷148，頁6，總頁470- 401
73．《太平寰宇記》，卷148，頁4，總頁470-400
74．《太平寰宇記》，卷148，頁6，總頁470-401
75 宋王存撰，王文楚，魏嵩山點校：《元豐九域志》附《新定九域志》（北京：中華書局，1984年12月），附錄卷8，頁680-681。
76．《大明一統志》，卷70，總頁1087。
77．《大明一統志》，卷70，總頁1092。
78．《夔州府志》，卷3，頁1。
79．《夔州府志》，卷7，頁7下。
80．《四川總志》卷14，頁5，總頁496。
81．《四川總志》卷14，頁10，總頁500。
82．《明文海》，卷362，總頁3719-3724。

輿勝覽》大部份都引自《寰宇記》，獨此條自引《元和郡縣圖志》以示不同。即在本書中，也同時記載了：「…赤甲城。與舊白帝城相連，皆在縣北，…」之語，既然相連，就不會遠距三十里，故可斷定爲衍文。

2·古魚復縣：在縣西一十五里，蜀先主改爲永安縣，今無城壁也。

按：本條未見其他書，關於古魚復縣，自唐章懷太子李賢注《後漢書》，認爲古赤甲城即漢魚復城舊址後，包括《舊唐書》、《太平寰宇記》，本表所引各書，皆認爲赤甲城爲「舊魚復縣基」或「漢魚復縣基」。這裡所說的古魚復城從未見於其他記載，卻是南宋把永安宮、瀼西定位在夔州新城（今奉節縣城）的原因。由縣西十五里來說，此處的「縣」應指唐代夔州城奉節縣。縣西十五里，實際已經超過現在奉節縣的依斗門，大約在新奉恩公路的輪渡口附近，不過，古地理書也有白帝城距新州城十五里之說，這裡應該也是指新州城，不能仔細去追究里數了。

3·關於白鹽山部份

83·《太平寰宇記》，卷148，頁7，總頁402

84·《太平寰宇記》，卷148，頁6，總頁401

85·《宋本方輿勝覽》，卷57，總頁499。

86·明李賢等撰：《大明一統志》，卷70，總頁1087。

表四　古代地理書中的白鹽山

書名	記載內容	被徵引情形
荊州記（見初學記）	三峽之首，北岸有白鹽峰，下有黃龍灘，水最急，沿泝所忌。 魚復有白鹽崖，土人見高大而白，故因名之。	1．水經注、太平寰宇記 2．草堂詩箋、集千家註批點、讀杜愚得、杜詩錢注、讀書堂杜詩注、詳注、鏡銓
水經注	江水又東，逕廣溪峽，斯乃三峽之首也。其間三十里，頹岩倚木，厥勢殆交。北岸山上有神淵，淵北有白鹽崖，高可千余丈，俯臨神淵，土人見其高白，故因名之	1．太平寰宇記 2．趙注、九家集註、黃鶴注、草堂詩箋、集千家註批點、分門集注、杜臆、杜詩錢注、詳注、鏡銓
太平寰宇記	白鹽山－在州城潤東，山半有龍池，天旱，燒石投池，鳴鼓其上即雨。…註83 黃龍灘，《荊州記》云：三峽之首，北岸有白鹽峰，下有黃龍灘，水最急，沿泝所忌。註84	2．錢注、詳注、鏡銓
方輿勝覽	白鹽山－在城東十七里，崖壁五十餘里，其色炳耀，狀若白鹽。…註85	1．大明一統志、夔州府志、四川總志 2．杜詩錢注、詳注、心解、鏡銓
大明一統志	白鹽山－在府東十七里，崖壁高峻，色若白鹽。昔張珖嘗書白鹽赤甲四大字于上…註86	1．夔州府志、四川總志 2．分類集注、杜詩錢注、詳注、心解

夔州府誌	白鹽山－在府東十七里，崖壁高峻，色若白鹽。昔張珖嘗書白鹽赤甲四大字于上。…註87	
四川總志	白鹽山－治東十七里，崖壁高峻，色若白鹽，張珖嘗書白鹽赤甲四大于上…註88	2．杜詩錢注、杜臆、心解
王嘉言白鹽山記	白帝城東，峽口之南，有山嵯峨，與赤甲相對者白鹽也。註89	

關於白鹽山部份，仍先請看上表（表四）。

表中各家對於白鹽山的注記，《荊州記(盛弘之)》、《水經注》、《太平寰宇記》都明確指出在江北，《太平寰宇記》不但繼承他們的說法，還用「在州城澗東」予以定位，州城就是建在白帝城上的唐夔州城，澗就是州城東邊的瀼溪，長江是在州城南，東瀼水流過州城之東，以190-200° 角度東北－西南流，並以接近垂直的方位角進入長江。換言之，《太平寰宇記》明白指出今稱赤甲山就是白鹽山。

但是，從《方輿紀勝》以下，就全部以江南岸的大山爲白鹽山了。對於白鹽的注意面，也由「高白」與「險灘」，轉向注意其「色白」與「崖壁」，換言之，過去的注意力是高千丈餘的整座山，現在則只把眼光放在粉壁牆的「色如白鹽」。從《方輿紀勝》到《大明一統志》《夔州府志》《四川總志》皆如此。

綜上所述，雖然〈表二〉各書中所呈現道里數潛藏著很多問題，

87．《夔州府志》，卷3，頁1。

88．《四川總志》卷14，頁5，總頁496。

89．《明文海》，卷362，總頁3719-3724。

在表三及表四中，則充分顯露出各地理書間的因襲之風。不過，我們還是可以得到赤甲白鹽二山名稱變化的軌跡，大約《荊州記》《水經注》代表唐代及唐以前的稱謂法，三座山的對比，由西到東是以「赤甲山－白帝山－白鹽山」來排列，《太平寰宇記》中，對各種地名的說法，開始鬆動，產生了兩個魚復故城，多了一個信州故城，但大體上仍是循著唐人稱謂。至南宋的《方輿勝覽》，對赤甲山雖仍照抄《太平寰宇記》的說法，而對白鹽山名，則分明已指向大江南岸。《大明一統志》以後的三部書，三座山的對比都是以「白帝山－赤甲山－白鹽山」來排列，已經和現代的認說法一樣了。

總之，從《太平寰宇記》奠定了近代地理總志的內容基礎以後，後起的各書都以它爲對象，傳抄改寫過程中，把完全矛盾的材料鈔錄在一起也未發現的情形，所在多有。以赤甲山來說，唐代以前對赤甲山、白鹽山的形容用語被沿用下來，而里程方位，以及所指的哪一座山，卻在無人察覺的情況下，悄悄地由唐人的指謂，變成現在的今地名了。

六．宋明詩文對赤甲白鹽二山之稱謂

由前一節比對古地理書的工作中，很清楚地看到赤甲白鹽二山的稱謂，在宋代起了重大的位移，兩座山的古稱與今稱完全改變了位址，但是，不論是位移的過程中，或者是山名完全改變到足以影響到杜詩詮釋的正確性了，都沒有任何一部書注意到這項事實。在本小節中，將由宋明兩代詩文中的一些現象，繼續追蹤赤甲白鹽二山稱謂改變的軌跡。

由於夔府的地理位置，並不在中樞區域，唐詩人寫夔府的本來就不多，寫到赤甲白鹽二山的更是寥若晨星。到南宋詩文記載才逐漸增加，如王十朋於乾道元年九月至三年七月（1165-1167）來夔州爲刺史，陸游於乾道六年十月至八年（1170-1172）至夔州爲通判，范成大出任四川制置使時，於淳熙二年及四年（1175、1177）兩度經過夔州小留數日。註90他們三人在前後十年間來到夔州，都留下了一些詩文，對於我們的研究，幫助極大。

1．北宋之赤甲白鹽觀

北宋著名詩人如蘇軾（1037-1101），蘇轍（1039-1112）兄弟曾由此出川赴汴京，黃庭堅（1045-1105）貶官前後兩度經過這裡。二蘇都有一些峽中之作，以蘇軾有〈灩澦堆賦〉，蘇轍有〈入峽詩〉較著名，黃庭堅在本區幾乎沒有詩作，但有一段記載被保存下來。

蘇軾〈灩澦堆賦〉名氣雖高，但是這首賦只發了一陣議論，卻沒有寫到眞實的灩澦堆形貌，也沒有寫到周邊的山脈，實用價值不高。倒是蘇轍的〈入峽〉詩寫到白鹽山，有幾句話値得注意：

> …峽門石爲户，鬱怒水力驕。肩舟落中流，浩如一葉飄。呼吸信奔浪，不復由長篙。捩柁破濆旋，畏與亂石遭。兩山蹙相値，望之不容舠。漸近乃可入，白鹽最雄高。草木皆倒生，哀

90．見宋范成大《吳船錄》，據清陶宗儀等編《詩郛三種．說郛一百二十弓》（上海：上海古籍出版社，1989年1月），總頁3014-3015引。

叫悲玄猨。白雲繚長袖，零落如飛毛。[註91]

詩中寫到「白鹽最雄高」之句，表面上看，似可作爲判斷山名之用，實際上，進入瞿唐峽的人對於兩崖的評價，大概都會認爲南崖厚實雄壯，北崖高卓秀麗。南崖的陡壁高且長，粉壁牆一線，其白如鹽，又不生寸草，給人印象深刻。北崖則陡壁高度雖不及南岸，但也有雄偉之勢，而且它的主峰在連山之中，高拔孤起，仰插入天，像瞿唐峽的地標。總之，兩岸都可稱爲「雄高」，究竟作者是以南岸還是北岸來當「雄高」之稱？古人既沒有指明，我們今日實在也不易確認。

繼蘇氏兄弟之後，黃山谷曾在臥龍山晚眺時說：

天水張茂先世充、南昌黃庭堅魯直、弟叔向嗣直，建中靖國元年三月丁卯同來。時左綿道人思順，開法席於此山，道俗歸心，荊棘草萊，化爲金碧。新雨晚晴，同登中閣，觀白鹽之崇崛，想少陵之風流，歎大雅之不作，裴徊久之。魯直書。〈臥龍山行記〉[註92]

---

91 ·宋蘇轍撰，曾棗莊馬德富點校：《欒城集》（上海：上海古籍出版社，1987 年3月），卷1，頁8。嘉祐四年（1059）冬，蘇氏兄弟由三峽入京，兩人皆有〈入峽〉詩，但蘇軾詩較抽象，未寫到山名。

92 ·見曹學佺等：《蜀中名勝記》（台北：學海出版社，1958年），卷21，頁12，總頁842，文末有建炎五年奉節縣令王行的跋語。但《豫章黃先生文集》（台北，商務印書館，四部叢刊本。）無此文。建中靖國元年（1101）正月山谷自瀘州出發，三月已在峽州，不應三月丁卯仍在夔州。又是年正月與三月同朔壬戌，故丁卯同爲月之六日，正月六日山谷未至夔州，三月六日山谷已至峽州，故此條年月疑有誤，不知何故。

清人以即夔州新城（今奉節縣城）後山爲臥龍山，宋代的情況怎樣呢？丁謂（966-1037）詩：「日長春老職司閒，縱轡因尋負郭山。」（遊臥龍山）註93 似可作爲臥龍山即爲郡城所據後山的證據，其實不然，南宋紹定四年（1231）魏了翁即說：

> 山趾距城僅隔瀼東一水。其上爲咸平寺，…由大士祠宇前，路通觀音泉，越野橋，有一大亭，…遙見峽壁嶙峋，江聲澎湃，賢橋之路，又通東屯，客至必裴回移晷。註94

魏了翁此文是應咸平寺主僧惠行的請託而寫，資料由惠行提供。不過，他也說自己兩次路過而不果登山，可見他確知臥龍山所在。

在魏了翁之前，王十朋也有如〈臥龍山有武侯新祠再用前韻〉、〈題臥龍山觀音泉呈行可元章〉、〈游臥龍山呈行可元章〉詩，及〈夔州新修諸葛武侯祠堂記〉文，都談到臥龍山，特別是〈夔州新修諸葛武侯祠堂記〉把臥龍山與城中武侯祠兩相對比，可見是在城外，且詩中又云：「圖留沙磧懷諸葛，詩誦江濆憶少陵。…籃輿又向人間去，回首林泉愧老僧。」註95 由逼近陣圖及江濆這兩點看來，確與魏了翁所說相同，是指梅溪河東岸之山。丁謂雖然說是負郭之山，但此山如

93．周復俊《全蜀藝文志》（台北：商務印書館，四庫全書），卷9，頁31下，總1381-99。又，明代《夔州府志》所謂「府城東北五里。」所指待考。

94．見魏了翁《鶴山先生大全集》（台北：台灣商務印書館），卷44。頁17。

95．《王十朋全集》，詩集卷21，頁374-375。文集卷22，頁950。此外，《全蜀藝文志》，卷21，有陸游跋關著作臥龍行記（1171年），及劉均國（1130年）、閻蒼舒（1182年）、李直（1199年）、黃人傑（1200年）諸家臥龍山行記，皆明確指出臥龍山爲梅溪河隔溪東岸的近城之山。

在梅溪河之東，也是逼近州城，稱爲負郭並無不可。臥龍山之名，現在無論公私記載都用來稱奉節縣後山，可見不只赤甲白鹽二山的山名有古今之變，臥龍山也是一樣的。（參閱頁 262 ，第五章圖十）

據諸家詩文，從臥龍山頂往峽口方向眺望，都可看到今稱赤甲山（唐白鹽山），形象依然鮮明，至於今稱白鹽山，只可以看見在勝已山後方那些沒有特色的連綿疊嶺，看不到它據以爲傲的峭壁景觀。〈圖十九〉是由奉節縣後山（清臥龍山）向峽口所照的，與宋人觀看角度僅略有差異，仍可作參考[註96]在照片中，今稱白鹽山完全沒有特色，而今稱赤甲山則十分吸引人注意，形貌也符合黃庭堅所謂「崇崛」，因此，黃文中所指的「觀白鹽之崇崛」一語，應是「今稱赤甲山」，但黃庭堅在文中卻說這座山是「白鹽山」，與南宋人的說法不同。

圖十九・自奉節縣後山望峽口諸山

由奉節後山往東南望峽口，左方的今稱赤甲山仍保持孤倔特色，照片中央爲宋人稱勝己山，勝己山背後即今稱白鹽山，由此地看去，並無特色。黃庭堅所稱的「白鹽」應指今稱赤甲山。　趙貴林攝

由上可見，在蘇王二人的文章中，是把今稱的赤甲山，稱爲白鹽山，與杜甫詩中對二山的稱謂相符。

96・由於此處與宋人所稱臥龍山相距不遠，方位也相近，因而借用。至於宋人所謂臥龍山現在已無景點，難以登眺，用此替代也是不得已的事。

2·南宋王十朋之赤甲白鹽觀

王十朋雖然沒有直接指出白鹽山在江北，也沒有直接指認那一座山是赤甲山，但是他留下了許多值得討論的詩篇。首先請看一首可以證實白鹽山乃在江北岸的詩例：

> 巍登古峰嶺，回首望夔州。隱約瞻臥龍，微茫見江流。明朝望眼遮，江山無由見。翻令還鄉夢，飛過白鹽頭。不知此邦人，亦念使君不？使君無可念，空有詩篇留。〈登古峰嶺望夔州〉註97

這是王十朋於乾道三年(1167)七月下任，由陸路離夔時所作，王十朋經由此路離夔，范成大則是由巫山縣赴夔府，兩人都同樣走這條路。這次的行程是十七日，離夔州州城，夜宿瞿唐關，十八日至當時人們認爲的東屯，謁李襄所建杜甫祠，隨後登上古峰嶺，在古峰驛和送行的夔府同僚飲酒停宿，十九日再上燕子坡，越嶺下巫山縣大溪換船東下，沿途山上及舟中他都有詩。註98燕子坡應在江邊極高點，所以他在〈燕子坡〉題下自注：「坡南隔江有烏飛巖」，依方位判斷，

97．宋王十朋撰：《王十朋集》(上海：上海古籍出版社，1998 年10月)，詩集卷24，頁437。本詩前四句，確是在長江北岸高點如赤甲峰尖回望縣城及臥龍山的實況，我曾在烏雲頂高處試望縣城，因角度關係而看不到。

98．以上關於王十朋的行程描述，取材自王十朋〈七月十七日離夔州是夜宿瞿唐〉〈至東屯謁少陵祠〉〈東屯溪山之勝似吾家左原〉〈登古峰嶺望夔州〉〈古峰驛小飲〉〈燕子坡〉〈悼巫山趙宰〉詩，見《王十朋全集》，卷 24，頁436-437。

乃在今稱赤甲峰尖附近向南岸烏雲頂及江面眺望。註99 目前由今稱東屯過東瀼水，經瞿唐村五、六組之間山口上赤甲山的小路，仍有農民在走，登上今稱赤甲山（即唐白鹽山）之後，山腹有相當廣大且坡度可稱平緩的坡地，現在還有石廟村三個組居住，宋代古峰驛雖已不可考，如果在這裡設立驛站，第二天可上燕子坡觀景，再從北邊山口越嶺往大溪（圖二十），並請回看頁74及本章圖八。註100 。

圖二十　從王十朋東屯登今稱赤甲山

赤甲山的登山口就在照片中央山腳，由此上山，是比較平坦的第一重山頂，遠處的赤甲峰尖這一線就是王十朋第二天要翻越的山嶺。相機從所立位置向135度方位角拍攝　簡錦松攝

王十朋作這首詩的時候，因爲當時同行的還有相送的夔府同僚，所以詩的末四句從對面寫過來，表達了他對夔府人民的懷念，並且說：「翻令還鄉夢，飛過白鹽頭。」由於路程的關係，在此一定要夜

99 · 范成大：《范石湖集》（上海：上海古籍出版社，1981年8月），卷16，頁219。〈燕子坡〉云：「…木末見夔峽，一溝盎春泥。中有天下險，造化眞兒嬉。…」可見已逼近邊坡，又據道光本《四川通志》有燕子坡、烏飛岩在巫山縣界，又有烏石灘在奉節巫山分界處，應該就是這一帶。

100 · 自長江南岸今稱白鹽山的臨江最高點，向北眺望，最容易取得赤甲山上古驛路的全貌，圖八這張照片，就是在這裡拍攝的。此地地名今稱烏雲頂，或即烏飛巖一名的變化，山下即是長江最窄處黑石灘，與王、范二人所說相同。照片中的三個聚落，即石廟村，現代山路越嶺是走赤甲尖後方的第二道山口，王十朋如在設於赤甲山腹的驛站休息，次日再越嶺而東，再下至大溪乘船，避開灩澦石及瞿唐之險，非常合理。

宿，所以他才說，明早一過此山頭下坡之後就不能再望見夔府，只能從夢中重回夔府，這裡的鄉字，並不是指他的樂清故鄉而是指夔府，因爲這首詩是寫給夔人看的，故有此稱。由此說來，「白鹽山」既然是他作詩當天所在的江北之山，理當指江北山爲白鹽山，也就是說，今天衆人所稱的赤甲山，王十朋並不稱赤甲山，而是稱爲白鹽山。

除了這首詩可以完全證明他所說的白鹽山在江北之外，其他的詩都沒有白鹽山的位址在江南的說法，如他在〈至瞿唐關戲用山名成一絕，有勝己、清簾、赤甲、白鹽四山〉一詩中，註101僅有遊戲之語。在〈(元月）十四日登眞武山與白鹽齊高〉詩中，他說「白鹽卓立群峰外，眞武山頭平視之。試上白鹽峰頂望，未知眞武孰高卑？」註102如果眞武山的位址可以確定，白鹽山就可以相對確認，不過，這種想法恐怕不易做到，因爲並無關於眞武山的其他有效記載。註103

在這裡，王十朋寫下「白鹽卓立群峰外」之句，「卓立」二字，這原是杜甫稱贊白鹽山：「卓立群峰外，蟠根積水邊。」（白鹽山，詳注 15:1352）的詩語，被他直接套用。宋人詩往往直接因襲古人句，以爲句句有來歷，不能完全用來證明他本人對實體的客觀所見，但是，如果作者屢次使用，客觀條件上可能爲眞實時，又作別論。在

101·《王十朋全集》，詩集卷 22，頁 400。

102·《王十朋全集》，詩集卷 23，頁 420。

103·《王十朋全集》，詩集卷 21，頁 372，有另一首〈登眞武山〉云：「籃輿曉上小琳宮，夔子江山指顧中。」，王氏一般登山都乘籃輿，此山既可乘籃輿而上，又可清曉即上，可見不須水行，距離也不太遠，山的高度自然有限，無法眞正與白鹽山相比，光緒本《奉節縣志》即直言不可考。

王十朋這個例子之外，他又在另一篇文章也用了同樣的話：

> （武侯祠堂）宮之北有水曰清瀼，瀉出乎兩山之間，東入於江，又東過灩澦入於峽，峽口有山，卓然立乎群峰之外者，白鹽也。可謂江山之勝矣。〈夔州新遷諸葛武侯祠堂記〉註104

這裡的清瀼指新州城東邊的大瀼水（今稱梅溪河），順著清瀼水東流入江，過灩澦、入峽，最後看到一座「卓然立乎群峰之外者，白鹽也。」（參照頁127圖十九），在〈九日登臥龍山呈同官〉詩，他也說：「白鹽照日一峰古」，由八陣臺武侯祠與臥龍山兩處東望的角度相差不是很大，眼中所見卓然立於群峰之外的這座山，就是今稱赤甲山，爲何王十朋說是「白鹽也」呢？在〈春雪〉詩中，他也特別寫出：「認峰生白鹽」的句子。綜上所見，四篇詩文都以卓立的形象來寫白鹽山，雖然是以杜詩爲典故才有這樣的句子，但如白鹽山並沒有卓立的特色，王十朋卻援用杜詩而再三作此形容，應該也不至於如此。

以上是王十朋所提供給我們的白鹽山資料，那麼，對於赤甲山又如何呢？在〈連日至瞿唐謁白帝祠登越公三峽堂徘徊覽古共成十二絕句〉一詩，有對白鹽、赤甲等十二處的題詠，他寫到赤甲山時說：

> 赤甲城連白帝城，子陽曾向此屯兵。區區板築徒勞耳，尚赤由來是漢宮。（赤甲）註105

雖然詩的首二句完全用了《水經注》的說法，同意赤甲城與公孫述的

104．《王十朋全集》，文集卷22，頁953。又，九日詩見卷22，頁399。
105．《王十朋全集》，詩集卷22，頁400。又，春雪詩見卷23，頁420。

關係，也同意赤甲城接連著白帝城，我們雖不能排除王十朋是只圖一時用典熱鬧，並非眞正認識到赤甲的位置的可能性，但也極可能他是眞的以今稱子陽山爲古赤甲山。此外，王十朋也讀過前述李貽孫的〈夔州都督府記〉一文，註106 李貽孫的赤甲山看法也許對他有影響。

從以上對《王十朋集》的討論中，我認爲他所指的白鹽山應可確定是江北的今稱赤甲山。而赤甲山呢，就如《水經注》所指在今子陽城的方位，但證據比較薄弱。

3·南宋陸游、范成大之赤甲白鹽觀

赤甲白鹽二山名，到南宋開始分歧，陸游和范成大是關鍵人物，他究竟怎麼來看二山名稱呢？就下面這首詩而論，陸游可能認爲白鹽山在江南岸：

> 吾舟十丈如青蛟，乘風翔舞從天下。江流觸地白鹽動，灩澦浮波眞一馬。主人滿酌白玉盃，旗下畫鼓如春雷。回頭已失瀼西市，奇哉一削千仞之蒼崖。蒼崖中裂銀河飛，空裡萬斛傾珠璣。醉面須迎亂點，京塵未許化征衣。〈醉中下瞿唐峡中流觀石壁飛泉〉註107

106·《王十朋全集》，詩集卷23，頁425。〈夔路十賢·續訪得七人·源乾曜〉：「源丞相乾曜：傑人掾夔子，相業光開元。故宅半赤甲，荒涼今不存。自註：事見李貽孫夔州壁記。」

107·見《劍南詩稿校注》，卷10，頁787。

這首詩是淳熙五年（1178）他歷任蜀中後東歸經過夔州時所作，距離他由夔州通判任內離夔時（1173），已經相隔五年，是日為舊曆五月初二日，由南宋時的州城（今奉節縣城）出發，船開到瞿唐峽口，回頭已經看不見州城市集（所謂瀼西市），前方迎面而來的是白鹽山和灩澦堆。這兩句所放的位置，很明確的是在進入灩澦堆與南山夾峙的峽口之前，因此，本詩所指的白鹽應是南岸的山。因為從西往東入峽的船隻，在經過灩澦堆之前的水域，船頭必須對正灩澦堆，才能利用水流洄旋的原理，從灩澦石的堆側進入峽中，這時注意力必在灩澦堆。且在未到灩澦堆之前，注意力也會先被眼前看得見的南岸今稱白鹽山所吸引，較不會先去管到遠處的今稱赤甲山，這乃是人之常情。

不過，在陸游其他兩首詩中卻說：

> …清秋九月瘴如洗，白鹽千仞高崔嵬。荒庭落葉不可掃，惟有叢菊爭先開。…〈秋晴欲出城以事不果〉
>
> 太傅讀書處，秋風曾問途。江如青弋險，山似白鹽孤。…〈舍北望牛頭山〉註108

兩詩都談到白鹽山，從他描寫的形象看，此山似乎就是指今稱赤甲山為。比如前一首由城中望白鹽，敘述方法與方位，與前面討論過的黃庭堅、王十朋的語意，有類似之處。第二首是寫家鄉山陰南方一百多公里外的剡溪謝安讀書處，他以回憶中的白鹽山來和謝安讀書處之山比較。我曾於1993年到剡溪、天台一帶考察，當地的山水特性，比

108・二詩分見《劍南詩稿校注》卷2，頁204，卷28，頁1951。及卷28，頁1951。

較接近今稱赤甲山的孤起形貌，陸游的考慮或許也在這裡。不過，這兩首詩的證據力不如前述黃王二文，也不如前引的長詩，因爲他在第一首詩中只說了「白鹽千仞高崔嵬」，「千仞高崔嵬」的話，即使指南岸諸山也是可以的。第二首雖然字面用了杜甫「不盡白鹽孤。」之句，但依陸游的寫作習慣，作者在此據實描寫眞正風景的目的，恐怕未必高於用杜詩爲典故的心理。而且在〈風雨中望峽口諸山奇甚戲作短歌〉詩中，曾以「白鹽赤甲」四字連用地指向峽口：

> 白鹽赤甲天下雄，拔地突兀摩蒼穹。凜然猛士撫長劍，空有豪健無雍容。不令氣象少渟滀，常恨天地無全功。今朝忽悟始歎息，妙處元在煙雨中，大陰殺氣橫慘澹，元化變態含空濛，正如奇材遇事見，平日乃與常人同。安得朱樓高百尺，看此疾雨吹橫風。（陸游・風雨中望峽口諸山奇甚戲作短歌）註109

「白鹽赤甲」二山連用，杜甫本有其例，但因爲杜甫的時代州城在白帝山，赤甲白鹽在其二旁，連用無妨，杜甫也未指爲峽口二山。到南宋，由於州城改變，遠望瞿唐峽口的視角本不相同，由新州城方向，並不能望見今稱子陽山。何況子陽山既無特殊的外貌，在遷城後迅速沒落，已極荒涼，事實上也沒有引人注目之點。因此，正常的情況下，向東觀望的人會忽略子陽山，而直接注目於峽江之上。所以說，若要南宋詩人把現稱爲子陽山的唐赤甲山，與現稱爲赤甲山的唐白鹽山，兩山連舉，並用它來指峽口，這才是超乎一般想像的不合理。

109・見《劍南詩稿校注》，卷2，頁189。

陸游以「白鹽赤甲」四字運用於峽口，范成大也有同樣說法，他在〈瞿唐行詩序〉中說：

> 白鹽、赤甲皆峽口大山。黃嵌、黑石，皆峽中至險處。…註110

這句話影響極大，過去並無直接以赤甲白鹽爲峽口兩座大山的書面記載，范成大此言是首次見到，也屢爲後人引用。所謂峽口，前文中已多次出現，灩澦堆前的江口，即可稱爲峽口，未必一定要如《太平寰宇記》：「瞿唐峽：在州東一里，古西陵峽也。連崖千丈，奔流電激，舟人爲之恐懼。」把峽口的定位在白帝城東兩崖相對的峽門。不過，范氏應是把峽口定位在過了灩澦堆之後，也就是《太平寰宇記》所說的那個位置。〈瞿唐行〉中，他就說：

> …不知灩澦在船底，但覺瞿唐如鏡平。鑿峽疏川狠石破，號山索飲飛泉驚。白鹽赤甲轉頭失，黑石黃嵌拚命輕。…

詩中赤甲白鹽二山，被放置在灩澦堆與黑石灘、黃嵌灘之間，可確定峽口是指白帝城之東的峽區內，如此一來，兩山就必須一南一北分據江峽兩岸，白鹽在南，赤甲在北的現代稱謂，也因而定型。在他的另一首詩，更清楚地指出北岸爲赤甲山，我運用法學上的「完全模擬主義」研究法，確認了這項事實。

范成大有一首題爲〈魚復浦泊舟，望月出赤甲山，山形斷缺如鼉龍坐而張頤，月自缺中騰上山頂〉的詩篇，很明顯地指著今稱的赤甲山，並爲它作具象的描寫，詩云：

110．見《范石湖集》，卷19，頁271。

> 月出赤甲如金盆，蹲龍呀口吐復吞。長風浩浩挾之出，影落半江沉復翻。天高夜靜四山寂，惟有灘聲喧水門。高齋詩翁不可作，我亦不眠看終夕。註111

這首詩明確告訴讀者，詩人望見的月出所在之山，名爲赤甲山，他對赤甲山頂的形貌所作的生動比喻，無論是誰，只要到當地一看，都可以據詩題和首聯明確指出是那一座山。但是，並未得到完全的確認。1999年舊曆7月18日及19 日兩晚，也就是1177年范成大寫這首詩的兩個可能晚上，我在同月同日，在同一地點附近，也做了現場模擬。此詩的寫作時地，是據范成大《吳船錄》考定的，他說：

> 乙卯(七月十八日)，行百四十里至夔州。…丙辰(十九日)，泊夔州…。丁巳(二十日)，水長未已。辰巳時，遂決解維。註112

可知他泊舟魚復浦望月，應是淳熙四（1177）年7月18、19兩夜，詩題中用魚復浦，是以典故名稱借代地名的方式，指南宋夔州城，當時夔州城的遠行船是停靠在南門外的江岸，與今日依斗門碼頭的形勢相似。因爲依斗門（大南門）太吵雜，我在距此偏東約200餘米的開濟門（小南門）外臨江堤坎最接近水面的一層平台，進行這項實驗。當夜現場水位約105.3米，我所在位置海拔高程約107米。今奉節縣位在東經109° 34´，北緯31° 2´，這項實驗做了兩次，以19夜

---

111 · 見《范石湖集》，卷19，頁270。
112 · 同註85。

爲例，19夜的月出格林威治時間是20時21分。換算成地方時，再換算北京標準時間爲20時51分。於是我們從八點半開始到江邊待月，由於山高雲層又很厚，月見較遲，時間上也較難準確，9時20分雲層變亮，9時35分月亮全出，方位角爲100-101度，正在今稱赤甲山峰尖右側邊緣的下方，9時40分向右向上移昇兩度。9時50分在赤甲山上空，仍接赤甲山，10:00分，方位角爲105-106度，完全在赤甲山右方上空。今稱赤甲山在月光的襯托下，如蝦蟆張口欲啣月亮，由於部份時間受雲層掩蔽，不能百分之百求證，但全程的觀察過程中所見到的，與范成大的詩題與詩句所述，大體十分符合。至於今稱白鹽山雖與赤甲相鄰，但並不在月亮升起路線上，而且頗有差距，至於子陽山頂，因爲與月出完全角度不合，可予排除。同行者有趙貴林及陳丁林二先生。當天雖然準備了照相工具，但拍照效果不好。

從這個實驗看來，在范成大的觀念中，北岸這個孤高而挺起一角的山頂，被確指爲赤甲了，和〈瞿唐行〉序中峽口二山的說詞正相呼應。王陸范三人在夔州的時間那麼接近，所同游的游宦官紳、指示道途的本地人，應有部份交集，爲什麼對這幾個早已聞名的地點，會有那麼大的認知上差異呢？誠不可解，但事實俱在，也不容置疑。

到了南宋嘉熙三年（1239）《方輿廣記》成書的時候，已經有了「白鹽山在城東十七里」之說，依方位里程計算，已經確立白鹽山在南岸之說了。只不過，《方輿廣記》還同時鈔錄著「赤甲山在城北三里」的舊記載，才造成明顯的矛盾。由北宋到南宋，由蘇、黃、王、

---

113 · 據中國科學院紫金山天文台：《1999年中國天文年歷》（北京：科學出版社，1998年6月），頁94-109，「月出月沒表」依法換算成標準時。

陸、范到《方輿廣記》之間，對赤甲白鹽二山的位址無法統一，這就是地名發展上的變動軌跡吧！

3·明代之赤甲白鹽觀

到了明朝初年，白鹽山已確定是在長江南岸，在《明史·地理志》中，雖然曾把白鹽山定位在北岸，赤甲定位在府城東北，似乎此書的白鹽、赤甲稱謂與《水經注》相同，註114不過，下面這一條關於《明史·曹良臣傳》的記載，仍將白鹽山定位在江南：

> 洪武三年(曹良臣)封宣寧侯，歲祿九百石，予世券。明年從伐蜀，克歸州山寨，取容美諸土司。會周德興拔茅岡覃垕寨，自白鹽山伐木開道，出紙坊溪以趨夔州，進克重慶。註116

按：「容美宣撫司」屬明湖廣都司施州衛，註116「茅岡」屬湖廣都司

114·《明史》(北京：中華書局，1984年3月) 卷43，總頁1029-1030，〈地理志·四川·夔州府〉條云：「夔州府…奉節倚，…東北有赤甲山·東有白帝山，又有白鹽山·南濱江·東出爲瞿唐峽，峽口曰灩澦堆…。」從明代夔州府城來說，以白帝爲東，以赤甲爲東北，也就是說赤甲在白帝之北，以及白鹽在江北岸，這三說都合於唐代看法，但明清官書中並沒有說赤甲在白帝之北的，況且，在《明史》之前也有《大明一統志》說過「東北有赤甲山」，已證明那是出於錯誤，所以，《明史》這樣的主張，假如不是有其他因素 (比如受《大明一統志》的錯誤引導)，而是它本身的研究所得，則此書的說法乃是獨排眾議的傑出之見，參閱第五章，頁345。

115·《明史》卷133，總頁3892，〈曹良臣傳〉

116·《明史》卷20，總頁1098，〈地理志·湖廣·施州衛〉

岳州府澧州慈利縣永定衛下之茅岡長官司，註117二地俱在長江之南，曹良臣與周德興二軍既自此路進軍，在白鹽山伐木開道，出奇兵襲取夔州，則當時所稱白鹽山在大江之南自無可疑。

從這條重要證據，再參看前面已經討論過的《大明一統志》、《四川總志》、《夔州府志》三書，意見十分明確而連貫。而明代的文集中，凡寫到赤甲白鹽二山的文章，原則上都會遵用《大明一統志》，如前引王嘉言的兩篇文章中就分別說：

> 瞿唐峽在夔東十二里，兩崖對峙，中貫大江。〈瞿唐峽記〉

> 在白帝城東，峽口之南，有山嵯峨，與赤甲相對者白鹽也。〈白鹽山記〉

與《大明一統志》的方位相同，就是典型的例子。

綜上所述，可以肯定的說，明朝人一般已認定赤甲山在江北，位於白帝城之東，白鹽山在江南，位於白帝城對面，從此以後，這兩座山的稱謂，歷經清朝至今日，幾乎都沒有改變。

七．杜詩古注對赤甲白鹽二山之誤釋

以上我已經分別從杜甫本人的詩作、歷代地理總志、唐宋明人詩文，結合現地地形地貌，發現杜甫詩中使用「赤甲山」與「白鹽山」這兩個名詞時，與唐以前的地名稱謂相同，而與南宋以後的地名稱謂漸生歧異，與明代以後至今的地名稱謂完全不相同。但是，現今流傳

117《明史》卷20，總頁1080，〈地理志．湖廣．岳州府〉

的所有杜甫詩注，對於古今地名不同的位移現象，毫無所見，甚至在引用資料之後，並不加以解說，任由不同的資料在同一注釋中，互相矛盾。民國以後，中外的杜詩學者，基本上都採信各種杜注，尤其是各注沒有爭議的時候，更無人懷疑其正確性。本節將針對各個重要注本對「赤甲白鹽」二山的解釋，以列表方式，作一完整分析。

1·杜詩古注中之赤甲山

首先請看右表（表五），在這個表中收錄了宋代趙次公到清代楊倫之間的十四種古注，以辨僞的觀念來說，可謂眞僞雜陳，不過，眞僞之辨只是假托的作者人名問題，書還是原來就存在的，在此，姑且不論其眞僞都納入本表中。

在這個表中，第一欄是各種杜注名稱，第二欄列舉古注對赤甲山的詮釋文字，由於本表引書都來自《水經注》以下古地理書，爲節約篇幅，凡前文已經引用過的條文不須重見者，只錄首尾，中段都以「…」代替。第三欄是對這十四種杜詩古注的來源分析，爲了方便讀

118·《黃鶴注》爲宋·徐居仁編、黃鶴補註《集千家註分類杜工部詩》之簡稱，元·皇慶元年建安余氏勤有堂刊、元末葉氏廣勤堂印本。採用黃永武主編《杜詩叢刊》所收本。此書內容與《黃氏補千家集註杜工部詩史》(《四庫全書》收錄改稱《補註杜詩》，台北：商務印書館）完全相同，故簡稱黃鶴注。

119·《集千家註批點》爲宋·劉辰翁批點，元·高楚芳編《集千家註批點補遺杜工部詩集》之簡稱，明·嘉靖己丑（八年）靖江王府本刊本。採用黃永武主編《杜詩叢刊》所收本。

表五　重要杜詩古注中之赤甲山

書名簡稱	注　釋　內　容	引書依據
趙注	次公曰：赤甲，本岬字。按《水經》於江水逕永安宮之後云：江水又東…故謂之赤岬山。（876入宅三首1）	1・出於《水經注》
九家集註	赤甲白鹽，瞿唐峽口二山名。　趙云：赤甲本岬字，按《水經》云：「江水東南…其石悉赤，故名。（1884入宅三首1）	1・據《趙注》引《水經注》。 7・出於王洙改范成大語
黃鶴注[註118]	（鶴曰）《註水經》：白帝山北緣…以為隍。（上白帝城二首1，集千家註分類999） （希曰）舊史云：奉節縣漢魚復縣，屬巴郡，今縣北三里赤甲城是也。（765返照） （鶴曰）《寰宇記》奉節縣北三十里，（A）有赤甲城，是舊魚復縣基（B）。又云：赤甲城…與舊白帝城相連。（C）（876夔州歌十絕句4） 趙曰：赤甲本岬字。按《水經注》南連基白帝…謂之赤岬山。…鄭曰：《寰宇記》赤甲城，…故云赤甲，在縣北（D）。 洙曰：赤甲白鹽，瞿唐峽口二山。（514入宅三首1）	1・出於《水經注》 2・出於《舊史》，按：即《舊唐書》 3・出於《太平寰宇記》（A） 4・出於《太平寰宇記》（B） 5・出於《太平寰宇記》（C） 6・出於《太平寰宇記》（D） 7・出於《九家集註》引王洙語。
草堂詩箋	無	無
集千家註批點[註119]	趙曰：赤甲山名…謂之赤甲。又甲本岬字。 洙曰：赤甲、白鹽，瞿唐峽口二山。（1304赤甲）	1・據《趙注》引《水經注》。 7・出於王洙改范成大語

（未完）

分門集注 註120	趙曰：赤甲本岬字，按《水經注》：南連基白帝…赤岬山。 鄭曰：《寰宇記》：赤甲城…在縣北。 洙曰：赤甲…二山。（555入宅三首1）	1．據《趙注》引《水經注》。 6．出於《太平寰宇記》（D） 7．出於王洙改范成大語
分類集註	赤甲山在瞿塘峽口（1075赤甲） 白帝山在夔州府城東五里，峽中視之，孤特甚峭，北緣馬嶺接赤甲山。（1073上白帝城） 公舊居赤甲山在府城東北，…故曰赤甲。（1183晚登瀼上堂）	7．出於《九家集註》引王洙語又改動。 8．出於《大明一統志》，前兩條皆是。
讀杜愚得	（趙曰）赤甲，山名，…謂之赤甲。（1059赤甲） （洙曰）赤甲…二山名（1060入宅三首1） 赤甲山在夔府東北七里（254黃草）	1．據《趙注》引《水經注》。 7．出於王洙改范成大語
杜臆	《寰宇記》：「《水經注》云：白帝山北緣馬嶺…最爲險峻。」（312　上白帝城）	8．出於《大明一統志》
杜詩錢注	《水經》：「江水又東，…謂之赤岬山。」（312入宅三首1） 趙曰：赤甲山名，…謂之赤甲。又甲本岬字。	1．出於《水經注》，又出於《寰宇記》引《水經注》。
讀書堂杜詩注	洙曰：赤甲白鹽，瞿唐峽口二山。（1489 赤甲）	1．據《趙注》引《水經注》。
杜詩詳注	《水經注》：赤岬山…謂之赤甲山。（1351黃草） 《荊國圖》：白帝城，西臨大江，東南高二百丈，西北高一千丈。《水經注》：白帝城，周迴…然後得上。《全蜀總志》：白帝城在夔州府治東五里，下即西陵峽口，…。（15：1272上白帝城）	7．出於王洙改范成大語 1．出於《水經注》 3．出於黃鶴引《太平寰宇記》（A）並由「赤甲」添加爲「赤甲瀼西皆…」

（未完）

	鶴注：赤甲瀼西，皆在奉節縣北三十里。（1606入宅三首1，又，19：1665驅豎子摘蒼耳） 邵注：赤甲城，是魚復縣舊基。（1606入宅三首2）	4・出於邵注引《太平寰宇記》（B） 9・出於《全蜀總志》，按即《四川總志》 10・出於《荊國圖》
讀杜心解	《荊州圖經》：赤甲山，東連白帝城，西臨大江。（4/646黃草） 《一統志》：赤甲山…故名。（6下/850夔州歌十絕句4）	7・出於《大明一統志》 11・出於《荊州圖經》
杜詩鏡銓	《荊州圖經》：魚復縣西北赤甲山…大江。《水經注》：山甚高大，…謂之赤甲山。（635黃草） 鶴注：赤甲瀼西皆在奉節縣北三十里。 邵注：赤甲城本魚復縣舊名。（744入宅三首2）	1・出於《水經注》 3・出於黃鶴引《太平寰宇記》（A）並由「赤甲」添加爲「赤甲瀼西皆…」 4・出於邵注引《太平寰宇記》（B） 11・與《讀杜心解》同，出於《荊州圖經》

者作比較，我依照各注內容出處，整理成（1-11）點，每一點代表相同內容出處，放在表格的第三欄，可以比對出各家注中互相因襲的情形，十分嚴重。

下面將主要的第１、３、７、８、１０、１１條分析如次：

120・《分門集註》爲宋闕名集註：《分門集註杜工部詩》之簡稱，上海涵芬樓影四部叢刊，借南海潘氏藏宋刊本。

1．次公曰：赤甲，本岬字。按《水經》於江水逕永安宮之後云：江水又東，南逕赤岬西。注云：是公孫述所造。因山據勢，周回七里一百四十步，東高二百丈，西北高一千丈。連基白帝山，甚高大，不生樹木，其石悉赤。土人云，如人袒胛，故謂之赤岬山。

本條注釋出自《水經注》，自趙次公首引之後，爲《九家集註》、《黃鶴注》、《集千家註批點》、《分類集註》、《分門集註》、《讀杜愚得》、《杜臆》、《杜詩錢注》、《讀書堂杜詩注》、《詳注》、《鏡銓》等書皆轉引，其中有部份自《太平寰宇記》、《大明一統志》鈔來近似的文句，其實亦是輾轉錄自《水經注》。

3．鶴注：赤甲瀼西皆在奉節縣北三十里。

出自《太平寰宇記》，黃鶴原來引用時爲：「《寰宇記》奉節縣北三十里，有赤甲城，…」，《詳注》、《鏡銓》轉引，多「瀼西」二字，非黃鶴本意。應爲誤傳。

7．洙曰：赤甲白鹽，瞿唐峽口二山名。

本條注釋出自王洙注，更早應來自范成大〈瞿唐行詩序〉，王洙（997-1057）年代雖早於范成大，但所謂《王洙注》年代實難定論，最早引王洙注之郭知達《新刊校正集註杜詩三十六卷（即《九家集註杜詩》）第一板刻在淳熙八年（1181）年刻於成都，未見傳本。今本爲寶慶元年（1225）重刻於廣東漕司。范成大出任四川制置使爲淳熙二年至四年（1175-1177），尚在郭本編印之前。此條始見《九家集註》，被《黃鶴注》、《集千家註批點》、《分類集註》、《分門集註》、《讀杜愚得》、《讀書堂杜詩注》、《鏡銓》等書轉引。

8・《一統志》：赤甲山，在府城東北七里。土古皆赤，如人袒臂，故名。

出自《大明一統志》，《分類集註》首引而未說明，其後《杜臆》、《心解》皆指名引用。

10・《荊國圖》：白帝城，西臨大江，東南高二百丈，西北高一千丈。

本條只見《詳注》引用，《荊國圖》乃《荊州圖副》之誤，見徐堅《初學記》，西臨大江，東南高二百丈，西北高一千丈，《水經注》用以形容赤甲城，今《荊州圖副》已亡佚，此條因徐堅而偶存。如所言確實，則赤甲城在《荊州圖副》編寫時，曾有白帝城之稱。

11・《荊州圖經》：赤甲山，東連白帝城，西臨大江。

原書不詳，此條為《心解》《鏡詮》所引。

我們在前面幾個小節已經把《水經注》、《太平寰宇記》、《方輿勝覽》、《大明一統志》、《四川總志》等書對赤甲白鹽山名的見解，作過解析。簡單地說，《水經注》明明白白說赤甲山在白帝城之北，白帝山的西北與赤甲山的東南相連，可是各家都引先引了《水經注》，然後視若無睹地把「赤甲山」三字用來稱呼白帝城東邊的這座方位既不正確也沒有相連的山。特別是《心解》和《鏡詮》所引的《荊州圖經》，那麼明白地說了：「東連白帝城，西臨大江。」，但是在他們實際解析杜詩時，仍然是完全相反地把它放在白帝城東邊，變成白帝城反而在赤甲山之西的局面。至於像《分類集註》和《杜臆》，先引《水經注》，接著又引《大明一統志》，一點也沒有發現兩者之間的差異，實在令人無言以對。

至於赤甲城在唐奉節縣北三里，可是《太平寰宇記》弄錯了，多加一個十字，《黃鶴注》中，黃希已經引述了《舊史》(即舊唐書)，寫明了三里，爲何黃鶴補註時再引《太平寰宇記》，又再錯爲三十里，同一本書引同一件事，前後矛盾，不能察明。而後來《詳注》、《鏡銓》轉引，又添上「瀼西」二字，在更爲無理，與他們在其他首詩所作的「瀼西」注解完全起了衝突。

2．杜詩古注中之白鹽山

其次談到關於白鹽的注解，仍請先看右表（表六）。

右表是舊注中對白鹽的注釋情形，由於資料來源比赤甲山單純，只需歸納爲（1-5）條，其中1－3條是主張白鹽山在江北岸的。4－5條是主張白鹽山在江南岸的：

1．江水又東，逕廣溪峽。注：斯乃三峽首也。其間三十里，傾巖倚木，厥勢殆交。北岸山上有神淵，淵北有白鹽崖，高可千餘丈，俯臨神淵。土人見其高白，故因名之。

本條注釋出自趙次公，《九家集註》、《杜臆》、《杜詩錢注》、《心解》、《詳注》、《鏡銓》等書皆轉引，《黃鶴注》《分門集注》只引了後半。

表六　重要杜詩古注中之白鹽山

書名簡稱	注　釋　內　容	引書依據
趙注	又云：江水又東，逕廣溪峽。注：斯乃三峽首也。其間三十里，傾巖倚木，厥勢殆交。北岸山上有神淵，淵北有白鹽崖，高可千餘丈，俯臨神淵。土人見其高白，故因名之。（876 入宅三首1）	1．出於《水經注》
九家集註	又云：江水又東，逕廣溪峽…故名之。（1884 入宅三首1）	1．出於趙注引《水經注》
黃鶴注	白鹽高可千餘丈，人見其高大因名之。（514入宅三首1）	1．出於《水經注》
草堂詩箋	《荊州記》魚復有白鹽崖，土人見高大而白，因以名之。（632曉望白帝城鹽山，又，661白鹽山）	2．出於《荊州記》A
集千家註批點	夢弼曰：《荊州記》…因以名之。（1119 曉望白帝城鹽山）	2．出於草堂詩箋引《荊州記》A
分門集注	趙曰：白鹽高可千餘丈，人見其高白，故因名之。（555 入宅三首1）	1．出於趙注引《水經注》
分類集註	鹽山在夔州府城東十七里，崖壁高峻，色若白鹽，土人因以名之。（2773 曉望白帝城鹽山，又，2699白鹽山）	5．出於《大明一統志》
讀杜愚得	（夢弼曰）《荊州記》魚復有白鹽崖，土人見高大而白，因以名之。（907 曉望白帝城鹽山）	2．出於草堂詩箋引《荊州記》A
杜臆	《名勝志》引《水經注》云：廣溪峽，乃三峽之首，…則降雨。	5．出於《大明一統志．名勝志》引《水經注》。

杜詩錢注	《水經注》：廣溪峽，…以名之。《方輿勝覽》：在城東七十里，岸壁五十餘里，其色炳耀，狀若白鹽。」（320 曉望白帝城鹽山） 《荊州記》曰：三峽之首，北岸有白鹽峰，峰下有黃龍灘，水最急，沿泝所忌。故日積水邊也。（320 白鹽山）	1．出於《水經注》 3．出於《荊州記》B 4．出於《方輿廣記》，十七里誤作七十里。
讀書堂杜詩注	原註：《荊州記》：魚復…名之。（1291 曉望白帝城鹽山）	2．出於草堂詩箋引《荊州記》
杜詩詳注	《水經注》：廣谿峽，…名之。《方輿勝覽》：白鹽山，在州城東十七里。（15：1281 曉望白帝城鹽山）[註一一七] 《荊州記》：白鹽崖下有黃龍灘，…（15：1352 白鹽山） 王十朋《祠堂記略》曰：…峽口有山，卓然立乎群峰之外者，白鹽也。…（20：1803 上卿翁請修武侯廟遺像缺落）	1．出於《水經注》 3．出於錢謙益引《荊州記》B 4．出於《方輿廣記》
讀杜心解	《水經注》：峽北山上…。（1：4：129 灩澦堆） 《水經注》：峽間…因名之。《方輿勝覽》：白鹽山…（3：4：497 曉望白帝城鹽山） 《一統志》：白鹽山…。（6下：850 夔州歌十絕句 4）	1．出於《水經注》 4．出於《方輿廣記》 5．出於《大明一統志》
杜詩鏡銓	《方輿勝覽》：白鹽山…。（724 曉望白帝城鹽山） 《荊州記》：白鹽崖下有黃龍…（634 白鹽山）	3．出於錢謙益引《荊州記》B 4．出於《方輿廣記》

121．《詳注》於此另引《杜臆》據《地志》云：「白鹽山有夷溪，夷水出焉，水色清照十丈，名爲清江。」（詳注 1791），此節乃《水經注》文字，因與本文無關，不錄。

2．《荊州記》魚復有白鹽崖，土人見高大而白，因以名之。

本條最早爲《草堂詩箋》所引、《集千家註批點》、《分類集註》、《讀杜愚得》、《讀書堂杜詩注》諸書同引。由於《水經注》的來源之一即是盛弘之《荊州記》，因此，它和前條是同一淵源。不過這裡只取了後半段，省略了「北岸」，可能就是使杜注陷於混亂的緣故。

3．《荊州記》曰：三峽之首，北岸有白鹽峰，峰下有黃龍灘，水最急，沿泝所忌。故曰積水邊也。

本條首爲錢謙益的《杜詩錢注》所引，《詳注》《鏡銓》也續引。其實這段文字也早爲《水經注》收入其書中，最重要的是指出白鹽山在江北岸。

4．《方輿勝覽》：在城東七十里（當爲十七之誤），岸壁五十餘里，其色炳耀，狀若白鹽。

5．《大明一統志》白鹽山，在夔州府城東十七里，崖壁高峻，色若白鹽，土人因以名之。

這兩條仍淵源於《水經注》，文句略有更動。後者又鈔自前者。他們的計里基準是梅溪河西的新府城（即今奉節縣城），考其里數，可知他們雖然鈔自《水經注》，但已把白鹽山的位址，指向長江南岸。

檢驗各家杜注對「白鹽山」的詮釋，即可發現他們的重大缺點，他們都競相引書，但是，抄錄了古地理書的片段之後，卻沒有再去仔細閱讀其內容，放任各種本來衝突說法，散見注中，以致矛盾時見。

早期的注家，從《趙注》以下到《分門集注》，因爲沒有《大明一統志》可以對照，從表面上看，會誤以爲他們贊同《水經注》把白鹽山定位在江北，但如仔細檢視他們對詩句的解說，便知道他們仍把白鹽山定位在江南岸，與現在的稱謂一樣。既然如此，那爲什麼還要千篇一律去引《荊州記》和《水經注》呢？

明清的注家，像《杜臆》《錢注》《詳注》《心解》《鏡銓》都是號稱名著，尤其是錢謙益，他在《杜詩錢注》的書序中，自認地理精詳，不滿其他杜注，但他竟然在〈曉望白帝城鹽山〉同一首詩、同一條注中，既引《水經注》而稱白鹽崖在北岸，又引《方輿勝覽》把白鹽山移向南岸十七里。《杜詩詳注》《讀杜心解》《杜詩鏡銓》同樣如此，都是在同一本書中，相隔不到幾頁，就同時引用主張白鹽山位在江北岸的《荊州記》、《水經注》之說，與將白鹽山定位在江南岸的《方輿勝覽》、《大明一統志》。自相矛盾，全不可解。

總之，以上我分別從赤甲及白鹽二山的古注，作了整理與歸納分析，古注之混亂，作注者之懶慢，已達到不堪的地步，讀杜者必須完全脫離這些古注的制約，未來杜詩的研究，才能走出正確的新路。

八·結語

本文分別從現地的地形地貌、歷史的地理文獻、杜甫本人作詩運用的情形、古代其他詩文的稱謂實例等四個角度，並且跨越科際地參考了其他學門學者的研究成果，作成相當富有實證觀點的整體研究，以下，是針對杜甫詩中赤甲和白鹽二山稱謂所作的五點結論：

第一·杜甫本人所認知的赤甲山，是指今稱的子陽山。杜甫本人所認知的白鹽山，是指今稱的赤甲山。杜甫這種說法，自晉至唐的文獻記載，均與之相合。在杜甫的時代，州城以白帝山爲核心，位在今子陽山的「赤甲山」，與位在今赤甲山的「白鹽山」，乃是它的左右屏障，所以成爲杜甫及唐人注意的重心。

第二・現代的赤甲與白鹽山名稱謂，可能起源於南宋中期，其原因乃自北宋丁謂移城之後，宋人或者由新州城向東方遠眺，只能看到今稱赤甲山與今稱白鹽山，看不見側在一旁的今稱子陽山。或者旅行時由江上望峽中，受到左右相對的兩崖吸引，更不會去看今稱子陽山。久而久之，以白帝城爲軸心的唐代赤甲、白鹽兩山關係（今稱子陽山－白帝山－今稱赤甲山），就移轉爲以瞿唐峽江爲軸心的新關係（今稱赤甲山－瞿唐峽－今稱白鹽山），赤甲、白鹽二山的山名，於是也做了大幅度的旋轉變化。地名漸變之時，著名文人如陸游、范成大又加以推波助瀾，兩山的名稱的位移變化乃告確立，至明清兩代，除了《明史・地理志》的記載與唐人相同，比較令人意外，其餘則可確定爲現今的名稱，本文也詳細討論了其變化的軌跡。

第三・現在流傳的自宋迄清的杜詩注本，受到南宋以來赤甲白鹽山名位移的影響，雖然他們引述的材料包括了《荊州記》、《水經注》、《元和郡縣圖志》、《舊唐書》等早期的地理文獻，但是並未努力解讀他們所引述的文獻內容，以致不但沒有釐清杜甫時代與南宋明清對赤甲白鹽二山名稱的差異，反而以不正確的赤甲白鹽方位，曲解杜詩，造成詮釋上的重大失誤，連帶影響了釋義編年的正確性。

第四・赤甲山之得名，各種傳說都有其文學性趣味，不必偏廢，但眞正與赤甲山名因果相生的，是山上有赤甲城的事實。古人築城不易，一里之城，計功要使用七萬五百人工，[註122]一般的城都有七里至十里，動輒耗費數十萬人工，山上赤甲城的規模，從《水經注》所載，以及現地考察所見來說，都可以說明它應是一座中等的城，這座荒城在隋唐以前必定發揮過重要影響力。赤甲古城既然在這裡，赤甲山定位在這裡，乃順理成章之事。

第五・唐人怎樣來稱呼位於長江南岸的今稱白鹽山呢？有兩種可能，一是如巫山縣的巫山之例，瞿唐峽北岸既稱白鹽山，南岸也是白鹽山，從山塊的連續性及瞿唐峽的狹窄度而言，這種可能性是存在的。另個可能性就是，南岸在唐代根本沒有名字。從《水經注》一直到宋明清的地理總志或夔州的府縣志，都可以證明夔府江南的發展遠落於北岸之後，兩漢至北周時期，州城在古赤甲山上（今稱子陽山），古白鹽爲其前門，北周經隋唐五代至北宋初，州城以白帝山爲核心，古赤甲與古白鹽拱衛左右，因而擁有確定的名稱，非常合理。至於南岸諸山並未開發，雖有當地的偏名、小名，但沒有見於文獻記載，也不足爲奇。

122・唐杜佑《通典》的城防之部，有關於築城所需人工的計算方法。見《通典》卷 152，頁 389-5。〈兵五・築城〉條。另，城濠計功數亦如之。

肆・東屯茅屋

一・前言

東屯的問題，對杜甫夔州詩研究來說，是研究環境比較奇特的一環，原因在於杜甫以前沒有東屯之稱，杜甫之後，唐五代到北宋古地理書中，也沒有東屯之稱，而在南宋杜詩學發達之時，卻有所謂杜甫東屯宅的房契出現，並且將東屯定位在「距白帝五里」，其後，又有東屯在「東瀼水東濱」之說，最後，位於今奉節縣白帝鎭白帝村四組的清代杜公祠故址，成爲今日學界公認的杜甫東屯宅所在地。

可是，若詳細清查杜甫原詩的話，東屯位在東瀼水濱雖沒有問題，但「距白帝五里」之說，約在今土地嶺南坡，與杜詩所載景物無一相合，而以清杜公祠遺址作爲杜甫東屯宅，更與杜詩所述完全不合。究竟杜甫的東屯宅位在東瀼水的那一段？確切的地點能不能指明？不僅關係到杜甫夔州生活的重要定位，連帶地杜甫居住東屯的心理狀況、東屯相關詩作的深度詮釋，乃至杜甫夔州詩作的編年問題，都會受到嚴重的影響，因此，本文擬以杜甫東屯宅的定位爲主題，作一次與前人研究完全不同的實證之論。

本論文的研究方法，不採用先驗認知，也就是既不接受杜詩舊注的說法，也不預設杜甫東屯宅的可能位置，一切均由杜甫原詩以及客觀的自然地理，自主地呈現解答。其方法如下：

第一步驟，先將杜甫所有直接點名東屯或有極明顯的證據可確定爲東屯所作的詩篇，排列出來，由它們的共通點，來找出特色條例。從這裡找出杜甫對於東屯的原始指謂，擬測杜甫東屯住宅可能的位址。

第二步驟，經過上述仔細比對之後，大致上可認爲東屯在東瀼水流域，然後再運用客觀的調查研究，從東瀼水流域的自然與人文景觀特色，去論證第一步驟所擬測的杜甫東屯住宅位址是否合理。

第三步驟，由杜詩古注中關於東屯的注記，找尋其作注規例，及誤注誤說的源由。對於重大錯誤來源的一些古代文人說法，並以實證，加以駁正。在這個步驟中，我有系統地對所有的古地理總志、地方志、古代詩文筆記等，做了清晰的整理，將詩篇解讀、文獻論析、現地情勢調查等三者之間，更有力地結合起來。

經過以上三個步驟，我希望能客觀、實證地爲杜甫的東屯草堂位址，定下一個合乎杜甫原意的論點。

爲了達到這項研究要求，我利用冬夏兩次的現地研究，以二十天的時間，尺寸土地都不放過地，對可能與杜甫相關的高山河流，都作了仔細的紀錄。我所做的觀測工作，實際上已涉及到歷史地理學、測量學、考古學、河流學、地質學諸學科的範疇，雖然說，以個人淺薄的學力來負擔那麼寬廣的研究，常常感到力有未逮，但是，經由如此開闊的視野，使我看到了過去從狹義的中國文學研究方法中所看不到的新境界，也幫助我徹底解決了像杜甫東屯宅定位這麼困難的問題。

十八、九年前山東大學中文系師生開創了《訪古學詩萬里行》的現地研究工作，以走馬觀花的速度，遍訪所有杜甫的旅程，雖然所得的成績尙屬有限，但是蓽路藍縷之功，不可埋沒。近幾年，大陸的杜詩學者如譚文興先生、劉眞倫先生等陸續發表了關於東屯的新解，可惜在關鍵處常常受舊注的成見所限，對現地的調查也太受限於傳統中文系的視野，不免有許多錯誤，但他們的作法，已接近我所說的現地研究，在杜詩研究群中，可說相當進步。註1

最後要談到一點研究中的小心得，在本次研究工作的進行中，水位高程及地形標高的需求很大，對於沒有受過專業的測量訓練又無精密儀器的我，倍感困難。所幸因爲三峽大壩工程的進行，全奉節縣將被淹沒的地區，畫上了許多海拔135米、146米、175米的水位標誌，水位觀測方面也得到本地專業技術人員的指導，因而在許多具有關鍵性的數據上，其誤差率應在可接受的範圍內。而許多地質學方面的課題，也因爲大壩施工單位已經做了調查研究工作，而得以借用其成果。註2此外，在現地調查中，也得到很多當地農民、技術人員、地方官員的協助，獲得不少寶貴的經驗紀錄。這些都是研究中愉快的一面。比較抱歉的是，奉節縣政府所有的奉節縣1:10,000地形圖，尙未得到，因此，文中所附的地圖，乃是我以《中華人民共和國國家普通地圖集》爲藍本自行繪製的，缺點極多，請見諒。

1．譚劉二人相關研究見本論文第三節第四小節。「訪古學詩萬里行」由蕭滌非教授領導，山東大學多位教授及學生參加。見山東大學杜甫全集校注組：《訪古學詩萬里行》(北京，人民文學出版社，1982年2月)，頁180。

2．參考長江水利委員會編：《三峽工程地質研究》(武漢市：湖北科學技術出版社，1997年10月)。

二·杜詩對東屯宅之描述

1·東屯宅之山川特性

杜甫對東屯居處最直接的描寫，就是〈自瀼西荊扉且移居東屯茅屋四首〉所說的：

白鹽危嶠北，赤甲古城東。平地一川穩，高山四面同。煙霜淒野日，杭稻熟天風。人事傷蓬轉，吾將守桂叢。（詳注，20：1746）[註3]

這組詩一開頭就寫出方位，這種作法，杜甫從前也有類似例子，如

浣花溪水水西頭，主人爲卜林塘幽。（卜居，9:729）

背郭堂成蔭白茅，緣江路熟俯青郊。（堂成，9:735）

萬里橋西一草堂，百花潭水即滄浪。…（狂夫，9:743）

萬里橋西宅，百花潭北莊（懷錦水居止，12:1237）

時出碧雞坊，西郊向草堂，市橋官柳細，江路野梅香。…(西

3·清仇兆鰲：《杜詩詳注》（北京：中華書局，1979年10月），卷20，頁1746。爲了節約篇幅，統一體例爲：凡直接引用杜甫原句時採用《杜詩詳注》本，簡稱其名爲《詳注》，並將卷頁改爲以下格式：「詳注20：1746」，下同。

郊，9:779）

以上五首均爲杜甫對成都草堂方位的描寫，相當清晰明確地記錄了他的住宅，其中碧雞坊是成都的官方坊名，萬里橋、百花潭都是現地的民間地名，背郭、緣江、西郊、江路是以現地觀念來指示往草堂的路徑。在以上所使用的地名中，我們看到杜甫喜歡選用有歷史味道的或者有地方代表性的名稱，以碧雞坊爲例，在整部杜詩中，很少看見坊里名，此處的碧雞坊可謂例外，是因爲碧雞之名，本身就有濃厚的典故意味。再如成都萬里橋，既有典故背景，又是成都商船的集散成市之地，劉禹錫的〈竹枝詞〉中也以相同的屬性使用過這個地名，註4但這個地名顯然不像是政府公定的「村、里、坊」名。

一如杜甫在成都的寫實習慣，他在夔州也以相同手法，來介紹自己的住宅。現在他說：「白鹽危嶠北，赤甲古城東。」必定有事實依據，不論是白鹽山名，不論是赤甲古城，一定都是杜甫當時人慣用的地名。那麼，杜甫所稱的白鹽山究竟是那一座山呢？我在前一章的結論中，已經指出：「唐代白鹽山，就是今稱的赤甲山；而唐代的赤甲山，就是古赤甲城所在的今稱子陽山。」

4．唐劉禹錫撰，瞿蛻園箋證：《劉禹錫集箋證》（上海：上海古籍出版社，19849年12月）卷27，頁852-853。其第四首云：「日出三竿春霧消，江頭蜀客駐蘭橈。憑寄狂夫書一紙，住在成都萬橋。」本詩明顯受到杜甫影響，「狂夫」一詞，杜甫也有此詩題，劉禹錫本人也沒有去過成都。不過，〈竹枝詞〉本身有普遍性，本詩由前二句看來也是針對一般蜀客，再說萬里橋既有蜀漢時期的典故，又也有「門泊東吳萬里船」的概念，所以，如以萬里橋爲成都富有代表性的地名，應屬合理。

照杜甫的詩來看，東屯位在「白鹽危嶠北」，唐稱白鹽山（今赤甲山）是一座主要高度在1000-1500米以上的大山，它的南面就是瞿唐峽，西面、西北面和北面分由兩條河谷環繞，貼著西－西北兩面山麓的是東瀼水，沿著正北－東北山麓而行的是東瀼水支流石馬河，所以，初步研判，杜甫東屯宅的位置應該不出東瀼水及其支流的河谷。

其次，再從「赤甲古城東」這一句來看，由於杜詩的地名一定是採用當時人所知的名稱，因此，我們必須思考唐代人所知道的赤甲古城，究竟是指那裡？據下列唐代的第一手資料顯示：

> 華陽國志曰：「巴楚相攻，故置江關．」舊在赤甲城，後移在江南岸，對白帝城，故基在今夔州人復縣南。（後漢書．李賢注）[註5]

> 魚復縣，屬巴郡，故城在今夔州人復縣北赤甲城是．（後漢書．李賢注）[註6]

5．《後漢書》（北京：中華書局，1984年10月）列傳卷13，總頁537，〈公孫述傳〉。又見同書卷17，頁660，〈岑彭傳〉引，於江字下衍一州字。又按：顏注引《華陽國志》當止二句，「舊在」以下17字應為顏注的說明部份。任乃強校注《華陽國志》以「舊在赤甲城，後移在江南岸，對白帝城故基。」補入正文，見晉常璩撰，任乃強校注：《華陽國志校補圖注》（上海：上海古籍出版社，1994）卷1，總頁36，應誤。隨後，他又引《水經注》「江水又東，逕赤甲城西，是公孫述所造。…南基連白帝。」之語，注云：「赤甲城者，在白帝城東隔溪赤甲山上。」顯然誤讀《水經注》，故不用其說。

6．《後漢書》列傳卷31，總頁1110。此處之人復即奉節縣，據該書〈校勘記〉云：「故城在今夔州人復縣北赤甲城是。殿本「人復」作「魚復」。

奉節，漢魚復縣，屬巴郡，今縣北三里赤甲城是也。（舊唐書）[註7]

赤甲山，在城北三里。漢時嘗取邑人爲赤甲軍，蓋犀甲之色也。〈元和郡縣圖志逸文〉[註8]

在上述四條唐人記載，認爲赤甲古城在夔州奉節縣北三里，奉節縣是夔州的倚郭縣，換言之，即夔州州治北三里。[註9]唐朝夔州州治在白帝山、馬嶺，所以也等於是白帝山、馬嶺之北三里。

白帝山的地形很簡單，其西北山麓連接著馬嶺，馬嶺之北則連接著今稱子陽山（唐稱赤甲山），如果單以子陽山登山口這一小段算起來，相對於白帝山西側而言，它完全在正北方位。登山之後，到相傳爲古漢城遺址的第一個山頂，下望白帝山，這時白帝山在它的東南偏南，所以唐人書中所謂縣北是可信的。

子陽山在明代以前的古書中並沒有記載，清乾隆本《奉節縣志》以「下關城」上面的古城遺址爲「紫陽城」，（參見頁68及前章圖

柳從辰謂《唐書·地理志》貞觀二十三年改人復爲奉節，此不得仍稱人復。按：校補謂章懷作注，於釋地多承用隋代舊名，所見已多·蓋新更之名，尚無圖經可據，其相助爲理者仍爲隋時學者，沿襲用之，未及改正，不足爲異也。」其說可信。見同書，總頁1117。

7· 《舊唐書》（北京：中華書局，1984年10月），卷39，總頁1555－1556，〈地理志·山南東道·夔州〉條。

8·《元和郡縣圖志（闕卷逸文）》卷1，P1057·繆荃蓀自《方輿勝覽》輯補。

9·古代地理書中所記道里，如無特別著明，皆以州治所在爲始點，至今奉節縣之聯外公路道里數仍以縣府爲計算起始點。

三)是它的得名來源，至今山上行政地名仍稱紫陽村，人們俗稱它為子陽山，取公孫述字子陽的意思。清代下關城的城牆及城門，至1949年以後還保存著，其後城牆和各門都被拆毀，只有東門還殘存一點遺跡，這個城門的方位與陶澍〈蜀輶日記〉所言相合。註10

我實際考察過山上古城遺址和東門遺址，都見於前章。前一章沒有提到的，是在皇殿臺遺址下方，農民的菜園子裡，還有兩段向西的石牆，北段長約29米，高約5.4米，南段長約72.83米，北側高約2.82米，南側高與地面齊。兩段牆之間稍有間隔，並不接續，大體上均以140° 東南－西北走向，沿山谷建成。石牆下，是一條天然切割成的深谷。深谷的收斂點，就是前述的白帝鎮紫陽村蔡姓農民戶。他在皇殿臺下種了作物，在坡谷上種臍橙。據蔡先生說此地海拔僅360-370左右，不過，因為白帝山頂已經有247.78米，註11這裡下眺白帝

10・老東門遺址在今白帝鎮三組，海拔約140米，古城門西邊建有小學。在唐赤甲山(今稱子陽山)的東麓山腳，城右翼山壁與馬嶺相連，一直連接到白帝山，都是連續峭壁。清陶澍：《蜀輶日記》(臺北，學海出版社，1969年2月)，卷3，總頁204-205，云：「度石橋，循山而八里，至下關城，一名子陽城，即古夔城也。殘堞宛然繚山顛，西峻東迤，其山脈稍南出，突起圓峰，如以線繫匏，即白帝城也。兩城之間，謂之馬嶺。從小石門內穿菜畦，緣以上，東瀼水繞其左麓…。」所記清下關城甚詳，所出小石門即今殘存之東門遺址。關於這段古城門，1995年版《奉節縣志》亦有所載，今不從其說，請自行參看。見該書頁707。

11・有關白帝山高度，當地說法不一，247.78米之說出自林業局出身、現任職白帝山博物館的陳德光先生，他說三峽工程單位曾會同他們做過調查，得到這個數據。據陳景良：《長江工程66問》(中國三峽出版社，北京：1996年6月)頁183，說：「白帝廟大門的地面高程248米。」可以為證。

山頂的俯角很大，所以我們考察團的同仁都認爲此地海拔應該更高才對。

假使這一處遺址爲漢赤甲城，依《水經注》記載，漢赤甲城所在的最低高度是：「東南高二百丈」，註12 如分別採用（1漢尺=0.231米，1漢里=415.8米）及（1晉尺=0.245米，1晉里=441米）的兩種換算法，註13 可知《水經注》認爲此城最低處爲462-490米，與現地情況大體符合。不過，《水經注》這一段記載的數據本來就有其他問題，因此我們不再深入討論，請參考前章頁101。

不談《水經注》，從現有古遺址來說，假如這個被稱爲皇殿臺的海拔高程暫定爲360-370米，山下登山口的海拔約150餘米，山坡仰角平均25°，從這三個條件計算，即使不去管山路迂轉，從山口登上皇殿臺遺址，已經有540米的距離，超過唐代一里的531米。如果再考慮到眞正的山高應不止三百餘米，再加上山路的迂曲，便與唐代多種地理書所記載的「古赤甲城在縣北三里」相近了。

像這樣一個距離唐代夔州城很近，視覺上十分親切，又是居民聚集區上方的古蹟，杜甫借它之名，向友人介紹東屯住宅，是相當合理

12．本書所引《水經注》，採用後魏酈道元注，清末楊守敬熊會貞疏，今人段熙仲點校：《水經注疏》（江蘇：江蘇古籍出版社，1989年6月），但爲符合一般習慣，行文時仍用《水經注》。本條見卷33，頁2814。

13．漢尺依陳夢家〈畝制與里制〉定爲0.231米，見河南省計量局主編：《國古代度量衡論文集》（鄭州：中州古籍出版社，1990年2月），頁227-247。〈畝制與里制〉。又，關於晉宋尺，依曾武秀〈中國歷代尺度概述〉，定爲0.242-0.247。本文爲求簡明，暫取平均值。《國古代度量衡論文集》，頁130-165。

的（參閱第三章，頁87-92）。

其次，杜甫又以「平地一川穩，高山四面同。」兩句來形容，一川就是東瀼水，並無異說。至於四面高山當中，杜甫並未一一指出名稱，特別是北面高山，杜甫僅作〈東屯北崦〉和〈天池〉二詩，由題目看來，雖然會給人一些地名的印象，但是北崦並非專屬山名，天池的位址也不可確定。

我曾親自到過現在奉節縣的天池鄉（1992年廢鄉併入汾河鎮），只是東瀼水上游河谷中的一個小水潭，與杜甫所描述的植被生態等情景完全不同，即使因為山區河川上游變化較大，唐代此地眞有一個天池，我也很難相信。杜詩中還有麝香山，註14 也不能確定指出位在那裡。所以在四面山中，只有古赤甲和古白鹽二山，明確地被他寫出。至於白帝山因高度太低，只有247.78米在東屯看不見是合理的。

圖一　東屯宅可能位址之細石灘

杜甫詩：子能渠細石，吾亦沼清泉。

在杜甫對東屯的描寫中，最值得注意的是，他說當地河床的基本成分是卵石灘（圖一）：

14·近年譚文興先生想為麝香山定位，曾與龍占明合撰〈從麝香山談起〉，已見前章所引，他認為麝香山位於奉節縣草堂區前進鄉香山村，高度1220米。同時他也考慮到杜甫從瀼西宅及東屯宅都看不見香山，所以他認為杜甫寫到麝香山的兩詩都是居住在今稱赤甲山的信號台附近，他把信號台那

子能渠細石，吾亦沼清泉。（自瀼西荊扉且移居東屯茅屋四首之三，詳注，20 ：1746 ）

據此詩所述，他和鄰居馮先生都利用河中的細卵石，做了水渠，圍了池沼。這件事的意涵，首先提示我們此地的溪流穩定，流量稍大，並且在全年的正常水位中，不會淹沒所經營的池沼，否則在河谷低下之區，是無法做池子的。其次，也表示此區河床以卵石為主。

至於杜甫寫瀼西草堂的詩中，經常強調東瀼水的寬闊河谷和沙質岸坡易於崩陷的特性，我們從照片中的腳印，也確實看到了沙土尚未全乾的現象，證實了這種瀼岸與泥沙的關係（圖二）：

圖二　土地嶺南東瀼水之沙質河谷

照片左前為奉節頁岩磚廠，我認為杜甫瀼西宅應在這裡。河谷地質為沙壤，因幾日無雨，得而且目前水位只有103米左右，所以稍顯乾燥，實際站在上面，仍有軟陷潮溼之感。杜甫瀼西宅如居此，則由溪邊至磚廠一帶，應為四十畝柑林所在。

由來巫峽水，本是楚人家。客病留因藥，春深買為花。秋庭風落果，瀼岸雨頹沙。問俗營寒事，將詩待物華。（小園，詳注，20：

甲宅的解釋，我覺得有許多疑點仍難克服，所以本書並未專論這一處住宅，對於譚先生的說法，我覺得他還是得再仔細考慮。又，香山村在1992年行政區劃變調整後改為白帝鎮香山村。

1779）

詩中指出瀼西住宅的河岸主要以沙壤爲主，遇雨崩頹，在另一首〈課小豎鉏斫舍北果林枝蔓荒穢淨訖移床三首之三〉也說：「籬弱門何向，沙虛岸只摧。」（詳注，20:1735），可見東屯和瀼西兩處的河谷地貌，顯著不同。以實際的情況來說，現在的東瀼水河谷，如果以土地嶺東、南面與瞿唐五、六社之間的這一段爲界，其間卵石與沙壤差參，在此界限以北，都以卵石爲主，此界以南主要是大片細沙和零星細石組成的沙壤。形成卵石灘本是山區溪流的常態，而形成沙壤的原因，固然與上游懸沙有關，實際上受到長江回水所帶來的高含沙量影響甚大。前者是東瀼水自身的地貌特徵，後者是東瀼水受長江改變的地貌特徵，形成對比明顯的兩種河谷面貌。

2．東屯宅之社區概況

杜甫東屯宅的社區特徵也十分明顯，房子是傍溪的住宅，因爲杜甫說過：

> 東屯復瀼西，一種住清溪。來往皆茅屋，淹留爲稻畦。市喧宜近利，林僻此無蹊。若訪衰翁語，須令賸客迷。（自瀼西荊扉且移居東屯茅屋四首2，詳注，20：1746）

詩中他提出所居是在溪傍，但同樣是溪旁，和瀼西比起來，還有一種不同，就是交通荒僻，甚至連小路都沒有。

除了蹊路荒少，以及前述的可營池沼兩點之外，此地的屋宇無多，也成爲社區特色：

> 香稻三秋末，平田百頃間。喜無多屋宇，幸不礙雲山。御裌侵寒氣，嘗新破旅顏。紅鮮終日有，玉粒未吾慳。（茅堂檢校收稻二首，其一，詳注，20 ：1773 ）

在前面所引詩中，杜甫談到移居東屯的理由，是爲了山林荒遠，訪客不易到達，可更進一步隱居，所謂「幽獨移佳境，清深隔遠關。」（自瀼西荊扉且移居東屯茅屋之四，詳注，20 ：1746 ）是也。在本詩中，他又爲東屯描畫了一個特徵：「喜無多屋宇，幸不礙雲山」，來寫此地的位處偏遠空曠。

可是，同樣是空闊的環境，當他心情不佳時，就變成可怕的世界：

> 盜賊浮生困，誅求異俗貧。空村唯見鳥，落日未逢人。步壑風吹面，看松露滴身。遠山回白首，戰地有黃塵。（東屯北崦，詳注，20：1771 ）

本來說稻作豐收，現在卻說異俗貧。本來喜歡屋宇少而不礙山，現在卻說是村空又不逢人。至於尾聯的遠山，並非實指眼前之山，而是說所居住的夔州對比於長安中原爲遠山，是自怪偏遠之甚，總之，一切不好。

在〈東屯月夜〉詩中，他更對居家環境的悲哀面作了深刻描寫：

> 抱病漂萍老，防邊舊穀屯。春農親異俗，歲月在衡門。青女霜楓重，黃牛峽水喧。泥留虎鬥跡，月掛客愁村。喬木澄稀影，

輕雲倚細根。數驚聞雀噪，暫睡想猿蹲。日轉東方白，風來北斗昏。天寒不成寐，無夢寄歸魂。（詳注，20 ：1769 ）

從這首詩看來，杜甫在東屯的這一夜相當不快樂，對於居住環境，他說是親異俗，指和本地蠻族相雜，生活、語言、節慶、習慣都不相似。談到家門口，他說「泥留虎鬥跡」，虎的問題，似乎不是東屯單獨的問題，在瀼西草堂居住時，杜甫也課童僕伐木作籬防虎。還有，像〈夜歸〉這首詩中：

夜半歸來衝虎過，山黑家中已眠臥。傍見北斗向江低，仰看明星當空大。庭前把燭嗔兩炬，峽口驚猿聞一箇。白頭老罷舞復歌，杖藜不睡誰能那。（詳注，21：1844 ）

在這首詩中，杜甫固然有意傳達一種夜歸的特殊興奮之情，但也表現了對虎患的顧慮。本詩不能確定寫於何時，也不能確定杜甫當時居住在那裡，因此不能定位虎患之所在，但是，夜歸之緣故必為到白帝城，他在白帝城可能看過歌舞，所以回到家仍自舞自歌不肯去睡；而在回家之路上，他說是：「傍見北斗向江低」，我曾在長江邊夜行，親見這個景象，可知杜甫回家路上必傍江行；及至到了住宅庭前，他仍能聽見峽口猿聲，綜合以上三種跡象來判斷，這天杜甫所回去的住宅，可能是離白帝城不太遠的某處。即使離白帝城較近，在那裡杜甫也耽心路上有虎。不過，這兩處對虎的畏懼，遠遠不及這時居住的東屯，過去只聽說有虎，現在更正式看到了虎跡，而且虎鬥就在家門外。

再說到月亮，杜甫在夔州寫了許多觀月的詩，有些還是東屯之月，但是他現在卻說月亮不好，是月掛愁村，雀兒也不好，天氣冷爲什麼吵個不停。至於杜甫自已，當然也是終宵不寐。

詩中對東屯的「屯」字作了定義，是「防邊舊穀屯」，強調邊塞的悲哀，「邊」字的印象，要從盛唐杜甫的時代去理解，夔州本是長江上游稱爲「蠻」的少數民族的原住地，《南史》、《北史》都有記載，註15因爲長江以南的黔中地區有五溪，所以又稱「五溪蠻」。南北朝時期「蠻」這個少數民族對晉、宋、齊、梁、後魏、北周都發動過戰爭，在魏末周初，距離杜甫到夔州之前一百八、九十年，經歷過一次北方民族對蠻族進行的滅絕性重大戰役後，戰火才止熄下來。註16不過，「蠻」民族的問題並沒有因唐代而結束，北宋丁謂在夔州路轉運使任上，所面臨的最大問題就是少數民族的反亂，景德二年薛顏承丁謂之指，將夔州州城由白帝山舊州城，遷移到今奉節縣城位置，除了因新改制爲路的緣故，部分原因也可能與少數民族問題有關。

蠻族對杜甫的觀感有相當程度的影響，由於歷史因素，加上唐朝當時正處於動亂之中，杜甫的不安全感隨處可見，他的詩中不時有「蠻語」「蠻歌」「蠻夷長老」的詞彙，或像下面這些詩句：

絕塞烏蠻北，孤城白帝邊。（秋日夔府詠懷奉寄鄭監李賓客一

15．《南史》（北京：中華書局，1983年3月）卷79，頁1980-1981〈蠻傳〉，《北史》（北京：中華書局，1983年3月）卷83，頁3149-3154〈蠻傳〉。

16．《北周書》（北京：中華書局，1983年10月）所記最詳，卷49，頁887-890。當時雙方交戰持續很久，最後一場水邏城的攻防戰，蠻族死傷非常慘烈。戰役規模很大，涉及到戰爭的區域包括江南及江北許多據點，至今已難以盡明。

百韻，詳注21：1828)

三峽樓臺淹日月，五溪衣服共雲山。(詠懷古跡五首之一，詳注17：1499)

峽口大江間，西南控百蠻。（峽口，詳注18：1554)

要路何日罷長戟，戰自青羌連百蠻。（秋風二首，詳注17：1481)

蠻溪豪族小動搖。（自平，詳注20:1809)

而且，由〈自瀼西荊扉且移居東屯茅屋四首〉所說：「參差北戶間」看來，我也懷疑杜甫的東屯住所並不是單獨一個北方人，他的宅北有馮都使先生，所謂：「道北馮都使，高齋見一川。」便是北戶之一，由於語言的不同，杜甫對夔州本地人經常保持著戒備之心，他所居住的東屯既然人煙稀少，所以同爲流寓人士更應住在一起。因此，杜甫所說的「防邊舊穀屯」本是由這個角度出發的，「邊」字是指此地「蠻」民族的文化特色所構成的邊塞之感。至於此地是產米之區，前代收穀屯兵，都有可能發生，杜甫並未指明是何人，後世注家卻因爲杜甫說了這句話，從而附會出公孫述屯田的流言，甚至故意忽略「舊」字，指稱當杜甫時東屯還是供軍食的官田。

總之，從以上這些悲哀的情緒中，如果我們回想起他在〈孟冬〉詩中所說的：

殊俗還多事，方冬變所爲。破甘霜落爪，嘗稻雪翻匙。巫峽寒都薄，黔溪瘴遠隨。終然減灘瀨，暫喜息蛟螭。（詳注，20：1788)

那種快樂氣氛，不知悄然何往。

不論杜甫對東屯的情感如何，就如他一些詩寫得那麼高興，或者像另一些詩寫得那麼悲苦，我想必須考慮一點，就是此地的社區屬性，和杜甫爲何會遷入。

表面上看，就像杜甫在〈從驛次草堂復至東屯二首之一〉所說的：「峽內歸田客，…築場看斂積，一學楚人爲。」（詳注，20：1771）或是〈暫往白帝復還東屯〉所說的：「復作歸田去，猶殘穫稻功。」（詳注，20：1772 ），往東屯是爲了歸田隱居。在〈自瀼西荊扉且移居東屯茅屋四首〉這一組詩中，有一個不可解之句，就是在第一首的：「人事傷蓬轉，吾將守桂叢」之語，桂叢之語出自劉安〈招隱士〉詩：「桂樹叢生兮山之幽。」杜甫在此表示要往更深山去隱居。

其實，像杜甫這種沒有實任的空銜郎官，不論是住在瀼西宅，或住在西閣，都已經是準隱居的生活了。特別是他在瀼西草堂的園圃生活，不是守桂叢又是什麼呢？爲什麼他會在舒適的瀼西草堂居住幾個月之後，很快地又大費周章再遷入東屯住宅呢？

更重要的是，他已經說自己有「怯幽獨」及「畏虎」這兩個心病，又何必要遷入東屯，不但更加幽獨，朋友來尋更加不便，而且虎跡更多。我們從在瀼西居住期間，常常有朋友來訪贈答詩篇，到東屯以後，詩中再也沒有「諸公」字樣，多少可以體會到一點不同之處。

而且，從第三首「斫畬應負日，解纜不知年。」和第四首「寒空見鴛鷺，迴首憶朝班。」來看，杜甫所謂的隱居，仍只是在等待機會返回京洛舊居，既然如此，他已對瀼西住宅的暫居環境十分滿意，爲何要遷至東屯呢？

同樣的，在〈從驛次草堂復至東屯二首之二〉，杜甫也感歎說：

> 短景難高臥，衰年強此身。山家蒸栗暖，野飯射麋新。世路知交薄，門庭畏客頻。牧童斯在眼，田父實爲鄰。（詳注，20：1771）

短景有雙關的意思，一是指當年的歲末，一是指人生的晚暮。這裡以短景與衰年相對，可以單純指歲末。隱居本來是爲了高臥，現在難以高臥，歲末本應休息，而今卻得奔走，所以在這首詩中確有不滿之意。到底杜甫奔走多遠呢？若依一般舊注的說法，東屯在白帝城北五里，從唐代瞿唐驛可能位址到此約3.5-4.0公里，明清把從把東屯設定在今白帝鎮浣花四組（清杜公祠）的位置，從唐代瞿唐驛可能位址到這裡，現代公路距離約爲5.2-5.7公里，若依我所考訂，把東屯茅屋定位在石馬河以北的東瀼水東岸，距瞿唐驛約爲6.9-7.4公里，（參閱第五章，頁272），對身體不太好的杜甫，冬天還要騎馬走這一段路，當然頗有受勉強之感。爲什麼他要勉強出行呢？他自己說是「世路知交薄，門庭畏客頻。」若非確有事故發生，不致於如此。

我們知道，杜甫的詩集中一共用了二十二次「主人」，包括像「邑有佳主人」、「始知賢主人」、「爲仗主人留」之類善頌善禱的話都說了不少，以這樣一向洞達世情的人，應不會輕易說出如此的重話來。

由以上種種跡象來看，他這次由瀼西往東屯遷移，恐怕有不得已的理由，若是人事因素使得不得不遷，也許他和柏中丞之間有了某種關係，或者其他有力人士的強力邀約問題。由於正史中關於夔州人物的記載並不多，無法得到更多的事證。再說，他在大曆二年十月十九日，還接受夔州別駕元持的接待，在白帝城內元持的官邸中觀賞公孫大娘弟子舞劍器，還作了長歌，並沒有異狀。註17因此，在沒有充分的證據下，只好闕而從疑。註18

3．東屯宅之農耕特色

杜甫東屯詩有個很大的特色，就是農耕以寫稻作爲主。種稻並不是他遷居到東屯以後才開始，但是每一首寫到種稻的詩，都和東屯有關。因而瀼西寫園，東屯寫稻，可說涇渭分明。

對東屯的稻田，杜甫詩曾說：

> 東屯稻畦一百頃，北有澗水通青苗。晴浴狎鷗分處處，雨隨神女下朝朝。（夔州歌十絕句之六，詳注，15：1302 ）
>
> 東屯大江北，百頃平若案。六月青稻多，千畦碧泉亂。（行官

17．見〈觀公孫大娘弟子舞劍器行，詳注20 / 1815〉詩中有「臨潁美人在白帝」及「瞿唐石城草蕭瑟」，應是在白帝城中觀舞，石城亦指白帝城，草之蕭瑟乃由於初冬之故，趙注引以證赤甲古城，非。

18．我懷疑他的遷居東屯和柏中丞的兩個侄兒有關，在〈題柏大兄弟山居屋壁二首〉（詳注，21/ 1838 ）中，他曾說到柏氏所居有「野屋流寒水，山籬帶薄雲。靜應連虎穴，喧已去人群。…」等景況，確定是在東屯。他又說：「…江漢終吾老，雲林得爾曹。哀絃繞白雪，未與俗人操。」等句，分明是說自己所居之雲林和柏大所居之雲林相近，絃操白雪，也可以相和，不必有俗人參與。因爲杜甫在夔州的東道主人是柏中丞，如果因爲與柏氏兄弟同住而移居東屯，應是可能性之一。但是，在〈自瀼西荊扉且移居東屯茅屋四首〉這組詩中，隻字未題，令人難以索解。

張望補稻畦水歸，詳注，19：1654）

香稻三秋末，平田百頃間。喜無多屋宇，幸不礙雲山。（茅堂檢校收稻二首，其一，詳注，20 ：1773 ）看來，

以上所謂百頃平田，這是東屯全部田數呢？還是杜甫所有的田數呢？從描寫手法的開闊性看來，百頃之田應是對整個地區性的概述，包含了杜甫所有的產業及其他公田、私田等。據《唐六典》所說：

凡天下諸州公廨田：大都督府四十頃，中都督府三十五頃，下都督、都護、上州各三十頃，中州二十頃，宮總監、下州各十五頃。上縣十頃，中下縣六頃。註19

所謂官田，有公廨田及官人職分田，但官人職分田由各人自行管理，眞正必須管理的公田，應是公廨田。夔州屬中都督府，本州爲下州，奉節縣爲中縣，合計公廨田最多只有六十一頃，由於夔府的地形在肥瘠寬狹的度田等級上，應屬於狹的一級，公廨田未必足數，即使都取足其數，也不到百頃，因此，所謂杜甫平田百頃，其中應有民田，這也就是〈行官張望補稻畦水歸〉詩中所說的：「公私各地著，浸潤無天旱。」（詳注，19：1654），公田與私田同在東瀼水河谷這片百頃之田中。而杜甫在此地沒有職務，所耕之地，應稱民田。

杜甫作詩喜歡兼帶「公、私」之語，應只是杜甫一飯不忘君的習慣使然，正如〈雷〉一詩所謂：「大旱山嶽焦，密雲復無雨。南方瘴

19．唐李林甫撰、陳仲夫點校：《唐六典》（北京：中華書局，1992年1月），卷3，頁75-76。

瘠地，罹此農事苦。…吁嗟公私病，稅斂缺不補。」(詳注15：1295)東屯本地當有公田與私田，連言公私，是很正常的，只不過杜甫自杜甫，公田自公田，兩不相干，不必把他解釋成杜甫去主管公田。但是認爲杜甫主管公田的說法卻成主流，如陳貽焮《杜甫評傳》所說：

> 杜甫當年所以要移居東屯，就因爲這裡有一百頃公田，夔州都督柏茂琳曾委他代管。東屯本來就是當年公孫述屯田之所，他爲了解決軍糧問題，才開墾了這片田地。看來這一百頃地從漢到唐一直是官有土地，柏托杜甫代管這片公田的責任是很大的。註20

陳氏公田托管之說的依據是，此區田地本爲公孫述時期的軍用田，所以自漢至唐都是官有土地，而且，公孫述以此屯田養兵，所以柏茂琳也委託杜甫管兵糧。姑且不論公孫述與漢廷的敵對關係，由漢至唐此地歷經五六百年反復殺伐的戰役，田地所有權早就起了種種變化。單從公孫述屯田一事，根本是南宋人士根據杜詩編造出來的假事跡，在後面的第三節裡，我作了詳論；百頃之田也是杜甫誇大之詞，在第二節中，我也作了詳論，柏茂琳托杜甫管理公田，則是陳氏自己的主張，由於陳文完全沒有注引出處，不知有何所據？不過，就我所翻查過重要的古地理、古歷史文獻，絕對沒有以東瀼之田爲公田，也沒有柏茂琳曾予杜甫管理公田之說，反而有杜詩：「農事聞人說」之語，這像是談論官田的語氣嗎？馮至《杜甫傳》則改托管公田爲「耕種著

20．見陳貽焮：《杜甫評傳》(上海：上海古籍出版社，1982年8月)，頁1120。

東屯的一部份公田」，註21持論兩可。其實，如果杜甫向公家承租或承買，就「地上物所有權」來說也是私有，不必再加上公田二字。

杜甫的東屯之田可能被誤解爲公田的原因，或許是出於下面這首詩。在〈行官張望補稻畦水歸〉詩中，杜甫說：

東屯大江北，百頃平若案。六月青稻多，千畦碧泉亂。插秧適云已，引溜加溉灌。更僕往方塘，決渠當斷岸。公私各地著，浸潤無天旱。主守問家臣，分明見溪畔。芊芊尚翠羽，剡剡生銀漢。鷗鳥鏡裡來，關山雪邊看。秋菰成黑米，精鑿傳白粲。玉粒足晨炊，紅鮮任霞散。終然添旅食，作苦期壯觀。遺穗及眾多，我倉戒滋漫。（詳注，19：1654 ）

題目中的「行官張望」固然不易解，註22詩的內容卻明顯是私家之田

21．馮至：《杜甫傳》（天津：百花文藝出版社，1999年1月）頁140。

22．此四字實不易解。我認爲疑則闕疑好了。馮至解張望爲人名，見《杜甫傳》：「…柑林他親自經營，東屯的田地則交給行官張望管理。」，四川杜甫文獻館所編《杜甫年譜》亦以爲人名，皆未必是。至於行官，今人常引《資治通鑑》廣德二年，胡三省注：「節鎭、州、府皆有…行官使之行役出四方。」，姑且不論胡注並未有實據，即使胡注爲眞，他所說的行官是對外做交際的，並非杜甫可以驅去看田水。《永樂大典》卷808詩字韻引《項安世家說》云：「杜詩有《遣行官張望視稻》詩，又《答嚴武》云：「雨映行官辱贈詩。」蓋唐人例呼官力爲行官，若今散從官衙官之類。韓退之《與孟簡書》云；行官自南回，得吾兄書者是也。如杜詩有馬軍送酒，盧仝詩有軍將送酒，皆當時送書之人。後人不知，遂以雨映行官爲雨映行宮，其去本事遠矣。」按：原詩作行宮較好，改字解經，並非上策。況送書終非看田。安世，南宋人，光宗紹熙三年（1192）曾任潭州教授。

的語氣。詩是在稻田的大秧插完，杜甫遣人巡視田水，所遣之人回覆時之作。現在東瀼水流域所種的雜交水稻，在舊曆二月中旬下種，在舊曆三月清明節氣時插小秧（母田）。母田所用的面積不大，大部份的田地上還有去年所種的小麥、油菜或其他菜蔬。舊曆四月中插大秧，此時所有的土地都用來種稻，需水最多。本詩作於插秧後，依詩中描述的情景，應是插大秧後。註23不過杜甫說的時間是六月，比現在奉節農作時間晚了兩個月，不解何故？或者是唐代的稻種及一穫稻作的耕種習慣與現代不同的緣故，以收成來說，現在奉節稻作收成在舊曆七月，杜詩卻說在九月，也是慢了兩個月。長江每年的特大洪水，都於舊曆六月底、七月初發生，以唐人來說，正在水稻開花之前最重要的生長期。

詩中「主守問家臣」以下，「分明見溪畔：芊芊炯翠羽，剡剡生銀漢。鷗鳥鏡裡來，關山雪邊看。」等語，乃所遣之人回答杜甫的內容，很明顯的，所有農田都已經插了大秧。註24芊芊即纖纖，分明之意，乃所遣人回報說：「很明確地，溪畔的稻田，畦水已足，鳥羽映水，纖纖可辨，而水天一片，剡若銀河，鷗鳥之飛，似入鏡中，關山照影在流沫旁，恍如雪中相看。」所以杜甫接下來就預期收豐收，全詩都是巡視灌溉水的記錄。

「主守」和「家臣」二詞，誠然難解，但是，以杜甫的身分，他

23．本人曾親自採訪當地農民之實際稻作進程，並參考《1995年版奉節縣志》，頁88，〈自然地理篇．物候〉所載〈奉節縣農作物物候狀況表〉。

24．「分明見溪畔」，一作「分朋見蹊畔」，古注認爲分朋似即補水之人甚多，分朋而巡。今不從。

不該去督理州縣公田，也不適合對人表現出他和其他高級官員之間有一些「主守」「家臣」之類的關係，與其因爲詩中一兩個模棱兩可的詞語，就判斷這是代管公田，倒不如由其他衆多證據，去了解這些稻田應該是杜甫私人所有，註25並非爲公家代管。何以這樣說呢？

杜甫此時雖然沒有正式職務，但是他的官階還在，所以他常常自稱「省郎」「尙書郎」「郎官」：

身覺省郎在，家須農事歸。（復愁十二首其四，詳注20:1741）

臺郎選才俊，自顧亦已極。（客堂，詳注15: 1267）

爲郎從白首，臥病數秋天。（歷歷，詳注17: 1524）

欲陳濟世策，已老尚書郎。（暮春題瀼西新賃草屋五首之五，詳注18:1610）

衰老自成病，郎官未爲冗。（晚登瀼上堂，詳注18: 1619）

雖爲尚書郎，不及村野人。（寄薛三郎中，詳注18:1620）

抱病江天白首郎，空山樓閣暮春光。（承聞河北諸道節度入朝歡喜口號絕句十二首之七，詳注18:1624）

幕府初交辟，郎官幸備員。（秋日夔府詠懷奉寄鄭監李賓各一百韻，詳注19:1699）

通籍恨多病，爲郎忝薄遊。（夜雨，詳注19:1677）

25．所謂稻作自有，包含向官方承租、向民間承租，以及自費向官方或民間買入等三種情況之一，意即可以在自己意志下支配的稻田。

從上引各詩，可以看到他十分強調於自己的身分，特別是與其他官員往來時，他的官架子其實不小，從〈西閣三度期大昌嚴明府同宿不到〉說：「問子能來宿，今疑索故要。匣琴虛夜夜，手板自朝朝。金吼霜鐘徹，花催蠟炬銷。早鳧江檻底，雙影謾飄颻。」（詳注 17：1472）詩中，他邀約現任縣令同宿，態度自然，完全沒有卑屈之態。且不說體制上沒有六部郎官去管公田之例，以這樣性格的杜甫，願意去主管夔府公田，更是絕無可能之事。

更何況，在杜甫所有詠稻的東屯詩篇中，都說所穫的稻米是私人所有，如：

> 終然添旅食，作苦期壯觀。遺穗及眾多，我倉戒滋漫。（行官張望補稻畦水歸）
>
> 西成聚必散，不獨陵我倉。豈要仁里譽，感此亂世忙。（秋行官張望督促東渚耗稻向畢清晨遣女奴阿稽豎子阿段往問）
>
> 復作歸田去，猶殘穫稻功。築場憐穴蟻，拾穗許村童。落杵光輝白，除芒子粒紅。加餐可扶老，倉廩慰飄蓬。（暫往白帝復還東屯，詳注，20：1772）
>
> 稻米炊能白，秋葵煮復新。誰云滑易飽，老藉軟俱勻。種幸房州熟，苗同伊闕春。無勞映渠碗，自有色如銀。（茅堂檢校收稻二首之二，詳注，20 ：1773 ）

各詩中所有談到收穫的句子，都是寫著收穫歸入我倉，完全沒有一字談到公倉。尤其在最後一首，他說：「無勞映渠碗，自有色如銀。」映渠碗就是偷窺別人的碗，詩人用「自有」二字，更明確地點出收成自有之意。他並且還從儒家的觀點，在自家倉廩豐盈之後，允許村童來拾穗，共享豐收成果。

杜甫由於具有官員身分，完全免稅，所以他也沒有想到納稅。像在〈柑林〉詩中談到民家種的作物「子實不得喫」時，他說：

> …明朝步鄰里，長老可以依。時危賦斂數，脱粟爲爾揮。相攜行豆田，秋花靄菲菲。子實不得喫，貨市送王畿。盡添軍旅用，迫此公家威。主人長跪問。戎馬何時稀。我衰易悲傷，屈指數賊圍。勸其死王命，愼莫遠奮飛。（柑林，詳注，19：1667）

相對於農人只能食脱粟，所種的豆子都要被政府徵收，杜甫在前引詩中的欣喜不免令人側目，與我們平日常談的杜甫形象不合。但是，無論如何，這就眞實地反映了杜甫所經營的田地，其收成皆歸私有，無一毫歸公，更絕非代管公產。

綜合以上論點，杜甫在東屯的稻田不論是買斷或租賃，都應視爲他私人所有，與公田無關。昔人常說杜甫是爲了督稻而居東屯，從而發展出杜甫爲公田督稻之說，我們既無法在杜詩中找到杜甫的東屯稻田是公田的證據，杜甫的身分也不宜作督田之官，可知是無稽之談。

4·東屯宅之可能位址

前文利用杜甫原詩的內容，對東屯杜甫住宅外的山川形勢、社區概況、農耕特色等作了整體的觀察。至於位在「白鹽危嶠北，赤甲古城東」東屯住宅，確定的位址應在那裡呢？

據杜甫〈晚晴吳郎見過北舍〉詩說道：

圃畦新雨潤，愧子廢鉏來。竹杖交頭拄，柴扉掃徑開。欲棲群鳥亂，未去小童催。明日重陽酒，相迎自醱醅。（詳注20：1763）

吳郎當時確定是住在杜甫所買的瀼西房舍，註29杜甫既稱吳郎之來為「見過北舍」，可見東屯住宅確實在瀼西住宅之北。瀼西之宅如可定位，東屯之宅，也就可以因之確立。

舊注乃至現在杜詩學者的說法，都把杜甫的瀼西草堂定位在今奉節縣城的大瀼溪（今梅溪河）之西，東屯則宋人主張在「白帝城北五里」，並建了祠堂，遺址已不可尋，清代杜公祠位在今白帝鎮浣花村四組，這兩種說法也許有某種關係也說不定。假使瀼西宅與東屯宅的位置都依他們所說，那麼，從瀼西到東屯必須沿著長江江岸走，經過瞿唐驛，再經過白帝山北的馬嶺西北端，然後折而東北行，才到今天所稱的東屯，全程約八、九公里（有關計算方式，請參閱頁274）。這個說法得到所有杜詩注者的贊同，唯一不贊同者，是杜甫本人。

因為如照上述說法，杜甫應該說吳郎來此宅訪問為為「見過東舍」，而不是說成「見過北舍」了。相對於梅溪河，東屯絕對是在東方，歷代地理總志、地方分志，都充分表現出這種東西觀念，因此，這一點和杜甫原意分明違背。

其次，假使吳郎從他們所說的東屯杜甫宅出發，回到今梅溪河西岸的瀼西宅，就不可能在黃昏出發。以吳郎到傍晚尚未動身回程看

26．杜甫有〈簡吳郎司法〉、〈又呈吳郎〉等詩，皆可證明吳郎借住杜甫瀼西宅。

來，他是絕對趕不上夔府閉城宵禁的時間，註27 換言之，他無法成功地返回梅溪河西岸，基於這一點，杜甫應該留宿，而不是笑著看吳家的小童催主人歸去。由此可見把瀼西宅定在梅溪河西岸是多麼不合理。

在下一章裡，我將從各種角度去分析，並指出杜甫的瀼西宅位在今土地嶺南坡，也就是白帝鎮浣花村一組頁岩磚廠的位置。（圖三這張照片中很清楚看到一個山岡，這就是土地嶺），瀼西草堂既定位在這裡，東屯就在瀼西草堂之北，東瀼水更往上游之處。前述清杜公祠雖也在我所推定的瀼西宅之北，但還不是東屯宅的正確位置，東屯宅的正確位置應比杜公祠更北。

那麼，因為瀼西宅與東屯宅都在東瀼水傍，而且兩地相隔不過

圖三　杜甫瀼西宅與東屯宅之推定位址　趙貴林攝

27・請參閱拙撰〈唐代時刻制度與張繼「夜半鐘聲」新解〉，見頁53之註52。

二、三公里，此時接近重陽節，東瀼水這個河段只有戔戔流水，往來可以騎馬，因此吳郎趁晚晴來訪而遷延不速歸，隨行的小童就催促主人。非常合乎杜甫所說的情境。

在下面這首〈秋行官張望督促東渚耗稻向畢清晨遣女奴阿稽豎子阿段往問〉詩中，也有同樣問題：

> 東渚雨今足，佇聞粳稻香。上天無偏頗，蒲稗各自長。人情見非類，田家戒其荒。功夫競搰搰，除草置岸旁。穀者命之本，客居安可忘。青春具所務，勤墾免亂常。吳牛力容易，並驅紛遊場。豐苗亦已穊，雲水照方塘。有生固蔓延，靜一資隄防。督領不無人，提攜頗在綱。荊揚風土暖，肅肅候微霜。尚恐主守疏，用心未甚臧。清朝遣婢僕，寄語踰崇岡。西成聚必散，不獨陵我倉。豈要仁里譽，感此亂世忙。北風吹蒹葭，蟋蟀近中堂。荏苒百工休，鬱紆遲暮傷。（詳注，19：1656）

詩中杜甫遣女奴阿稽豎子阿段往問東屯的稻作情形：「清朝遣婢僕，寄語踰崇岡。」從詩意看來，杜甫如果所居在東屯，或是他經常到東屯，就不必遣僕人去督問。既然要遣僕人往看，而且依當時的季節，杜甫應住在瀼西宅。如果照我的擬定，瀼西宅在土地嶺南坡，那麼清晨向北越過相對高差數十米的土地嶺高岡，取捷徑到東屯，去探問原先派遣在那裡的人員，查詢工作進度，就十分合理。註[28]反之，如果把瀼西宅定位在梅溪河西岸，那麼，僕婦要來回近二十公里，與杜甫

28．自頁岩磚廠往東屯，不越過土地嶺也可以，但那必須繞行東瀼溪谷，路程遠了許多。土地嶺並不高，連杜甫也只以岡來稱它，越嶺取近路較合理。

詩中所敘述的完全不合。

總之，東屯之宅應在瀼西宅之北的東瀼水沿岸，是可以肯定的，至於是不是如我所說相距二、三公里，杜甫既說了：「白鹽危嶠北」，我們試著從唐代白鹽山（今稱赤甲山）的西北山麓去看看。

衛星影像圖上看，七曜山脈東北自草堂區的桃花山，西南到吐祥區出境，整條山脈是個完整的山塊（參見頁72之第三章圖六），但從地面上看，長江切割此山而形成瞿唐峽，石馬河則切割此山，也形成一個小小的石門（參見頁180之本章圖三）。因此，在石馬河岸看唐白鹽山（今稱赤甲山）的西北山麓，明顯地給人此山已盡之感，過了石馬河而北，就是另一座山的開始。這樣的地理形勢，即意味著杜甫的東屯草堂即使在東瀼水上游，也應不會離開石馬河口太遠。

再看下面這首詩：

> 稻穫空雲水，川平對石門。寒風疏草木，旭日散雞豚。野哭初聞戰，樵歌稍出村。無家問消息，作客信乾坤。（刈稻了詠懷，詳注，20：1774）

依照杜甫在夔州作詩的習慣，此處「川平」二字與「平地一川穩」的「川」相同，都指東瀼水，詩的主題是稻田收穫，乃是東屯之田，因此詩題雖沒有標出東屯，所寫的確為東屯。那麼，石門有可能就是今石馬河來會東瀼水的交會口景觀，正好是石馬河切割而過的南北兩山斷壁。南側山屬浣花村九組，北側山屬八陣村二組，八陣二組的稻田最盛，如果杜甫的東屯住宅確定在這裡，他在田間看人割稻之後，抬頭就可以望見兩山相對如石門。而且，因八陣二組北面背枕高山，也符合杜甫〈東屯北崦〉詩中：「步壑風吹面，看松露滴身。」（詳注，

20：1771 ）的描寫。

總之，東屯自從南宋以來，被定位在土地嶺北側支嶺的杜公祠位置，與杜甫詩的描寫諸多不合：第一，不宜種稻，第二，不對石門，第三，沒有散步可達的北崦。在周詳的研究之後，我認爲杜詩所指的東屯宅，應定位在石馬河之北，東瀼水之東，今八陣村二組(小地名爲黃桷樹，以村中有一棵黃桷樹得名）之地。

三．東瀼水流域之現地調查

在上一節中，我從杜甫原詩作了詳細考察，了解到杜甫自己所指認的東屯宅位址，可能在東瀼水與石馬河會流處的八陣村二組，與古今所有杜詩注解均不相同。

究竟杜甫宅應在東瀼水的那一段？古注與今人已有成說，從南宋紹興年間以來，歷代並在此建有杜公祠。爲什麼我特別獨排衆議，回到杜甫自己的指謂呢？這並不是因爲出於一時的好奇，而是在非常具體的驗證下所作的決定。

爲使讀者能與我同樣對這個問題有第一感的了解，本節將就在完全沒有預設成見之下，提供東瀼溪流域的自然地理資訊，以供學者將杜甫的說法與東瀼水的河谷眞相作對照研究，進而驗證杜甫東屯住宅的眞正位址。

此外，關於東瀼水名稱的問題，必須先作個說明。東瀼水的現代名稱很多，上游在汾河鎭，也被稱爲汾河，中游一段有草堂大橋，稱爲草堂河，到石馬河匯合口以後又稱浣花溪，至入江口，因爲有南宋鎖江鐵柱遺址，又稱鐵柱溪。現在官方文書統稱草堂河。爲了方便讀者理解，仍以杜甫當時所稱的瀼水爲名，又爲了有別於今稱爲梅溪河的另一條瀼水（大瀼水），故從今本《水經注》稱之爲「東瀼水」。

1．東瀼水流域素描

對於東瀼水，最早的記載是《水經注》，註29書中只說白帝城東傍東瀼溪，對河流本身並無說明。直到《大明一統志》方有較詳細的記載云：

> 東瀼水一在府城東一十里，公孫述於東濱墾稻田，號東屯。夔門志云：「東屯諸處宜瓜疇芊區，瀼西亦然。」註30

《正德夔州府志》、《四川總志》諸記載皆由此衍生。註31所謂在府東十里，乃指自府治出發，第一次遇到東瀼水處的距離，即前述清朝下關城的老東門遺址。對於東屯，各書都認爲是在東瀼水。但是各書並沒有對此溪的源流作介紹，只有光緒本《奉節縣志》有源流簡介：

> 東瀼水治東十五里，自長松嶺發源，由白帝山腳流入岷江。公

29．《水經注》，卷33，頁2814。

30．明李賢等撰：《大明一統志》（西安：三秦出版社，1990年2月），頁1089。

31．《正德夔州府志》（上海：上海古籍出版社，據天一閣藏明代方志選刊影印，1961年12月），卷3，頁2上。又，明虞懷忠、郭棐等纂修：《四川總志》（台北：商務印書館，四庫全書存目景印本，1998），總頁史部199-499。

> 孫述於此墾稻田，號東屯。杜甫僑寓詩有泥留虎門跡，月掛客愁村之句。草堂遺址尚在，又名爲草堂河。註32

這裡所謂治東十五里，應是把《大明一統志》所提出的十里，再加上傳說中的東屯距白帝五里，合爲十五里，光緒本《奉節縣志》又說長松嶺在縣北五十二里。但吾人無法轉換成今地名。

光緒本《奉節縣志》在〈水利卷〉對東瀼水流域作如下的解說：

> 草堂河紅堰詹家堰，在治東三十里。白帝城之東有東瀼水，俗名草堂河，河之上四十里有老龍洞，源泉湧出，四時不竭。其上有天池壩、羅家壩，山溪河水注之，其流益大。五里至白水池，十五里至風河，又十里至黃連樹，又二十里至草堂河，灌兩岸水田，約出穀二萬餘石。障水之堰，東名紅堰，西名詹家堰，皆在黃連樹之下，東屯之上。公孫述昔日屯田處也。草堂河因工部草堂得名。青蓮河大堰在治東三十里青蓮河上，流有二道，北一道名石馬河，從桂竹壩來，南一道名竹坪溪，從朵子山來，羊耳山居中，山水分注於竹坪溪石馬河，而竹坪溪又有九眼龍洞，源泉不竭，由溪流入青蓮河。農民於河岸爲防蓄水，以灌青蓮鋪一帶之田，出穀一千七百餘石，謂之大堰。青蓮河因李青蓮得名。註33

此文表面上非常詳細，其實內容混亂不堪。如文中說東瀼溪有石馬河

32·光緒本《奉節縣志》(台北：學生書局，1971年)，卷7，山川，頁152。
33·光緒本《奉節縣志》卷8，水利，頁181。

及青蓮河注入，而在縣志的附圖中（圖四，清奉節縣地輿圖）[註34]卻是石馬河與清涼河。其中，石馬河與今稱石馬河不同，似乎是今稱雙河口的位置，反而清涼河的位置即今稱石馬河的位置。我再將他對各

圖四　清·奉節縣地輿圖

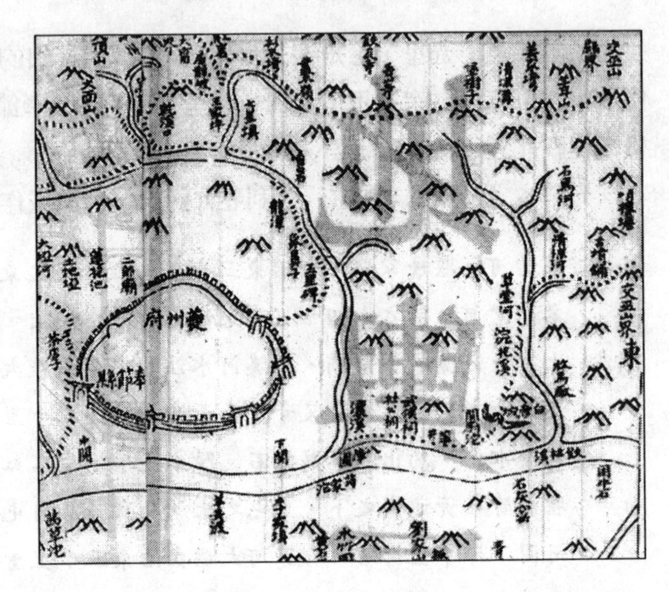

地名的里程數加起來，由白水池至黃連樹有25里，白水池即竹柿坪，距黃連樹（今黃連村）不過六、七公里，由黃連樹至草堂河二十里，實際不過五、六公里，換算成清代里制，仍不正確。至於文中青蓮河大堰以下，完全混亂，難以比照現有溪谷水情來整理，本文決定不採其說。另據《中華人民共和國國家普通地圖集》[註35]製成（圖五），

34．光緒本《奉節縣志》卷1，頁2下。

35．據《中華人民共和國國家普通地圖集》（北京：中國地圖出版社，1995年1月）湖北幅，比例尺爲1:1,500,000，奉節縣本屬四川省，1998年重

圖五　東瀼水流域杜詩相關地名示意圖

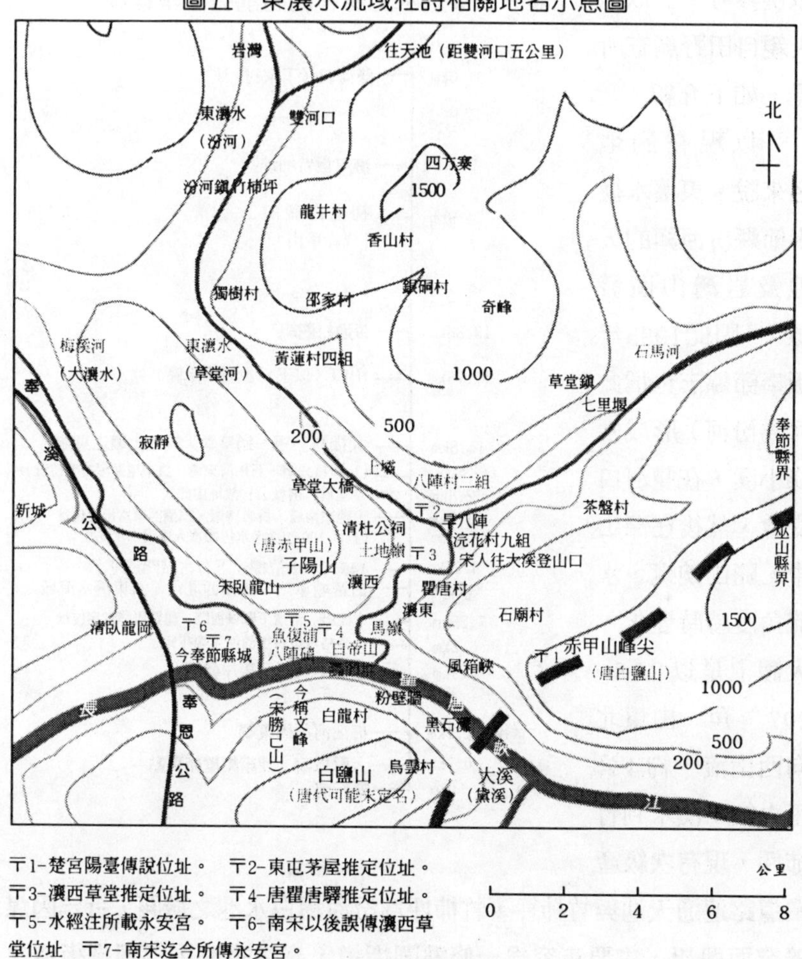

〒1-楚宮陽臺傳說位址。　〒2-東屯茅屋推定位址。
〒3-瀼西草堂推定位址。　〒4-唐瞿唐驛推定位址。
〒5-水經注所載永安宮。　〒6-南宋以後誤傳瀼西草堂位址　〒7-南宋迄今所傳永安宮。

劃歸屬重慶市，但四川幅比例尺爲1:2,500,000，比湖北幅小，故取彼捨此。兩圖的等高線位置略有出入，且比例尺仍太小，對現地研究的功用不大。本圖據之重繪，稍予放大，並增入與本研究相關內容，是爲示意圖。

以供參考，並以本人親自田野調查所見，如下介紹。

以現在的地名來說，東瀼水從奉節縣汾河鎮的天池及岩灣山區發源，（因此1995年版奉節縣志也稱此河爲汾河）形成兩條小溪，在雙河口交會，然後在深山中，隨山蜿蜒，水流角度時時變化，大體上是以205-207°角，由東北向西南流，約4公里之後，溪水到竹柿坪，現有次級產業道路連通天池與竹柿坪，竹柿坪爲汾河鎮白水池之城關，近年因煤礦業而興起，主要市容爲一條熱鬧街道，奉溪東路主線經過街道之西，支線由信合社旁穿越竹柿坪街道，南下往草堂、白帝，沿東瀼水東岸開闢。溪水以184-186°南行，約2.2公里後，折而爲142-144°走向，朝東南流去。當溪水轉出142-144°時，首次看見唐代白鹽

表一 東瀼水上游－縣府前行車里程表

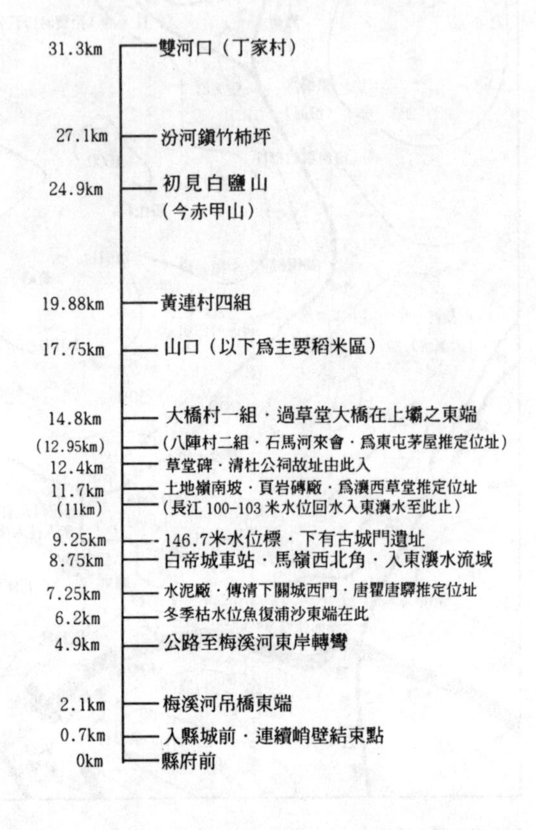

山的峰尖（今稱赤甲山）。至於今稱的白鹽山，由於受到唐白鹽山（今稱赤甲山）的阻隔，一直沒有看見。

從首次看見唐白鹽山（今稱赤甲山）峰尖以後，一直到轉進草堂大橋前（圖六），我們的考察車輛基本上面對著唐白鹽山的峰尖（今稱赤甲）行進，東瀼水在道路西側，時而偏左貼近公路，時而偏右遠離公路。

圖六　草堂大橋

草堂大橋爲東西向，在對面橋東頭就是大橋村一組，又稱上壩。與八陣村以橋爲界，南爲八陣村，北爲大橋村，我所立處是浣花村的歐家灣。

東瀼水上游，兩岸的山嶺坡度很大，海拔也在1000-1500米以上，公路沿著山腰行駛，基本上是下坡路，溪水的落差也很大。到黃連村（小地名黃連樹）時，溪谷海拔已接近250米，在黃連村一組內，已有70-80畝土地在175米長江三峽工程的預定淹沒區內，溪水的落差逐漸趨緩。再南行就到大橋村，大橋村一組比較熱鬧，街道海拔146米，北方來的山脈，到此已成餘坡。公路由街道上向西作了90°轉彎，就到草堂大橋。大橋爲東西走向，長99.86米，橋東端有引道長139.2米，形成一條長達229米、類似水壩的人工建設，故此地小名上壩。橋西端迎面而來的是陡壁，但不甚高大。大橋西端公路海拔高程爲142.8米。大橋下，溪面海拔高程爲134.9米。長江三峽第一期工程135米水位完工時，橋下都進入淹水區，包括八陣村一組、二組的農田都將淹沒。

以草堂大橋（上壩）爲中線，南北都是東瀼水流域的主要產稻

圖七　八陣村農田與旱八陣石灘分界

這條天然分界線接近東西向，線北為主要產稻區，線南除浣花九組有少量稻作外，不宜種稻。照片中第一層山之前可能就是杜甫東屯宅所在。

區，以上壩及東瀼溪為界分屬三個村，上壩以北是大橋村一組，以次是二組、三組進入山口。上壩以南依是八陣村一組（小地名為小歐家灣），以次是二組、三組、四組，二組處在石馬河與東瀼水會流處，三、四組都在石馬河流域內。八陣二組距離上壩約1.3公里，我認為杜甫東屯應在這裡（圖七），村前有旱八陣，乃兩河交會所形成的石灘。隔著石馬河，位在石馬河南岸、東瀼水東岸為浣花村九組，接著是瞿唐村六組、五組、四組、三組、二組、一組，沿著東瀼溪東側的唐白鹽山（今稱赤甲山）西坡，延伸至長江邊都屬瞿唐村。

其次，與大橋村相隔東瀼溪為界的，是位在西岸，大橋以南的浣花八社、七社、六社（以上小地名為歐家灣）。接下去就是浣花五社、四社，一般所謂東屯就在浣花四社，今有清人所建杜公祠殘存石柱遺址，還有一塊清代石碑，被移置在公路旁。此碑北距草堂大橋西端約2.17公里，南距白帝城停車站約3.65公里。如果扣除公路隨山彎曲的數百公尺里程，則南宋人所稱「東屯距白帝五里」之說，似乎也並非不可以指這裡；不過，如果南宋時代的東屯杜公祠比清人所建祠還要偏南靠近白帝城一點，也不令人意外就是了。

石馬河由雙潭發源，經七里堰入草堂河。此地原名石馬鄉，現改

表二 · 東瀼水河床與水流比較表　　單位：米

位　置	谷寬	河床	水流	水深	特徵
上　壩	229.1	79.8	44*	0.29	卵石灘
旱八陣	369	155	32	0.41	卵石灘
杜公祠東	326	152	10**	0.35	卵石灘
磚廠西南	401	251	35	0.47	泥沙灘

* 因橋洞分隔，水分三道，分計再加起。
** 冬日另有一道水流，寬22.8米，深不足15cm。現無水。

爲草堂鎭，行政中心在七里堰，包括雙潭及奇峰皆屬之。石馬河兩河匯合口形成寬廣的細石灘，就是前述的旱八陣。我們由八陣二組有房屋處，至對岸浣花五社山腳河岸，大體上貼沿著石馬河的北岸，跨越東瀼溪，做了實地的測量，兩端相距約369米。這一條測量線也可以作爲東瀼溪的洪水線，因爲長江常年特大洪水（可成災害）的淹水極限，通常就到這裡。（請參看頁190，圖七）在測量線以南是連續的卵石灘，一直沿伸到土地嶺以東。在測量線以北，主要面積是稻田，由測量點向北到大橋下，卵石灘所佔的寬度約僅59-79米，略大於水流寬度。也就是說，在測量線的南北兩側河谷地貌有顯著的不同。

過了旱八陣，以下這一段東瀼水全部沿著唐白鹽山（今稱赤甲山）和唐赤甲山（今稱子陽山）所夾峙而成的谷地，蜿蜒而行，河谷大體上是南北走向，稍偏向東南，從旱八陣順著河谷南望，視線的盡頭便是今稱赤甲山。河谷右側，近處爲土地嶺東北面的分支，前述清代杜公祠就在其中，稍遠爲土地嶺，土地嶺大體上以130-140°方位角，由西北向東南延伸。東瀼水繞到土地嶺西南時，曾短暫地向西北流，之後又受到今稱赤甲山西側山形的影響，基本上以接近西西北-東東南的方位，呈S形向白帝山北面山腳流去。

東瀼水的流量雖然不大，不過，從石馬河匯流處以下，至白帝山北麓這一段，有數公里的河漕地形，形成河漫灘河谷（Flood Plain Valley），註38 河床變寬，水流在谷底僅占一小部份。在河谷兩側各自形成高大的長岡，水流方向也隨長岡而轉折。比如在土地嶺處，西岸是土地嶺向東伸出長崗，而東岸的今稱赤甲山形成高達數百米的峭壁。到了接近白帝山北麓前，白帝山北麓、馬嶺東麓及子陽山東麓接臨東瀼溪一面，都形成峭壁，（請參閱頁 67 、頁 258 ，及第五章圖四），對岸今稱赤甲山腳則出現坡度平緩的長岡。由於這一段河流非常短，地殼運動穩定，形成寬闊的河漫灘河谷的主要原因，可能是兩個原因，一是上游的落差大，流到這裡，坡度減小，落差趨於平緩。二是長江季節性洪水的回水，會溯溪而上，帶來河口效應。註37

最後，溪水繞過白帝山的東北角進入長江，朝西南偏南方向流入長江，入江前的平均流向約爲200° 角。入江口有白帝城索（鐵柱溪橋）連接白帝山與唐白鹽山（今稱赤甲山）。

以上我對東瀼溪流域的地形地貌作了簡明的描述，我們可以運用這個基礎，再從三個重點去決定杜甫東屯宅的最可能位址。（1）白鹽危嶠北，（2）赤甲古城東，（3）東屯稻畦一百頃。

符合第一項原則的範圍比較廣。從東瀼水第一次由群山山谷中轉出而望見唐白鹽山（今稱赤甲山）峰尖開始，一直到東瀼水與石馬河匯流處，赤甲峰尖都在東南偏南的方位，所有的河谷和坡地都可以看

36．中國地貌圖集編輯組：《中國地貌圖集》（北京：測繪出版社，1985年10月），頁37。

37．參看倪晉仁、馬藹乃合著：《河流動力地貌學》（北京：北京大學出版社，1998 年 10月）。

圖八　白鹽危嶠北

由旱八陣東瀼溪邊，向正南180度及西南225度兩次拍照，今稱白鹽山在遠處，隔著唐白鹽山（今稱赤甲山之後），杜甫不可能指今稱白鹽山而說：「白鹽危嶠北」，這兩張組合照片有明顯分隔線，線所在即正南位置。

見，都可稱「白鹽危嶠北」。特別是東瀼水與石馬河匯流處，唐白鹽山（今稱赤甲山）的山脈被石馬河切斷，就在眼前，形成「唐白鹽山（今稱赤甲山）在南，杜甫東屯宅的可能位址在北」的對比形態，這時候如果說東屯在「白鹽危嶠北」，更完全正確。在兩河匯流之後，由於河川先向南再轉西流去，因此，包括了土地嶺也都可以說是「白鹽危嶠北」，甚至於現在人們所習稱的東屯杜公祠這一位址，也符合這項要求。

符合第二項「赤甲古城東」原則的區域就比較小，唐稱赤甲山，就是現在所稱的子陽山，高廣的子陽山，雖然襟翼可達草堂大橋的西端山岡，但是，若單指赤甲古城爲中心的這個山頭，範圍並不大，在整個東瀼水流域來說，它的位置偏西南，並不是所有東瀼水河谷都可以望見它。所以，從東瀼水濱向西南望唐赤甲山（今稱子陽山），最北在哪裡可以看見，那兒就是杜甫東屯茅屋可能的位址的最北極限。

我們由東瀼水上游往下檢視，草堂大橋這個區段，雖然也有可能成爲杜甫東屯的遺址，但是在這兒看不見赤甲古城所在的唐赤甲山（今稱子陽山），所以它仍不是杜甫東屯宅的理想位址。必須向南到石馬河與東瀼水的匯流處，才開始能看見所謂赤甲古城的山頭。所以，東屯杜甫住宅的位置，最北不能超過這個限度。由我由赤甲古城遠望東瀼溪中游，視線範圍也只能見到東瀼水與石馬河匯合口附近（請參照頁201，照片十三）。

第三項條件，則說明了東屯必須是能大量種稻的區域，可以利用這一點，爲杜甫的東屯住宅，畫出一條最南端的可能界限，簡單地說，不能種植水稻的河谷段，就不會是杜甫東屯住宅的位址，那麼，稻作的南界在那裡呢？旱八陣以下的河段，都可能受洪水影響，不適合植稻，只能以八陣村二組的稻田南緣作爲南界。

2·杜詩平田百頃之可能性

杜甫在有關東屯的詩篇中，一再提示有平田百頃，究竟是虛寫，還是實寫？我打算從這個問題著手，然後再談談稻作最南界的問題。

百頃到底有多大呢？根據唯一爲百頃作注的《分門集注》說：

> 饒曰：六尺爲步，步百爲畝，畝百爲頃。（分門集注583）註38

38·《分門集註》爲宋闕名集註：《分門集註杜工部詩》之簡稱，上海涵芬樓影四部叢刊，借南海潘氏藏宋刊本。

以百步爲畝，是周代井田之法，並不合唐代規制，據《唐六典》及《舊唐書 · 食貨志》所載[註39]：

天下之田，五尺爲步，步二百有四十爲畝，畝百爲頃。(唐六典)

唐武德七年（624）始定律令，以度田之制，五尺爲步，步二百四十爲畝，畝百爲頃。（舊唐書）

所謂二百四十爲畝，就是以「廣一步，長二百四十步」爲一畝，[註40] 這個制度，一直沿用至清代。畝百爲頃，百頃就是一萬畝。如果杜甫所用的是實稱的話，可以計算如下：

1 畝 =1 步 *240 步 =1.47 米 *240*1.47 米 =518.616 平方米

10,000 畝 =518.616 平方米 *10,000=5, 186,160 平方米

由此得知唐代百頃田地，其面積等於5,186,160平方米，假設田地爲

---

39 · 見《唐六典》，卷3，頁74。又，《舊唐書》(北京：中華書局，1988年5月)，卷48，頁2088。

40 · 語見《夏侯陽算經》卷上《論步數不等》條引唐《田令》，並自注云：於今用之。見吳輝龍：《中華雜經集成》(北京：中國社會科學出版社，年月)，頁102，《夏侯陽算經》。又據錢寶琮《中國數學史》頁124，定此書成於唐代宗時（770年左右），即杜甫之時代。錢說自河南省計量局主編：《國古代度量衡論文集》(鄭州：中州古籍出版社，1990年2月)，頁227-247。陳夢家〈畝制與里制〉一文轉引。但南宋陽輝算法有異說。又，下文所使用之唐代一步爲1.47米，及一尺爲0.295米之規制，皆見陳夢家文。

標準長方形，寬度爲1,000米，必須長度5,186.16米。也就是說，如果河谷中的稻田寬度持續爲一公里，必須要長達五公里餘，才能足百頃之數。而且，杜甫一再強調此處是平田，因而在河階台地以外的山坡上的梯田，原則上不宜計算進來。

圖九　黃連村稻田一景

照這個原則來看，在東瀼水的河谷中想得到這麼大的水稻面積，有沒有此種可能呢？

以現在情況來說，東瀼水流域的稻田，從天池開始就有了，自天池到竹柿坪、黃連村之間（圖九），斷斷續續的小面積的稻田，一直不停地出現在河谷中，但不僅數量太小，實際上也可能與杜詩沒有關係。到黃連村，地勢逐漸趨緩，谷地逐漸加寬，稻作也增加，但實際上稻田數仍不多，據黃連村四組農民楊光玉與現任職於白帝鎮政府的袁丹初說，他們小隊在河谷的稻田只有33畝，全村四個組約77畝。

圖十　由上壩北望之稻田

站在草堂河大橋的東橋頭向北攝影，遠處山口距離我約公路里程2.95公里，即黃蓮村一組，部份土地在海拔175米以下，三峽工程三期水位時水庫回水可達山口。

黃連村下游爲大橋村（上壩，圖十），據大橋村一組社長陳祖林估計，他們全村九個組的

圖十一　上壩至八陣二組之稻田

由上壩的公路眺望東南145度，近處爲八陣一組，遠處爲八陣二組，前爲唐白鹽山（今稱赤甲山），至於今稱白鹽山則不可見。

稻田約500--600畝，過了大橋村是八陣村，據八陣村農民潘德祥說，全村稻田大約一千畝，集中在東瀼水邊的一、二組，三四組轉入石馬河，稻田數不多。

八陣二組之南，即石馬河南岸、東瀼水東岸的浣花九組，也有一些稻田，但是數量很小，每年受到洪水浸灌的災害，仍有收成，唐朝的水稻秧期比現在晚，洪水對稻田的傷害更大，此處種稻的可能性極微。至於瞿唐六社以下到白帝城北這一帶河谷，就只能在秋冬季節搶種一些小麥、蔬菜、雜糧。

總計以上查訪所得，由稻作最北的黃連村四組到稻作最南的浣花村九組，總稻田數不過2000-3000畝，現在奉節民間所使用的單位，一畝爲600平方米，唐代一畝爲518平方米，據以換算成唐畝的話，約爲2300-3500畝，1949年以後大陸農民經過六、七十年代改田改土的學大寨運動之後，改田搶耕已達極限，杜甫時代的稻田數應難超越此數。註41 可見杜甫的百頃之說，顯得誇大了些。

---

41 · 據《1995年版奉節縣志》，頁66，載1990調查白帝鄉總面積52.75平方公里，耕地14,508畝。前進鄉面積50.76平方公里，耕地面積12,453畝。1992年調整區鄉建制，將兩鄉合併爲白帝鎮。東瀼水流域的稻田主要

3．長江東瀼之水情與東屯定位（灩澦堆附）

東屯的定位問題中，第三個條件，也是主要條件，就是稻作問題，簡單地說，在東瀼水流域裡，哪裡能種稻，而且是正常的大量產稻區，那裡就是杜甫所說的東屯，哪裡不能種稻，或者即使能種，也只是冒著風險搶種，那就不是杜甫所稱的東屯，以這個條件爲尺度來量測東屯，其實是最精確的作法，爲何過去一直沒有人這樣做，乃是因爲以「完全模擬實際狀況」精神所架構的現地研究觀念尚未產生。

在法學實務上，「完全模擬實際狀況」已是常用的研究方法，所以我也利用1999年2月及8月，亦即冬春之交長江水位最低時及夏秋之交長江水位最高時，兩度長時間在奉節做現地研究，就是希望在可能的條件下，以完全模擬的精神，爲杜甫夔州詩相關問題，求得眞實的、科學的解答，也爲現地研究這種新研究法建立典範。

指白帝鎭稻田。總耕地面積，合併後爲26,961畝，其中大部份是山地，所以我所推論的二、三千畝，應該是合理的的數字。在同書的農業卷，頁148-150。其中記載了1981年第二次土壤普查面績表，其中水稻土的量算面積爲123.83萬畝，占總耕地19.7%，習慣面積爲20.66萬畝，占總耕地22.2%。1949年以後，大陸經過了農業學大寨的改田改土政策，農地面積與49年以無法相比，與唐代耕地面積更加無從比較。不過，唐代稻田絕不會多於現代，而且，1981年普查時水稻土只佔可耕地的五分之一，也就是說，白帝鎭的水稻耕地，依比率看最多也就是5,300畝，不會超過萬超，在唐代更無萬畝的可能。

就長江的水情而言，奉節的平水位爲85米，每年陽曆1-3月水位最低，徑流量最小。一月底、二月初前後持續在最低水位（枯水位），從陽曆四月底，魚復浦水漸生，陽曆五至九月是奉節防洪辦公室所謂的汛期，江水基本上是維持在一般高水位（洪水位），在陽曆七月（舊曆六月底、七月初）達到最高水位，至陽曆九月底，魚復浦水逐漸退去。江水漲落的周期十分清楚。

枯水位時，由於東瀼水與長江水位相應，江漲則溪漲，江退則溪枯，冬日枯水期間，長江本流不會侵入東瀼水。以我在冬季枯水期中的1999年1月29日下午三時實際所見，[註42]江水只到東瀼水入江口渟滀，未越過白帝城索橋這一線，河口的江中暗礁已經浮現水面。我在橋上東索塔旁垂繩測量，當時水位爲海拔75.3米，隔兩天

圖十二　99/01/29東瀼水入江口

42．據長江水利委員會據：《三峽工程水文研究》（武漢：湖北科學技術出版社，1997年10月），頁76，載奉節枯水碑刻云：「此碑刻位於瞿唐峽口處，小灩澦堆的懸岩上，『水落至此』，碑內容除述及1915年枯水年份外，還追溯了1796年（清嘉慶紀元）枯水情況。『見江水枯落，迴異昔年，訪諸故老，皆云數十年所未見，前清嘉慶紀元亦曾大落，究未有若斯之甚。』按此估計，1915年至少爲1796年以來所出現的最枯水位。」這兩天我都到過小灩澦石下，當時水位也很低，惜未留意訪查，未見此碑。

後，2月1日（4日立春），當日上午九時三十分的乘船入瞿唐峽，回程時見江水淹至風箱峽水位尺2.8處（航道處在風箱峽的水位尺，其零點高程爲74.4米），當船回至東瀼水入江口，除河口吊橋下有水，東瀼水的河谷中也沒有看見江水，據當地專業人士指出，今年灩澦口最低水位在第三十八號水位尺底部，即75.39米。灩澦口水位尺最後一根爲第四十號，實際高程不詳，以其他十支水位尺位置推算，約爲73米，誤差應不超過0.5米。由於奉節水文站的河底高程爲68.14米，標準航深至少要2.9米，可見最枯水位應該就是這樣。

至於汛期當中，長江回水深入東瀼水河谷可能達數公里。長江奉節段的多年多頻率洪水位，可以利用階地研究的成果逆推計算。據《三峽工程地質研究》所載，奉節長江幹流 T_{II}級階地的海拔高度是135-140米，相對高度是32-37米，由於這是以一般洪水位作爲起算基準的，由是可知一般洪水位爲103米，比巫山縣城高出7.5米，另據沈玉昌在1965年所作表，奉節多年平水位爲85米。[註43]

43．長江水利委員會據：《三峽工程地質研究》（武漢：湖北科學技術出版社，1997年10月），頁43-44，表2-7「重慶至宜昌長江幹流階地基本情況」。及圖2-10「長江三峽階地位相圖的比較」，本圖上幅據沈玉昌(1965)之研究，階地相對高度以平水位起算。本人因此取得平水水位。本書的階地概念對這次研究起了很大的協助作用，比如說，由由縣城－白帝城公路，從梅溪河吊橋以後至白帝城站之間，基本上是在133-140米，道路旁還有長江利委會所立的135米水位控制標。白帝城風景區大門至馬嶺道路位在135-145米之間，白帝城風景區內，下層人行道高程是126.81-127.81米，白帝城索橋高程約爲127-130米（有爭議），這些都明顯的和奉節縣的一級階地線吻合。

這些數據與我在現地觀察，以及從他處所取得的其他資料，基本吻合。我在1999年8月22日（立秋後第14天）以後十日間連續在依斗門外觀察江水，我以依斗門上120米水位高程控制點爲基準推算，白天上午都在104米左右，夜晚都在105米左右，據熟悉灩澦口水位的專業人士則說，今年八月二十五至二十八日水位分布在99.28-102.7米之間，因晝夜江潮漲退不同，奉節縣依斗門與灩澦口之間也有比降落差，這些數據雖不完全相同，可以折中成103米，換言之，可視爲與103米之說接近。

在水位103米左右時，長江回水可深入東瀼水河谷，到達二溪溝、三溪溝之間，即白帝山北麓直線距離約1,200米處，[註44]平常的夏秋汛期中，長江回水侵入東瀼水的界限，就在這裡。（圖十三）

圖十三　99/8/22長江回水入東瀼水之位置

1999年立秋後14日攝於唐赤甲山（今稱子陽山）上，水位高程約102-103米，回水至二溪溝，由此步行，北到土地嶺下，河谷中都是沙壤，地面也未全乾。杜甫瀼西宅應在土地嶺頁岩磚廠位置，照片中紅色廠房即是。

此外，我們經常可以看到的風景照片，水位都高於上述103米。譬如白帝城索橋的東索塔基部植立在大礁石上，

---

44 · 此處所稱距離乃直線距離，如果由公路里程計算，自白帝山候車站北至回水末梢約2,250米，由於公路經過一溪溝、二溪溝、三溪溝都有些彎道，彎曲度遠大於河川的彎曲，所以，實際上河川的回水長度應較小於公路的2,250米里程。此外，每天長江水位不同也會影響回水長度。

經過實測從底部到橋面有20米，橋面海拔高程據《奉節縣志》說是132.8米，實際約為127-128米，因此橋基高程約107-108米，在那些照片中，已完全淹沒橋基及礁石，可知高水位時也經常超過110米以上。這也就說明了為何從頭溪溝以北，二溪溝、三溪溝、土地嶺南東的河谷完全是沙壤，而且當我們踏勘時，地面都未完全乾涸。

不過，當灩澦口水位高於115 米以上時，很可能就是暴雨疾風帶來災害之時。奉節每年的災害性的特大洪水，通常在陽曆七月，即舊曆六月。特大洪水的情況不一，2000年來歷史上特大洪水發生於同治九年，據《四川兩千年洪災史料匯編》說，當時水位高程為146.52米[註45]。近年奉節縣最大洪水發生於1981年7月18日下午16時，水位達129.9米，縣城受災十分嚴重，其他可想而知。[註46]1999年特大洪水發生於7月20日，灩澦口測得的水位為約為118米，據家住浣花村九社的本地農民楊立全指出，當天洪水已經淹沒了旱八陣，至八陣村二組前，即不再上漲，他並帶我們觀察半倒的電線桿等物，了解洪水所到的位置。縣城方面也淹到依斗門外第一個平台120米水位

45・據水利部長江水利委員會、重慶市文化局、重慶市博物館：《四川兩千年洪災史料匯編》（北京：文物出版社，1993年9月），頁90-93，有光緒本《奉節縣志》同治九年長江川峽沿岸洪水被災情形，頁506-517有各地當時水災碑記及推定水位。奉節縣永安鎮鮑超府推定水位為146.50米，涂家灘為146.52米。

46・據奉節縣防汛抗旱江河管理指揮部所立石碑，碑在依斗門外平台，水位為吳淞基準面海拔129.9米處。長江流域水位一般以吳淞基面為準，這是1937年揚子江水利委員會或1947年江漢工程局施測設立的高程。近幾年來又有國家統一的黃海基面，頁207奉節航道處灩澦堆資料即使用之。

標。註47至於奉節縣多年最高水位尚無具體資料，僅由1995年版《奉節縣志》得知多年平均年最高洪水水位爲118.08米，最低水位爲75.73米，洪枯變幅平均爲42.35米。如由《巫山縣志》的〈長江巫山段歷年最高水位一覽表〉自行推算，也頗有參考價值。註48

表三　長江巫山段歷年最高水位一覽表

單位：米（高程）
來源：巫山縣志

年度	水位	年度	水位	年度	水位	年度	水　位	年度	水位	年度	水位
1951	113.43	1957	112.08	1963	105.96	1969	104.79	1975	107.29	1981	122.47
1952	114.80	1958	115.06	1964	112.71	1970	108.33	1976	110.24	1982	117.25
1953	108.29	1959	113.57	1965	111.63	1971	99.70	1977	102.34	1983	113.65
1954	119.42	1960	110.06	1966	116.52	1972	100.05	1978	105.71	1984	114.96
1955	114.69	1961	113.56	1967	104.52	1973	111.86	1979	106.76	1985	107.83
1956	112.73	1962	113.93	1968	117.00	1974	117.77	1980	113.26	1986	106.64

或許有人質疑現代的長江水位以及東瀼水的河床，可能與唐代不同，其實也沒有問題。在討論歷史文獻以及我於現地所做的一些可信

47．大水之日，灩澦口淹到第六號水位尺，第六號水位尺底部爲116.9米，所以最高約僅118米。灩澦口水位尺在白帝山西南角的岸邊，我常利用此尺，另外，依斗門外第一個平台前緣有120米水位標示，我也常利用它加減台階數就近了解水位，但兩種方法得來的數據卻不能有效整合，待考。

48．奉節水位見1995年版《奉節縣志》頁84。巫山水位表見四川省巫山縣志編纂委會：《巫山縣志》（成都：四川人民出版社，1991年12月），頁80-81。據「長江三峽階地位相圖的比較」表，一般洪水期奉節的水位高程比巫山縣高出約7.5米，請利用本表自行加上，便可得到奉節歷年最高水位的參考數字。1981年那次大洪水來說，奉節的最高水位是129.9米，同日巫山縣最高水位爲122.47，相差7.43米，可見在不能獲得奉節縣的詳細水位之前，用這樣的比較方法，也有一定之理。

的考證之前，我先引一段水文學者對長江歷史上最大洪水的研究結論，這當然有助於推論唐代長江及東瀼水的歷史水位。

> …1870年(清同治九年)洪水係長江上游幹流江津至宜昌段，自1153年以來能測定高程的最大一次洪水。…至少爲840年一遇。…自1990-1993年，長江利委水文局和河海大學對長江三峽古洪水進行了專題研究，從三峽壩址上下游約60km河段90餘處古洪水沉積物中，經C14測年，獲得2500年以來的古洪水信息，未發現有大於1870年歷史調查洪水的更大洪水，這對推算1870年洪水的考證，提供了新的數據，從原840年延長到2500年。（三峽工程水文研究）註49

圖十四奉節縣洪水碑記

此碑原立永安鎮鮑超府舊址，高程146.5米，已毀，據《四川兩千年洪災史料匯編》，頁587轉引。

此書對長江歷史上的洪水期與枯水期水位，作了許多專業上的討論，根據此書的說法，那麼1870年就可以視爲長江的歷史最高水位，所謂唐代至今的古今變化，就都在這個範圍內變化而已。至於枯水位的問題，前面已經指出，奉節長江河槽高程已有68.14米，奉節長江幹流，因爲汛末走沙水強勁，汛期因瞿

---

49 · 見長江水利委員會：《三峽工程水文研究》(武漢：湖北科學技術出版社，1997年10月），頁71－72，〈歷史洪水考證期〉。

圖十五　臭鹽磧（魚復浦）

由寶塔坪後海拔200米處向西拍攝，臭鹽磧雖是低平卵石灘，但也非完全平坦，本圖利用水位漸增時的拍照，在平陸中有部份受淹，顯示出磧中實際高低差異，有助於了解其地形。　趙貴林攝

唐峽谷壅水所生泥沙淤積物，汛後全部被沖走，並無淤積現象，註50 唐代至今地理條件並未重大改變依淤沖原理言之，應不會產生河底淤高的問題。

再從現地景觀來說，魚復浦臭鹽磧是長江三大灘之一，（圖十五）面積最大，也是奉節的特色，古今地理書都記載了魚復浦，經歷唐、宋、元、明、清，直到現代，這項事實並無改變。魚復浦是一片低平卵石灘，如果歷史水位有不正常異動的話，不會古今的人都看到相似的景觀。1999年1月27日我親自踏勘了梅溪河口以東的全部魚復浦(梅溪口以西泥水沮洳，無法行走)，整體來說，與《水經注》所言：「石磧平曠，望兼川陸，有亮所造八陣圖。東跨故壘，皆累細石為之。今夏水漂蕩，歲月消損，高處可二、三尺，下處磨滅殆盡。」大體相同，雖然所見都是較小的卵石，已看不到高達二、三尺的大石，但這種變化在宋以後的記載中已經常被提到，無足為異。

至於杜甫曾說的：「水生魚復浦」的春天江漲景觀，以及「徑添沙面出」的秋天水落情形，註51，現在依然發生。

50．見長江水利委員會：《三峽工程泥沙研究》，頁71－72。

51．全詩是：「樓雨霑雲幔，山寒著水城。徑添沙面出，湍減石稜生。菊蕊淒此外，著名的灩澦堆，也有助於我們了解長江的古今水位。

灩澦堆位在白帝山的西南江中，離開白帝山約當冬日江面的三分之一，杜甫曾經這樣描寫灩澦堆：「巨石水中央，江寒出水長。」它影響長江航道至鉅，主要的影響在汛期流量大的時候。然而，像這樣著名的險灘，關於它的資料卻非常缺乏，南宋淳熙十二年（1185），成鏞曾請人測量灩澦堆之水，製作水則，水則即今水位尺，可惜今無所見。註52 現今奉節縣的檔案照片只有一張（圖十六），因無清晰的背景及拍攝時程，因而對了解其大小走向及相去白帝山的距離尚有困難，但已極具參考價值。一般書籍所載，則難以據信，即使《1995年版奉節縣志》所說長30米，寬約20米，高40米，《中國三峽》一書也說長30米，高40米，註53 但顯然並不可靠。經奉節縣旅游文物局趙

疏放，松林駐遠情。滂沱朱檻濕，萬慮倚簷楹。」（西閣雨望，詳注17：1472）依詩中所述，應在舊曆九月。不過，由於沒有奉節的詳細水情資料，如要研究魚復浦漲落的時機，非常困難。特別是前一句「水生魚復浦」關係到考證杜甫某次移家的時間地點問題，更是令人相當苦惱。

52．見曹學佺等：《蜀中名勝記》（台北：學海出版社，1958年），卷21，頁15，總頁848。〈成子韶高齋題灩澦水則〉條下云：「開封成鏞子韶寄瞿唐關懷安蹇渥澤民、成都郭公臨舜卿，東去過高齋，覽形勝，遣人撐舟垂繩墜石，則灩澦之水，約八十四丈。子韶曰：夏中江漲，灩澦上水猶三十餘丈可想見矣。澤民之子慶胄侍。淳熙乙巳正月二十五日。」水則，見《宋史．河渠書》，范仲淹、曾鞏皆曾作水則管理河川水位，並利灌溉。正月水位極低，八十四丈相當260米以上，如為江深，必無此理，如兼石高與江深，亦不合理。此一水則應立於高齋旁，我於現地調查時未見。

53．見《1995年版奉節縣志》，頁727。同《縣志》又說：「（長江瞿唐峽口）汛期水位一夜之間可上漲20多米，全年水位相差50米。」除非特大且成

貴林書記向「長江水利局奉節航道處」取得灩澦堆炸毀前資料爲：

圖十六　灩澦堆

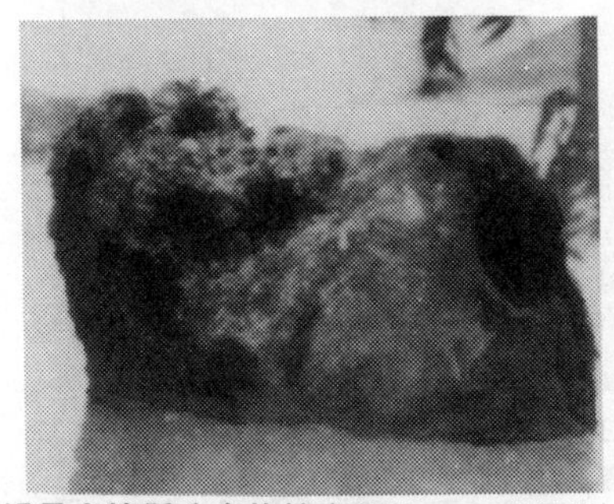

這是奉節縣政府的檔案照片，由背景推測，拍照人似在白帝山西南角，距灩澦口一號水位尺以東約數十米環山小徑處，向西南方向拍攝。照片左上角模糊背景似爲城南奉節水泥廠下方的八狼角（音），右上角似爲關廟沱的尖突。

在零水位時灩澦堆高25米，長40米，寬10-25米。周圍100-130米，下寬上窄。

航道處所稱零水位，即水位尺零點時，其高程即零點高程，爲黃海基面高度74.4米。準此，灩澦堆頂的高程爲99.4米。註54 趙先生又與航道處同仁估算灩澦堆離岸的距離，因灩澦堆在冬日江面(100-110米)約三分之一處，估計此石距離白帝山邊約30多米。

災的洪水，否則不會有這種現象，用筆似有誇大之嫌。又見科學技術文獻出版社編：《中國三峽》(北京：科學技術文獻出版社，1997年8月)，頁202。灩澦堆之高度如達40米，而基礎水位仍爲零水位的話，必須長江水位達到114.4米以上才能淹過，事實上，灩澦口一般洪水位遠低於此，因而知其爲錯誤。

54．據趙貴林先生轉述航道處的說法：「灩澦口的水位尺是水文部門設置的，無零水位，數據依是黃海基面高度。風箱峽的水位標誌，是航道部門根據當地航行要求設置的，零水位是自己定的，根據若干年最枯水位設置，與水文部門無關，他們的零水位大致是海拔74.4米。」航道處的零水位就是滿足輪船航行最小水深的水位線，1999年2月1日水位已接近當年最低水位(在灩澦口第38號水位尺底部，即吳淞基面75.39米)，當日風箱峽水尺是2，如以這個例子來做比較，兩處水尺對最低水位的表述應極相近。

圖十七 灩澦堆之位置

枯水期可以看見白帝山下兩個巨石，比較接近的稱小灩澦堆，它的是東西走向，山上面就是白帝城風景區的西閣，從它後面大石是大象礁，伸展出去的江心，應是灩澦堆的位置。 簡錦松攝

圖十八 灩澦堆位置

請注意白帝山下兩巨石，與圖十七照片相同。此幅因古代作畫方式的關係，方位與現代視點不同，顯得離東瀼水太近。

證諸清水軍所編《峽江救生船志》的附圖（圖十七、十八），信然。註55

如就上述資料而言，江水如要漫過灩澦堆，必須要在水位超99.4米以上的情形下才會發生。

下面我們回頭再看古代地理書的記載：

> （水經注）水門之西，江中有孤石爲淫預石，冬出水二十餘丈，夏則沒，亦有裁出處矣。註56

55．《峽江救生船志》頁35上，總頁319，清光緒三年（1877）清朝水師新副中營編，附刻有《行川必要》及本圖，但1969年台北學海書局重印時取《行川必要》爲書名。

56．以下分別見《水經注》，同註50。宋樂史《太平寰宇記》（台北·商務印書館，四庫全書本）卷148，頁6，總頁401。宋祝穆編、祝洙補訂：《宋本方輿勝覽》（上海：上海古籍出版社，1991年12月），頁499。

(太平寰宇記)周圍二十丈，在州西南二百步，蜀江中心瞿唐峽口。冬水淺屹然露百餘尺，夏水漲沒數十丈。其狀如馬，舟人不敢進。又曰：猶與，言舟子取途不決水脈，故曰猶與。諺曰灩澦大如朴，瞿唐不可觸。灩澦大如馬，瞿唐不可下。灩澦大如鱉，瞿唐行舟絕。灩澦大如龜，瞿唐不可窺。

(方輿勝覽)在州西南二百步瞿唐峽口蜀江之心。《水經注》：白帝城西有孤石，冬出水二十餘丈，夏即沒。名灩澦堆。土人云：灩澦大如象，瞿唐不可上。灩澦大如馬，瞿唐不可下。峽人此爲水候。

以上舉《水經注》《太平寰宇記》及《方輿勝覽》爲古代關於灩澦堆的主要記載，後代如《大明一統志》、《正德夔州府志》、《四川總志》，乃至像陸游、王士禎等文人記載都不出於此。

對灩澦堆的高度，從十餘丈(百餘尺)至二十餘丈的說法都有，須考慮各書資料出處與所當時代的尺制。先以《水經注》爲例，《水經注》的資料來自晉人，晉人的資料也可能是轉鈔自漢代，前面我已經對漢晉尺度做了簡述，可以此換算。書中所記二十餘丈，假定取其半數而弱，得24丈，以一漢尺爲0.231米計算，可得到《水經注》的灩澦石高度約爲55.44米。《太平寰宇記》稱「冬水淺屹然露百餘尺」，百餘之數不定，假設爲140尺，《太平寰宇記》的資料來自唐代，如以唐尺計算，一尺爲0.295米，換算得41.3米。

這兩種記載與奉節航道處所提供的資料差距都很大。以現在白帝山風景區環山小徑爲例，灩澦口水位觀測點一號水位尺上方的環山小徑，海拔爲127.81米，《水經注》及《太平寰宇記》所稱冬水應不

表四・灩澦堆與白帝山、馬嶺高程比較表　　單位：米

資料來源	堆高	基準	平灩澦堆水位	灩澦口小徑高	馬嶺白帝界高	夏水淹沒記載
奉節航道處	25	74.4	99.4	127.81	146	無記載
奉節縣志	40	74.4	114.4	127.81	146	無記載
水經注	55.44	74.4	129.84	127.81	146	無記載
太平寰宇記	41.3	74.4	115.7	127.81	146	29.5-?數十丈

*假設《水經注》《太平寰宇記》測量基點也是最枯水位時。

外乎長江枯水期最低水位，仍以航道處零水位（海拔74.4米）爲假設基點，如果灩澦堆高過41.3米，平灩澦堆的水位就至少有115.7米，江水必然有淹沒灩澦堆的時候，那時，即使不是大洪水也可能淹沒環山小徑，如果到現場一看，相信大家不會同意上面二書的記載。而且，當水位到116.9-118米，已經是今年奉節水災的水位了，如果以此做爲古代一般正常高水位，極不合理。（表四、圖十九）再說，現今奉節縣的長江汛情，如非特大水災，一般多頻率枯水位與高水位落差約爲30米，即使再增加也有限，如依《水經注》與《大平寰宇記》之說，一般的冬夏水位落差必定超過50米以上，顯然與實情有較大距離。至於《方輿勝覽》所說的二十丈乃抄自《水經注》，沒有換算今尺來討論的意義。

圖十九　水上看唐赤甲山－馬嶺－白帝山

由於馬嶺與白帝山交界處地面海拔只有146米，唐代多頻率高水位不可能接近或超過這個限度，以此可以衡量各種古書說法的正確性。

各書中都沒有記載灩澦堆的周長及夏秋江水淹沒灩澦堆的高度，只有《太平寰宇記》談到，他所說的周二十丈，合計今尺才58米，比起奉節航道處所提供數據還小。至於「夏水漲沒數十丈」，顯然並不可能，即使以唐尺計算，十丈也有29.5米，以《太平寰宇記》本身所說的灩澦堆高度約41.3米，再加上測量的基準水位74.4米，則夏水淹沒灩澦堆頂十丈的時候，水位就到了海拔高程145.2米，而連接赤甲山與白帝山的馬嶺，它與白帝山交界處的海拔高程為146米，若依《太平寰宇記》之說，夏水只要淹沒灩澦堆十丈以上，白帝山就會變成孤島，可見其「數十丈」之說絕對錯誤，進而對《水經注》《太平寰宇記》所說的灩澦堆高度，我們也應保持懷疑。

除非，在漢晉時代，長江枯水位遠低於現代二十米以上，或者在唐宋時代，長江枯水位遠低於現代十幾米以上，但這是不可能的事，這樣一來，不但與魚復浦的石磧景觀不合，而且以那種高程長江早就斷流了。所以，我不認為漢唐時代長江高低水位的變化會與現代相差太遠。對於灩澦堆，我也相信奉節航道處所提供的資料比較正確。

為什麼一個小小的灩澦堆，卻自古以來沒有確切的調查，特別是對夏水淹沒的深度傳說失實呢？應與出入峽口的航道特殊性有關。

在古地理書中，我們看到的灩澦堆記載都是冬季的，一個原因是必須在冬日才比較能夠看見灩澦堆的全貌，另一個重要原因，還在於古代江船主要是在冬春水落時通行，夏季水盛，反而必須封峽禁航，以避免交通意外事故，這樣一來，大量經過的旅客，都會選擇秋－冬－春的那些月份出峽，古地理書或游記作者當然也不例外。當他們冬天經過此地而需要記錄時，他可以親自目測，所以誤差相對地較小，即使最誇張的說法，也不過是誇大了一倍。至於夏天的情形，這些秋冬來的訪客並不能看到實景，只好問諸本地人，有時本地人回答得過度誇張，再加上記錄者有意誇大，記載就會嚴重失實。

其實，前引各書常說「灩滪大如朴，瞿唐不可觸。灩滪大如馬，瞿唐不可下。灩滪大如鱉，瞿唐行舟絕。灩滪大如龜，瞿唐不可窺。」這些流傳的俗諺，都是在較高水位可能導致航行危險時的警語，由此可知古代夏秋的灩滪堆並不是經常在水面下，他們所指灩滪堆出水的高度，即反映水位。又據當地老人回憶說，1959年灩滪堆被炸毀以前，夏天經常可以看到灩滪堆露出水面一、二米。實際上，現代江水夏日在灩滪口經常只淹到19、20、21號水位標尺（99.28－97.29米），灩滪石如果尚在，經常有少量露在水面上是合理的。

再以杜甫詩來說，如「沉牛答雲雨，如馬戒舟航。」（灩滪堆，詳注15：1281）及「灩滪既沒孤根深，西來水多愁太陰。江天漠漠鳥飛去，風雨時時龍一吟。」（灩滪，詳注19：1650）等句，杜甫都以陰雨、水多來強調灩滪之淹沒，可見對杜甫來說，灩滪堆被江水淹沒也是引起他注意的比較特殊的場景，代表了水位較高於平時的現象。

宋明清以來的詩文或私家記載，有些是直接轉抄《水經注》等書的，有些是受《水經注》影響又誇大其辭的，如陸游《入蜀記》所言：

> （十月）二十六日，…關西門正對灩澦堆，堆，碎石積成，出水數十丈。土人云：方夏秋水漲時，水又高于堆數十丈。[註57]

57．見宋陸游著，柴舟校注：《入蜀記》（上海：上海遠東出版社，1996年11月），卷6，頁103。

陸游至夔州時，並非最低水位，他看見灩澦堆出水數十丈，假設當時水位爲85米，他所看見的出水數十丈爲30丈，以兩宋通用的三司布帛尺換算，註58便有94.71米，合計爲179.71米，此乃絕無可能之事。陸游記事多不可信，這僅是其中一例而已。宋人記載中比較可靠的是范成大的《吳船錄》，但也很難完全正確。范成大第一次經過夔州，是在他淳熙二年（1175）端午經此入川擔任四川制置使之時：

> 重午日至夔，魚復方漲，八陣在水中，今來水更過之。六十四蕝石不復得見，頗有遺恨。

可見淳熙二年端午節，魚復浦八陣磧已淹沒在水面下。范文用了「方漲」，與我們所理解的四月間水漲的時間不同，可能是他在行文時加上了期待後失望的感情，所以特別強調江水才漲不久。兩年後，他下任東歸，仍取道夔州，淳熙四年（1177）年舊曆七月十八日（乙卯）至夔，註59是夜，舟宿府城下，十九日（丙辰）清早派人去觀察水情，「水僅能漫灩澦之頂，盤渦散出其上，謂之灩澦撒髮」，意指剛剛淹過灩澦之頂，至十九夜，水位驟漲：

58・宋代通用三司布帛尺，其大小據曾武秀〈中國歷代尺度概述〉所舉自0.308至0.3168米皆有，陳夢家〈畝制與里制〉定爲0.3157米，暫從陳氏。見河南省計量局主編：《中國古代度量衡論文集》（鄭州：中州古籍出版社，1990年2月），頁130-165〈中國歷代尺度概述〉，及頁227-247之陳夢家〈畝制與里制〉。

59・范成大這次的旅程，七月出峽之事，其實是非常不適宜的。夔州太守王十朋也是乾道三年（1167）舊曆七月十七、十八日這幾天離夔，但是不敢走水路，陸行到巫山縣境才下船，應是受灩澦堆、瞿唐峽險情影響。見宋王是夜水驟漲，淹及排亭，諸篳舍亟遣人毀拆。終夜有聲。及明，走視灩澦，則已在五丈以下，或可以僥倖入峽。丁巳(二十)，水漲未已，辰巳時遂決解維。

十九日灩澦堆既然才剛淹沒，灩澦口的海拔高程應在100米以上。至於排亭的設置處，應會考慮到多頻率洪水位，既然水漲影響到必須拆遷，江水定有明顯升高，據范成大說，二十日天初黎明，江水已淹沒灩澦堆五丈以上，仍在繼續高漲，所以決定入峽，大約在上午九時前後通過灩澦堆上。文中所說灩澦堆已在五丈以下，以兩宋通用的三司布帛尺換算爲15.79米，除非范氏當天所稱的丈尺遠遠小於三司尺，否則就是他聽信水工的誇大其詞。因爲灩澦堆海拔高程若爲99.4米，再加上江水漲過灩澦堆之上的15.79米，合計已有115.19米，雖然這樣的水位並非不可能，但已接近奉節1999年特大洪水災害的水位，以宋代木船而言，這樣的水情，應該太危險而不適合行船。

尤其更重要的證據是，范成大接著又說，入峽之後，黑石灘的水位是：「黑石灘號最險惡，…水大漲，淹沒草木，謂之青草齊，則諸灘之上，水寬少浪，可以犯之而行。余之來，水未能盡漫草木，但名

十朋撰，梅溪集重刊委員會編：《王十朋全集》(上海：上海古籍出版社，1998 年10月)，詩集卷24，頁437。范成大這次下峽，其實是很危險的。由「…而夔人獨難之。同行皆往瞿唐祀白帝，…辰巳時，遂決解維。十五里至瞿唐口，水平如席。獨灩澦之頂猶渦紋瀺灂。」之文，其險可知。此引〈范成大·吳船錄〉據《三峽通志》(北京：中國書店，1991年5月) 所鈔。又，1995年版《奉節縣志》頁10，記載范成大於紹興三十 (1160) 年「曾任夔州知府，留竹枝詞八首。」並無此事。

圖二十　冬日黑石灘雙崖

1999年2月1日，風箱峽水位尺2.8米時之黑石灘，照片中有紅色航道燈標，高1.35米。照片係由西向東拍攝，右邊爲南岸，黑石灘指南岸，北岸爲燕贕漕。

草根齊。」依范成大的敘述，可見當日黑石灘仍未被淹沒，而是接近淹沒。黑石灘並不高，（圖二十）中所見的是1999年一月風箱峽水位尺爲2.8時江岸黑石灘照片，其中有三角形航道燈標，從頂部到底部是1.35米，讀者可自行估算灘頂的高度。（圖廿一）是從烏雲頂懸崖邊往下照的相片，時間是1999年8月28日（舊曆7月18日，范成大入峽爲7月20日，日期接近）上午，灩澦口水位尺在第19號上1.7米，海拔100.98米，高於平灩澦堆的99.4米水位（即灩澦堆若仍存在應已被淹沒的水位），風箱峽水位尺在30-31時，由於照相時間是下午三時，實際水位應略高於上舉數據。在這樣的水位下，黑石灘的水淹情況已經如此，我們從冬日的黑石崖照片可知，即使是山根部位，兩崖的高度還是有限的，如果范成大經過黑石灘時，尙未完全淹沒，與照片中所見約略相似，則當天上午的灩澦口水位，即使超過102米，至多不會再多十公尺。

圖二十一　夏日黑石灘雙崖

由瞿唐峽空中鳥瞰黑石灘，冬日兩灘間相距不足百米，夏日則超過百米，此時大部份已沒入水中。　簡錦松攝

而且，十八、十九、二十日都是連續晴天，據范成大的詩中所

圖二十二　南宋夏圭畫〈巴人入峽圖〉

記，夜晚還可清楚地賞月，氣象影響於水量驟增的條件並未形成，在這種沒有特殊明顯的氣象變化下，江水如果在一夜之間泛漲幾米，當地熟悉水情的人士尚不覺得意外，若是忽然於高水位之上再驟漲15米，似無可能。

再說，證諸現代航行於三峽的1,000噸級江輪，吃水深度僅僅2.8米，再以江蘇如皐出土的唐代木船及嘉定封濱河出土的宋代木船來推論，范成大當年乘坐的平底木船，主要靠索牽與櫓搖，吃水甚淺，應不超過1或2米，范成大如果只是爲了入峽，不須等到水深五丈才通行（圖二十二）。註60

綜上所論，范成大所謂五丈之說，或爲舟人的誇大之詞，或有運用尺制大小的問題。當天的水位，可能只比現代多頻率洪水位再高一些。由於范氏之文，使得灩澦石高度得到檢驗的機會，而南宋長江舊曆七月的水位可能與現代相似的看法，也可因此而得到一次確認。

到了清朝，名詩人王士禎也記載灩澦堆，這是他在康熙十一年（1672）年11月16日在夔州接受當地長官陳福招待於白帝山上所作：

60．瞿唐峽常見江輪爲1000-3000噸級，吃水深度爲2.8-3.3米。見陳景良：《長江工程66問》（中國三峽出版社，北京：1996年6月）頁111，作者爲三峽工程相關官員。古代船隻說明見羅傳棟主編：《長江航運史．古代部份》（北京：人民交通出版社，1991年6月），頁206及頁287-288。

> 舟過灩澦，自江中望之，出江面可二十餘丈，正當瞿唐兩崖之中，勢如怒猊北尻南首。〈清・王士禎・蜀道驛程記〉註61

他往觀八陣磧時還需乘小舟，雖然水露石出，但當日的水位應非最低。他說石高可二十餘丈，假設爲20丈，以清量地尺一尺約等於0.32米當之，註62其高度應爲離水面64米，顯不可能，應是順著《水經注》的話頭來說的。據同文又云：「(瞿唐峽)峰巒交映，䃜翠流丹，四十里間，目不暇給。」，瞿唐峽長度，《吳船錄》說是十五里，據長江三峽工程單位發布的是白帝－大溪間峽區七公里，如不計白帝山的話，以葛州壩水庫的標記，爲G107-G110庫段，長5.2米。換算成清代里制，至多只有十幾里，四十里之說根本虛妄不實。顯然也是順著《水經注》所說：「江水又東，逕廣溪峽，斯乃三峽之首也。其間三十里，…」而來，可見王士禎的說法帶有明清文人作文的通病，喜歡間接抄取古書以示博雅，而不願眞實記錄所見。

另外，清人陳明申《夔行紀程》云：

> 灩澦堆有大石豎江心，以石驗水漲落，水落，石出水五六丈，圍二十餘丈，則波平易涉。註63

陳氏所見灩澦堆才五、六丈，假設爲5.5丈，以清量地尺當之，爲

61・王士禎是年入川典鄉試，作《蜀道驛程記》二卷。又，《漁洋精華錄集注》(濟南：齊魯書社，1992年1月)卷6，頁719-725有壬子蜀道詩可參證。

62・清尺長度，仍依陳夢家〈畝制與里制〉所定，見頁100，注42。

63・見《小方壺齋輿地叢鈔》(台北：廣文書局，1962年4月）第七帙，頁100，總頁5801。

17.6米，若以今灩澦堆高25米為比較的基準，當日水位應為80.4米，陳氏經過之日接近立夏，這樣的水位似乎太低，他估計灩澦堆高度可能稍多了些。至於清吳燾《遊蜀後記》云：

> 光緒丙子四月十日，…灩澦堆適當峽口，長約二三丈，高出水面丈餘，一麤石堆耳。註64

據此，當日灩澦堆長約6.4-9.6米，高僅有3米餘，與奉節航道處所提供的石頂的大小尺寸相近。舊曆四月十日的一般水位不應該這麼高，可能和之前多日下雨有關，而且就在這前一天，還下了很大的雨，船為之阻雨不發，水位或因此而提高。

以上各家對灩澦堆的記載雖然因各人的數據觀念與計算能力不同，而有所差異，基本上灩澦堆的高度，以及高水位時必須淹過灩澦堆的概念，都可以從這些記載中看到。與現代的水情，並無顯著差異。

討論過長江水情之後，仍回頭來看東瀼水的情況，依河床演變來看，水流沖淤作用將會導致流程方向上河床高程的變化，以及河床斷面上的變化。整體而言，由唐代至今一千多年，東瀼水的河床有沒有抬高或其他變化呢？

在這裡分別從東瀼水下游與中上游個別來討論，先說下游情況，由於東瀼水最後進入長江，長江又是冬夏水位懸殊的河流，所以東瀼水下游的水文動態深受江潮影響。比如說，冬季枯水期，江水並未進入東瀼水，但一到夏日，強大的長江江水進入東瀼水，是逆勢由江面

註63．見《小方壺齋輿地叢鈔》第七帙，頁154，總頁5909

進入山區河床，它所帶來的水量與泥沙，雖然阻止山中沖刷下來的懸沙下移，有效地的防止了河床向下切割，造成今天所見到的寬平河灘，但是，等到長江洪水期一過，瞿唐峽壅水現象解除，回水迅速退入江中，也會把淤堆在它所淹沒的河段上的泥沙大部份都帶走，因此，長江回水雖然可能使東瀼水河床因而抬高，增幅應不會太大。

東瀼水的上中游，則是標準的山中溪流，山中水源給予河流補給，相對的，河流也切割山谷。冬季爲枯水期，山中來水極小，一般水深不過10-30cm，流量小，水面也窄小，作用於改變河床的動力也甚微，夏季爲洪水期，山中來水增多，水深達25-45cm之處雖不少，但仍予人流量不多的感覺。不過，由於它的幹流上游山區及支流石馬河上游山區常有暴雨，突發性的水量相當強烈，對河床的作用力相當大。1999年8月24日下午，我們考察團正在雙河口丁家村九組的溪谷中休息，司機一直注意著天空雲層，他擔心一旦下雨，會引發溪水暴漲而造成危險。東瀼水上游幾條支流平時幾乎沒水，暴雨時甘溝子、廖家溝、竹坪溪都曾發生多次泥石流，這些支流從1840年以來就有土石流的記錄，但都不及近幾十年來，過度的開墾加上沒有水土保持觀念，對河床影響更大。據《1995年版奉節縣志》說：

> 東瀼水由汾河及石馬河兩大支流組成，主要支流汾河，源於岩彎鄉平石村，與石馬河在白帝鄉匯合後流到白帝城東注入長江，幹流全長33.3公里，平均比降6.65％，流域面積394.8平方公里，多年平均流量7.51立方米／秒，年流徑流總量2.37億立方米。流域水系十分發育，河網密度大，平均達0.79公里／平方公里。因此，草堂河的洪水匯集十分迅速，峰高漲

落率大，且在年內時程分配上很不均勻，常在枯水期和旱季出現斷流。因植被破壞嚴重造成大量水土流失，滑坡與溝谷處的泥石流活動頻繁，河床逐年提高。註65

可見在縣志的理解中，嚴重破壞植被的人工堆積體之類物質源，造成了東瀼水系近年發生坡面型和溝谷型的泥石流，河床正逐年抬高。

考慮到上述因素，從理論上來說，今年所見的東瀼水的河床應高於與唐朝杜甫的時代，我在研究過程中，也注意到了這項可能的事實。不過，由於河谷的範圍相當狹窄，下游又受到長江逆向力量的作用，而且人爲濫墾破壞，主要是近幾十年的事，所以，河床抬高的程度，應在可以理解的範圍內。

就大方面而言，影響古今水文的條件，不外乎是自然與人文，在自然方面，主要的是地殼的穩定性和地震活動性以及泥石流的問題，本區並無明顯的斷裂構造，岩體地質特徵也有利於邊岸的穩定性，雖然如暴雨程度、大量鬆散的堆積物及地形條件，而誘發了小區域的泥石流，在我所研究的區段上，並沒有重大的歷史變化。

于希賢、武弘麟、李晉明、顧巍合撰之〈古彭蠡澤消退與九江安慶城址轉移的研究〉曾說：「長江中下游地區雖有北升南降的相對運動，但無驟然變動，是地殼穩定的地區。歷史上從無災害性大地震，但大水冒廓、蕩民居史不絕書。」註66奉節縣雖然比于先生所研究的

65．《1995年版奉節縣志》卷二，自然地理，頁84。

66．見中國歷史地理學會歷史地理專業委員會編：《歷史地理》（上海：上海人民出版社，1998年8月）第14輯，58-62。

長江中上游更往上游一點，基本上，他的推論應仍適用於本區，只不過北升南降的相對運動這一點，應未在本區出現。

影響水文最大的因素之一是地震災害，在這方面，本區是中國歷史地震烈度分布上屬於弱震的地區，在《三峽工程生態環境影響研究》一書中，說到白帝城江段：「處在川東褶皺帶範圍內，以中生代的紅色沙岩、泥岩為主，斷裂不發育，無區域性或地區性大斷裂通過，岩體透水性差，不利於地下水的儲積及滲透，歷史及現今地震活動微弱，處於基本地震烈度為VI度地區。」註67 基本地震烈度級數從小於六度最高大於十一度，本區為小於六度以下的等級，既沒有發現重大歷史地震災害的記載，也沒有發生如地震斷層或地震形成基岩崩塌與滑坡等因地震而誘發的災害。註68

至於因洪水造成的滑坡問題，近年東瀼溪谷產生不少水土流失的滑坡案例，已如上述，但這可能與近數十年濫墾的關係較大，從地質學滑坡穩定性分級來說，本區仍屬於穩定級。比如以穩定、次穩定、不穩定三級來區分穩定性的話，自梅溪河以西，即今縣城附近為不穩定級（滑坡破壞土石方量等級為1000-5000萬立方米），縣城對岸西南方為次穩定級（滑坡破壞土石方量等級曾大於5000萬立方米等

67．長江水利委員會編：《三峽工程生態環境影響研究》（武漢市：湖北科學技術出版社，1992年10月）頁168。

68．中國人民保險公司，北京師範大學：《中國自然災害地圖集》（北京：科學出版社，1992,10。）頁60-63。〈中國地震烈度分布〉，另查謝毓壽、蔡美彪主編：《中國地震歷史資料匯編1-5卷》（北京：科學出版社，1987年6月）也無地震記載。其他部份另見頁58，〈中國地震及誘發災害類型分布〉。

級），自梅溪河以東至瞿唐峽東口大溪鎮爲穩定級，（滑坡破壞土石方量等級爲100-1000萬立方米等級），至大溪鎮才又變回不穩定級（滑坡破壞土石方量等級增爲1000-5000萬立方米等級）。註69以此類推，本區的穩定級數較佳，東瀼水自發性水量又非極大，出於災害性變故而造成河床重大改變的歷史記載，並未出現。

在人文方面，由於人口數量增加，開發程度增大，像六十、七十年代的改田改土運動之類不合理的人工開發方式，對地表的影響甚大。至於各種小型庫水庫，乃至葛洲壩及長江三峽工程的興建，都改變了原始自然的景觀和地質條件，未來是否會因人類過度開發而造成什麼不良影響，尚難斷言，不過，至目前爲止，並未改變夔州奉節縣的自然山川地貌，應不致於影響本研究的結論。

比如宜昌市葛洲壩水庫建成後，大壩雖然可使葛洲壩址的長江水位抬升20多米，但是對奉節水位並無影響。雖然曾有一說，註70冬季

69．《中國自然災害地圖集》頁51，〈長江三峽滑坡〉。不過，在本論撰寫期間，曾發生巫山危岩事件，根據《杭州日報》及《重慶晚報》七月二十二日起的連日報導，1999年7月19日，距巫山縣城十多公里的長江北岸望霞鄉桐心村6社，在海拔950-1050米，相對高差800-900米的正岩山體西側，發現一道長達一公里的斷裂帶，裂隙平均深度達70米。危岩長300米、寬50米、高75米，其土石方達2000多萬立方米。如果滑落將牽動山下的橫石村滑坡，可能影響長江航道，迄本文完稿時，尚未滑落。又，巫山危岩距離奉節縣城45公里以上。

70．據中國大百科全書總編輯委員會《中國地理》編輯委員會編：《中國大百科全書．中國地理卷》（北京：中國大百科全書出版社，1993年6月），頁117-118。

葛洲壩回水末稍距壩址210公里，可到達奉節縣城（所以葛洲壩的入口在奉節水文站），但是，本地人士都不這樣認爲。據長江水利委員會葛洲壩水利樞紐水文實驗站統計的的數值，葛洲壩的壩前水位是63.5米，宜昌水文站多年平均水位爲44.33米，註71建壩之後，水位抬高不少，但是對於上流的影響，卻沒這麼大，夏季最大流量在每秒60,000立方米時，回水只到距壩址70多公里的香溪－秭歸之間，冬天最小流量在每秒5,000立方米時，回水只到距壩址188.1公里的黛溪（大溪），註72且冬季水位時，江水根本不進入東瀼水，葛洲壩對東瀼水的水位更是全無影響。

總之，從種種現代研究及古代文獻資料看來，灩澦口的長江水位，並未出現明顯的較大的古今差異變化。連帶的，東瀼水在長江影響下，古今水位變遷也不致太大。至於東瀼水的河床近年來呈逐年抬高之勢，有歷史的淤積因素，也有現代開發不當的因素，一般認爲唐代東瀼水河床的海拔高程，應會低於今日所見，從而長江例行性回水深入東瀼水河谷的位置，也將會比現在的淹沒程度，更爲深入，像杜甫經常說的，一直到土地嶺下水面仍然寬闊，都是可行船的水域，應

71．見長江水利委員會：《三峽工程泥沙研究》（武漢：湖北科學技術出版社，1997年10月），頁30，〈宜昌站水文測驗與資料整編〉節，該站歷年最高水位一般出現在7-8月，實測最高水位爲55.92米（1986年9月4日），調查最高水位爲59.9米（1870年7月20日），歷年最低水位一般出現在1-3月，實測最低水位爲38.67米（1979年3月8日）。

72．見長江水利委員會：《三峽工程泥沙研究》（武漢：湖北科學技術出版社，1997年10月），頁85，有表3-3「葛洲壩庫區沿程水位抬高值」，這是以水庫建後的水位與天然值比較的抬高值。參見頁78，註19。

可確認。

至於從土地嶺到旱八陣的河段，雖然經常性的回水可能不會到這裡，但是，每年特大洪水幾乎必定都會淹到東瀼水主幹與支流石馬河的匯合處的旱八陣。在大洪水將會淹沒之區，農民皆知不宜種植水稻，目前雖有浣花村九社的農田，數量及成效並不理想。如無意外變化，唐代的情況應與此相似。因此，杜甫東屯茅屋可能位址的最南界，應該就是大量稻作可能區域的最南界，我認爲可以在旱八陣北端，即八陣村二組和浣花村五組之間，沿著現在已形成的天然河床邊緣畫出這條界線。

四．杜詩古注及古地理書東屯說之重新檢證

在南宋以前，除了杜甫詩以外，並無任何詩人提到過東屯，也沒有任何古籍談到過此地有東屯。

但是，到了南宋，東屯就成爲尋訪杜甫遺跡者的一個標的，劉昉、關耆孫、王十朋、陸游，鄧深、關耆孫、白巽、項安世、于梟、魏了翁、洪咨夔、李壁、費士郯、曹彥約、陳邕、孫應時、註73然後是王應麟的一則筆記。這些對東屯的關心最後都變成了杜詩古注的材料。本節擬對南宋東屯遺址作深入檢測，在這項工作進行前，先針對杜詩古注的作注方式，以兩個例子，先提出批判。

73．以上諸家詩文，陳王十朋及陸游外，皆據華文軒：《古典文學研究資料彙編杜甫卷（全）（台北：源流出版社，1962年5月）轉引。

1．舊注作注方式舉例之一－青苗陂

對杜詩古注來說，最容易發生問題的就是他們的作注方式，作注者引用資料未經消化，然後互相沿襲，變造虛構，更層出不窮。茲以與東屯極有關係的「青苗陂」事件最例。

關於「青苗陂」，杜甫原來只說：

> 北有澗水通青苗。（夔州歌十絕句之六，詳注15：1302）

其意以爲北方山中有澗水流下稻田，青苗就是指稻田，特別是新插的大秧，如此而已，註74 但是《方輿勝覽》中，就已經綜合王十朋、陸游等人及不詳出處之說法，寫成這樣：

> 杜少陵故宅－陸務觀記：東屯李氏居已數世，上距少陵，纔三易主，唐大曆初故券猶在。王龜齡云：世傳計臺乃少陵舊宅，今有祠堂。舊經云：少陵祠有三：在漕臺、奉節縣及東屯三處。東屯乃公孫述留屯之所，距白帝五里。杜甫移居東屯：白鹽危嶠北，赤甲古城東。平地一川穩，高齋四面同。東屯有青苗陂。杜詩云：東屯稻田一百頃，北有澗水通青苗。晴浴狎鷗分處處，雨隨神女下朝朝。又云：東屯復瀼西，一種住青溪。東屯之田可得百許頃，稻米爲蜀第一。郡給諸官俸廩，以高下

74．譚文興〈關於「夔州歌十絕句」之六的注釋〉一文中談得很好其說可信。見《草堂》雜誌，1985年第一期，總第9期，〈杜甫夔州詩研究專輯二〉。頁31-34。下文另引譚文其他章節，並有討論。

爲差，帥漕月得九斗，故王龜齡詩云：少陵別業古東屯，一飯遺忠畊畝存。我輩月叨官九斗，須知粒粒是君恩。（方輿勝覽）註75

《方輿勝覽》原本編成於嘉熙三年（1239），增補重訂本刻成於咸淳二至三年（1266-1267），由於此書與王象之的《輿地紀勝》極多雷同之處，王書約成於南宋寶慶三年（1227），註76如果《方輿勝覽》本節是抄自《輿地紀勝》，則這些資料的流傳時間還要更早。可惜今本的《輿地紀勝》已缺夔州部份，無從比對。註77

之後，著名的學問家王應麟（1223-1296）又抄入他的《困學紀聞》一書，《方輿勝覽》所記頭緒龐雜，王氏將它整理爲：

少陵詩東屯稻田一百頃，北有澗水通青苗。東屯乃公孫述屯田之所，距白帝五里，稻米爲蜀第一。郡給諸官俸廩，以高下爲

75．《宋本方輿勝覽》，卷57，總頁502。

76．參閱陳國達等主編：《中國地學大事典》（山東：山東科學技術出版社，1992年8月）頁114。

77．陸游〈東屯呈同遊諸公〉詩下，今注引王象之《輿地紀勝》：「城東有東瀼水，公孫述於水濱墾稻田，因號東屯。東屯之田，可得百許頃，稻米爲蜀第一。」見陸游：《劍南詩稿校注》（上海：上海古籍出版社，1985年9月）卷2，頁207。又，臥龍寺，據《正德夔州府志》卷七：「臥龍寺，在府城東二十里。」與州城後之臥龍山無關，是。松按：此文未見今本《輿地記勝》，此注所引文字與《方輿勝覽》所錄不同，反似《大明一統志》之文，不知何故？且今本《輿地紀勝》已無夔州路卷，不知注者何自而得此。

差，帥漕月得九斗，王龜齡詩云：少陵別業古東屯，一飯遺忠畎畝存。我輩月叨官九斗，須知粒粒是君恩。（小字注：東屯有青苗陂）。註78

更清晰地呈現出「公孫述屯田」、「距白帝五里」和「青苗陂」三件事，「青苗陂」是在小字夾注中出現的，依全書體例比對，確爲原書自注。

自從「青苗陂」被提出後，所有注杜者都引用了，在《草堂詩箋》中說：

或謂夔有平田號爲青苗陂（夔州歌十絕句之六，草堂詩箋709）註79

最初對青苗陂的說法，是以平田即青苗陂，平田二字出自杜詩，所以有解釋等於沒有解釋。其後，《分門集注430》就有：「修可曰：夔有平田號青苗陂。」[80]《讀杜愚得1091》也同引此文。《讀書堂杜詩注1534》說：「東屯近高唐，故用神女事。東屯稻爲全蜀第一，公所卜居兼種稻。夔有平田，號青苗陂。」都是沿襲此說。

其後，《大明一統志》云：

78．宋王應麟：《困學紀聞》（台北：中國子學名著集成編印基金會，據明萬曆三十一年吳獻台重刊本影行，無出版年月），卷18，頁25上，總頁1017-1018。據其自敘，是書爲王氏晚年之作。小字注應爲原注，《困學紀聞五箋集證》卷18下，頁11上，所說同。

79．宋蔡夢弼：《草堂詩箋》（台北：廣文書局，1965年6月）。

80．本文所用杜集，皆用簡稱，請參見第二章，頁21，注7。

青苗陂，在瞿唐東，蓄水溉田，民得其利。註81

在這裡，它增加了青苗陂在瞿唐東的地點說明，以及蓄水溉田的功能說明，瞿唐東就是瞿唐關以東，就是東瀼水流域，新解說仍是原來的意思。至於蓄水溉田的定位，就使原來以田畝爲青苗陂的說法，變成了水池的說法，可說是較大的變化。《大明一統志》的新解出現後，《正德夔州府志》、《四川總志》都立即轉抄，明人的《分類集註2021》也引用了：「賦也，東屯即東瀼也。青苗陂在瞿塘東，蓄水溉田，民得其利。」接著，在《詳注 1305》也兼引前述《困學紀聞》及此處《大明一統志》，其後的《讀杜心解 850 》、《杜詩鏡銓 637》都引此兩條。但是，瞿唐東的範圍很大，終究沒有人能說出青苗陂到底在那裡？

到了清光緒本《奉節縣志》卻說：

青苗坡在治東一里，蓄水溉田，民賴其利，今廢。註82

這才完全露出破綻，原來奉節縣治作者不但照鈔《大明一統志》的文字，卻連原來古地理書把青苗陂假設在東瀼水這一點都沒注意到，而將青苗陂改變到清代夔州奉節縣治東一里的梅溪河口來，並改字爲青苗坡，我們知道梅溪河口絕對不需要蓄水溉田，因爲絕對沒有田可溉，當地每年夏秋水稻生長期間，它完全淹浸在長江水面下，不能種植水稻，只能在冬春間種些短期作物。縣志作者還在文末加上「今

81．《大明一統志》，頁 1090。

82．光緒本《奉節縣志》卷 8，水利，頁 186。

廢」，所以說了等於沒說。

到1995年新修的《奉節縣志》的〈水利〉門，還保留著「唐代宗大曆元年，瞿唐東青苗坡有渠引水灌田。」的奇怪說法。註83

從這個小小的例子可以看到，由杜甫的一句詩，衍生許多荒謬的記載，陳陳轉鈔，無人正解。

2·舊注作注方式舉例之二－公孫述屯田

檢驗過青苗陂的來龍去脈，我們就知道杜詩古注產生的一個模式，以及其不可遽信的原因。下面，我們再看有關公孫述屯田的假相。

前文說過，在《方輿勝覽》中說：

> 東屯乃公孫述留屯之所，距白帝五里。…東屯之田可得百許頃，稻米爲蜀第一。

但是，《方輿勝覽》最直接的資料來源《太平寰宇記》卻無此說，在最早的杜詩注家趙次公的書中，也完全沒有此說。

據林繼中編校的《杜詩趙次公先後解輯校》一書所載，趙次公注杜詩當在紹興四年至十七年（1134-1147）之間，註84遠在王十朋、陸游之前，有關東屯的說法，似乎還沒有傳到他這裡。所以，趙氏對東

83．《1995年版奉節縣志》，卷9，頁216。

84．見林繼中：《杜詩趙次公先後解輯校》（上海：上海古籍出版社，1994年12月），前言，頁3。

屯十分冷淡，前後只注了兩條，泛泛地說：

> 次公曰：東屯所以得名者，防邊而屯戍之地也。首兩句通義，蓋言抱疾病而如漂萍之老，在屯積舊穀以防邊之處也。漂萍字，古詩云泛泛江漢萍，漂蕩水無根。舊穀，則論語云：舊穀既沒也。（東屯月夜，趙本1129）

除此之外，趙次公對公孫述只注了五次，都是說他建白帝城而已：

> 1·次公曰：英雄，指言白帝也。公孫述自號白帝，築爲此城。（上白帝城二首，趙本779）
>
> 2·次公曰：四句皆對，上兩句通義。白帝以言公孫之城，夔州以言劉備之城，蓋永安宮所在也。白帝城在瀼之東，夔州城在瀼之西，此所以爲異城。（夔州歌十絕句2，趙本965）
>
> 3·次公曰：白帝城，公孫述所築。述自號白帝，故謂之白帝城。城在夔州之東。（荊南兵馬使太常卿趙公大食刀歌，趙本1233）
>
> 4·次公曰：赤甲，本岬字。按水經於江水逕永安宮之後云：江水又東南，逕赤岬西。注云：是公孫述所造。因山據勢，周回七里一百四十步，東高二百丈，西北高一千丈。連基白帝山，甚高大，不生樹木，其石悉赤。土人云，如人袒胛，故謂之赤岬山。（入宅三首1，趙本876）
>
> 5·次公曰：下句指言夔州也。公孫述割據，自號白帝，築城山顛，今曰白帝城，而夔州在其邊。（秋日夔府詠懷奉寄鄭監李賓各一百韻，趙本1039）

同樣的，在《九家集註》、《黃鶴注》、《草堂詩箋》、《集千家註批點》、《集千家註分類》這些與《趙注》同系的注本中，都沒有談到公孫述屯田之事。

首先提出公孫述屯田之說的注家是《杜臆》：

> 東屯之田，乃公孫述所開，而積糧以養兵者，故云「防邊舊穀屯」。何處不可爲農，而至親異俗？（東屯月夜，杜臆328）

此段載於今本《杜臆》，其後各注亦鈔錄本段，文字稍有不同，如：

> 《杜臆》：據《困學紀聞》，東屯之田，公孫述所開，以積穀養兵者，故云防邊舊穀屯。（東屯月夜，杜詩詳注1769》
>
> 《杜臆》：東屯之田，本公孫述所開，以積穀養兵者。〈杜詩鏡銓861〉
>
> 東屯，公孫述開屯積穀處。〈心解780〉

這是《杜詩詳注》等書引自《杜臆》，並認爲王嗣奭此說是來自《困學紀聞》，雖然《困學紀聞》只說：「東屯乃公孫述屯田之所。」並無其他增添文字，但仇氏以王嗣奭之說來自《困學紀聞》，良是。

《杜詩詳注》還引了另一件文字，說是出自《杜臆》，但不見於今本《杜臆》：

> 《杜臆》：按《志書》城東有東瀼水，公孫述於水濱墾稻田百許頃，號東屯，稻米爲蜀第一，故公《孟冬》詩有「嘗稻雪翻匙」之句。（行官張望補稻畦水歸，詳注1654引）

此條的《志書》即《大明一統志》，已見前引。《大明一統志》與《四川總志》兩書因是官書，均爲明清之際注家所樂於援引，二書大體雖雷同，仍可區別，《大明一統志》記載奉節府城之東的方位及距離，都稱「城東」，《四川總志》則稱「府治東」，此處引文稱城東而不稱府治東，故知爲《大明一統志》。其後《心解175》也自此引用。而《杜詩錢注316》、《讀書堂杜詩注1611-1612》、《杜詩鏡銓637、833》、《心解552》等書，皆雙引《困學記聞》及《大明一統志》說，陳陳相因，衆口一辭，造成公孫述在東瀼水濱屯田的假相。

其實，在南宋以前，從任何正史及野史中，都沒有公孫述屯田這回事，此事乃出於《方輿勝覽》與《困學紀聞》，而不論《方輿勝覽》也好，《困學紀聞》也好，都是湊和公孫述的一些簡單傳說與杜甫「防邊舊穀屯」這首詩，醞釀變造而來，後人再拿這兩本書來爲杜詩作注，所以錯誤終不可解。

總之，前面的青苗陂地名，此處的公孫述屯田，都與杜甫詩無關，只因南宋時某些人誤讀了杜詩，就衍生出許多虛妄的想像，然後三人成虎，變成杜詩的權威註釋。

3·唐大曆初故券猶在之說不可信

「唐大曆初故券猶在」與「東屯距白帝五里」的傳說，是對杜甫東屯住宅定位影響最大的一項誤解，而所謂「東屯距白帝五里」是怎樣定出來的，由前引《方輿勝覽》可知，就是築基在「唐大曆初故券猶在」的事件上，這項定位工作的關鍵人物及文章，乃是陸游和他的〈東屯高齋記〉。不過，主要提出杜甫東屯高齋在此地的，卻不是陸游，而是告訴陸游，他的祖先買了杜甫產業，以及捐地爲杜甫修祠堂的李襄。

請先看陸游的〈東屯高齋記〉：

予至夔數月，弔先生之遺跡，則白帝城已廢爲丘墟百有餘年，自城郭府寺，父老無知其處者，況所謂高齋乎！瀼西蓋今夔府治所，劃爲阡陌，裂爲坊市，高齋尤不可識。獨東屯有李氏者，居已數世，上距少陵，才三易主，大曆中故券猶在，而高齋負山帶溪，氣象良是。李氏業進士，名襄，因郡博士雍君大椿屬予記之。乾道七年（1171 ）四月十日山陰陸某記。註85

陸游於乾道六年十月至八年（1170-1172）任夔州通判。這篇文章是對於李襄的杜公祠最重要的介紹文字，但杜公祠卻不是建於此時。

很明顯地，在陸游撰文之前，李襄早已建好了杜甫祠堂，先於陸游到夔州上任之前數月，也在夔州的關耆孫註86就有〈遊東屯〉云：

呼船渡西瀼，策馬行東屯。猶有竹下屋，依然柴作門。…世隔

85．〈東屯高齋記〉見陸游：《渭南文集》（台北：商務印書館，四部叢刊本），卷 17，頁 12 下，總頁 161。

86．見周復俊：《全蜀藝文志》（台北：商務印書館，四庫全書），卷 15，頁 16下。關氏在夔不知道是什麼身分，前詩中有：「槎漢我初返…休沐因閑日。」之語，似是初由京官轉任於此，陸游稱它爲關著作，似爲著作郎或著作佐郎之官，著作郎屬秘書省，位階並不很高。目前他在夔似有職務，因而借休假日來東屯。又據同書卷64，頁7下，〈瞿唐關行紀〉云：「乾道庚寅（1170）中元日，…夔江山元麤惡，惟少陵所紀處獨異，高齋其一也。高齋故基在，屋隘而陋，予惜之。方欲爲太守王君言。…客陳彥、辛景賢，…景賢，今司瞿唐關者。」觀此，他在夔的身分似乎並不低。

券猶在，堂非基自存。…槎漢我初返，梯參君暫捫。車徒今附驥，行列舊同鵷。休沐因閑日，攜持訪古原。摧頹一弊節，走逐雙朱轓。涼飆薄巾袂，佳氣浮酒樽。

關氏所講的也是同一件事。

再往上推，我們從王十朋的詩文集中也可以看到這所東屯祠堂，身任夔州刺史的王十朋（1165年11月至夔，1167年7月離夔）有三首絕句是特別爲東屯作的：

少陵別業古東屯，一飯遺忠畊畝存。我輩月叨官九斗，須知粒粒是君恩。（連日至瞿唐謁白帝祠登越公三峽堂徘徊覽古共成十二絕句·東屯）註87

宦游夔子兩經年，未到東屯意慊然。端爲先生舊吟處，不應容易上詩篇。（至東屯謁少陵祠二首之一）註88

忠不忘君句有神，當時無地可容身。草堂遺像英靈在，又見匙翻雪稻新。（之二）

第一首詩是王十朋到瞿唐關視察，登上白帝山，並對與白帝山相關的古跡、山川所作介紹性的詩篇，在此題下共有瞿唐、灧澦、白帝城、越公堂、三峽堂、石筍、白鹽、赤甲、東屯、昭烈廟、八陣圖、勝己山等共十二題，所謂東屯是其中之一，這時他並未到過所謂東屯，也

87·見宋王十朋撰，梅溪集重刊委員會編：《王十朋全集》（上海：上海古籍出版社，1998年10月）詩集卷22，頁400 。

88·《王十朋全集》，詩集卷24，頁436 。

沒有寫到李襄所建的杜甫祠堂。後兩首則是他在夔州兩年太守任滿，於乾道三年(1167)七月十八日離任時，因取道陸路，前往巫山縣換船，必須由今瞿唐五社及六社之間登山，翻越唐白鹽山（今稱赤甲山），這個登山口的位置，正好斜斜地面對著當時所謂東屯和李襄所建的祠堂，所以王十朋才第一次順路到訪，由詩題及詩中文字看來，在這年以前，當地已有少陵祠堂，這件事是在陸游撰文之前四年。

陸游寫〈東屯高齋記〉的背景，一方面是因爲當時人普遍認爲在梅溪河之西的新州城(今奉節縣城永安鎭)爲舊永安宮地，又普遍誤以當時漕司之地爲杜甫瀼西草堂遺址，陸游全部接受了這套說法，主觀上便以東瀼水爲東屯。再方面是他相信了李襄所建的杜公祠爲杜甫東屯故宅。他相信李襄的主要原因，是因爲李襄提出了所謂「大曆中故券」，並且告訴他「李氏者，居已數世，上距少陵，才三易主」。

這件事情的疑點本來很多，不知道陸游爲何不予注意。自稱擁有杜甫大曆間房券的所有人李襄，他的身分是「業進士」，也就是說，他是有資格參加進士科考試的讀書人，因此，他應該熟知杜甫詩中瀼西東屯這些地名，也知道南宋時把今奉節縣城當作瀼西的說法，所以他自言家中有所謂杜甫的大曆中故券，且說這是東屯宅。但我認爲，即使眞有其券，也可能是順應當時的一般觀念而稱呼爲東屯宅，並非原券上有東屯字樣，說詳後文。

事實上，我們有理由相信李襄家族捐地建杜公祠這件事宣傳做得很大，而且，在王十朋及陸游來夔之前，即已廣爲人知。因爲早在紹興18年(1148)，當地長官劉昉在他的〈祥雲寺行記〉就曾這麼說：

紹興戊辰正月中澣，出郊勸耕，至東屯，因落少陵故居祠堂之成。…是日，自東屯還過瞿唐，已將暮，任賓僚之去留。其同至者：趙沂詠道、文定國公才、登高叔誼、王鼎子新、李驤元駿、宋茂秀實、張聿述之、朱齊卿醇甫、李宗臣元慶、楊譽時美，眞勝賞也。劉昉方明書。註 89

劉昉在紹興 14 年（1144）爲湖南安撫使，由是可知，當他移官夔府時的地位應該出任夔路長官，但無實據。同行諸人中，趙詠的官爵較高，孝宗隆興二年（1164）時，曾主管軍餉經濟事務，並曾替宗汝爲經紀喪事。以他的交遊情況，可能把這件事情散布開來。

總之，這座杜甫祠堂經過了當地長官爲之落成，它的聲名已經很大，二十三年後，再經過陸游爲他作〈記〉，李襄的名氣當然更高，以後如白巽的〈東屯行〉就說：「李氏之子今地主，少陵祠堂疑故居。」註 90 紹熙三年（1192）入蜀就幕的孫應時也有〈寄詠東屯〉及〈自東屯夜還舟中〉二詩註 91，寧宗慶元三年（1197）于梟作〈修夔州東屯少陵故居記〉也說到到李襄這件事。註 92 1206-1207年曾任參知政

89．見《全蜀藝文志》卷六十四，據華文軒：《古典文學研究資料彙編杜甫卷》（全）（台北：源流出版社，1962年5月）頁415轉引。劉昉，紹興十四年爲湖南安撫使，見《新校本宋史》（北京：中華書局）頁14189，列傳第二百五十三〈蠻夷列傳二/西南溪峒諸蠻下〉。 趙詠事見《新校本宋史》，頁4409及12136。

90．《古典文學研究資料彙編杜甫卷》，頁727，該書據仇兆鰲《杜少陵集詳註》附錄轉引。

91．孫應時（1154-1206）詩見《燭湖集》（台北：商務印書館，四庫全書珍本四集）卷17，頁9下。詩作於應蜀帥邱文定公幕，旅行路經夔州時。

92．據《古典文學研究資料彙編杜甫卷》，頁693轉引。

事的李壁，也曾到過這個祠堂，並留下了〈留題東屯詩〉，註93前章談過的魏了翁在〈夔州臥龍山記〉中曾談到臥龍山通東屯之路，他的友人洪咨夔（1209年進士，1236年卒）也有〈東屯〉詩。註94

這些關於東屯的詩和文，大量指向李襄家族所捐建的杜公祠，就可以知道李襄的做法，其實是另有意義的。就如項安世〈東屯分韻得大字〉所說：「詩翁骨成塵，巴子地如芥。驅車藤刺亂，跋馬山石隘。景因名自佳，物以人故大。客來不一到，百歲負清債。遂令東屯遊，永作一生快。…」註95李事實上，東屯這個地方，不論是上述那一家詩文，都認為這是荒涼之地，像孫應時跑到東屯祠堂，瞿唐關的守吏還笑他：「癡絕似君稀。」可見李襄把土地捐作杜甫祠堂，自己也享有聲名。整個事件的過程，就充滿了熟讀杜詩的李襄，利用杜詩創造出杜甫故宅的故事，而後人再以李襄所建的杜甫故宅，返回頭來證明杜甫故宅在這個被名之為東屯之處，變成一個標準的循環論證。

其實，李襄在時隔五百一十年之後，拿出這份「大曆中故券」，本來就非常可疑，以下，我們從三點來考量：

第一，三易其主之不可信：此屋在杜甫居夔時買來，杜甫居住不到一年，離開夔州時，既然把果園四十畝都送給了「南卿兄」，房產

93．《古典文學研究資料彙編杜甫卷》，頁782，轉錄自《永樂大典》卷三千五百八十七屯字韻引《雁湖集》。李壁執政於寧宗開禧2年7月至3年11月。

94．《古典文學研究資料彙編杜甫卷》，頁782，轉錄自《平齋文集》卷5。

95．《古典文學研究資料彙編杜甫卷》，頁717。轉錄自《永樂大典》卷三千五百八十七屯字韻引《丙辰悔稿》，丙辰即南宋寧宗慶元二年（1196）。

一定會處理掉，不論易手的對象是誰，是贈與或買賣一定會辦好過戶手續，這時從杜甫買入到買出，不到一年之間，已經是兩易手了。如果說李家承購時才三易主，據于氏〈修夔州東屯少陵故居記〉所稱，李家這所房地產還是近世才新買的，所謂：「少陵既出峽，其地三易主，近世始屬李氏。」，那麼，從接手杜甫的後續者到李氏轉手之間，將近五百年，竟然只有一次買賣，不合常理。

在唐代，夔州流寓的人口多，外來的高級人口會聚集在接近州城的區域，如照他們所說，此地離白帝城只有五里，並不算太遠，因此房價必然比較好，交易情形也必頻繁。完全沒有買賣，殊無可能。再說，北宋眞宗時，夔州路轉運使薛顏將州城由白帝遷移到今奉節縣城所在處，另築新州城。移城之後，舊城區勢將沒落，土地房價下滑，原來居住靠近舊州城的居民，必然會向新州城集中，因而帶動一次大幅房地產的買賣潮。住慣了離州城只有五里的城郊居民變賣土地房屋，到新城城郊另購產業的可能性極高。如把這些都考慮在內，則所謂三易主之說，可信度非常薄弱。

第二，依契約格式而言，契券上應無東屯字樣：以唐代房契格式來說，會寫下「東屯」字樣的可能性微乎其微。目前在敦煌所出土的唐代文物中，還有許多唐代到北宋期間的土地及房屋買賣契約書，我比對了〈未年（827）安環清賣地契〉、〈唐大中六年（852）僧張月光、呂智通易地契〉、〈丙辰歲（896或956）宋欺忠賣宅舍契〉、〈唐乾寧四年（897）張義全賣宅舍地基契〉、〈唐天復二年壬戌歲（902）曹大行迴換屋舍地基契〉、〈唐天復九年（909）安力子賣地契〉、〈後唐清泰三年（936）楊忽律哺賣宅舍地基契〉、〈宋太平興國九年（984）馬保定賣宅舍地基契〉等一共八件房屋或土地的買賣契約，註96這八件契約都是杜甫死後數十年到兩百多年之間的遺物，（圖二十三）因此，有充分的參考價值。在這些文件中，可以發現了所有契券都遵循著一定的格式，請以其中兩件爲例：

永寧坊巷東壁上舍內東房子一口並屋木，東西一丈參尺五寸基，南北貳尺五寸並基，（東至張加閏，西至張義全，南至氾文君，北至吳支支）又房門外院落地並簷？柱東西肆尺，南北一丈一尺參寸。又門道地，南北二尺，東西三丈六尺五寸。其大門道三家共合出入。從乾寧四年丁巳歲正月二十九日，平康鄉百姓張義全爲缺少糧用，遂將上件祖父舍兼屋本賣與洪潤鄉百姓令狐信通兄弟，都斷作價直伍拾碩，內斛斗乾濕貨各半。其上件舍價，立契當日交相分付訖，一無懸欠。其舍一買已後，中間若有親姻

圖二十三　敦煌藏後唐清泰三年（936）楊忽律哺賣宅舍地基契

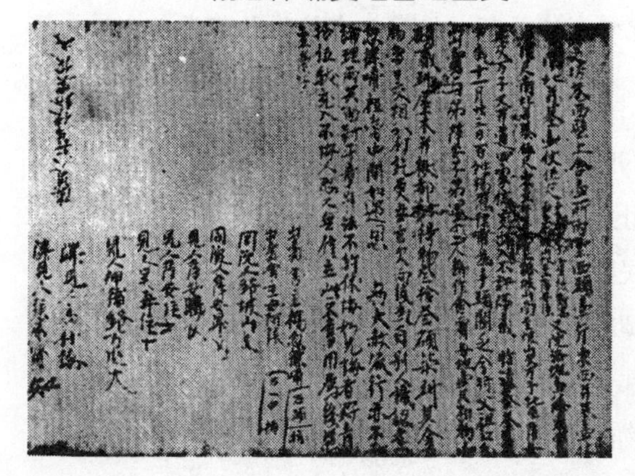

96．唐耕耦、陸宏基編：《敦煌社會經濟文獻眞跡釋錄（二）》（北京：北京圖書館敦煌吐魯番資料研究中心，1990年），頁1-15。計有斯一四七五號5v、伯三三九四號、伯三三三一號、斯三八七七號2V、斯三八七七號3V、斯三八七七號5-6V、斯一二八五號、斯三八三五號背等八件。本文全錄者爲斯三八七七號2V，節錄部份並附照片者爲斯一二八五號。

兄弟兼及別人稱爲主已者，一仰舊舍主張義全及男粉子、支子祇當還替，不關買舍人之事。或有恩敕赦書行下，亦不在論理之限。一定已後，兩不休悔。如有先悔者麥參拾馱，充入不悔人。恐人無信，兩共對面平章，故勒此契，各各親自押署，用後憑驗。（唐乾寧四年張義全賣宅舍地基契，松案：本件爲全件）

修文坊巷西壁上舍壹所，內堂西頭壹片，東西並基壹仗伍寸，南北並基壹丈伍尺。（東至楊萬子，西至張欺忠，南至鄧坡山，北至薛安住。）又院落地壹條，東西壹仗肆尺，南北並基伍尺，東至井道，西至鄧坡山及萬子，北至薛安昇及萬子，又井道四家停支出入，不許隔截。時清泰參年丙申歲十一月廿三日。（後唐清泰三年楊忽律哺賣宅舍地基契　松案：本件節引前半包含買賣標的物主體之部份）

以上兩件房屋的買賣契約的實例中，我們看到契約中對買賣標的物的座落，全部都是以官方正式的鄉、里、村、坊書寫，註97 並沒有寫下像瀼西或東屯這一類的民間泛稱地名，其他在未經本文徵引的六件，也無一例外，此其一。契約中對四鄰四至記載非常詳明，道路、井、公共用地都有規定，但都是以四鄰的所有權人姓名記載，沒有其他地名。此其二。買賣標的物的面積是以長寬書寫，買賣價格也予記載，不相干的事情不會寫入契約中。譬如本屋的歷史、前任所有人等等與

97．《唐六典》卷3，頁73。「百戶爲里，五里爲鄉。兩京及州縣之郭內分爲坊，郊外爲村，里及村坊皆有正，以司督察。四家爲鄰，五家爲保。保有長，以相禁約。」

本次買賣不相干的事情，都不會載入，此其三。在這三項原則之下，依照正式格式，除非「東屯」是唐代的坊里，否則在契約中不會寫出「東屯」字樣。

「東屯」是唐代的正式鄉、里、村、坊名稱嗎？唐代的正式鄉、里、村、坊名稱遺留到今天的並不多，但是，仍有跡可循，如前述的敦煌殘券中，所看到的地名為：「宜秋十里、永寧坊、赤心鄉、洪潤鄉、取國坊、階和渠、修文坊、政教坊」，這些地名不分城坊或鄉里，都有共同的特徵，都帶有濃厚的政教味道，與唐代長安洛陽的坊里命名方法是一樣的。在夔府本地來說，目前僅存的唐代坊名，是劉禹錫〈竹枝詞〉九首中提到的昭君坊，有濃厚的歷史風味，至於宋代王十朋曾記下全部夔城的坊名，明代的《正德夔州府志》也有全部坊里名，可以說，不論是唐代也好，宋、明也好，「東屯」這樣的名稱，既不曾被宋明納入正式官方地名，從唐朝經驗來看，也不像是官式的正式官方地名。因此，對於「東屯」二字，我基本上懷疑它並非正式的坊里行政地名，在契約中應不會出現東屯二字。

再說，所有的房契中，都沒有記錄前一任所有人的姓名，所以，當杜甫離夔以後，接下去的買賣中，以後不論轉售幾次，依契約格式，在新的買賣契約裡，是絕對不會有杜甫的名字。所以李襄祖先手中的購屋契約中絕對沒有杜甫之名。那麼，李襄怎麼呢得到一張有杜甫名字的契約書呢？

除非一種情形，就是杜甫在買入和賣出時，杜甫本人或者和他交易的對方，兩人之中，有任何一人將契約書特意保存下來，但是，當杜甫離開夔州時，已決定不再回來，他名下的房地產權絕對必須過戶出去，以便承受者將來可以轉賣或轉贈他人，過戶完之後，杜甫手中的舊契券已經無效，留下這張廢紙做什麼？即使杜甫有意留做紀念，也應留在自家的行李中，隨船東下，又怎麼可能還留在夔州，還在幾次轉後後傳到李家的手中？至於買下杜甫房子的這位先生，當他再轉賣出去時，新簽的買賣契約上絕對不會有杜甫之名，有杜甫之名的，就是那張和杜甫交易時的契約書，難道說這個二代屋主賣房子，連同舊的與杜甫買賣契約都當成古董賣出去？所以，對於李襄手中這份房契的眞僞問題，我認爲應可持保留態度。至於李襄手中這張所謂杜甫房契後來被以古董來處理，甚至衍生爭奪事件，這只能說是南宋時期杜甫名氣太大所引發的後果，與此券的眞僞無關。

第四．杜甫沒有購買東屯住宅的記錄：杜甫詩的寫實性是大家所公認的，杜甫的寫實以記錄他自己生活點滴爲興趣，也是大家有目共睹的。在杜甫一生中，他幾次租房子、買房子，甚至在長安長期住旅舍，都可以由他的詩查知，在夔州也一樣。

在夔州詩中，他自己說到「買」的，只有「瀼西」宅，而沒有「東屯」宅。註98 他在〈小園〉詩中說：

> 由來巫峽水，本是楚人家。客病留因藥，春深買爲花。秋庭風落果，瀼岸雨頹沙。問俗營寒事，將詩待物華。（詳注，20：1779）

這首詩從季節、庭果和瀼岸的環境看來，應是瀼西草堂，詩的第四句寫到「春深買爲花」，也和遷入時間相近，我懷疑是先租賃，後來因爲喜歡這個住宅，所以變租爲買。所以詩集中先有〈暮春題瀼西新賃

98．請參閱下章「瀼西草堂」部份。

草屋五首〉，其後遷出時已經改口作〈自瀼西荊扉且移居東屯茅屋〉，如果他不是買下了瀼西草堂，其後吳郎從忠州來，便不能以草堂借他，而且草堂若不買下，那麼四十畝果園就無所附著，以杜甫的經濟能力，是可以買下瀼西草堂和果園的。

說到吳郎借住草堂，另一首使用了「買」字的詩就是〈簡吳郎司法〉，這也是寫瀼西草堂：

> 有客乘舸自忠州，遣騎安置瀼西頭。古堂本買藉疏豁，借汝遷居停宴遊。雲木葢葢高葉曙，風江颯颯亂帆秋。卻爲姻婭過逢地，許坐曾軒數散愁。（詳注，20：1761）

這首詩明確地說所買的「古堂」是在「瀼西頭」，與吳郎之間的客主關係，乃是因爲吳郎由忠州新到夔州，所以借予吳郎遷入居住。

以上兩首詩，杜甫都說自己買下了瀼西宅，卻從來也沒有提出過或暗示過在東屯購買房地產。杜甫在夔州本是暫住，所以大多時候可能都是租屋、借屋而居，他明確有產權且最後能舉以贈人的，有果園四十畝，既然這四十畝果園是在瀼西，且和他的住宅前後完全相連，假使杜甫先買了四十畝果園，卻不連瀼西住宅一起買，而卻另買東屯的房子，這樣合理嗎？

總之，杜甫有買房子的習慣，雖是事實。在夔州曾買過地產，也可證實。但是，在夔府所買的房子應是瀼西草堂，不論是理論層面或杜甫自述層面，都以購買瀼西宅爲可信。因此，即使李襄自稱擁有杜甫的舊房券這件事是眞實的，他所購置在距離白帝五里這個位置的房子，也只能說是瀼西宅，而非東屯宅。陸游卻渾然不予判別地接受了以此爲東屯高齋的說法。

自從陸游的《入蜀記》及〈東屯高齋記〉作了錯誤記載，百年之後，另一位出任夔州通判的于臬也作了〈東屯少陵故居記〉，與陸氏隔代遙相呼應，這兩篇文章就成了明清注度者爭相引用的經典材料，其他到訪東屯杜甫祠堂者，也都聽說了並且傳播了這項傳聞，東屯的錯誤定位，就隨之牢不可拔了。

4·大陸學者對東屯之研究工作舉例

近年來，中國大陸研究杜詩的風氣，已有一些人轉向實地考察的路上，特別是奉節縣學者胡煥章先生的《杜甫夔州吟》一書，以及出身奉節的劉眞倫先生所作〈杜甫夔州高齋考〉，註99 萬縣三峽學院中文系的譚文興先生，也有〈關於「夔州歌十絕句」之六的注釋〉等多篇論文，註100他們以其地利之便，開展了一些這方面的研究，很值得注意。可惜的是，他們在從事現地研究時太尊重古來的杜注，給了自己太多牽制，反而不易求得眞相，特別是譚、劉二文。

下面請先看譚文興先生關於東屯的文章：

99·《杜甫研究學刊》，1989年第四期，總第22期。頁49-51，57。

100·《杜甫研究學刊》，1988年第四期，總第18期。頁71-74。譚先生另與楊君昌合作之〈談「將曉二首」的寫作時間及地點〉，也十分精采。見《草堂》雜誌，1985年第一期，總第9期，〈杜甫夔州詩研究專輯二〉。頁31-34。至於楊君昌自撰之〈談杜詩「地隅」「長江二首」的寫作時地〉，亦佳，見《杜甫研究學刊》，1993年第四期，總第38期。頁69-71。99·《杜甫研究學刊》，1989年第四期，總第22期。頁49-51，57。

從當地的地形看，東瀼水在雙河口以上是兩條支流，不僅兩岸狹窄，而且落差也比較大。在雙河口匯合後，落差比較小，但兩岸仍然不夠開闊。可是到了黃連樹下面，情況就迴然不同了。從現在白帝公社的大橋大隊（上壩）一直到白帝廟東面約二十華里長的一段，兩岸開闊，地勢平坦，落差甚小，完全能夠造百頃左右的良田。加之東瀼水從北向南流，地勢北高南低，可以從上游引水自流灌溉，保證百頃左右的水稻正常生長是沒有任何問題的。

以上一大段談稻田問題。

最后，從杜甫寫的《自瀼西荊扉且移居東屯茅屋四首》之一中談的東屯地勢看，東屯的面積也應當是從現在白帝公社的大橋大隊到白帝廟東面沿溪兩岸比較平坦的土地。他在那首詩里說："白鹽危嶠北，赤甲古城東。平地一川穩，高山四面同。"白鹽山在長江南岸，白帝廟在長江北岸，東屯的位置當然就在"白鹽危嶠北"了。白帝城在公孫述據險稱帝前名爲赤甲城，后來的白帝廟是赤甲城的一部分。說東屯在"赤甲古城東"當然也就包括土地嶺到白帝廟東面一段，假若不包括這一段，那就成了赤甲古城北了。

以上一大段談東屯範圍。

東瀼水從黃連樹下面的上壩起，一直到白帝廟東面，兩岸開闊，地勢平坦，落差甚小，確實是"平地一川穩"。南有白鹽山，東有赤甲山、鐵瓦寺山，西邊也是高山，而且東、西兩面的高山在上壩上面隔得很近，遠遠望去，似乎合在一起了，東屯也就成了"高山四面同"。

> 仇兆鰲等所引《困學紀聞》關于東屯位置說法上的錯誤在于：把東屯的中心地帶說成是整個東屯，把局部當成了整體。從土地嶺到歐家彎沿溪兩岸是東屯的中心地帶，那裡正是石馬河與東瀼水的匯合處。在土地嶺到歐家灣之間的河邊上以前建有杜公祠，就是紀念杜甫的。杜甫的東屯茅屋原先就在那個地方。因爲杜甫在那裡住過，前面的一段溪流稱爲浣花溪，浣花溪以下的東瀼水稱爲草堂河。

以上這篇文字是節錄自譚文興的〈關於「夔州歌十絕句」之六的注釋〉，爲了排版上眉目清晰，我爲他再分成幾段。他對於夔州地理的熟悉程度，是我所見過的同類文章之冠，這篇文章對東瀼水流域的介紹，也非常精彩。但是，結論卻錯了。問題只在於他不應該從一開始就相信舊注，因而必須爲舊注所說的一切，去對號入座。

上文的重點是，他認爲東屯應該是「從現在白帝公社的大橋大隊（上壩）一直到白帝廟東面約二十華里長的一段，兩岸開闊，地勢平坦，落差甚小，完全能夠造百頃左右的良田。」、「東瀼水從黃連樹下面的上壩起一直到白帝廟東面，兩岸開闊，地勢平坦，落差甚小。」同一段話他說了兩次，可見他重視的程度，他認爲東屯就是這麼一個整體，古注只鎖定在杜公祠附近那小塊地方，是誤部份爲全體，所謂：「把東屯的中心地帶說成是整個東屯，把局部當成了整體。」爲此，譚先生還刻意解釋「白鹽危嶠北，赤甲古城東。」，他說白鹽山在白帝之南，所以東屯應該可以說在白鹽之北，白帝山就是赤甲古城，所以白帝山的東麓，就是赤甲古城東。從這層層議論，包括了現地的解說以及文獻的解讀，實在是費了許多心力，令人佩服。

圖二十四　白帝山東側的瀼水入江口

在稻作季節中，白帝廟所在的白帝山之右，東瀼水河谷完全淹沒在江水下，怎能說是百頃平田的一部份呢？ 1999年8月25日　簡錦松攝

但是，就在他說的「白帝廟東面沿溪兩岸比較平坦的土地」上，我們卻看不到什麼平坦土地，因爲白帝山（廟）之東，就是東瀼水入江口這一段，經過我實地測量，河谷的縱深只有330-350米，寬度也不過200餘米左右，這一小段因爲處在河口，都是沙質河床，冬天看來都是軟沙，夏天全部是河道，談什麼產水稻，談什麼東屯整體之一，都是不可能的。（圖二十四、二十五）

圖二十五　冬日白帝山東側的東瀼水

冬日東瀼水入江口水量甚小，河床都是細沙，無耕作跡象。山坡有農民種菜，數量有限。拍照者立足處即河谷中心。

而且，譚先生對東屯稻田的估算也不切實際，他說「完全能夠造百頃左右的良田」，其實是完全不可能，我在第三節中已經對東瀼溪河谷作了清楚的解說，現在再補充一點意見：譚先生說上壩到白帝廟東面約二十華里，實際上，由上壩草堂大橋東端，到白帝城外馬嶺西北端（即現在白帝城停車站），公路里程才6.05公里，白帝山很小，白帝城停車站到最南端江岸，包括了馬嶺都算進去，不過才700米以內，即使不算直線距離，而隨著東瀼水轉彎來計算，也不過約970-1030米，全部加上，至多只有7.1公里。譚先生所謂20華里（10公里），估計得太多了。而且譚先生把旱八陣以下都算到百頃良田裡，事實上，從旱八陣以下都不能耕作稻田，因此他所指爲稻田區的良田，要扣除掉70%以上。

再者，他說：「（東屯產稻）精華區在歐家灣到土地嶺之間」，基本上是對的，我爲他這樣解釋，對讀者比較清晰：從草堂河大橋往南計算，東瀼水的西岸是浣花村八組、七組、六組，老地名歐家灣，此區有不少田地，果園也不少。但是一過了浣花五組、旱八陣北側邊緣這條線，浣花村四組（即譚文所稱杜公祠）連同土地嶺本身，都以園作爲主，現在種的是臍橙，古代杜甫所種的是柑橘。再往南走都屬白帝村，除了冬天種菜外，沒有主要農作。東瀼水東岸，大橋村（上壩）在草堂大橋以北，大橋以南是八陣村一組、二組，（八陣村三組以上在石馬河裡面，不必計算。）這些地方才是產稻區精華區。過了支流石馬河，有浣花村九組，有田，但每年被水害。浣花村到九社爲止，以下是瞿唐村，情況與白帝村相同。譚先生說的精華區，其實應該說稻米只產在那個地方，並沒有什麼精華區或不是精華區的差別。

以上是我對譚先生東屯之說的回應，譚先生的方法是正確的，考慮是周詳的，唯一的錯誤是不該相信古注，既然有意由現地研究入手，又不信杜甫原詩，反而太相信古注，所以無法突破自己所設定的框架。

至於劉眞倫先生的〈杜甫夔州高齋考〉一文說：

《寄從孫崇簡》：〝嵯峨白帝城東西，南有龍湫北虎溪。〞白帝城東，爲東瀼水（今草堂河）入江口，所謂南湫北溪的形勢，實地考察是不難判定的。草堂河入江一段，爲東西走向。溪水由赤甲山北麓西流，至白帝山下，西南折入長江。

又云：〝白鹽危嶠北，赤甲古城東，平地一川穩，高山四面同。〞赤甲古城，古赤甲軍駐地，其地與白帝城相接。東屯尚在其東。東瀼水繞赤甲山北麓西行，所以東屯在赤甲山背面，方向爲北邊。此處爲與〝赤甲古城東〞相對，改以白鹽山爲座標，蓋白鹽尚在赤甲之南，那麼說東屯在白鹽以北，方向是不錯的。

在這篇文章中，他所說東瀼水流經赤甲山北麓，以今地名赤甲山而言，還可以說是正確，但他談到杜甫何以說「白鹽危嶠北」時，則是陷入矛盾，難以自圓其說。他明明說東瀼水流過赤甲山北，然而他又主張白鹽山因爲尚在赤甲之南，所以也能改以白鹽山爲座標，說東屯是在白鹽之北。表面看，此說似乎也有道理，實際上卻是不可能的。讀者如到今人所稱的東屯，從杜公祠故址東方的河谷中，就可以清楚看見山勢走向（原址林木太多，視線易受阻）。假設以河谷中央爲立足點，從東南到正南的方位，都是今稱赤甲山以高拔的山形逼視而橫過，完全看不到今稱白鹽山，只有在西南一角，它才從赤甲山的山嶺上露出一點頭來，完全沒有白鹽山原有的精神風貌，（參閱193頁圖八，圖八雖然是以旱八陣爲立足點，所見相差不多），相信讀者也不相信杜甫在介紹他自己的住家時竟然會不以眼前山爲座標，而以幾乎看不見的白鹽山爲座標。

其次，劉先生又說：「赤甲古城，古赤甲軍駐地，其地與白帝城相接。」如果我沒有看錯，他應是把赤甲古城設定在子陽城，和我的主張一樣，但他爲什麼不敢把這座山就叫做赤甲山呢？還要去把杜甫明明稱爲「白鹽山」的那座山，順應後人錯誤的說法，去稱作赤甲山，然後硬把赤甲城與赤甲山分開，以曲解文意。如果他接受杜甫原來的指示，把赤甲城所在這座子陽山就當作赤甲山，而東屯所倚的山就還原爲白鹽山，如是就可以完全用杜甫原詩來解決問題，他在考慮什麼呢？舊注之害，可見得十分激烈的。此外，他談瀼西也因爲放不開舊注的影響，而指錯了位置。

總之，全身充滿了求新求進步的活力的譚、劉二位先生，因相信舊注而誤解杜詩，舊注的錯誤又何自而來呢？是因爲相信了南宋人對東屯杜甫住宅所作的錯誤定位，數百年來，層層的錯誤，使杜甫夔州詩的眞義，陷於一片迷霧，只有從追求眞實的現地研究，才能重新詮釋杜詩，還給杜甫眞實面貌。至於本文雖然對譚、劉二位先生有所評論，對他們開大陸杜詩研究風氣之先的作爲，也表示萬分崇敬。

五·結語

本文以現地研究的客觀精神與方法，對杜甫東屯住宅作了種種合理的擬測，排除了自南宋明清以來，所謂去白帝五里而近，或以今白帝鎭浣花村四組爲東屯杜甫草堂舊址的錯誤說法，註101並將東屯住宅

101．1999年1月筆者曾走訪居住在奉節縣白帝鎭浣花村四號（門牌上如此）的七十五歲老人孫萬益老先生，詳細考察了清杜公祠的遺址，請參閱拙撰《後入蜀記》，頁36。

最可能的位址，定位在石馬河北岸、東瀼水東岸的八陣村二組，正在從北方伸展而來的山崦之下。

以下分為五點結論：

1．從杜甫原詩對東屯的山川形勢、社區特性、生產特徵等各方面觀察，確定東屯必須是重要產稻區，同時必須是可以望見赤甲山（今稱子陽山）與白鹽山（今稱赤甲山），必須是對夔州城而言是偏遠荒僻的，必須在溪畔如同桃花源。綜合這些條件，只有上述定位的位址可以相合。

2．杜甫明確地將東屯定位為主要稻米產區，水稻是春耕、夏耘、秋收的作物，會受到長江多頻率高水位時回水淹沒的地段不可種稻，會受到長江每年最高水位影響而發生重大災害的地區，也不宜種稻，這兩點乃是常識。從萬縣至宜昌的三峽江段以七、八月流量最大，特別是七月（舊曆六月），重大水災幾乎年年發生。杜甫詩中的種稻月份整整比我們熟知的種稻經驗晚了兩個月，因此，在特大洪水成災之日，正是大秧插後，成長開花之前，完全不能受水淹。因此，只有在完全不受長江多頻率高水位時回水淹浸或常年特大洪水破壞的地方，才可能是杜甫東屯茅屋之所在。

3．以東瀼水流域的水情言之，東瀼水的水位完全受長江水位影響，現代一般多頻率的高水位可定為103米，此時長江回水逆溪而上，已淹到二溪溝以上，距白帝山北麓直線距離約1,200米處，凡淹水區都可行船，到現代還有小木船在載客。唐代河床肯定較現代為低，在上述的水位，回水如已到杜甫所居住的土地嶺下，並不令人意外。再者，從劉家信的瞿唐峽鳥瞰照片，以及趙貴林在1998年洪峰時所拍的白帝城索橋，都可證明在本地天氣良好的情況下，水位也可能高到海拔110米以上，這時候，即使不管東瀼水古今河床抬高的變化，土地嶺西南及南麓，也必定不可種稻。至於每年次數不等的特大洪水，更可越過今土地嶺以東的河道，淹沒至旱八陣。因此，如果要劃出一條稻米生產的分界線，可以從旱八陣的北緣，連接到八陣二組與浣花五組南緣，以此爲基線。界線之北是東瀼水流域主要產稻區，界線之南，年年受洪水影響，不適合稻作。這條分界線，也就是杜甫東屯住宅推定位址的最南界。

4．談到東瀼水的古今水位，必定關聯到長江古今水位的問題，本文除參考中國大陸水文學者發表的學術論據外，並檢證多種古代歷史地理資料，說明了瞿唐峽口的長江水位古今應無明顯變化。附帶的，也對灩澦堆的大小及位置做了周詳的考證，自古以來，對灩澦堆的說法都無確準，近人所提的數據也多不可信。我運用古今水位及周邊白帝山、馬嶺的高程，證明奉節航道處所提供的數據最爲準確。

5．杜詩古注發源於宋代，進步於明代，集大成於清代，但是宋代原有的錯誤已經不少，後人又輾轉抄襲，絕少肯做實證工作，誤謬自然叢生，特別是對夔州地理方面的注釋，其可信度甚微。至於如青苗陂之無中生有，公孫屯田之後起臆說，皆與杜甫完全無干，卻成爲今日杜注的主流意見。而東屯距白帝五里之說，本是南宋李襄自言家藏杜甫大曆中故券，並以此因緣爲杜甫營建祠堂而產生的說法。李襄之說本極可疑，劉昉、陸游等多位南宋人士贊同其說，爲之落成、爲之撰文，終而成爲定說，經各種地理總志、方志加以確認，並爲歷代主要杜注引用，歷代政府在此立祠紀念，雖然和杜甫原詩發生許多矛盾衝突，迄今無人眞正的注意到。本文也對上述舊注之錯誤，一一予以駁正。

伍 · 瀼西草堂

一 · 前言

古詩的詮釋，以追求詩人眞實語意爲首要工作，在追求詩人語意的過程中，詩人的居住地點往往成爲注目的焦點，這是因爲詩人作品往往與居住地有密切關係，居住地如果被誤指，便可能會影響到注家對詩篇的詮釋。杜甫夔州詩的詮釋工作裡，地名問題也是最值得注意的。特別是，相對於杜甫其他時期的生活，旅夔期間他數易其居，究竟是什麼緣故？實在令人難以索解。而他數度移居的每一個處所，至今仍待考證，其中最值得注意的，就是「瀼西」一名的定位。

杜甫在夔府的衆多住所中，「瀼西草堂」的重要性，幾乎等同於成都的「浣花草堂」，正如杜甫成都詩中對「浣花草堂」有明確的紀錄，夔州詩中對「瀼西草堂」也有很鮮明的形象介紹。但是，由唐迄今，「瀼西」地名的指謂，呈現著嚴重的兩歧化，「瀼西草堂」的眞正位址，也就無從確立。

「瀼西」一地的兩說，一是認爲「瀼西」指白帝城旁的東瀼水（草堂河）流域，因位在東瀼水之西，故名爲「瀼西」；二是認爲「瀼西」應指今奉節縣城東的大瀼水（梅溪河）流域，因在梅溪河之西，故名爲「瀼西」。由於梅溪河在唐代並無名稱，這條河之名爲瀼，最早是起源於宋人，宋代始稱爲瀼水，明代稱爲大瀼水，清代稱爲西瀼水，皆承沿宋代之稱，至於在瀼上增加大字和西字，應是為了有別於東瀼水。

近數十年來，兩岸及國外的杜詩學者，幾乎一面倒地同意「瀼西」乃在梅溪河之西的說法，劉貞倫先生甚至在梅溪河西岸為「瀼西草堂」找到了可能的位址，不過，根據我的考證，「瀼西」之地應在東瀼水流域，不可能遠在梅溪河西，劉氏之說亦不可信。

為了釐清這個問題，必須由「現地景觀考察」、「杜詩原典詮釋」、「歷代記載還原」三方面都得到圓滿的答案，所以我研擬了兩條研究路線，深入地來處理：第一，是由杜甫本人的作品，比對現地調查所取得的自然地理資料，確立杜詩所指「瀼西草堂」最可能的位址。第二，是由瀼西名詞的歷史演變，比對現地調查所取得的自然地理資料，解釋地名遷轉變化的路徑，判別有關杜甫「瀼西草堂」各種說法的正確性。本文採現地研究，揚棄前人就資料溯源的方法，直接比對杜甫原詩和山川地貌的具體實物，講實證，論實事。

具體的作法是，首先，對梅溪河與東瀼水的地貌差異，作簡要的論述。其次，依據杜甫詩句，分別將杜甫所敘述的「瀼西草堂」地理方位、住宅房舍、果園植被、交通現象、溪谷特徵、社區屬性等各方面資料，作總體的整理，並據以與具體實見的景觀比對，找出最可能的位址。再其次，針對歷代使用「瀼西」一詞的紀錄，從最早出現的記載開始，向下層層挖掘，了解其中的轉變。而後，並對歷代杜詩古注對「瀼西」的注釋，作一番徹底的清理工作。以此證述「瀼西」地名，何以從東瀼水流域，被移來稱呼梅溪河流域。

二・東瀼水與梅溪河之自然景觀

以下，先以完全客觀的立場，圖文並用地，對這兩條溪流的自然景觀作一解說。

1・東瀼水（草堂河）

東瀼水發源於今奉節縣汾河鎮，全長33公里，有關東瀼水全程的研究，請參閱第四章，由於研究杜甫東屯住宅時，必須注意到東瀼水全流域，所以在上章我已做了全程解說。本文只針對杜甫「瀼西草堂」位址的可能區域，亦即土地嶺西南坡奉節頁岩磚廠以下到白帝城北這一段，作進一步討論。

土地嶺是今稱子陽山由西北向東南伸入東瀼水的一條高岡，隔著東瀼水與今稱赤甲山（唐白鹽山）的高峻陡壁斜斜相對。子陽山主要山體多為600-1,500米，廣袤數十公里，土地嶺是它餘脈所成的高岡，公路經過最高點的海拔為165米。

圖一　土地嶺西南麓與杜甫瀼西宅

這是由東瀼水仰看土地嶺及杜甫瀼西宅可能位址，由地面尚未全乾之土壤可知，水位較高時，此地應被長江回水淹沒，在唐代，大多數時候應可行船。照片之左紅色房屋疑為杜甫瀼西宅故址，杜甫果園即由瀼岸延伸至這片小岡上。

土地嶺西南坡、南坡都臨東瀼水，由河灘上向北張望，照片中正面所見的坡度約為30-35°，右側坡面的坡度較緩，只有10°左右。（圖一）

東瀼水在土地嶺以下，河漫灘的性質益為明顯，溪水由土地嶺南

表一　土地嶺南麓東瀼水河谷寬度實測表

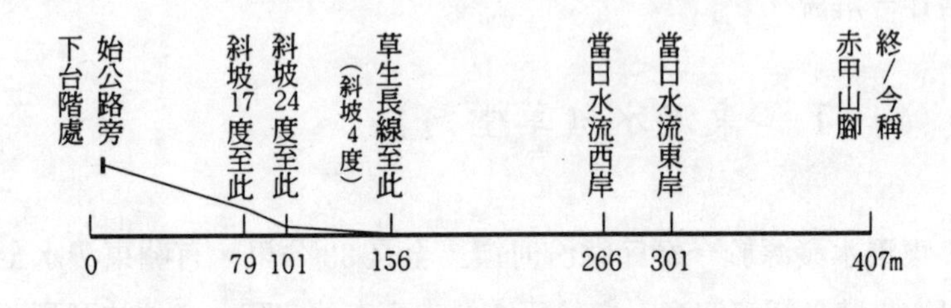

說明：
(1)公路距離河床（草生長結束線）之高差約36米，誤差2米。(2)由於測量起點至156米處都有斜坡，經過核算，實際河谷寬度應減去6米，爲401米。

方、西南方，再曲折流向白帝山，到白帝山北麓又轉而東向，繞過此山東北角之後，才折而向西南入江。1999年8月26日我實測了從頁岩磚廠至今稱赤甲山（唐白鹽山）山腳的距離，作成上表（表一，測量時自磚廠牆外取正北至正南方向）。其中東瀼水當日實際的水流寬度爲35米，流量頗大。至於冬季情況，我在1999年1月29日所測流寬爲10.2米，極淺。

東瀼水與長江回水的互動關係密切，以現代所見爲例，今日冬季長江江水不能進入東瀼水河道，但在夏季一般時候，長江回水大量侵入東瀼水，還可通行小木船。其回水的長度，據本人1999年8月24日所攝照片（圖二），當日灩澦口水位

圖二　東瀼水之長江回水與瀼西民居

在103米水位時，長江回水進入東瀼水之實例，未到土地嶺下，照片右端之河床即土地嶺前。

約爲海拔 102-103 米，長江侵入東瀼水至白帝山麓以北約 1,200 米處，距離土地嶺西南坡大約500米左右（皆指直線距離）。但在《中國長江三峽》一書頁 33 所載〈瞿唐峽鳥瞰示意圖〉照片中顯示，拍照當時長江回水明顯地已經越過土地嶺下的河谷，當時天氣晴朗，今稱赤甲山臨江山腳的大礁石已完全被淹沒，江面海拔應在110餘米以上。[註1]可見在晴天時，回水會淹至土地嶺下，確有證據。

況且，土地嶺以下都是以細沙爲主的河床，與它上游以卵石礫爲主的河灘景觀，完全不同。我踏勘時，河谷仍然泥濘。細沙灘的形成，與河床經常爲長江回水淹浸有因果關係。

再說，如果古代河床較今爲低，非無可能。河漫灘河谷的河床經過千餘年而抬高，並非少見，更何況近年東瀼水上游因水土保持不良，河床年年淤高，也經 1995 年版《奉節縣志》證實，可見唐代東瀼水河床應較今爲低，並非無據。既然現代江水已曾經進至土地嶺下，那麼唐代長江回水可經常至土地嶺下的可能性，自應予以認定。

接著，再以位在土地嶺西南坡的奉節頁岩磚廠爲基點，分別向南北介紹東瀼水兩岸情況，由於東瀼水與左右兩山的互動關係，很難以端正的方位來描述，而且，山勢與河谷不斷地在轉折，可能會混淆了讀者的注意力。因而，在沒有必要確指方位時，我可能以簡單的南北或東西概念來敘述，必要時或以「側」字來表示，敬請留意。

頁岩磚廠所在地是白帝一組（門牌1-54），公路通過磚廠，向北

1．見劉家信：《中國長江三峽全景》（北京：中國城市出版社，1997年5月）因版權關係，不便轉載。趙貴林也有同一地點照片，水位近似，我以白帝索橋橋塔爲準，換算其淹沒的高度，懷疑類似的水位高程接近 118 米。

圖三　由頁岩磚廠向西南可望見白帝山

照片中央上方山頂高處即白帝山，凹處即馬嶺。照相時是八月，坡地有人種菜，數量不多。在白帝山與照相者之間的河道中有水，即長江回水。

行駛約300米，即土地嶺公路最高點，再行約400米下坡處有清代杜甫草堂碑。註2 向南，在磚廠及公路均可直接望見馬嶺及部份白帝山。（圖三）今以東瀼水爲中線，由基點逐一向南介紹，最先看見的是三溪溝（三七溝）、牛腦殼包、牛屁股、二溪溝（二七溝）、擂鼓台、一溪溝（一七溝）、子陽城，雖然有這麼多小地名，如果由空中鳥瞰便會發現實際上是一個完整的山塊，都是唐稱赤甲山（今稱子陽山）的一部份。山坡的坡度在20-30度不等，山腳下常有小片坡度較平緩的水少時可種蔬菜之地。一溪溝又稱北門溝，公路下有古城門及城牆，疑是宋瞿唐關、清下關城的東門，註3 不過，1995年版《奉節縣志》認爲是古白帝城的東門。古城門之右，有通往馬嶺的小徑，小徑起點的海拔高程約爲

2·公路所經土地嶺最高點即白帝鎮行政中心，市集極盛。草堂碑爲光緒三十四年金壇馮煦所撰，文不甚佳，碑面向南168度，立在公路旁，當地農民說是從被拆毀的杜公祠地下掘出，村內爲清杜公祠故址，尚存三石柱礎。

3·據奉節縣志方志編纂委員會編：《1995年版奉節縣志》（北京：方志出版社，1995年12月）頁707，按此節頗爲淆亂，姑引於此。據我了解應是清下關城之東門，門口面對正東（可能偏南10度以內），參閱本書頁111。又，因其位置在白帝城北，當地人有稱爲北門溝者，亦有其理。

140米，其下都是連續的峭壁（圖四），直到馬嶺結束，進入白帝山的範圍，才再出現坡度較緩的斜坡。

圖四　由東瀼河谷望馬嶺峭壁

馬嶺在冬季峭壁特性顯著，由土地嶺沿冬季無水的東瀼溪谷南行，便可見到此景。《水經注》描寫馬嶺的情景，如果是冬天，便可相合。

在東瀼水的東側，最北當土地嶺之南的是今稱赤甲山麓的瞿唐村五組、四組，山腳有頁岩磚廠的磚窯，上方有飛龍寺、祖師廟。由此稍南行，有一條由今稱赤甲山伸入河谷的平岡，岡上有人種菜，冬季較盛。今稱赤甲山在瞿唐六組完全是陡壁，到了瞿唐五組、四組，山坡襟翼逐漸拉長，坡度趨緩，才有這條平岡。其後，當東瀼水接近白帝山之前，再以一條平岡插入東瀼水中。杜甫從入江口馳馬回瀼西草堂時，看到的就是平岡與人家。所謂「東得平岡出天壁」、「江村野堂爭入眼」是也（圖五）。東瀼水繞過了這條平岡，離入江口二三百米處，今稱赤甲山再現陡壁，坡度有時高達55-65度以上。

圖五　瀼水東岸平岡人家

照片中的平岡其實並不高，這便是杜甫由東瀼水入江口向北行，將會遇到的兩條平岡之一，這是平岡的近山部位，所以有居民及村落。

2・梅溪河

梅溪河是現在奉節境內長江最大的支流，據《1995年版奉節縣志》所載，它發源於今巫溪縣境，境內全長83.6公里。大部份河段都在高山深谷中行進，多險灘急流，落差集中，平均比降高達8.57‰，下游較平緩處平均比降2.75‰。不過，歷代所談論的與杜甫可能有關係的河段，應不超過江岸階地往北約三、四公里以內的河段。

圖六　枯水期梅溪河口

梅溪河由北向南，穿越臭鹽磧的沙質部份進入長江。此時正暮春時候，桃花盛開，江水稍高，沙磧已減。　趙貴林攝

圖七　洪水期的奉節縣城與梅溪河口

由長江南岸攝影，當時水位應在海拔103-105米左右。照片中差不多包括了全部永安鎮，向北盡頭隱約可見吊橋。劉眞倫推測杜甫瀼西宅，大約在箭頭所指處，說見下文。　陳丁林攝

梅溪河入江口冬夏景觀不同，（圖六、七）冬季的入江口出現一片廣大的沙石磧，古稱魚復浦、八陣圖，現又稱臭鹽磧，梅溪河由這一大片沙石磧中流過，蜿蜒入江。在臭鹽磧的北端盡頭處，相當於夏季河口處有木橋通行兩岸，橋下的河寬約

10米餘，從前沒有公路時，亦可行木船。

由於臭鹽磧在汛期（西曆5月至9月）完全淹沒於水中，因而梅溪河入江口一到洪水期便河面寬闊，水量豐沛。梅溪河兩岸與奉節長江幹流兩岸一級台地（TII級階地）相連，階地海拔高度約有135-140米，相對高差達32-37米。[註4]因此，除了校場菜園地到江面坡度稍緩之外，一般均陡峭，不易登行，愈往北行，河岸相對高差愈大，坡度也愈大。雖有公路和吊橋相通兩岸，但仍有農民乘坐渡船。

由入江口算起，西岸由一級台地上方至臥龍山腳（非宋人所稱之臥龍山），約有1200-1400米坡度由5至10度的緩升坡地，（圖八）奉節縣城永安鎮就建在這片寬緩的斜坡上，照片中所見的是縣城東側現在名爲校場的菜園地，是整片坡地的最低點，就在梅溪河旁。至於整個縣城這一片臨江坡地的終點位置，就在今奉節

圖八　自梅溪河口北望所見

自河口回望梅溪河谷，兩岸河床與一級階地之間的斜坡，坡度甚大，冬春皆種菜。左側菜園後爲縣城，山爲清臥龍岡，縣城這片坡地到臥龍岡下，陡然高起。宋人認爲杜甫瀼西宅在計臺（漕司），就在接近這座山下，還有一些距離之處，約海拔150米，今爲奉節縣人民政府。劉眞倫所指處約海拔180米，則在山邊奉節中學一線。　趙貴林攝

4・長江水利委員會據：《三峽工程地質研究》（武漢：湖北科學技術出版社，1997年10月），頁43-44，表2-7「重慶至宜昌長江幹流階地基本情況」。參閱頁200。

中學內，海拔高度約180米，劉真倫指爲「瀼西草堂」的位址就在奉節中學一線。這裡原是明清奉節縣儒學所在（圖九），至於明清夔州府學在小南門北，被認爲是永安宮遺址，現爲奉節師範的校地，與此不同。由奉節中學門口的公路向東，就是清代小東門舊址，小東門外就是梅溪河岸，已是75-80度以上的陡壁了，往梅溪河吊橋的公路，在城關口轉彎北行，沿路都是緊貼山壁而成。

圖九　光緒本奉節縣志之臥龍岡圖

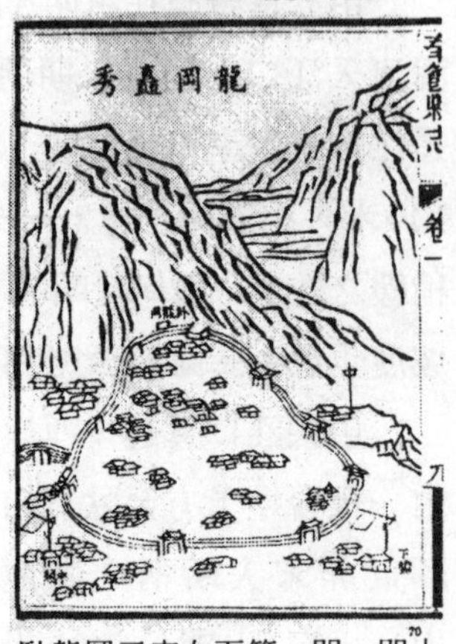

臥龍岡三字右下第一門，即小東門。其左爲北門。縣儒學即在臥龍岡三字下之房舍。

東岸臨江階地也有較平緩處，但極短淺，從入江口向北約百米就是白帝城往奉節縣城的公路在此通過、轉彎，公路沿河東岸北行，沿路所在位置的海拔約135-165米，逐漸升高，處處可以見到與溪面高差30米以上的陡坡，公路東側上方即宋代臥龍山（圖十），與子陽山相連。公路越向北坡度漸大，山高坡峻，溪谷也越來越深，今奉節縣政府在距離入江口階地大約公路里程2850米處，建了一座無索塔斜吊結構的吊橋，稱爲梅溪河大橋。橋長240餘米，寬12.5米，高43米，跨徑200米，橋面海

圖十　縣城與南宋臥龍山

宋人以照片中央偏右這座山爲臥龍山，因緊連州城，雖在梅溪河之東，宋時遊觀甚盛。宋人所謂八陣圖就在這座山下。　簡錦松攝

拔高程約165米。

此一吊橋，向西，連通奉節縣城，自吊橋東端至清代小東門的距離約1,400米，至人民政府前約2,100米。向東，分為兩路，南向通往白帝城，北向是奉溪東路（１９９５年版《奉節縣志》稱為奉巫北路），經過奉節縣寂靜鄉境內，主線通往巫溪，支線在汾河鎮竹柿坪分道，在此又分出一條次支線往東北，可達天池鄉，主要支線向東南行進，可達白帝鎮（分支向草堂鎮、巫山縣）等處，最後又繞回這座公路吊橋，也就是剛才所說的從吊橋南向的那條路。

比較兩條溪的溪流景觀特色，梅溪河方面，除了沙石磧不談，即使從入江口算起，溪岸除了一小段斜坡，走上來就是大約30米以上的階地（河之西）或陡坡（河之東），從長江邊上了階地，沿溪岸向北走，一、二公里內海拔也由130餘米不斷急升，到清代小東門外公路海拔已高達170-180米，與溪面的落差甚大，公路線以上的山勢更高，谷坡深峭，溪谷風味很少。相對的，長江在奉節縣城外，以1000餘米寬闊的態勢橫臥其下，且不說站在這片緩坡上，即使進入梅溪河谷，也很難予人溪谷之感，反而是江岸之思較多。

更何況，在接近吊橋之前，兩岸山壁已極高峭，過橋北行，公路沿著山腰修造，溪面與公路的落差更大，而且愈往北愈大。（圖十一）從寂靜鄉高處下望，很明顯地看見溪

圖十一　梅溪河山高谷深

梅溪河山高谷深，離縣城數公里後，仍不太遠的奉溪東路上，即出現照片中景觀，與杜詩所述迥異。　簡錦松攝

谷兩岸高壁夾峙的情形，甚至在寂靜鄉烏家溪匯流口以北，還有一段長達數公里的明顯地峽（圖十二）。

圖十二　梅溪河上游深峽

這是由奉溪東路上所見，拍照處距離吊橋約爲公路里程 12.4 公里，溪面距離並沒有這麼遠，以車行估計，深峽長度似有 2,000 米以上。

不同於梅溪河的深峽特性，東瀼水則屬於寬谷性質，（圖十三）東瀼水流域多平岡，除了唐稱白鹽山（今稱赤甲山）有部份峭壁地段，但因爲河谷較寬廣，橫跨在河谷間的都是高差不大、坡腳修長的平岡，具有充分的寬溪風味。白帝城東的東瀼水入江口雖有少數峭壁，但向上溯溪不遠，便不覺得兩岸山谷有逼仄之感（圖十三）。

在東瀼水流域，由於坡度較緩，沿線引水灌溉十分發達，土地嶺以南因汛期會被江水淹沒，不能種植水稻，但斜坡冬日種菜及開闢橘園都有古老的歷史，唐代夔州政府顯然也做了一些「塹」之類的水利設施，因而杜詩中菜畦及柑林、豆田、瓜園時有所見。在梅溪河方面，雖然在城東校場這片緩坡上，農民的菜園作物極盛，冬夏皆然。不

圖十三　東瀼水的寬谷景觀

這是由東瀼水入江口回望，假設詩人乘船入溪，他所能看見的寬谷景觀。　簡錦松攝

過，由於這片坡地本身並沒有充分的水源，由長江或梅溪河取水灌溉的話，限於水岸高差甚大，以現在技術而言固然沒有多大困難，但在唐代應不是那麼順利。據奉節本地耆老所言，梅溪河東岸山地，在四、五十年前還有許多合抱的大樹，我懷疑在唐代時期，梅溪河西岸也還是一片雜樹林。

三 · 杜詩對瀼西草堂之直接描述

1 · 瀼西與杜甫

最早出現「瀼水」這條溪流的記載，是在《水經注》中：

> 漢獻帝初平元年（190），分巴爲三郡，以魚復爲故陵郡，趙韙訴劉璋，改爲巴東郡，治白帝山。城周回二百八十步，北緣馬嶺，接赤岬山。其間平處南北相去八十五丈，東西十七丈。又東傍東瀼水，即以爲隍。西南臨大江，窺之眩目。唯馬嶺山差逶迤，猶斬山爲路，羊腸數四，然后得上。

文中「又東傍東瀼水」一句，《太平寰宇記》引作「又東傍瀼水」，雖然我們無法從版本上直接證明何者正確，似乎應以《太平寰宇記》所引爲是。

《水經注》之後，再談到瀼水的就是杜甫詩。

爲了使讀者對杜甫詩中如何運用「瀼」、「瀼岸」、「瀼西」等詞彙，並了解爲何後世詩文中喜歡使用「瀼西」之類的字樣4，我先將杜詩中用及瀼字的詩作，整理成下表：（表二）

表二　杜詩運用「瀼東瀼西」詞彙一覽表

	詩題／出處	詩句	關鍵字
01	夔州歌十絕句（詳註 15：1302）	瀼西瀼東一萬家	瀼西瀼東
02	瀼西寒望（詳註 18：1562）	定卜瀼西居	瀼西
03	卜居（詳註 18：1609）	春耕破瀼西	瀼西
04	暮春題瀼西新賃草屋五首（詳註 18：1610）	旅食瀼西雲	瀼西
05	江雨有懷鄭典設（詳註 18：1614）	岸高瀼滑限西東	瀼岸
06	晚登瀼上堂（詳註 18：1619）	故躋瀼岸高	瀼岸
07	柴門（詳註 19：1643）	泛舟登瀼西	瀼西
08	阻雨不得歸瀼西甘林（詳註 19：1659）	欲歸瀼西宅	瀼西
09	秋日夔府詠懷一百韻（詳註 19：1699）	市暨瀼西巔	瀼西
10	自瀼西荊扉且移居東屯茅屋（詳註 20：1746）	東屯復瀼西	瀼西
11	簡吳郎司法（詳註 20：1761）	遣騎安置瀼西頭	瀼西
12	小園（詳註 20：1779）	瀼岸雨頹沙	瀼岸

以上十二個詩例，全部稱東瀼水爲「瀼」，而沒有「東瀼」之稱，杜甫的生存年代而言，正是《水經注》逐漸流行的時代，杜甫是否看過《水經注》，固然無從得知，相較《水經注》更早的地理書，如《水經注》所引用過的盛泓之《荊州記》，以及《唐書．藝文志》所載而今已不傳的《夔州圖經》，這兩部書是否曾經被杜甫參考過，更無由得知。在這樣情況下，我們固然無法證明《水經注》的「東瀼水」是否爲「瀼水」之誤，但是，絕對可以說明在杜甫之時，這條溪只有一個名稱，就是「瀼水」。《太平寰宇記》所用的材料都是唐代材料，所以也沒有東瀼之稱，至於流傳已久的《水經注》版本爲何會稱「東瀼水」，或許是出於後人刻書時的添增。

其次，在十二個詩例中，有九個例句提到「瀼西」，只有一例在談到「瀼西」時兼談到「瀼東」，另外三例提到「瀼岸」。可見「瀼西」一地，在杜甫居夔期間，具有相當特殊的意義。

對杜甫而言，「瀼西」並不是一個泛稱的地名，而是實有其住宅的地方。杜甫的詩中明顯地寫到瀼西住宅的，有：〈柴門〉、〈阻雨不得歸瀼西甘林〉、〈卜居〉、〈暮春題瀼西新賃草屋五首〉、〈小園〉、〈自瀼西荊扉且移居東屯茅屋四首〉、〈簡吳郎司法〉、〈寄從孫崇簡〉、〈課伐木〉等等，各詩對「瀼西草堂」的起居狀況都有鮮明的記錄。還有一首特別值得注意的〈醉爲馬墜群公攜酒來看〉詩，清楚地指出從白帝城返回「瀼西草堂」的方位、沿途景物、以及溪旁飲集的情況。另有四首，雖然也寫東瀼水的情況，卻不是在「瀼西草堂」居住時的作品，這就是：〈夔州歌十絕句之五〉、〈瀼西寒望〉、〈晚登瀼上堂〉、〈江雨有懷鄭典設〉。

爲「瀼西」定位的最便捷方法，就是找到杜甫的住宅，觀察他如何返家、如何出訪的路線，檢驗他居家的生活與其他行爲，上舉各詩大致可以解決這個需要。

在本節中，我將以最實際的方法，由杜甫的詩中去尋找杜甫對自己住家的介紹，從而確認「瀼西草堂」的位址。所有討論，一律以杜甫詩的原文爲主證，偶而也討論舊注某些特定的意見。至於針對舊注的總體評論，將留待下一節再作綜合處理。

2 · 鄰近白帝城之方位特徵

杜甫對「瀼西草堂」的描寫，首先就是指出它鄰近白帝城。由於東瀼水緊鄰白帝山，因而可證知「瀼西草堂」乃在東瀼水流域。

首先，請看〈寄從孫崇簡〉詩中所言：

> 嵯峨白帝城東西，南有龍湫北虎溪。吾孫騎曹不記馬，業學尸鄉多養雞。龐公隱時盡室去，武陵春樹他人迷。與汝林居未相失，近身藥裹酒常攜。牧豎樵童亦無賴，莫令斬斷青雲梯。（詳注，18：1613）

本詩是杜甫寄從孫崇實訪談近況的詩，「嵯峨白帝城東西，南有龍湫北虎溪。」龍湫並非實地名，而是用來比喻白帝山之南的長江，至於虎溪，則是用晉代東林寺故事，比喻白帝山之北的東瀼水。杜甫在夔州時，事佛甚篤，用虎溪典故以自喻並勉從孫崇實堅定同隱之心，是相當自然之事。詩中尙有「武陵春樹他人迷」及「與汝林居未相失」之語，說明他和從孫崇實都居住在這條溪邊，可作爲「瀼西草堂」即在東瀼水的第一手證據。此外，〈卜居〉詩有「桃紅客若至，定似昔人迷。」與「武陵春樹他人迷」所用爲同一典故，所指爲同一事件。由此可見，杜甫所居的「瀼西草堂」就在白帝山北的東瀼水流域，他自己早已有很明確的說法。

如果這一點還不足以證明杜甫「瀼西草堂」就位在東瀼水流域，那麼，〈醉爲馬墜群公攜酒來看〉一詩所記錄的杜甫返回「瀼西草堂」的路線，也可以清楚地證明瀼西之宅確定在東瀼水流域，全詩如下：

> 甫也諸侯老賓客，罷酒酣歌拓金戟。騎馬忽憶少年時，散蹄迸落瞿塘石。白帝城門水雲外，低身直下八千尺。粉堞電轉紫遊韁，東得平岡出天壁。江村野堂爭入眼，垂鞭嚲鞚凌紫陌。向來皓首驚萬人，自倚紅顏能騎射。
>
> 安知決臆追風足，朱汗驂驔猶噴玉。不虞一蹶終損傷，人生快意多所辱。職當憂戚伏衾枕，況乃遲暮加煩促。明知來問腆我顏，

杖藜強起依僮僕。語盡還成開口笑，提攜別掃清谿曲。酒肉如山又一時，初筵哀絲動豪竹。共指西日不相貸，喧呼且覆杯中淥。何必走馬來爲問，君不見嵇康養生遭殺戮。(醉爲馬墜諸公攜酒相看，詳注，18：1590)

這首詩相當重要的一點，就是它明確指出杜甫由白帝城回家的方向是東行。以下，我們必須仔細檢查這首詩所透露的信息。

首先我們要分辨作詩地點是不是在「瀼西草堂」，本詩的主題爲杜甫墜馬受傷之後，居家休養，親友前來探望。杜甫的傷勢如何，雖然不能明確地由詩中看出，但從他墜馬後必須使用藜杖並倚賴童僕扶持，卻還能開口談笑飲酒，可見應是腰腿一類的部位受到損傷，依常理，此時的杜甫應該在家休養，而且行動不便，不能走太遠，更不利攀高或爬下。然而，這時他還能起身接受朋友的慰問，準備酒食供大家分享，還一同到溪邊掃地共飲，可見這條溪流應該是在住宅附近，而且溪岸距水面的高度不大。以杜甫的遷居情況來看，他自言居住在溪邊的只有兩種情況，一是在「瀼西草堂」，一是在「東屯茅屋」，本詩寫作地點必居二者之一。

再從時間上來看，這首詩裡並無完整的季節概念語，只有「垂鞭嚲鞚凌紫陌」一句，略帶有季節感，「紫陌」的概念，我核對過《全唐詩》中一百八十餘個的例子，可歸納出三個詮釋意見，一是指首都長安洛陽的街道，佔了超過90%，二是指大都市街道，三是指春天街道，後兩種情況所佔比率不及10%。這首詩作於夔州，在本句之前已經說到「江村野堂爭入眼」，確定是郊野之景，當然就不會是指首都或大都會區街道，而是指春天的道路。而且，如果是在夏秋江水高漲

圖十四　白帝山直下之險

今白帝山西閣下，冬日水退，有直下八千尺之慨，清王士禎曾在此引杜甫此句爲證。不過，如果杜甫眞是飛身直下到這裡，在這個水准線上應無路可行。

的時節，江水已經淹到白帝山的山腰，即使想用這樣帶著誇張的口氣說話，想必也會因爲不自然而改變說法的。冬春之月長江的水位較低，所以他從白帝城騎馬下來，可以自誇「低身直下八千尺」（圖十四）。如果確認寫作季節爲暮春，杜甫在暮春而且居於溪邊的，就一定是「瀼西草堂」，而非東屯。

再說，由「紫陌」一詞的詞彙屬性看來，也有相當程度的熱鬧氣氛，與杜甫所說「瀼東瀼西一萬家」的描寫相合。

肯定了以上的前提之後，便可以從這首詩看到一項很重要的訊息，也就是杜甫由白帝山酒醉騎馬回「瀼西草堂」的方向與路徑都是向東的，他首先由白帝山高處騎馬下來，馬蹄所踼動的碎石卻散落瞿唐峽一事，由於碎石未被城壁阻攔，而會散落瞿唐峽，可見他出城之後，是沿著城牆下飛韁走馬，走馬的方向是東行，然後走出天壁，上了平岡，看到許多民宅與道路。

杜甫是由那個城門出白帝城，現無確證，假使杜甫所出城門是面對灩澦石的西門，由西門出去而向東走馬，等於是沿著白帝山臨江的南岸馳走，沿江這一段當然是天壁，而且這樣一馳騁應該會跑到位在東瀼水旁的東城，東城外就是白帝山與今稱赤甲山的夾谷，也可稱爲天壁，這時杜甫如果緊貼著白帝山麓，沿著夔州城下向白帝山北走

圖十五　東得平岡出天壁

白帝山東、南都面對天壁，它自身的南崖也是陡壁，所以當杜甫出了東瀼水入江口這一小段，上了平岡之後，確有此句之感。照片是夏天所攝，水量甚大，冬春水少可徒涉時，更爲明顯。本照片是由北向南拍，強調天壁，請參考頁247圖25，是冬日由南向北拍，與杜甫行進方向相同。

馬，這是一法，或者先越過枯水期的東瀼水河谷，再沿著今稱赤甲山向東北馳馬亦可，這樣回瀼西都是向東。由於東瀼水流向不是端正的南北，瀼西草堂事實上是在白帝城的東北，這一點請明辨。經過了東瀼水入江口的這一段天壁，正前面就橫著一條平岡，恰恰與詩中所說相合。（圖十五）

上了平岡之後，便是東瀼水的寬谷，依照杜甫和劉禹錫所說，此區人口稠密，所以有「江村野堂爭入眼」的情景。至於杜甫爲何受傷？也許因爲行人多，酒後騎馬不穩，因而墜馬。

從上述分析可以確認，杜甫由白帝山回到「瀼西草堂」，乃是東向而行。如果依王十朋、陸游等衆人之說，「瀼西草堂」乃在今奉節縣城外的梅溪河西岸，相對於白帝山來說，是在白帝山之西，那麼，杜甫出城之後，應該騎馬西行才對。現在詩中明白說是東行，方位完全相反，可證明「瀼西草堂」不應在梅溪河西。

更何況，本詩中所呈現的溪邊會飲的情景，溪與岸的高差顯然不大，參看前節對兩條瀼水的水文說明，便可知道只有位在東瀼水的「瀼西草堂」可能位址，才能夠相合，如果「瀼西草堂」是在梅溪河西，自梅溪河入江口至奉節中學東側一帶，任何一段的河岸，春季高差都在50-100米（以奉節的平水位海拔85米來說），不利傷病中的杜甫，非常明顯。

第三個可以從方位上來證明「瀼西草堂」位址的，還有一組詩〈從驛次草堂復至東屯二首〉：

> 峽內歸田客，江邊借馬騎。非尋戴安道，似向習家池。山險風煙僻，天寒橘柚垂。築場看斂積，一學楚人爲。
>
> 短景難高臥，衰年強此身。山家蒸栗暖，野飯射麋新。世路知交薄，門庭畏客頻。牧童斯在眼，田父實爲鄰。（詳注，20：1771 ）

這組詩的詩題中是以「從…次…復至」三個動詞的組合，題中所述及的建物，應該是「驛－瀼西草堂－東屯」三點連線。註5 題中的驛，爲夔州的瞿唐驛，瞿唐驛是夔州的主要對外交通渡口，它又要聯結南向黔州，北向開州的陸路，是個重要的水陸驛，因此，它必須離夔州城不太遠，註6 又必須在水陸兩便之地，當然也不能在冬春時期會露出水面的魚復浦上，因而最可能的，就是在魚復浦的東方，今南門沱的西部，相當

圖十六　唐代瞿唐驛可能位址示意

唐代瞿唐驛應在箭頭所指位置，照片是水位最枯期間，由西閣向下拍的，由近處石塊至稍遠處的山尖止，有長江幹流的天然回水沱，可停泊古代木船，岸邊階地可以營建驛舍，再遠是魚復浦，不宜做驛站。爲何不選擇最近處這個小水灣，因它的左側便是灩澦石，會影響航道安全。

圖十七唐代瞿唐驛可能位址全景

本圖以兩張照片合成，最左爲白帝山，次爲今稱南門沱，再次，居本合成照片之右的，應是瞿唐驛所在，照片盡頭距白帝城停車站1,500米。由於灩澦石就在白帝山西南端，因此南門沱不適宜作水陸驛站。1999年8月由唐赤甲山（今稱子陽山）皇殿臺外向下拍攝。

於白帝山以西1,000-1,500米的江岸。（圖十六、十七）至於題中的草堂，仍以杜甫自己的「瀼西草堂」爲宜。第一首次聯的「非尋戴安道，似向習家池。」用了兩個典故，雪夜訪戴是乘舟，山簡向習家是騎馬，這裡表明了自己非乘舟而騎馬，此外，池字在這裡也有實質的用意，因爲杜甫在「瀼西草堂」顯然是有小荷池的。所以在這裡我認爲草堂應是杜甫的「瀼西草堂」。至於「東屯茅屋」，歷代都定位在

5 · 這組詩的題目，曾引起趙次公的意見，他認爲次字不是動詞，應將「驛、次」二字合讀，「驛次草堂」就是「驛旁草堂」，從詩的內容幾乎看不到他回瀼西草堂這一點來說，趙氏的主張也有可成立之理，但是詩題中既有「從…次…復至」的組合，仍應以「驛 - 瀼西草堂 - 東屯」三點連線，才算合理。

6 · 主要驛站一定離城不遠，如果以明代設驛情形，總舖一定在縣前，明清的夔州總舖就在奉節縣前，見正德本《夔州府志》。

東瀼水流域，本人亦贊同此說。

如依上述「驛－瀼西草堂－東屯」三點連線的關係，「瀼西草堂」和「東屯茅屋」位址也都依照我的研究定位的情況下，先向江岸的驛站借馬，回到位在東瀼水的「瀼西草堂」，略事休息再回到「東屯茅屋」，以現有公路實測所行路程，大約是5,900米，古今的道路情況不同，會有一些差距。

假如「瀼西草堂」和「東屯茅屋」的位址如王十朋、陸游等所說，「瀼西草堂」在梅溪河（大瀼水）之西，今奉節縣城內，「東屯茅屋」在白帝城北五里，那麼，就要面對一個行程上非常不可思議的情況。何以故？

如果杜甫的「瀼西草堂」在今奉節縣城，詩人必須騎馬遠行，仍然假定驛站離城1,000米，他騎馬從驛至梅溪河（大瀼水）邊渡河到西岸，至少要走3,100米，渡過梅溪河谷並未到「瀼西草堂」，因爲「瀼西草堂」西傍崇山，北有小嶺，必須向北行，到清代臥龍崗下才有這樣的地形，這樣一來，他就必須再騎約1,200-1,400米，才能到「瀼西草堂」，暫以1,400米來計算，總計已走了4,500米，然後他再回頭，沿著原路走4,500米到原來借馬的驛站，然後再經過1,000米可到馬嶺西北端，在唐朝，此處應在夔州城內，杜甫於是經過城內到東瀼水，如果借用清代下關城東門的位置，假定唐代的北城牆也在這裡，就有500米，再加上舊注所說東屯在白帝城北五里（2,650米），以最保守的估計，杜甫至少必須騎馬13,000米才能夠由「驛」先到「瀼西草堂」再到「東屯茅屋」。13,000米換算爲唐制是24.48唐大里。這還不包括杜甫爲何到「驛」，以及到「驛」前的里程。

唐代的驛馬，是不許私借的，既然杜甫能借馬騎，一定有某種必要性或假借某種名義，[註7]驛馬的行程，亦有定限，唐代一般的驛站每驛相距三十里，按規定到驛必須換馬，也就是馬行的里程受到限制，以保護馬力。杜甫借了馬這樣無意義地來回繞路，雖然還沒有超過馬力的極限，但顯然很難令人同意。再者，杜甫明明自己說：「誰云行不遠」，基本上會這樣說話的人，正表示自己體弱而行路艱難。在本詩中他也說：「短景難高臥，衰年強此身。」，對這次離開東屯到驛站來，覺得是勉強的行動。因此，如果把「瀼西草堂」設定在今奉節縣城，而認定杜甫會在一日之內如此無意義地騎馬來回，恐怕不是合理的事。[註8]

總之，非常明顯的，本詩所反應出來的杜甫「瀼西草堂」位址，並沒有在今奉節縣城的可能性。

下一個證據，還可以從日影方位、長江流速及通航的實際可能性，來證明杜甫的「瀼西草堂」在東瀼水，這就是〈柴門〉詩：

---

7 · 《唐律議疏》卷 15，《廄庫令》之《監主借官奴畜產條》疏文。

8 · 或許有人會反駁，難道杜甫不能先從驛站借馬，騎到位於今奉節縣城的「瀼西草堂」，然後再由其他捷徑回到東屯嗎？答案是否定的。因為在梅溪河與東瀼水之間是一片高廣的大山，接近大瀼水這一邊都是急陡坡，即使到最近幾年為了遷縣而在海拔175米以上山裡修了房子和道路，也沒有直接越山到東屯的公路，即使唐代有小徑可騎馬翻越山嶺，不論是艱難度或路途距離，都遠不如沿原路方便。至於現代所修的奉溪東路，可以從汾河鎮進入東瀼水上游，再沿溪回到東屯，但是這條路繞行高山中，大約要走 46-47 公里，即使唐朝當時也有這條路，他也不可能選擇這條路。因此，除了由原路回去，杜甫沒有第二個方法。

> 泛舟登瀼西，迴首望兩崖。東城乾旱天，其氣如焚柴。長影沒窈窕，餘光散谽岈。大江蟠嵌根，歸海成一家。下衝割坤軸，竦壁攢鏌邪。蕭颯灑秋色，氛昏霾日車。峽門自此始，最窄容浮查。…（柴門，詳注，19：1643）

本詩是杜甫由東瀼水入江口乘船返回瀼西宅的直接證物，詩中的景物與方位，分明是東瀼水的情景。

首先我們注意到，本詩的基準位置是設定在舟中，詩人泛舟溯溪回所住的「瀼西草堂」，登字乃是溯溪而上之意。這時是夏季末，即使本地乾旱，長江的水位基本上仍會維持著可以行船的水位，所以。詩人在東瀼水的入江口上船，回首望峽門兩崖，這時候他注意到東城的城影映入大江，城上仍有西來的日光由林間散射而下。夔州城東區即是白帝山東側城區，由於夏日午後太陽角度的關係，東城區城牆或門樓的長影會投入水中，現在雖已無高聳的夔州城，但在白帝山東南端有鐵柱溪吊橋的索塔，可以類比，（圖十八）這張照片是在舊曆 7 月 26 日下午三至四點所拍攝的，其中橋塔的倒影正在東瀼水入江口，與此詩所描寫情景相合。由於這兩句詩的地點在東瀼水入江口，所以，接下去這些句子，詩人乃寫瞿唐峽內的景物，時空還是在第一二兩句的設定情境下，整首詩非常有秩序。

圖十八　東城長影

杜甫當時如果看到東城長影，應與此位置相似。

假使杜甫「瀼西草堂」在梅溪河（大瀼水）之西的今奉節縣城，那麼杜甫將從何處登舟，又從何處回首呢？如果杜甫想回首望兩崖，就必須從東瀼水入江口下船，這麼一來，就必須沿著白帝山逆流而上至少 251.5 米，而後越過灩澦堆和白帝山之間的急流，再沿著白帝山西側逆行至少248.6米，才能到比較安全的回水沱內。這時是高水位期，峽區水面比降在2.07‰-3.17‰，從東瀼口至灩澦西，這一段是急流中的急流，水面比降可能達 10‰，[註9]水流湍急，危險性甚高，自古瞿唐峽在洪水期經常封峽。所謂封峽即避免下峽而斷絕上峽之船，連遠行的大船都無法通行，行駛溪流的小船又如何能通過呢？這是絕無可能之事。

圖十九　8月午後日照

由白帝山西部向梅溪河方向拍照，午後陽光不可能在山頂。

在這種自然條件下，如果杜甫要到梅溪河去，就必須先陸行到白帝城西，然後下船再傍岸逆流而上。這時候，當他回首東望時，視線受到白帝山的阻絕，必定無法望見兩崖，「迴首望兩崖」的描述就會落空。更何況午後漸西的陽光必是由正西偏南的空闊江面上射來，這時候往梅溪河的小舟會迎向夕陽，（圖十九）不可能看見夔州城東的長影，當然也沒有夕陽從白帝山頂的林間谽牙散射的景象。

由此可見，杜甫明確地指出溯溪而

9．這是沿環山小徑所測得的數據（本段海拔在 127-134 米之間），如江面水位爲103米，濱水江岸的長度已大於這個數據，小舟由水面行駛，行程必然更長。又，關於江水比降問題，見《三峽工程泥沙問題》，頁71及85。

上的「瀼西」，乃是東瀼水流域，因此，他的「瀼西草堂」應該在那裡，不就很明確了嗎？

在杜詩中有兩個例子，可能導致衆人誤以大瀼水爲瀼西，就是：

> 歸羨遼東鶴，吟同楚執珪。未成遊碧海，著處覓丹梯。雲嶂寬江北，春耕破瀼西。桃紅客若至，定似昔人迷。（卜居，詳注，18：1609）

> 陣圖沙北岸，市暨瀼西巔。（秋日夔府詠懷奉寄鄭監李賓各一百韻，詳注，19： 1699）

由〈卜居〉詩的第五句看來，瀼西所在似乎是正臨長江之北，與梅溪河西岸的景觀相似。而且，在〈秋日夔府詠懷奉寄鄭監李賓各一百韻〉這首詩中，他寫了許多應該屬於瀼西草堂生活的內容（見下頁），詩人也以陣圖沙北岸來形容，這不就是說瀼西在八陣圖之北嗎？那麼，把瀼西定位到梅溪河之西，又有什麼不妥呢？——相信很多人會這樣想，因而引起誤會。

如果不仔細查證杜甫所有相關詩篇，確實會令人思考到瀼西可能接臨長江的問題。但是，除了前文中已經談過的各種堅強證據外，再考慮到「白種陸池蓮」之類的地形地物，並非梅溪河（大瀼水）西岸所可能存有的，便會令人覺得頗可懷疑。退一步來說，即使杜甫瀼西宅就是臨江而且在八陣圖之北岸，唐代的八陣圖觀念也是在梅溪河（大瀼水）之東，絕非梅溪河（大瀼水）之西。由此可見，這兩個例子尙留有正確詮釋的空間。

正確的說法是什麼呢？仍要從「江北」一詞來解開，在杜詩中，江北並非就指臨江之處，杜甫就曾使用江北來指不臨江之地，如：

> 東屯大江北，百頃平若案。六月青稻多，千畦碧泉亂。…（行官張望補稻畦水歸，詳注，19：1654）

這首詩的主題為東屯稻田，卻明明白白地寫著大江北，原來「江北」可以只說是大江以北，並不一定要拘泥就是長江北岸臨江地。既然「高山四面同」的東屯雖在四面高山之中，仍可以用「東屯大江北，百頃平若案。」來形容，則「瀼西草堂」之地，雖然並未臨江，何嘗不可以用「雲嶂寬江北，春耕破瀼西。」來描寫呢？而「陣圖沙北」可視同「江北」一詞的代稱，與「江北」一詞的用法相同，沒有可疑之處。

總之，從現存杜詩中可以明確地證實「瀼西草堂」位在東瀼水流域，至於確實的地點在東瀼水的那一段呢？下面要解決這個問題。

3．瀼西草堂的房舍及園產

通過杜甫介紹「瀼西草堂」的房舍與園產諸詩篇，可以總結出許多草堂位置的必要條件，根據這些條件，我們可以在東瀼水流域找到一處與杜詩內容相當一致的地點。

首先請看這首詩，這是杜甫對「瀼西草堂」的房屋情況所作最詳細的介紹：

> …柑子陰涼葉，茅齋八九椽。陣圖沙北岸，市暨瀼西巔。羈絆心常折，棲遲病即痊。紫收岷嶺芋，白種陸池蓮。色好梨勝頰，穰多栗過拳。敕廚惟一味，求飽或三鱣。俗異鄰鮫室，朋來坐馬韉。縛柴門窄窄，通竹溜涓涓。塹抵公畦稜，村依野廟

> 堧。缺籬將棘拒，倒石賴藤纏。借問頻朝謁，何如穩醉眠。誰云行不逮，自覺坐能堅。…（秋日夔府詠懷奉寄鄭監李賓各一百韻，詳注，19： 1699）

在這首詩中，杜甫對自宅做了清晰的描寫。他介紹了茅屋間數，也介紹了住宅座落，也介紹了植被、飲食、供水、門戶、藩籬，對塹渠所通的公田、村落所依的野廟等等人文景觀，也一一介紹。我們在其他詩中所看到的居家周邊的景物，都可以與此詩互相印證。

除此詩之外，杜甫其他詩篇也對「瀼西草堂」的四周景觀提供了資料，我們從〈課伐木〉一詩中看到：

> 長夏無所爲，客居課童僕。清晨飯其腹，持斧入白谷。青冥曾巓後，十里斬陰木。人肩四根已，亭午下山麓。尚聞丁丁聲，功課日各足。蒼皮成委積，素節相照燭。藉汝跨小籬，當仗苦虛竹。空荒咆熊羆，乳獸待人肉。不示知禁情，豈惟干戈哭。城中賢府主，處貴如白屋。蕭蕭理體淨，蜂蠆不敢毒。虎穴連里閭，提防舊風俗。泊舟滄江岸，久客愼所觸。舍西崖嶠壯，雷電蔚含蓄。牆宇資屢修，衰年怯幽獨。爾曹輕執熱，爲我忍煩促。秋光近青岑，季月當泛菊。報之以微寒，共給酒一斛。（詳注，19：1639）註10

---

10 ．此詩有序云：「課隸人伯夷、辛秀、信行等，入谷斬陰木，人日四根止，維條伊枚，正直挺然。晨征暮返，委積庭內。我有藩籬，是缺是補，載伐篠簜，伊仗支持，則旅次小安。…作詩示宗武誦。」讀之可想見院中情景。

這首詩說到柏中丞在城中，又是仲夏日，所以肯定是大曆二年夏，杜甫當時正住在「瀼西草堂」。全詩分四段，自「長夏」至「照燭」爲一段，指山中伐木事。自「藉汝」至「風俗」爲一段，言柏氏在城中，小人不敢爲非，但提防虎患是舊來風俗，不可不備。自「泊舟」至「煩促」爲一段，言當地屋宇易損壞，可忍熱新修。最後一段只有四句，答應在重陽節請諸人飲酒。

由詩中對住宅位置的描寫，可知在草堂之西是座大山，而草堂本身是比較接近山腳的。至於詩中「陰木」一詞，用《周禮》：「仲夏斬陰木。」的典故，注引鄭玄曰：「陰木生北山」，謂必伐北山之木。實際上，杜甫遣人由舍西登山，所伐之木本來就都在西北方向。

圖二十　舍西崖嶠壯

從子陽山頂觀察，杜甫瀼西草堂如在土地嶺奉節磚廠，草堂的西邊及西北邊，正是連綿的大山區。　簡錦松攝

在草堂房舍的北面，應該是不甚高的山岡，因爲他又說過：

> 朱夏熱所嬰，清旭步北林。小園背高岡，挽葛上崎崟。曠望延駐目，飄飄散疏襟。潛鱗恨水壯，去翼依雲深。（上後園山腳，19：1647）

以及「憂來杖匣劍，更上林北岡。」（又上後園山腳，19：1661），由兩段詩句來看，杜甫宅北並不是大山，而是一個高岡。

再者，由於西、北兩面都是山，房子的主方位，應向西南而建：

> 夜深坐南軒，明月照我膝。驚風翻河漢，梁棟日已出。…(寫懷二首之二，詳注20：1819)

我們知道，夏月遵行南陸，月出乃由東方偏南向西方偏南運行(參考頁108)，就所擬測的土地嶺杜宅方位而言，如果在室外看月，由於西南方向遙遙對著白帝山城，中間隔著空闊的東瀼水河谷，沒有很接近的高山阻絕，可以看見月亮從赤甲山上升起。但詩中的杜甫並不在室外，而是坐在南軒內，月照其膝，完全符合夏季下半夜的月光角度。次日，因爲夏日從東北升起，他看不見曉日本體，見到日光斜射梁棟，他才驚覺到日出。詩中所安排的起居情況，與推斷相當吻合。

而且，由〈伐木〉詩中完全沒有談到溪水來看，「瀼西草堂」的住宅房舍應與溪流有一點點的距離，因果樹遮蔽而看不見溪流。前文討論過的〈醉爲馬墜群公攜酒來看〉也說「提攜別掃清谿曲」之句，如果要到溪邊席地歡飲還得步行，所以杜甫才稱爲「別掃」，如果我們比對杜甫成都草堂的〈水檻〉詩所謂：「臨川視萬里，何必欄檻爲？」(詳注，13：1220)，當時成都草堂的房舍便在溪邊，與此處的描寫方式便有所不同，不過，這段距離應不至於太遠，而且，從溪邊到住宅，應該都有杜甫的產業，因爲他的柴門就設在溪邊：

> 籬弱門何向，沙虛岸只摧。日斜魚更食，客散鳥還來。寒水光難定，秋山響易哀。天涯稍曛黑，倚杖獨徘徊。(課小豎鉏斫舍北果林枝蔓荒穢淨訖移床三首之三，詳注，20：1735)

依詩中之意，「瀼西草堂」的柴門設在溪邊，而且沙岸時時會陷落，可見柴門的位置確實很低，接近東瀼水河岸，從柴門到房舍之間有什麼，詩中並沒有寫出，依其他詩篇所述，應是果園。下面計算杜甫的四十畝果園時，再作解說。

此外，草堂的門是用木柴縛成，所謂：「縛柴門窄窄」，又叫柴門。圍籬常壞，所以說：「缺籬將棘補」，一部份與鄰居相連的地方，可能還沒有圍牆，所以在〈又呈吳郎〉詩中，當吳郎要修補圍籬時，杜甫阻止了他，說：「便插疏籬卻甚眞」（詳注，20：1762），可見他的草堂四周並非全有圍籬。這些描述都有助於重塑杜甫「瀼西草堂」的意象。

圖二十一　秋耕屬地濕

由土地嶺向南拍照，秋冬水落以後至次年春天，種菜甚盛，也有零星小麥田。夏季則成水路。

以下，再從農業種植上來看，在可證實爲「瀼西草堂」時期的詩作中，我們看到的都是與園作有關的詩，或者種菜，或者經營果園。種菜的情形，像〈暇日小園散病，將種秋菜，督勒耕牛，兼書觸目〉一詩所云：

> …江村意自放，林木心所欣。秋耕屬地濕，山雨近甚勻。冬菁飯之半，牛力晚來新。深耕種數畝，未甚後四鄰。嘉蔬既不一，名數頗具陳。荊巫非苦寒，採擷接青春。飛來雙白鶴，暮啄泥中芹。…杖藜俯沙渚，爲汝鼻醉辛。（詳注，19：1669）

由此詩末兩句，可知所耕之地在溪邊沙渚，所種作物是蔬菜，這種

「秋耕春收」農作模式，正是因爲夏季洪水期河谷不能耕種而作的應變方式。（圖二十一）

況且，既然不能種稻，所以瀼西這一段東瀼水兩岸的人家，除了種菜之外，普遍種植橘樹，成爲此區特色，就連面向白帝城而人口密集區也不例外。杜甫〈夔州歌〉所謂：「楓林橘樹丹青合，複道重樓錦繡懸。」便是指出赤甲（今子陽山）、白鹽山（今赤甲山）由山麓至山坡上，居民連庭院都種橘樹，更別說是大片造園了。

在這種條件下，杜甫「瀼西草堂」的房舍周邊有許多果園，乃是十分平常之事。在杜詩中，我們看到了直接記錄瀼西房舍旁有果園的證據，如〈課小豎鉏斫舍北果林枝蔓荒穢淨訖移床三首〉詩即說：

> 病枕依茅棟，荒鉏淨果林。背堂資僻遠，在野興清深。山雉防求敵，江猿應獨吟。洩雲高不去，隱几亦無心。（之一，詳注，20：1735）

本詩指出舍北果林是在茅堂之背，這片果林顯然是新開闢的，面積大小不得而知。由於宅北的山岡並不高，所以，也許有人認爲山坡地也可能是園的一部份，但是照詩意看來，應非如此。因爲在〈上後園山腳，詳注，19：1647〉詩中，杜甫已明確用了「小園背高岡，挽葛上崎崟。」字樣，果園是一個需要高度人工整理的作物，不會還留著葛蔓，由此可見已經擺脫了開闢高岡上土地的可能性。

至於西南臨溪面的果園，面積應大於宅北這一區，是他主要的果園。前面已指出杜甫瀼西宅的籬門在溪邊沙岸上，從籬門與房舍之間既不住人，顯然就是果園，前舉的〈園〉詩有「仲夏流多水，清晨向小園。」寫溪水多的時候必須去巡園，〈小園〉詩也有「秋庭風落果，瀼岸雨頹沙。」（詳注，20：1779）寫到庭院遠處，雨沖刷瀼岸的事。特別是當他寫即將到家的情景時，曾說：「捨舟越西岡，入林解我衣。」（柑林，詳注，19：1667），應該是他從東瀼水下船後，一邊信馬而行，一邊脫下外衣，這都是到家的行爲模式。由此可推知，從房舍到溪邊，是他的主要果園。不論從住宅的那一面看，果園都是包圍著住宅的。

環繞著「瀼西草堂」這片果園，佔地面積有多大？果園的植物種類有多少？柑林是否確爲主要樹種？除了「瀼西草堂」周圍果園外，杜甫有沒有其他的柑園？這些問題，杜甫在〈將別巫峽贈南卿兄瀼西果園四十畝〉一詩中的記載可代爲說明：

> 苔竹素所好，萍蓬無定居。遠遊長兒子，幾地別林廬。雜蕊紅相對，他時錦不如。具舟將出峽，巡圃念攜鋤。正月喧鶯末，茲辰放鷁初。雪籬梅可折，風榭柳微舒。託贈卿家有，因歌野興疏。殘生逗江漢，何處狎樵漁。（詳注，21：1862）

首先我們討論果園大小，由詩題可知果園的面積是四十畝，由於是要將果園贈人，面積應該是眞實的，這樣的話，依唐制一畝爲240平方步，約爲518平方米，四十畝即20,744平方米，相當台灣算法6,275坪，或2.074公頃、2.136甲，假使果園的寬度有100米的話，它的長度就有207.4米，以附近東瀼水河谷寬度來看，（參閱頁256，表一）如若果園由最遠端的溪邊計算起，一直從溪邊延伸到住宅周邊，把住宅包圍起來，其大小面積可以相當，這種推論是非常合理的。

不過，這樣一來，就會阻斷了北向東屯、南往白帝城的道路，所以，在杜甫果園的籬與門之外，應還有道路傍溪經過，而在杜甫宅的東北，也許還有翻越山崗的捷徑可以通往東屯，這就是杜甫〈秋行官張望督促東渚耗稻向畢清晨遣女奴阿稽豎子阿段往問，詳注，19：1656〉詩中，阿稽和阿段二人所走的道路。

至於這四十畝果園，應該就是杜甫所說的柑林？由於前詩中的寫作時間是正月，柑林已完全採收，又非開花時期，所以詩中並未談及，但其他篇章仍可證明。

種橘的典故來源於屈原〈橘頌〉，在古代詩人心目中是高格調的事，杜甫當然也不例外，又正巧此地適合種柑，因而種橘成了杜甫在瀼西的重要工作，所以他一再地說到此事，譬如在〈暮春題瀼西新賃草屋五首其二〉，他說：

> 此邦千樹橘，不見比封君。養拙干戈際，全生麋鹿群。畏人江北草，旅食瀼西雲。萬里巴渝曲，三年實飽聞。（詳注，18：1610）

> …園甘長成時，三寸如黃金。諸侯舊上計，厥貢傾千林。邦人不足重，所迫豪吏侵。客居暫封殖，日夜偶瑤琴。（阻雨不得歸瀼西甘林，詳注，19：1659）

千頭橘富比封君，出自《史記．貨殖列傳》。從這兩首詩看來，他的柑林也是經濟作物，亦即所謂「封殖」。不管怎麼說，他把柑林看得很重要。如果這四十畝果園不包括柑林，那麼，杜甫一定另有一處大面積的柑樹果園，可是杜甫在離夔時，卻未曾處分這份財產，未免不合常理。

其實，杜甫在〈寒雨朝行視園〉詩中的記載，就可作為「瀼西草堂」周邊的果園即指柑林的證據：

柴門擁（一作雜）樹向千株，丹橘黃甘此（一作北）地無。江上今朝寒雨歇，籬中秀色畫屏紆。桃蹊李徑年雖故（一作古），梔子紅椒豔復殊。鎖石藤稍元自落，倚天松骨見來枯。林香出實垂將盡，葉蒂辭枝不重蘇。愛日恩光蒙借貸，清霜殺氣得憂虞。衰顏更覓藜床坐，緩步仍須竹杖扶。散騎未知雲閣處，啼猿僻在楚山隅。（詳注，20：1779）

杜甫對柑林非常重視，經常要視園，在大洪水過後，他要去「條流數翠實」（阻雨不得歸瀼西甘林，詳注，19：1659），註11 已見前引。此次視園應爲工作而非休閒，秋末冬初正是園柑長成時，從首二句開始，就提示了此園的主要樹種是柑橘，全詩都是寫柑橘之美。並且說，桃、李雖然受人垂憐，梔子、紅椒雖然美豔，都非寒中之物。鎖石之藤雖美，已經落葉，倚天之松雖好，已經骨枯，只有橘樹秀色既美，垂實又復可愛。不過，這時候似乎是產橘的末期，所以詩中散發著憐橘將盡的悲傷。《杜臆》據「丹橘黃甘此地無」之句，認爲此專指果園，柑林另有其地。仇注以爲：「丹橘黃甘此地無，正見我之柑獨盛於他家」，以爲柑林在此園內，從整首詩意來看，仇注爲得之。

我同意此詩的柑林即四十畝之果園，理由有二：其一，詩的首句爲「柴門擁樹向千株」，「柴門」在夔州詩中多次被用來寫「瀼西草堂」的外門，可見此柑園必定在「瀼西草堂」的範圍內，在「瀼西草堂」範圍內如果既有四十畝果園，又另有大片柑林，實在很難想像。

---

11 · 據仇兆鰲注：條流二字出自劉孝儀〈綠李賦〉：「綠珠滿條流。」原句之流字作動詞，此借用作名詞。

其二，杜甫說園中有樹近千株，依文意看應是以柑橘爲主，種植千株的柑橘需要佔多大面積呢？依奉節縣種植臍橙的實例，一畝地可種柑橘六十棵，現代奉節縣的算法，一畝爲600平方米，是唐畝的1.158倍，換言之，一唐畝的土地，如依現代栽培法可種51棵，但是古代種植技術及肥料供給都不如現代，假定只能種植一半，那就是一唐畝可能種26棵柑橘，近千棵需要38畝，也差不多是四十畝，杜甫可能在「瀼西草堂」周邊同時擁有兩處四十畝的果園及柑林嗎？依當地的地形看來，是相當不可能的事。

最可能的情況是，四十畝果園主要是種植柑橘這種經濟作物，除了柑橘之外，也種少量的其他果樹，如〈園〉詩所謂「朱果爛枝繁」（詳注，19：1634），前引〈將別巫峽贈南卿兄瀼西果園四十畝〉詩的：「雜蕊紅相對，他時錦不如。」「雪籬梅可折，風榭柳微舒。」（詳注，21：1862），以及〈卜居〉詩中的：「桃紅客若至」，〈又呈吳郎〉詩中的：「堂前撲棗任西鄰」（詳注，20：1762），（秋日夔府詠懷奉寄鄭監李賓各一百韻，詳注，19： 1699）詩中又有「甘子陰涼葉…色好梨勝頰，穰多栗過拳。」，總計有梅、李、桃、棗、梨、栗等豐富的果樹圍繞在宅子周圍。

附帶談到一點：杜甫在「瀼西草堂」除了果園和菜畦之外，還有個荷池，除了〈夔府詠懷一百韻〉之外，在〈柴門〉詩中也說：「茅棟蓋一床，清池有餘花。」（詳注，19： 1643），在〈贈李八祕書別三十韻〉詩中也有：「清秋凋碧柳，別浦落紅蕖。」（詳注，17：1455）之句。

以上，我由杜甫詩句歸納出杜甫「瀼西草堂」的一些必備條件，如果持這些條件，在梅溪河流域是絕對無法找到相合的地點，在東瀼

圖二十二　頁岩磚廠前南望瀼水河谷

照片左方的磚廠，就是杜甫瀼西宅的可能位址，由於土地嶺呈西北東南走向，本圖由此下望東瀼水，取正南方向拍照，以便校準方位。

水流域卻有一處地方，完全可以相合，這就是今奉節頁岩磚廠這片臨溪坡地（圖二十二，請參閱圖片集錦066之磚廠全景）。依杜甫的描述，由臨溪處算起，應該是柴門所在，進入柴門向西、北延展，中間都是果園，房舍在整個「瀼西草堂」結構群中，座落在西北角上。以現在的實地景觀來說，照片中的磚廠下面就是東瀼水，柴門應該在這下面，圍牆外（也就是照相者立的位置）今有公路，當時應該也是果園，主要房舍應在公路的另一邊。爲了方便辨識，我簡單地指頁岩磚廠就是杜甫「瀼西草堂」的位址，其實還要包括磚廠以西之地。

4・季節性舟馬輪替之交通特徵

杜甫「瀼西草堂」詩的另一個特徵，就是他返家的交通工具，騎馬與乘舟二者隨著季節變化而輪替，正好與東瀼水四季水位變化的規律，完全吻合。而梅溪河則四季皆可通航行駛於溪流的小木船，這樣的交通特徵，恰恰指出「瀼西草堂」不可能在今奉節縣城。

爲了使讀者易於掌握杜甫在「瀼西草堂」時期的交通狀況，下面我把杜甫夔州詩篇中曾經使用過「馬」字或以「馬」爲項目的例子，作者一個簡明對照表，請先看此表（表三）：

表三　杜甫夔州詩中之馬

詩題／出處	詩句	所在地	季節
1 雨四首（詳註 20：1798）	上馬回休出，看鷗坐不移。	白帝城	
2 上白帝城二首（詳註 15：1273）	多慚病無力，騎馬入青苔。	白帝城	夏
3 貽華陽柳少府（詳註 16：1314）	繫馬喬木間，問人野寺門。柳侯披衣笑，見我顏色溫。並坐石堂下，俛視大江奔。…俱客古信州，結廬依毀垣。相去四五里，徑微山葉繁。	古信州毀垣之旁江邊石堂	夏
4 醉爲馬墜諸公攜酒相看（詳註 18：1590）	騎馬忽憶少年時，散蹄迸落瞿塘石。…何必走馬來爲問。	瀼西草堂	春
5 晚登瀼上堂（詳註 19：1619）	故躋瀼岸高，頗免崖石擁。開襟野堂豁，繫馬林花動。	瀼岸遊望非居住處	春
7 崔評事弟許相迎不到應慮老夫見泥雨怯出必愆佳期走筆戲簡（詳註 18：1601）	江閣要賓許馬迎，午時起坐自天明。…醉於馬上往來輕。	瀼西草堂	春
8 從驛次草堂復至東屯（詳註 21：1771）	峽內歸田客，江邊借馬騎。非尋戴安道，似向習家池。	瀼西草堂東屯草堂	深秋
9 白露（詳註 21：1674）	白露團甘子，清晨散馬蹄。	瀼西草堂	中秋
10 歸（詳註 19：1635）	束帶還騎馬，東西卻渡船。…虛白高人靜，喧卑俗累牽。	瀼西草堂	夏
11 柑林（詳註 20：1667）	捨舟越西岡，入林解我衣。青芻適馬性，好鳥知人歸。	瀼西草堂	夏
12 天池（詳註 20：1740）	天池馬不到，嵐壁鳥纔通。	遊天池	夏

我在前文已指出，不論是東瀼水或梅溪河，都受到長江回水的影響，東瀼水本身的水量不大，枯水期間江水只渟滀溪流的入江口，溪

中不可行舟，必須全用陸行。夏秋東瀼水能夠行船的河段，主要是長江回水所到達的部份，現代長江一般洪水位在103米時，回水將會溯溪逆上到距離土地嶺西南坡約500米處，當水位再高數米，就可到土地嶺下，而且唐代河床應低於今日，回水淹沒的可行船區域，應會多於現在所見的範圍。由此可推知杜甫如果要往返白帝城和瀼西草堂，汛期經常都可行船。事實上，凡是可以行船的季節，杜甫基本上喜歡乘船，非陸行的不可的時候，他才以馬爲主要交通工具。不過，有時他連乘船也帶著馬，其中的緣故，下文將會再作深入分析。

上表中，像第一、二、三、十二等例，與本節瀼西並無關係，只是藉以看見馬對杜甫生活的必要性。其他各例都和瀼西或東屯等地有所關聯。在這些詩中，看到杜甫出門是否騎馬與東瀼水的水情有微妙的互動關係。

以第四例〈醉爲馬墜群公攜酒來看〉詩言之，不但杜甫因爲騎馬而受傷，前來探望的客人也騎馬，前文曾指出這時間是春天，魚復浦上春水方生，江水進入東瀼水的水量應該很小，不能行船，往來交通必須騎馬。

第六例〈從驛次草堂復至東屯二首之一〉，詩人在江邊的瞿唐驛借馬，先騎回「瀼西草堂」，然後再前行而歸至東屯，由「天寒橘柚垂」之語可知這時的季節是農曆十月，所以這首詩也是在東瀼水枯水期的事。

另外，有一首詩也是確定在「瀼西草堂」所作的：

有客乘舸自忠州，遣騎安置瀼西頭。古堂本買藉疏豁，借汝遷居停宴遊。雲木熒熒高葉曙，風江颯颯亂帆秋。卻爲姻婭過逢

地，許坐層軒數散愁。（簡吳郎司法）

在本詩中，杜甫已經說「遣騎安置瀼西頭」，又說「借汝遷居」，故可確認客人所居是「瀼西草堂」，客人是從忠州乘船來夔，杜甫派人接待他們，接待人員應該在驛站接到人，騎馬帶他回「瀼西草堂」來，賓主往返都是騎馬。從詩中看來，這是一個有落葉時候的秋天早晨，顯然也不宜行船。

以上各詩都在東瀼水的枯水期間，往返「瀼西草堂」和城內各地，都是騎馬。

相對的，夏天的主要交通工具就是舟船，在〈柴門〉和〈阻雨不得歸瀼西甘林〉兩首，詩人就是以舟船爲主要交通工具。請參看前面已引錄的〈柴門〉詩部份詩句，該詩首句就說要「泛舟登瀼西」，由白帝城返回瀼西住宅的背景十分明確，當天雖是乾旱之夏日，氣如焚柴，但長江是源遠流長的大水，即使夔州本地局部乾旱，長江帶來的水量，仍會使東瀼水的水位抬高，所以杜甫選擇了乘船回瀼西。

至於〈阻雨不得歸瀼西甘林〉詩，是在白帝城東門區佇立眺望之作，杜甫原來希望乘舟返瀼西宅，卻因爲暴雨和洪水把白帝城邊的舟船盡數打壞，才希望天晴陸行回家：

> 三伏適已過，驕陽化爲霖。欲歸瀼西宅，阻此江浦深。壞舟百板坼，峻岸復萬尋。篙工初一棄，恐泥勞寸心。佇立東城隅，悵望高飛禽。…安得輟雨足，杖藜出嶇嶔。條流數翠實，偃息歸碧潯。拂拭烏皮几，喜聞樵牧音。令兒快搔背，脫我頭上簪。（詳注，19：1659）

由於詩中明確地說「欲歸瀼西宅」，又有「東城隅」等字，故可確定是由白帝城擬乘船返回瀼西之作。從末句「脫我頭上簪」，可知杜甫到白帝城應是穿戴整齊來訪客的。三伏已過，乃在立秋初庚之後，瀼水本可行船，結果遇到洪水把船都打壞，也把一些比較低的溪岸淹沒了，甚至可能也淹沒了道路，變成難以陸行的峻岸。過去我常懷疑，由白帝城到瀼西，即使暴雨帶來大洪水以致不能行舟，應可陸行，不過當地農民認爲暴雨期間，即使陸路也不好走，1998年洪水時，土地嶺前的公路還被嚴重沖斷過，再參看杜甫這些詩句，可知在暴雨洪水期間陸行也不可爲。至於船隻在水中行中，必須等到水勢平穩，註12所以詩人最後希望是雨停，才能由陸路回瀼西草堂去整理柑林。

其他像〈復愁十二首〉

> 人煙生處僻，虎跡過新蹄。野鶻翻窺草，村船逆上溪。
>
> 釣艇收緡盡，昏鴉接翅稀。月生初學扇，雲細不成衣。
>
> 身覺省郎在，家須農事歸。年深荒草徑，老恐失柴扉。
>
> 江上亦秋色，火雲終不移。巫山猶錦樹，南國且黃鸝。（復愁十二首選四首，詳注，20：1741 ）

這一組詩應是「瀼西草堂」時期，非一時一地之作，時間是秋日而且是月亮將圓未圓時，可能是初秋上旬時候，這時長江正在高水位期，

---

12 ·據杜甫〈雨不絕〉詩云：「鳴雨既過漸細微，映空搖颺如絲飛。階前短草泥不亂，院裡長條風乍稀。舞石旋應將孔子，行雲莫自濕仙衣。眼邊江舸何匆促，未待安流逆浪歸。」（詳注，15/1330）可知安流是當時行船的正常情況。

瀼水可以行船，所以詩人看到逆上溪的船隻。

至於比較引起詮釋疑慮的〈白露〉詩：

> 白露團甘子，清晨散馬蹄。圃開連石樹，船渡入江溪。憑几看魚樂，回鞭急鳥棲。漸知秋實美，幽徑恐多蹊。（白露，詳注，21：1674）

從詩題白露可確定寫作時間爲大曆二年8月10日(767年9月7日)，此時東瀼水仍屬高水位，所以第四句寫到船。但從詩意看來，這天清晨作者應是在瀼岸騎馬散步，巡視柑園，並不需要乘船，第四句的渡船是眼中所望之景。

總上各例可知，杜甫如果是在「秋－冬－春」這半年內不可行船的時間往返瀼水的話，就會騎馬，如果在「春－夏－秋」這半年內可行船的時間往返瀼西的話，就會乘船，形成明確的對比。從這交通特色也可說明「瀼西草堂」應在東瀼水。（圖二十三）

圖二十三　碧溪搖艇闊

此爲白帝山北朝東北眺望所見，右邊平岡即杜詩「東得平岡出天壁」處，照片後方，從右邊算約四分之一處的建築，便是土地嶺頁岩磚廠。當日水位約在 102-103 米之間。　陳丁林攝

過去杜詩注不了解夔州長江水情，不注意夔州交通上冬馬夏舟的特殊方式，因而不但無法判斷「瀼西草堂」的正確位址，更對柑林位置產生了許多誤解。

〈柑林〉一詩何以會引起舊注的疑竇，是因爲他既寫乘舟，又寫騎馬，這一點曾

經造成衆人對這首詩的誤解，請先看原詩：

> 捨舟越西岡，入林解我衣。青芻適馬性，好鳥知人歸。晨光映遠岫，夕露見日稀。遲暮少寢食，清曠喜荊扉。經過倦俗態，在野無所違。試問甘藜藿，未肯羨輕肥。喧靜不同科，出處各天機。勿矜朱門是，陋此白屋非。明朝步鄰里，長老可以依。時危賦斂數，脱粟爲爾揮。相攜行豆田，秋花靄菲菲。子實不得喫，貨市送王畿。盡添軍旅用，迫此公家威。主人長跪問。戎馬何時稀。我衰易悲傷，屈指數賊圍。勸其死王命，愼莫遠奮飛。（柑林，詳注，19：1667）

此詩的主體是杜甫寫他早秋由白帝城返回家中的情景，詩中與老翁的往來言談，就是在反映白帝城人事與鄉間人事的喧靜不同，這是由白帝城歸來有感而發之言，題爲「柑林」而不說「草堂」，也是強調野人之性的作法。但是，因爲他在詩的開端忽船忽馬，使人誤以爲路途迢遠，交通不便，有人就認爲柑林應是在瀼西草堂之外，柑林詩中的房舍是杜甫在瀼西草堂之外的臨時休息住所，其實這是出於誤解。

前文已說過，柑林乃是「瀼西草堂」房舍四周的果園，現在我從交通方面去解答。這一次他乘船回草堂，符合瀼西宅夏秋交通以水路爲主的原則。由於杜甫瀼西草堂的配置是，主要的柑林在西南，房宅在西北，所以他下船之後，要先登上小岡，才能回到住房。因爲下船後還要走一小段路，所以又騎上馬，馬原來是和他一起從白帝城乘船回來的，並非歸途中必須忽舟忽馬，轉換交通工具，至於爲什麼要帶馬上白帝城，而是另有原因。這必須由詩中談到的「解衣」說起。

所謂「解衣」是解下往白帝城造訪客人所著的禮服，也就是杜甫常說的「束帶」，據杜甫〈毒熱寄簡崔評事十六弟〉說道：

> 開襟仰內弟，執熱露白頭。束帶負芒刺，接居成阻修。何當清霜飛，會子臨江樓。……（詳注，15：1307）

詩中說如此酷暑，必須到內弟你舒適清涼的臨江樓上，我才能開襟露頂，求得一些涼決，但是會面必須束帶，束帶有如身負芒刺，以致於明明是很近的接鄰而居，卻不能相見，如山之阻，如水之修，預期天氣轉涼，可以束帶時，才去相見。此外，在〈寄薛郎中璩〉詩中，他也曾說：「…我未下瞿唐，空念禹功勤。聽說松門峽，吐藥攬衣巾。高秋卻束帶，鼓枻視青旻。鳳池日澄碧，濟濟多士新。余病不能起，健者勿逡巡。…」（詳注，18：1620）自己在極度的病困之中，無力乘舟出峽，但仍希望藉著高秋的爽氣，能夠穿得住禮服，在清澄的秋空下鼓枻而東，最後，當然因病未能成行。不過，依此二詩看來，束帶對杜甫而言，是有重大的禮節意義。

與束帶同樣重要的，「騎馬」也是一種禮儀，在另一首詩中我們也看見穿著禮服而且騎馬出訪客人的杜甫，在歸來路上這樣說：

> 束帶還騎馬，東西卻渡船。林中才有地，峽外絕無天。虛白高人靜，喧卑俗累牽。他鄉閱遲暮，不敢廢詩篇。（歸，詳注，19：1635）

何以騎馬是一種禮儀？杜甫曾有〈偪側行贈畢四曜〉詩，談到作官必須騎馬的問題，在那首詩中，杜甫對於有馬無馬的問題，相當介意。他說：

> …自從官馬送還官，行路難行澀如棘。我貧無乘非無足，昔者相過今不得。不是愛微軀，非關足無力，徒步翻愁官長怒，此心炯炯君應識。…（詳注，6：466-467）

在夔州的杜甫雖然已經沒有正式的職務，但是他仍以檢校工部員外郎的頭銜，經常自稱「省郎」，往來交游都是以官銜與人應酬。在〈夔府詠懷〉中，杜甫曾說：「朋來坐馬韉。」此時是在瀼西宅，可見不但杜甫外出騎馬，朋友到瀼西也是騎馬來，等於是身分的表徵。

特別是〈崔評事弟許相迎不到應慮老夫見泥雨怯出必愆佳期走筆戲簡〉一詩：

> 江閣要賓許馬迎，午時起坐自天明。浮雲不負青春色，細雨何孤白帝城。身過花間霑溼好，醉於馬上往來輕。虛疑皓首衝泥怯，實少銀鞍傍險行。（詳注，18：1601）註13

白帝城的友人原本答應邀請杜甫到城內飲酒，將會派馬來接，結果杜甫一早等到中午，沒看到接待的人。從詩中可知當時是春天，杜甫非常想犯險前往，卻自歎沒有馬匹可以行動，否則就不待來迎的馬而自己去了。像這樣無馬則不行的情況，與不能束帶就不能相見的心理，是完全相同的。

由於束帶與騎馬都是禮儀上的必要行為，而且，東瀼水的航道，

13 ．崔評事，據《詳注》稱：「邵注：崔評事，公之表弟。卷15，頁1307，有〈毒熱寄簡崔評事十六弟〉詩，但卷20，頁1775有〈季秋蘇五弟纓江樓夜宴崔十三評事韋少府姪三首〉，但卷20，頁1777有〈戲寄崔評事表侄蘇五表弟韋大少府諸侄〉詩，疑表侄二字有誤。」

其實就是白帝城到土地嶺之間這一段，杜甫若非往白帝城，便不會在東瀼水乘船，在東瀼水的船上，所往的方向就是白帝城，因而必須注重騎馬與束帶的禮儀。像〈柑林〉詩所述的情景，他即使在早秋之日乘舟往返白帝城與瀼西住宅，也必須帶著馬匹乘船，以便到白帝城後，在城內可以騎馬訪客，如果不弄清楚這一點，便會懷疑杜甫何以在歸來途中，既騎馬陸行，又乘船渡河，終至把柑林的所在弄得不清不楚，連帶的產生了無數問題。

5．寬谷溪流之地貌特徵

判斷杜甫「瀼西草堂」的定位，溪谷特性也是必須考量的重要因素之一。前文討論過杜甫「瀼西草堂」的房舍及果園，當時我們注意到柴門已接近東瀼水，由於他喜歡溪谷生活，他曾自稱溪老，詩句也常與溪流有關：

食新先戰士，共少及溪老。（園人送瓜，詳注，19：1638）

圃開連石樹，船渡入江溪。（白露，詳注，19：1674）

溪女得錢留白魚。（解悶十二首1，詳注，17：1511）

盤飧老夫食，分減及溪魚。（秋野五首1，詳注，20：1732）

永與清溪別，蒙將玉饌俱。（麂，詳注，17：1533）

嵯峨白帝城東西，南有龍湫北虎溪。…武陵春樹他人迷。（詳注，18：1613）

峽內淹留客，溪邊四五家。（溪上，詳注，19：1672）

東屯復瀼西，一種住清溪。…（自瀼西荊扉且移居東屯茅屋四首，其二，詳注，20： 1746 ）

這些詩都是以「溪居」的意識著筆，所以也相當程度地反映了瀼西所居深入於東瀼水流域中的客觀事實。

爲了更清楚討論這個情況，以下我以杜甫詩句來印證，杜甫最直接對瀼西寫景的一首詩就是〈瀼西寒望〉：

水色含群動，朝光切太虛。年侵頻悵望，興遠一蕭疏。猿掛時相學，鷗行炯自如。瞿唐春欲至，定卜瀼西居。（詳注，18：1562）

此詩依題旨應是杜甫冬日到瀼西小游，在此地游望之作，寒字是由歲暮天寒而來，詩中所寫風景也都是相對的近身風景：溪平如鏡，可含群動，初陽之光，泛於水上。由於冬日東瀼水水量不大，而且，冬日陽光自東方偏南昇起，如果人在土地嶺以南，馬嶺以北這段東瀼水西岸，正好隔水面向朝陽，相當合理。接著詩人分別從遠處及近身兩種瀼西景觀來描寫，說到此地可以悵而遠望，可以蕭然興隱，可以學習猿猴掛木，可以看見鷗行自如，身在瀼西之所見如此，所以末聯才說欲卜居瀼西，整首詩都是因爲人在瀼西，而寫對瀼西的觀感，並非從遠處遙望瀼西。

傳世的杜注對這首詩的注解產生很大的誤謬，主要的問題在於對詩題的方位，作了錯誤的設定，他們大多認爲「瀼西寒望」的意思，是指由他處遙望瀼西，《讀杜愚得 1054》說：

公於西閣，寒朝望瀼西且欲卜居之作也。言見其水色則含群

> 動，朝光則切太虛。

《讀書堂杜詩注1485》贊同此說，也作「此公在西閣望瀼西也」，這兩部杜注一向是把杜甫「瀼水」誤認爲梅溪河，「瀼西」誤認爲梅溪河之西，因而在西閣望瀼西一語，乃是從西閣所在的今白帝山，向西遙望今奉節縣城，這種說法，非常錯誤。何以故？

如果由西閣遙望奉節縣城方向，所望見的江水正是進入瞿唐峽前的急流，所謂「巫峽盤渦曉」，與本詩水平如鏡，影含群動的寧靜氣氛不合。更重要的是，朝日之光起於東方，若由西閣向奉節縣城遠眺則是正西偏北方向，不可能看到「朝光切太虛」的景象，懂得攝影明暗對比的人更能體會這種不同。至於猿掛鷗行，都是瀼西近景，從西閣遠眺怎麼看得見，退一步說，假使把猿鳥解爲西閣所有，但題目是望瀼西，主要位置卻用來寫西閣景物，那就違反章法，兩種錯誤，必居其一。況且，冬日西閣望奉節縣城根本看不清楚，更因山勢阻隔而看不見梅溪河，怎能說是瀼西之美？推論出想要卜居瀼西的念頭呢？

至於《分類集註》所說：

> 公於赤甲東望瀼西，而言水色涵夫群動，晨光混於太虛，瀼西景物之大者，望中已佳。（分類集註，2773）

《分類集註》把杜甫的立足點由西閣移到赤甲，由於該書對赤甲山、瀼西的地名稱謂是依據《大明一統志》而定位的，赤甲所指的就是今稱的赤甲山（唐稱白鹽山），瀼西也指今梅溪河西岸今奉節縣城位置。在今稱赤甲山上，只要立足處稍高，向東遠眺，雖然可以越過白帝山看到今奉節縣城接臨長江的一小部份，但已經非常不清楚，至於

圖二十四　由今稱赤甲山望縣城

由今稱赤甲山西南角的古象館前，越過白帝山遠眺縣城，極遠處便是。但梅溪河隱在山後，由此看不見（即使在白帝山之西閣亦看不見）。若是冬天視力受霧氣影響，江上有魚復浦，注意力亦會受其影響，更不易望見縣城。

梅溪河則因爲角度關係，完全看不見。（圖二十四）至於其他矛盾點，和《讀杜愚得》的缺點相同，不再舉出。許多杜詩古注由於誤讀了這首詩，而贊同把「瀼西草堂」定位到今奉節縣城去，也是沒有辦法的事。

在〈瀼西寒望〉一詩中所寫的溪谷景觀，與後來杜甫專爲瀼西茅屋所題的〈暮春題瀼西新賃草屋五首〉中，其實非常相同：

> 久嗟三峽客，再與暮春期。百舌欲無語，繁花能幾時。谷虛雲氣薄，波亂日華遲。戰伐何由定，哀傷不在茲。（其一）詳注，18： 1610

「谷虛」就是谷中寬闊，「雲氣薄」日出雲散之意，「日華遲」出自《詩經》之「春日遲遲」，暮春時候，東瀼水的水量逐漸增多，所以有波亂日遲之感。兩句不但反映了寬谷氣象，也符合了春陽從東方照射瀼西溪面的角度，更重要的是它提示了「瀼西草堂」所接鄰的溪段是在深入山中的溪谷，而不是臨江的溪口景觀。

除此之外，像：

> 雲嶂寬江北，春耕破瀼西。（卜居，詳注，18：1609）

碧溪搖艇闊，朱果爛枝繁。（園，詳注，19：1634）

伏枕聞別離，疇能忍漂寓。良會苦短促，溪行水奔注。熊羆咆空林，遊子慎馳騖。（送高司直尋封閬州，詳注21：1828）

也清楚地表現了杜甫的溪居生活，既是在寬谷之中，也是在隔離江岸的眞正溪谷裡，這樣的溪居風味，究竟在東瀼水或梅溪河那一條溪上才有，答案非常清楚。

從南宋以來，除了趙注曾提出瀼西宅在東瀼水流域，偶而也有一些明朝人贊同此說之外，古今絕大多數杜詩學者都認爲瀼西是在今梅溪河（大瀼水）之西。但是，今梅溪河的地理環境與東瀼水流域不同，它的沿溪部份，山高谷深，也沒有寬敞的居住空間。因此，王十朋、陸游等人相信的所謂在漕司的瀼西草堂遺址，就由溪谷內提高到現在奉節縣城所在，這片由江邊到後山臥龍岡之間平緩的山坡上。

但是，梅溪河西這片平緩山坡，與其說是梅溪河的谷地，不如說是長江的江岸來得更爲合宜。因爲它的平緩角度是對長江方向而言的，至於臨溪的這一岸，溪谷陡深，落差又大，這片山坡之所以不能算做梅溪河的溪谷，從地貌的表面就可以看得出來。即使在冬春水落時，入江口浮現有名的魚復浦、八陣圖這片臭鹽磧，在梅溪河畔的感覺，仍然不易讓人產生溪谷之想。如果有人想把杜甫「瀼西草堂」的位置，更向梅溪河內部去定位，更不可能，因爲越是深入梅溪河谷，山更高，谷更深，更不符合杜詩的條件。

問題還不止於此，由於杜甫明確地說到「舍西崖嶠壯」，所以，主張瀼西在梅溪河以西的人，都不得不把「瀼西草堂」標定在這片山坡的較高點，也就是接近臥龍山下之處。而這裡離開溪面的相對高差，夏天就有70米以上，冬天更超過100米，根本沒有溪谷風味。現代梅溪河畔固然有許多菜園，而且從清代以來都有種植菜畦的紀錄，但是，此地自南宋有記載以來就嚴重缺乏水源，早已成爲所有地方主政官員最大的困擾，再以臨溪面的陡峭與高度來看，想引溪水灌溉的話，難度也非常高。況且，唐代州城離這裡相當遙遠，農人即使生產了蔬菜，銷售也不容易。

總之，由溪谷條件看來，杜甫的瀼西草堂都不應在梅溪河流域。

6．社區屬性

從杜甫詩中，也可以整理出他對瀼西草堂周邊人文環境的看法，綜合各種跡象，顯然杜甫對瀼西有兩種分歧之說，一是村居性質，一是市集性質。依杜甫之意，他所住之地離市集不遠，但也並非就在城下市集之內，如把瀼西視作一個社區，就瀼西的社區範圍而言，市在西南端近城之處，杜甫所居應在東北端的社區邊緣地帶。

以下就以杜甫詩句爲主，參酌其他詩人的記錄，來討論瀼西的社區屬性及杜甫的所居所感。

先就瀼西有市集性質而言，杜甫曾說：

市喧宜近利。（自瀼西荊扉且移居東屯茅屋四首，其二，詳注，20： 1746）

市暨瀼西巔。（秋日夔府詠懷奉寄鄭監李賓各一百韻，詳注，19： 1699）

始爲江山靜，終防市井喧。（園，詳注，19：1634）

青青高槐葉，采掇付中廚。新麵來近市，汁滓宛相俱。（槐葉冷淘，詳注，19：1645）

由這些詩語看來，「瀼西草堂」附近有「市」，是非常明確的，第一例的典故是由晏子對齊景公之問而來的，同時也是剪裁《易經．說卦》：「巽，爲近利市三倍。」這句話的文字，註[14]是明確的鬧市之意。第二例點明了「市」的位置是瀼西，第三例指出了市井特有的喧鬧聲，第四例，杜甫明確指出這個「市」對他而言是「近市」，採買食物非常方便，這也就落實了所謂「市井喧」的眞實性。

再看杜甫初到夔府時，對瀼西的形容：

瀼西瀼東一萬家，江北江南春冬花。背飛鶴子遺瓊蕊，相趁鳧雛入蔣牙。（夔州歌十絕句之五，詳注，15：1302）

從首句看來，瀼西區域人口是相當密集的。冬春水落，東瀼溪谷上可以遊玩，所以鶴遺瓊蕊，鳧入蔣牙，這是人與生物之間互動的事。瓊蕊可能是野麥，東瀼水下游不能種稻，所以農人利用枯水季節，在溪谷兩岸搶種麥子，所謂「山田麥無隴」（晚登瀼上堂）註[15]即是。

14．《草堂詩箋811》作：「西居近市，《易．巽》：『近市利三倍』。左氏傳晏子對景公語。」雖附和了杜詩近市之語，但與易經原文不合。

15．關於「瀼上堂」，一般認爲即杜甫瀼西草堂，但此詩實在不像住家，因此，我認爲應是東瀼水邊可供遊賞的公共建物。據此詩所言，在瀼上堂可以看見「雉堞粉如雲」，也說明了這個建築距離唐夔州城應該不遠，詩人所見的雉堞這就是夔州城的女牆，正在視力清楚可及之處。但是從詩中實在看不出這就是杜甫的瀼西草堂。

杜甫卒於大曆五年（770），之後五十年，到此地任太守的劉禹錫（長慶元年821冬－長慶四年824秋末在任）說：

江上朱樓新雨晴，瀼西春水穀紋生。橋東橋西好楊柳，人來人去唱歌行。（竹枝詞九首之三）

晚唐的王周也說：

春寒天氣下瞿塘，大瀼水前柳線長。須信孤雲是孤宦，莫將鄉思附歸艎。（下瞿塘寄時同年，）

隋柳參差破綠芽，此中依約欲飛花。春光是處傷離思，何況歸期未有涯。（和杜運使巴峽地暖節物與中土異）註16

劉禹錫指出此地有朱樓，朱樓的形像在唐詩中是代表富有的人家，又說此地有楊柳，有橋，王周也同樣談到楊柳，楊柳生長得好，同樣代表了經濟富庶與人煙稠密的意象，至於橋，以唐代的交通條件而言，橋的建築代表著一定的民生需求意義，同時也透露著有橋必定有主要道路的道理，人來人去也顯得此地的熱鬧。雖然說「後不證今」乃爲定律，但以劉、王二人詩所寫的情景，作爲事外的旁證還是可以的。

其後的李貽孫寫〈夔州都督府記〉又說：

瞿塘驛有蜀先主宮，瀼西有諸葛武侯廟，皆占顯勝。〈李貽孫夔州都督府記〉註17

李文作於唐武宗會昌五年（845），晚於劉禹錫24年，在杜甫死後75

16．二詩均見《全唐詩》（北京：中華書局，1990年2月），卷765，頁8685。

17．見《全蜀藝文志》卷34，頁47下，總頁1381-407。

年，由於時間的落差，不能證明他所說的諸葛武侯廟是否與杜甫當年同爲一處，但他認爲瀼西是顯勝繁榮之區，確與杜劉等言所言相合。

居民是商業的基礎，據當時記載，夔州的戶口數頗多：

> 巴東郡…統縣十四，户二萬一千三百七十。（隋書·地理志）註18
>
> 唐開元户一萬五千九百。（太平寰宇記）註19
>
> 夔州…舊領縣四，户七千八百三十，口三萬九千五百五十·天寶，户一萬五千六百二十九，口六萬五十。（舊唐書·地理志）註20

從上面的記載看來，隋代巴東郡統十四縣，才二萬餘戶，唐代夔州（不計總督府所轄）所領才四縣，人戶之數已倍增於前，這樣大量的人口，他本身就有一定的供需，而且夔州是峽內主要城市，市集的功能應該會很強，理想的位置應在離州城近，也距離江邊不遠，又安全又便利的平地。如果肯定了前述的觀念，瀼西的位置就很明確了。

杜甫在〈夔州歌十絕句之四〉曾說過：

> 赤甲白鹽俱刺天，閭閻繚繞接山巔。楓林橘樹丹青合，複道重樓錦繡懸。（詳注15：1302）

詩中說到赤甲山民居眾多，富庶程度也很高。赤甲山在那裡？與瀼西

18·見《隋書》，卷29，頁824。

19·《太平寰宇記》卷470，頁399，又，卷148頁1上，總頁318。

20·見《新校本舊唐書》卷39，頁1555。

民居有何關係？解開了這個問題，一切便很清楚。我在第三章中已經討論過古今地名的變遷，並且指出「今稱子陽山，唐名赤甲山」，我們知道，東瀼水就在今稱子陽山下，瀼西乃東瀼水西岸，換言之，瀼西根本就是今稱子陽的山麓，在地名上來說，因爲山腳已不是山，所以別稱瀼西。即使現在白帝鎭的繁榮已經不再，本區的居民仍然密集，（參閱256頁，圖二）。唐人所稱的赤甲山既是今稱子陽山，唐人所說的瀼西，應是唐赤甲山的山腳。我們從杜甫詩中看到唐代赤甲山山坡上居民密集的富盛，可以想見，由當年的山上往下眺望，瀼西社區也必定是居人成市的景象。此區正在唐夔州城的城門外，符合安全和便利的原則。所以，瀼西市就在這個位置，乃不移之理。

舊注對於瀼西的市，都引證所謂杜甫自注：

> 甫自注曰：市暨，夔人語曰：峽人名市井泊船處謂之市暨。（秋日夔府詠懷奉寄鄭監李賓客一百韻，草堂詩箋767）
>
> 公自註：市暨夔人語也，市井泊船處謂之市暨。（秋日夔府詠懷奉寄鄭監李賓客一百韻，集千家註批點1185）
>
> 原注：峽人目市井泊船處曰市暨，江水橫通山谷處，方人謂之瀼。（秋日夔府詠懷奉寄鄭監李賓各一百，詳注1710 ）

據我們所知，宋代夔州新城的碼頭上，有繁榮的商業交易行爲，註21

21．比如北宋夔州移到新城之後，市集就到了新城的南門外，陸游所謂：「曉發魚復走瞿唐，沙頭喚渡倚胡床。峒人爭趁五更市，我亦來追六月涼。」（197遊臥龍寺）峒人所爭之市，即長江渡頭之市。宋代的市既不會遠離州城，唐代的市當然也不會遠在交通不便的五六公里之外。

對於市暨，各書都說是甫自注，但最早見到杜集的趙次公並無此說。各書引述所謂杜甫自注，似乎要導向一個方向，把梅溪河口說成船舶集市，造成唐代夔州在州城之外還另有一個商業中心在梅溪河口的假象。基本上，成市是必需有商業行爲，可以相信夔州的市必定有船來泊，但是，對於杜甫自注市井泊船處謂之市暨的說法，實可懷疑。

總之，夔州乃是川東的第一大城，又經常是都督府所在，這樣一個城必須有一個正常的「市」，與泊船不泊船並無必然關係，也沒有必要把夔府的市說成水上交易之市。古代的「市」必定與州城結合，也就是不會離開行政中心，現在卻把它移到遠離州城數公里外的梅溪河西岸，不論從市場安全上、從居民方便上、從經濟配套上來看，都不是合理的想法。退一步說，縱使在梅溪河口有所謂「市井泊船處謂之市暨」這樣的江邊集市，距離古注推定的杜甫瀼西草堂所在的臥龍岡邊，一在水邊，一在山上，也有相當大的距離。

綜合以上各種討論，瀼西應該是一片比較大的居民區，它的社區屬性應該有一部份是比較熱鬧的商業區，一部分是較偏遠的村莊。

在杜甫詩裡，他一面說它喧鬧，一面又說這裡是荒涼之地，如：

> …我今遠遊子，飄轉混泥沙。萬物附本性，約身不願奢。茅棟蓋一床，清池有餘花。濁醪與脫粟，在眼無咨嗟。山荒人民少，地僻日夕佳。貧賤固其常，富貴任生涯。老于干戈際，宅幸蓬蓽遮。石亂上雲氣，杉清延日華。…（柴門，詳注，19：1643）

在這裡，他對於瀼西所居就以「山荒人民少」來形容，與前面對瀼西的描寫大不相同。我想，一方面這是杜甫使用了比較誇張的修辭方式，另一方面，杜甫雖然居住瀼西，但是在相對比較偏遠的邊緣，所以有這樣的表現。

不過，對同一個地點，杜甫有時把瀼西寫得富庶，有時把它寫得荒涼，實在也很難說那樣寫才好，那樣寫不好。且不談瀼西，就以杜甫筆下的夔州城來說，他有時寫得錦繡萬丈，有時也寫得像「絕塞烏蠻北，孤城白帝邊」「吊影夔州僻」「老夫困石根」(別李義，詳注，21：1825)之類，蕭條得不得了。而且，由於夔州整體上還是偏遠地區，野獸聲音常聞，虎患相當嚴重，所以他一想到悲哀時，就會說出像「熊羆咆空林，遊子慎馳騖。」(送高司直尋封閬州，詳注21：1828)及「豺狼得食喧」之類的話來。我想這一面是因爲他所住的乃瀼西的邊區，一面是因爲他長期住慣了首都長安，容易拿過去的經驗來對比現在，尤其是看到長安來的客人，更容易顯現出悲哀的容色。

總之，瀼西的市集屬性，說明了瀼西接近夔州本城的一項事實，市集最可能的位置，當然是從離開城門不遠之處起算，這是屬於瀼西區的南端，至於杜甫所居住的土地嶺西南坡，就正好在瀼西區的最北端，因此喧鬧中有孤寂，並非不可能的。

四．「瀼西」地名爭議之由來

1．「瀼西」地名之人文背景

杜甫生前，並沒有得到應有的重視，然而，他死後不久，憑弔與歌誦他的人日益增多，談論的話題都集中在杜甫死亡原因及埋葬地點的傳說、杜甫的詩學成就、零星字句的詮釋問題這三方面，隨著北宋詩的發展，杜詩的平仄問題、運用俗語諺語問題、詩史特質問題，也受到重視，但是，對杜甫的生活以及與杜甫生活密切關係的地名，僅僅有成都草堂受到多人注意，夔州地處深山之中，並沒有受到太多注意。劉禹錫與李貽孫二文雖然明顯地受到杜甫影響，仍只是孤立的事件。劉李之後，一直歷經北宋漫長時間，這個情勢並無改變。到了南宋，隨著注杜風氣興起，對杜甫在夔州的生活感到興趣的人大量增多，對杜甫遺跡的關心，不只是點的注意而已，漸漸地有全面觀察的趨勢。

主要談論杜甫的名家，應推王十朋、陸游、范成大等人，三人所談的主題，包括了赤甲山、白鹽山的稱謂、東屯與瀼西住宅的記載、臥龍山、八陣圖、唐宋夔州至瞿唐關的變遷，除此之外，周復俊（1496-1574）《全蜀藝文志》、曹學佺（1574-1647）《蜀中名勝記》也提供了許多重要的前人詩文資料，近年大陸所編《古典文學研究資料彙編－杜甫卷》也收了不少資料。單就各書所錄的南宋詩文而言，南宋人所注意的重點，與王、范、陸十分相似。分類如下註22：

1．關於赤甲山和白鹽山：有林之奇〈論赤甲山下行人稀〉、吳曾〈赤甲〉。

22．周復俊（1496-1574）《全蜀藝文志》（台北：商務印書館，四庫全書本）之書先出，曹學佺（1574-1647）《蜀中名勝記》（台北：學海出版社，1969年2月）後出，相承之跡宛然可見，但編輯體例，曹書較優，所以本書多取用曹書。《古典文學研究資料彙編－杜甫卷》自二書採錄甚多。本書第三、四章對其中若干篇章，已有解說，請參閱。

2・關於東屯：有李復〈賦杜子美劉夢得遺事〉、劉昉〈祥雲寺行記〉、關耆孫〈游東屯〉、白巽〈東屯行〉、鄧深〈游東屯〉、項安世〈東屯分韻得大〉、于臬〈修夔州東屯少陵故居記〉等。

3・關於臥龍山：有黃庭堅〈題固陵寺壁〉、魏了翁〈夔州臥龍山記〉

4・關於唐夔州刺史舊治：有關耆孫〈瞿唐關行紀〉。

5・關於瀼西草堂：有費士戣的〈漕司高齋記〉。

綜合來看他們所注意到各個點，可以連成一條線，從最東算起，依次是「東屯－赤甲白鹽－白帝城、高齋－瞿唐關－臥龍山－瀼西草堂」，幾乎所有和杜甫起居有直接或間接關係的地名，都受到注目。他們共同認可並題詠李襄所建、位在白帝城北五里的杜甫東屯祠堂，並談論白帝城、唐夔州城與南宋時代瞿唐關的沿革變化，並且在新州城內認眞地尋找杜甫瀼西宅的遺址，並提出了杜甫「瀼西草堂」在漕司內的說法。其中關耆孫與陸游同一年在夔州，還曾有詩文往來。總之，由上述的篇目中，可以發現在南宋人對杜詩的意見逐漸成形的過程中，整體的感染力是不容忽視的。

但是，在嚴密論證方法尙未興起的南宋，這樣全面地整理夔州杜甫遺跡，不可避免地，會輕率地藉由傳說而形成某些衆人所認可的共同說法，而這些共同說法又反過來限制不同說法的產生，終至形成一個個無效的循環論證。

從一般經驗而言，地名的演變大多是漸變的，但是，重要的地名隨著古城遷徙而突變的情形，也並非少見。舉例而言，漢代長安城與唐代長安城的遺址，雖然同樣名爲長安，已有重大差別。唐代江州與宋代以後的江州乃至今日九江，也曾有重大的遷徙。城址遷移而地名仍沿用前朝舊名，以致產生同一地名所指位置不相同的情況，更是比比皆是，這都是明確有徵的事實。一般的情況下，城址變遷並不會給人帶來多少不便，可是，一但這些地名與重要詩人發生密切關係時，就會連帶產生一些詩篇詮釋或歷史事件描述上的重大問題。

像「瀼西」這樣的小地名，如果不是因爲杜甫曾經居住，並且題了許多詩，並不會引人注意。而且，事實上，從峽州到萬州之間即有數條以瀼爲名的小河，有一條還近在雲安縣，註23 都沒有引人注意，在唐代詩文中，瀼水還有一處，位在杜甫友人元結所轄的江西撫州境內，註24 乾元三年（758）元結還爲之作〈瀼水銘〉云：「瀼水蓋溢水，分稱瀼水。」註25，八年後，大曆元年（766）杜甫作〈同元使君春陵行，詳注，19：1691〉詩，可見二人相識，但元結的瀼水僅僅只引起少數詩人的注意，遠不及杜甫詩中的瀼水，受人注意。

唐宋以來，詩人們對待與杜甫生活有關的地名，十分認眞，這一點可由李廌詩例看出：

> 詩成思老杜，鬼哭想殘籥。（李廌：程高承議赴夔路轉運判官求詩）

23．見《新校本清史稿》，卷69，頁2219-20：「湯溪水即東瀼河，東流逕五溪關，又東至城東入大江．」

24．溪在江西瑞昌縣，宋王十朋有詩詠瀼溪，並及元結。見《王十朋全集》卷19，頁334。

25．見《全唐文》，382卷，頁17下，總頁3883-3884。

當程高赴夔州任職時，曾要求李廌贈詩，而李廌則預祝他到夔州時也有新作，並且預言當程高新作完成時會想起老杜。換言之，二人對夔州的印象就是作詩，這個印象絕對是來自杜甫在夔州的生活事實。

我們再看王十朋的例子：

> 某甲申七月至饒州，以表謝上云：「雖才非太公，不能五月報政；然忠猶杜甫，未嘗一飯忘君。」既而與諸公唱和，有夔字韻詩，果有易夔之命，人以爲讖。方力丐祠，夢觀八陣圖，乙酉十一月朔至夔，水落沙露，宛然在目，所歷山川，皆少陵詩中景物也。（初到夔州詩序）註26

以上是王十朋對夔州的第一觀感，「所歷山川，皆少陵詩中景物也。」這句話至關緊要。由於杜甫的關係，當他到夔州任職時，就不免極度關心，甚至將自己擬身於杜甫，類似王十朋的情形極多，特別是陸游，更是其中著例。

陸游曾經出任夔州通判，受命之初，他就參照杜詩以及手邊可能的資料，對夔州下了一番工夫，從他所著《入蜀記》看來，可以說，陸游從知道即將赴夔州任官那一日起，就有意識地在模仿杜甫，以自己爲杜甫的化身了，他到了夔州以後再寫〈東屯高齋記〉，也是在這種心情下完成的。

請看以下兩段文章，可以爲證：

26．宋王十朋撰，梅溪集重刊委員會編：《王十朋全集》（上海：上海古籍出版社，1998年10月。）卷21，頁365。

二十六日…至瞿唐關，唐故夔州，與白帝城相連。杜詩云：白帝夔州各異城。蓋言難辨也。關西門正對灩澦堆。（入蜀記）

予至夔數月，弔先生之遺跡，則白帝城已廢爲丘墟百有餘年，自城郭府寺，父老無知其處者，況所謂高齋乎！瀼西蓋今夔府治所，劃爲阡陌，裂爲坊市，高齋尤不可識。乾道七年四月十日山陰陸某記。（陸游·東屯高齋記）

從以上兩段文章看來，不論是對白帝城、唐夔州、瀼西等地方的稱謂及描述，都潛藏著極大的矛盾，註27，但是他撰文的出發點，確實是完全受到杜甫所影響的。

除了文章之外，陸游在作詩方面也盡力學習杜甫，下面這個例子就非常明顯。

比如杜甫詩有：「獨立縹緲之飛樓。」（白帝城最高樓，詳注，15：1276）和「孤月浪中翻。」（宿江邊閣，詳注，17：1469）註28之句，是寫他住在白帝山時期的登樓與起居之事，於是陸游就夜登白帝

27·如〈陸游·東屯高齋記〉之言爲眞，那麼，陸游既然絕對無法辨識唐代白帝城，則「唐故夔州，與白帝城相連」之說，必定爲假。反之，既然此瞿唐關是唐故夔州，與白帝相連，白帝山並不大，相連之處何在，應很明顯，不至於廢爲丘墟。兩者必定有一個不成立。（東屯高齋記），是他到達夔州之後，親自登上白帝山後才寫的，與《入蜀記》船初過白帝山下，並未登岸，就依據杜詩猜測來得可信。依證據法則來說，《入蜀記》較不可靠，但不論那一種記載，都呈現著重大矛盾。

28 全詩是：「暝色延山徑，高齋次水門。薄雲巖際宿，孤月浪中翻。鸛鶴追飛靜，豺狼得食喧。不眠憂戰伐，無力正乾坤。」（宿江邊閣 17/1469）

城樓懷想杜甫，他也寫下了：

> 人立飛樓今已矣，浪翻孤月尚依然。(夜登白帝城樓懷少陵先生，劍南詩稿校注，2：195)

之句。據陸游本人在〈東屯高齋記〉所說，白帝山到南宋時期根本就沒有城樓，入夜之後，更爲荒涼，陸游爲何不選擇在白天登山懷杜，而要選擇夜晚來呢？此應是因爲他想極力追摹杜甫的原始情境，有以使然。又如：

> 臘盡春生白帝城，俸錢雖薄勝躬耕。眼前但恨親朋少，身外元知得喪輕。日映滿窗松竹影，雪消並舍鳥烏聲。老來莫道風情減，憶向煙蕪信馬行。（雪晴，劍南詩稿校注，2：179)

詩中的「臘盡春生」一語，脫胎於杜甫「恐臘後春生，鶱飛避暖，勁翮思秋之甚，眇不可見。」之句（詳注，18：1587)「親朋」句得自「親朋滿天地，兵甲少來書。」(中宵，詳注，17：1462)，末聯的騎馬意象則變化自杜甫「醉爲馬墜，群公攜酒來看」(詳注，18：1590)一詩。像這樣的作法，在一首詩裡面，大量取用同一時期杜詩的字句與感情，已經超越了用事、用詞的修辭概念，而是另一種高層次的人格模仿了。註29

不只是王十朋、陸游、范成大，明代編輯《三峽通志》的歸州知

29．其實，據《入蜀記》所載，他在黃州登江邊釣石懷蘇東坡、在漢陽登漢水大堤懷李太白之類，都是相同的學古方式，只不過到了夔州，正好是杜甫最重要的創作地，所以更爲明顯地表現出來而已。

府，編輯《夔州府志》的四川及夔州本地官吏們，以及因公務經過夔州的清代王士禎等，數之不盡的詩人及官員們，都是在杜甫詩句的基礎上來寫詩，杜甫所用過的地名，長久以來，便是他們關心與沿用的主要對象。甚至，我們可以說，從劉禹錫以來所常見於詩文中的「瀼西」一名，根本就是出於杜甫詩，在杜甫詩之前，任何記載都沒有「瀼西」之稱。

總之，當唐代夔府的州城位在白帝山時，「瀼水」指的就是東瀼水，「瀼西」乃指的就是東瀼水之西，固然沒有問題，自從北宋移夔州城於今奉節縣城的位置以後，由於寫作者的移情作用的強烈影響，又欠缺深入的考證工夫，以致「瀼水」一名，不知不覺地被指向新州城東邊的梅溪河流域，並且把新州城所在之地目爲「瀼西」。這種種變化，都是由尊崇杜甫此而生。

2．劉禹錫、李貽孫何以說瀼西（永安宮附）

在杜甫之後，談到瀼水並直接就說瀼西的，便是劉禹錫與李貽孫，我懷疑在劉李二文中都使用「瀼西」一詞，乃受杜詩影響，而且，李貽孫之文還直接受到劉禹錫的影響。原文的節錄部份如下：

> 夔在春秋爲子國，楚并爲楚九縣之一。秦爲魚復，漢爲固陵，蜀爲巴東，梁爲信州。初城於瀼西，後周大總管龍門拓王公述登白帝歎曰：「此奇勢可居。」遂移府於今治所。是歲建德五（576）年。〈夔州刺史廳壁記〉

> 峽中之郡夔爲大，當春秋爲夔子之國，在秦曰魚復，在漢稱古

> 陵，在蜀號巴東，皆郡也。梁爲信州，逮我武德，建夔之號。州始都督黔、巫上下之地十九城，是後或總七城，或爲雲安郡，或統峽中五郡，尋復爲夔州。都督之號，或加或去，今稱夔州都督府。州初在瀼西之平上，宇文氏建德中，王述徙白帝城，今衙是也。〈李貽孫夔州都督府記〉註30

以上二文，文字相同之處甚多，李貽孫鈔改劉文的痕跡，非常明顯，甚至連劉禹錫的錯誤資料也照引不改。比如劉文說：「秦爲魚復，漢爲固陵，蜀爲巴東，梁爲信州。」但魚復爲縣名，而固陵、巴東、信州爲州郡名，怎能以一條鞭式的連稱方式來解說其間的沿革過程呢？而且，更名固陵雖是事實，但其時已是劉璋末年，不數年即爲蜀漢，改名巴東，這兩次改名時間很近，卻兩舉其事，而東西漢之世，此地皆屬巴州，並且，在西漢時，此地是巴州唯一都尉的治所（即江關都尉，又據《漢書 · 地理志》巴州並無其他都尉），地位相當重要，如以劉禹錫之位望，應該精熟此地歷史，宜稱「漢爲巴州」，而非「漢爲固陵」。劉禹錫爲何不說「漢爲巴州」而要說「漢爲固陵」呢？顯然是劉禹錫的失誤，而李貽孫卻照錄劉文。

又，劉文稱王述登白帝，而不說登白帝山，其實王述所登即今稱白帝山，至於他說王述移治在建德五年（576），恐非事實。

---

30 · 劉文見《劉禹錫集箋證》（上海：上海古籍出版社，19849年12月）卷9，頁213-214。李文見《全唐文》544，頁5514。《全蜀藝文志》卷52，頁731-732，〈夔州碑刻〉條指出，劉文原碑至明猶存；李碑爲繆師禹書，收入歐陽修《集古錄》，歐公說碑在漕臺。據此，周復俊編《全蜀藝文志》時應未見此碑。

關於此事，樂史《太平寰宇記》作：「宣政元年，州復還白帝城，仍置總管府。」註31宣政是北周武帝年號，元年爲西元578年，比劉說已晚兩年，但不論建德五年或宣政元年，王述皆尙未就夔州之任，據《北史·王述傳》：「除中書舍人，修起居注，改封龍門郡公。周受禪，拜賓部下大夫，累遷廣州刺史，甚有威惠。朝議嘉之，就拜大將軍。後歷讓仁二州總管，共有能名。隋文帝爲丞相，授信州總管，位上大將軍。」註32按：隋文帝爲丞相，在北周大象二年(580)，比建德五年又晚了四年。除非《北史》與樂史《太平寰宇記》所據的材料皆誤，否則劉文難脫傳聞不實之責。李貽孫雖然改寫了部份文字，基本上仍是沿用劉氏原作的內容，並且承襲了劉氏的錯誤。從二文比對之後的結果看來，我們可以認爲李氏同意劉禹錫的見解而沿襲劉文，卻不能重複計算二文爲兩個原創性主張。

再就「瀼西」一詞而言，劉李二人雖然異口同聲說王述所移前之舊治在「瀼西」，但是，他們並沒有指明「瀼西」在那裡。王述所移前之舊治的原地名究竟是不是早已有「瀼西」之名？在劉李二文中的「瀼西」究竟指那個地方呢？由劉李二人對夔州歷史的認知模糊這一點考慮，劉李二人是否確知王述移城前的舊治位置，實在值得懷疑。從而劉禹錫、李貽孫爲什麼會說「瀼西」，是不是因爲受到杜甫詩影響的關係？這三個問題，對「瀼西」的定位影響頗大。以下分別討論之：

31·宋樂史·《太平寰宇記》(台北·商務印書館，四庫全書本)卷148，頁1--3，總頁399-400

32·《北史》，卷62，頁2204。

首先是關於王述移治前的州城位置的解析。

從西漢以來，這個地區的軍事地位經常被提到，西漢的地方警備主管是設在全國各郡險要縣分的都尉，而魚復縣便是巴郡的都尉所在之縣，可見此地的軍事重要性。註33至於地名方面，從秦至唐，此地的官方名稱，如縣名、州郡名雖屢屢變化，但習慣上均稱此地為白帝或白帝城，這種情形一直沒有斷絕，比如梁朝和北周時期，此地的官方名稱是「信州」，但是《梁書》、《周書》、《南史》、《北史》寫到本地州治與戰役時，仍使用「白帝城」來稱呼。因此，白帝城之名與軍事要地的形象，是人們所習知的。

王述到任前二十多年，這個地區的軍事形勢非常險峻，當時正是西魏軍（即北周前身）一面進攻梁朝，一面以右翼軍攻佔另一個前線信州的時候，梁軍秉承了劉備以來的傳統，與當地的蠻族合作，得到蠻族的效忠，對北方南侵的部隊造成極大威脅，像扶猛、賀若敦那樣的北軍猛將，都被從山西前線老遠調來專征信州，白帝城數度血腥易手，可見戰況之激烈。戰爭從西魏大統十七年（551）一直打到北周天和元年（566），最後，由於扶猛、陸騰等人以幾近大屠殺的手段鎮壓蠻族領袖向氏成功，切斷梁朝東方大將王琳與西方大將王開業的連絡，一舉佔領墊江、江州、涪陵等外水、中水、內水三路，其後又在攻破水邏城後，殺人數萬，總算在血腥中結束戰事，取得一時的安定，註34然後，戰勝者陸騰的工作，就是把信州的州治移到江邊，並

33．《漢書》卷28上，地理志8上，頁1603。

34．見《周書》卷28，頁474〈賀若敦傳〉，《周書》卷44，頁795〈扶猛傳〉，及《資治通鑑》卷169，頁5258。三水之說見《晉書》〈譙縱傳〉。

在巫峽及西陵峽沿江擇地築城，威嚇蠻族，控制江路。

陸騰移置信州在於北周天和元年（566）：

> 信州舊居白帝，騰更於劉備故宮南，八陣之北，臨江岸築城，移置信州。又以巫縣、信陵、秭歸並築城置防，以爲襟帶焉。（北史・蠻列傳）註35

《周書》及《北史》兩傳文字相同，《太平寰宇記》則說：「移理於永安宮南五十步。」不知何據。但不論陸騰新城是否在永安宮南五十步，遷移至永安宮南，應是《北史》這段記載的原意。這事件距離王述到來之前只有10-14年，如果在陸騰之後、王述之前，並沒有二度移城的事情，那麼，劉禹錫所謂「初城於瀼西」應與此有關。如此一來，「瀼西」應在今梅溪河以東且與梅溪河還有一些距離的長江邊，既不符合在東瀼水之西的說法，也不符合在梅溪河之西的說法。

但是，陸騰乃軍事將領，築城的目的是爲了對江面防禦，由八陣磧至白帝山下都是容易登陸的江段，他很可能把防禦工事沿江修建，直到白帝山下，而把州政府辦公區放在城的東部，也就是接近東瀼水西岸之地，這就符合「初城於瀼西」的說法。雖然大戰之後應無能力修建石城，但如使用木柵之類的材質，幾公里築城並非難事。註36

---

35 《北史》卷95，頁3151-3154。又《北周書》卷49，頁890，與此同。

36・唐杜佑《通典》的城防之部有關於築城所需人工的計算方法。見《通典》卷152，頁389-5，〈兵五・築城〉條。當時大戰之後，必定會奴役戰俘營造新城，但是，以長期作戰後的人力物力，應無法建造大中型石城，至今也無遺跡。陸騰原來建過木城而打勝此役，可能新城還是木造的。

在上述詮釋中，不可忽略的就是永安宮所在的問題，陸騰所建新城既然是在「劉備故宮南，八陣之北，臨江岸築城」，永安宮究竟在那裡？

在《水經注》中，酈道元曾引用資料記錄了永安宮，他說：

> 江水又東，逕南鄉峽。東逕永安宮南，劉備終于此，諸葛亮受遺處也。其間平地，可二十許里，江山回闊，入峽所無。城周十餘里，背山面江，頹墉四毀，荊棘成林，左右民多墾其中。

酈道元這段話中，潛藏著許多疑點，比如說，依《水經注》原文順序，酈道元既把永安宮設定在南鄉峽之東、白帝城之西、八陣磧之北，並指出永安宮周邊有大約二十里的平地，並且「江山回闊，入峽所無。」《水經注》所說二十餘里，倘依漢晉的尺度換算，二十里約爲4,620-4,700米。

如依現地形勢求證，洪水期的奉節縣，長江兩岸絕對沒有這種平地景象，因爲洪水期由江面向北岸縣城眺望，（參見頁260，圖七）最多可以看見今奉節縣城所在的山坡，這塊平緩的山坡從奉節縣白馬水文站起到梅溪河畔雖然有大約有2公里，以《水經注》時代的尺制來說，應該是不足十里。問題是，這塊緩坡地從江面就很明顯可以察覺到坡度，不合平地之說。至於梅溪河以東到寶塔坪爲止的臨江一面，大約有2-3公里，這部份雖然也有緩坡，但坡面更淺，後面就是大山，實在不能稱爲平地，與《水經注》的描述根本不合。

如果要勉強指出有這麼一大片平地，只有一個可能，就是冬季水落以後露出來的沙石磧。有可能是記載者於冬季枯水期到此地探訪，當時所得的印象是一大片平地，而且，當時訪查的人所記錄的二十餘

圖二十五　冬季魚復浦予人平地之感

由梅溪河渡橋附近望魚復浦全景，近處皆爲沙壤，遠處方有石磧。圖左坡地上有人種菜，不過，魚復稍高處皆有菜圃，不限邊坡　趙貴林攝

里，應該包括了現在縣城西端的白馬灘起，經過大南門（依斗門）、小南門（開濟門）到梅溪河口這片沙地，以及梅溪河口到臭鹽磧東端的全部沙石灘。雖然我們都知道，這片沙地和沙石灘根本不能稱爲平地，但除此之外，在《水經注》所說位置，確實沒有那麼大的平地。（圖二十五、二十六）註37

事實上，《水經注》在抄輯資料時可能犯下錯誤，是應該正視的問題，以本小節爲例，酈氏在一小段文章中連續寫了兩個里數，這件事就十分可疑，仔細讀《水經注》這段文字，如果在「諸葛亮受遺處也」，下面直接承接「城周十餘里」，便完全符合對永安宮完整

圖二十六　臭鹽磧河段示意圖

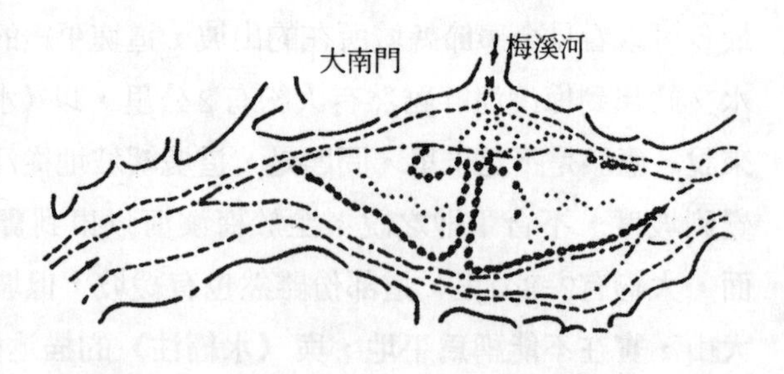

轉引自《三峽工程泥沙研究》，以梅溪河爲界，以西大南門外都是沙地，以東部份爲沙石磧，主體部份爲卵石，形成八陣圖。即使算上了全部的沙地和沙石磧，也沒有《水經注》所說的平地二十餘里之數。

描寫的文氣。「可二十里」以下四句，文意與上不屬，我認爲是酈道元在輯鈔資料時，把兩段不同來源的材料放在一起，兩段資料互不統一而造成的問題。（宋人魏了翁對「諸葛亮受遺處」的詮釋，認爲是在梅溪河東岸的臥龍山，依他的看法，八陣圖在梅溪河東岸，這一點可作爲本文的補充。）

再說，不論《水經注》所說平地是指山上的坡地或江邊沙石磧，在他所描寫的二十里平地範圍內，一定有一條溪，就是今名梅溪河的這條溪流（本文統一稱它爲梅溪河），換言之，以永安宮爲核心的二十里內，不可能錯過這條梅溪河。但是，從《水經注》中完全看不到梅溪河的跡象，這是什麼緣故呢？

據《水經注》所載永安宮有「城周十餘里」、但「頹墉四毀」，可見永安宮城原來有高牆，但已就毀壞。此城周圍有十餘里，如果依照漢代遺留的都城營建式樣來說，這座永安宮城可能是長寬比率接近的長方形，隨著山勢地形變化，可能有些不規則的情形，但無論如何，其長或寬的一邊應該是2-3里，相對於二十餘里的平地，永安宮城正面所佔的位置並不算大。既然小到永安宮，大到二十餘里平地都已經列入記錄，何以梅溪河全無著墨呢？或許有人懷疑，會不會在《水經注》撰就之時，尙未形成梅溪河呢？若以當地的總體地形地貌

---

37 ·據長江水利委員會：《三峽工程泥沙研究》（武漢：湖北科學技術出版社，1997年10月），頁72-73轉引。據作者表示：「瞿唐峽上游的臭鹽磧河段，爲川江三大淤沙區之冠，汛期峽谷壅水較強，加以水流漫灘取直，深漕泥沙淤積，1962年實測汛期淤積量達1740萬立方米，汛後落水期泥沙即被全部沖走。」此段文字可解釋「江流石不轉」。

及地質條件看來，那種可能性微乎其微。因爲地處大巴山南段的夔州，屬於地殼穩定的區域，五代偶發一次山崩，明清以來偶有地震記載，並無重大的歷史災害發生，兩溪並沒有互相侵奪的條件，與產生新河流的原理不合，我曾觀察過今稱梅溪河與今稱東瀼水這兩條瀼水，兩溪都源遠流長，中間被高達1000米的大山分隔，再參照梅溪河全段河谷的切割情形，也並無新生河谷之感，特別是在寂靜鄉境內的梅溪河有一段切割極深的斷壁，（參見頁264，圖十二）已形成了相當長的年代，顯示梅溪河不像是唐以後新生河流。

如果梅溪河並非新生的溪流，那麼，早期記載中看不到梅溪河，這是什麼緣故呢？前述二十餘里平地如確爲江邊沙石磧，由於整片沙石磧東西端的大小寬窄形狀、卵石的有無並不相同，鹽井的有無也不一樣，若以梅溪河爲分界，可以清楚地劃分出兩邊不同的景觀，爲何《水經注》的資料來源沒有寫到梅溪河呢？道理很簡單，就是因爲梅溪河不重要，而無意中予以忽略了。梅溪河之所以不重要，就是因爲《水經注》作者最關心的「永安宮城」與梅溪河一定有相當程度的隔開，所以在提及八陣圖之後，便不需要再提及梅溪河了，當然，永安宮更不可能會在梅溪河西岸。

再回到劉、李二人的原文來，由於劉禹錫只提出「瀼西」，卻未在文中作說明，尤其是他沒有談到「永安宮」，因而李貽孫隨而補充之，他說：

> 直南城一里，得巨石，爲灩滪，…城之左五里，得鹽泉十四，居民煮而利焉。又西而少南三四里，得八陣圖，在沙洲之壖，此諸葛所以示人於行兵者也。分其列陣，隱在石壘，春而潦大

則沒，秋而波減則露，造化之力不能推移，所以見作者之能。

瞿塘驛有蜀先主宮，瀼西有諸葛武侯廟，皆占顯勝。

李貽孫之文有兩個重點：第一，他對夔州南城與鹽井、八陣圖的距離，詳記里數，在唐人文章中少有此例。注38 第二，他把瞿唐驛與瀼西分舉，由「皆佔顯勝」的「皆」字看來，很明顯的瀼西與瞿唐驛是兩個不同的地名概念。

從第一點來看，李貽孫談到鹽井和八陣圖（圖二十七），是分開兩處來講，其實，就現地情況來說，從梅溪河以東，江邊的整片石磧是一體的，無法割斷。在石磧東端，現在還可見到廢鹽井，李文所稱鹽井，應與此有關。就其方位、距離來看，它東距白帝山乘車站約 2,650 米，北距江岸公路約 300 米，合計約 2950米左右。依李貽孫文中所說的「城之左」如設

圖二十七　八陣磧

以八陣磧得名之由來，無卵石的部份應該不能稱八陣磧，如魚復浦東端及鄰近梅溪河的部份，全是沙壤，不合八陣圖的名稱需要。在卵石灘東端，濱江之處，現在還有天然鹽池，並有古人煮鹽的遺跡。

38．這一段淤沙地帶，地理上稱為「臭鹽磧」，綜合據1995年版《奉節縣志》所載，臭鹽磧東西長約2,500-2,600米，南北長約800米，見《1995年版奉節縣志》卷12交通，頁301。我雖然實地勘察過，可惜未做仔細的平面測距工作。

定爲南門之左，距城門五里，以唐里換算約爲2,650米，大體接近。

由鹽井向西南行走三、四唐里（1,590-2,120米），以現在的地形來看，距離梅溪河冬季入江口雖然還有一點路程，但已經非常接近了。可是，在這篇文章裡，和《水經注》一樣，也看不到有另一條河流（梅溪河）的記載。

現代奉節人下魚復浦，是從今梅溪河以東，窯灣醫療站旁下磧，距離從下磧處至白帝城停車站約3,300米，距梅溪河約600餘米。如果從這個距離來看，這一線以南及以東的卵石區作爲八陣磧也有可信之理，在《太平寰宇記》和《方輿勝覽》裡，分別引據《郡國記》和《荊州圖經》，記載了八陣磧的位置，茲舉《方輿勝覽》爲例：

> 八陣磧—《荊州圖經》云：在奉節縣西南七里，又云在永安宮南一里渚上，有孔明八陣圖，聚細石爲之。[註39]

據此，由奉節縣經過永安宮再向南折行一里，利用三角形的角邊關係計算，永安宮距離白帝城應是六唐里（3,180米）左右。與前引李貽孫所說永安宮距離白帝城約七唐里（3,710米）左右，仍可算接近。

以上，我用實測距離，與劉、李二文作了對比，永安宮既然南對八陣磧，永安宮又確定建在山坡上，陸騰建城又在永安宮南臨江階地，那麼，永安宮離開唐代南門或東瀼水的距離，我相信不會超過四至六里（2120-3180米），而且，從《水經注》等書的記載，以及從

---

39 ·見宋祝穆編祝洙補訂：《宋本方輿勝覽》（上海：上海古籍出版社，1991年12月），卷57，總頁502。《太平寰宇記》和《方輿勝覽》二書一稱州、一稱奉節，都是以唐代地名爲基準，資料來源應該都屬唐代的層級。

唐初陳子昂已歎永安宮已無跡可尋來看，陸騰顯然不曾利用永安宮的故基。事實上，不論陸騰怎樣另築新城，白帝山城的防守必不可省，但他這次的主要防衛控制的對象是來自本地水上的原住民族，白帝山城的江防固然重要，而由臭鹽磧（所謂魚復浦、八陣圖）可以輕易上岸，直撲白帝城西側進攻的敵人，更令他注意，因而他從古永安宮故址起向東沿江修築一條新城牆，一直延伸到接近白帝城附近，乃是必要之舉，距離雖長，如果材質不是難得的石材，也並非不可能之事。

另外有一點值得注意的問題，那就是劉、李二人所稱永安宮，可能是他們擔任刺史時新修的仿古蹟，並非蜀漢遺址。在李貽孫的文章裡，他並沒有像一般人寫到八陣磧就立刻接著寫永安宮，而是回頭寫永安宮在瞿唐驛。前面說過，瞿唐驛絕不會離開州城太遠，基於冬季水落才是瞿唐峽航運的繁忙期這個事實，以水運爲重要項目的瞿唐驛所能使用的區域，其實只有如我所說的位置（請參考頁273，圖十六及十七）。現在李貽孫說永安宮也在瞿唐驛，若就里程上來說，顯然與前述《太平寰宇記》和《方輿勝覽》等各家的記載大有出入。永安宮既早已毀壞，重新在顯勝熱鬧之區仿建古跡，並不是不可能的。

稍早也作了〈竹枝詞九首〉詠夔州風土的劉禹錫，他所說的永安宮，也在瞿唐驛，兩人說法相同：

> 兩岸山花似雪開，家家春酒滿銀杯。昭君坊中多女伴，永安宮外踏青來。〈劉禹錫．竹枝詞九首之五〉註40

40．唐劉禹錫撰瞿蛻園箋證：《劉禹錫集箋證》（上海：上海古籍出版社，19849年12月）卷27，頁852。

這首詩寫夔州女郎出城遊春的路徑與活動範圍，他指出永安宮外就是昭君坊女伴踏青的地點，此處既以坊爲名，就唐代城市制度而言，「坊」是城內的行政區名，可見此地離城十分接近。由於離城近，如果這裡也是瞿唐驛的所在，就非常合理，也正合了李貽孫對永安宮所下「皆佔顯勝」的斷語，我們如果以之對比杜甫所說：「翠華想像空山裡，玉殿虛無野寺中。」則永安宮所在地，應該只有後人所建的野寺，已無永安故宮遺跡，與劉、李二人說法完全不同。所以我懷疑位於瞿唐驛旁的永安宮，恐怕是杜甫以後增修的新古跡，和蜀漢的永安宮故址未必有直接關係。

總之，李貽孫說永安宮時說是在瞿唐驛，說到諸葛武侯祠說是在瀼西，可見瀼西與瞿唐驛不是同一個地名概念，永安宮既然在瞿唐驛附近，自然也不在瀼西地名概念的範圍內。姑且不論劉李二人所說的永安宮是他們新建或是有別的緣故，總之，如果要引劉李二人的詩文爲證據來談瀼西與永安宮的話，就必須接受他們的全盤見解。換言之，南宋以來把永安宮和瀼西結合爲一地，註[41]全都放到梅溪河以西之地去的說法，與劉、李二人完全沒有互相楔合的空間，然而，後人誤解瀼西位址的，卻都引述劉、李之文，把錯誤說法的始作俑者讓給劉禹錫與李貽孫，究竟是誰錯了呢？

41．以永安宮在今奉節縣城的說法，乃宋代的後起說法。傳世各本《奉節縣志》都把永安宮遺址定位在今奉節師範學校內舊府學遺址中，該地現在尚有清代及民國兩塊石碑，據殘碑所遺留的文字一爲「宮故址（清碑）」，一爲「安宮故址（民國碑）」看來，原碑應都是「永安宮故址」五字。

3・北宋以前地理書只有一條瀼水

如上所述，雖然劉、李二文並沒有把杜甫的「瀼西草堂」說到今梅溪河流域去，但南宋研究杜甫行蹤的人們，似乎是由他們這兩篇文章中的「瀼西」之名得到啓發，而發展出現在大家熟知的「杜甫瀼西草堂乃在梅溪河西」的說法。爲了明辨這個問題，我們來注意瀼水這條長江支流在歷史地理書籍中的記載情形。

《中華人民共和國國家普通地圖集》中，在比例尺1:2,500,000之下，我們很清楚地看到今奉節縣在長江北岸有兩條溪流，一條在奉節縣城（永安鎮）之東，一條在瞿唐峽之口（因比例尺太小，顯不出白帝山來），與實情相符。但是，在其他的情況下，卻不一定如此，隨著歷史朝代不同，或個別需要的差異，人們往往以一條瀼溪的概念，來取代兩條瀼溪的事實。比如在明清古地圖或縮圖比率更小的今地圖中，往往只有今奉節縣城東側這一條溪流的影像，而忽略白帝山邊這條瀼水。這種情形，在古代的記載中，也經常出現，或許，選擇性採用的現象，就是瀼水與瀼西地名被移置的主要原因之一。

在前面引述過的酈道元《水經注》中，我們只看得到一條瀼水，《太平寰宇記》引《水經注》作「瀼水」，中華書局標點本楊守敬、熊會貞校注之《水經注疏》作「東瀼水」，同樣是指「白帝城下、即以爲隍」的東瀼水。

前面還說，不論永安宮的位址在那裡，觀測者既然注意到江岸這一大片沙石磧，其間應該會注意到梅溪河，但是《水經注》卻只寫東瀼水一條溪流，完全沒有談到梅溪河的跡象，這不是很奇怪嗎？

在《水經注》之後，劉禹錫的關於夔州的文章與詩篇中，也都只有一條瀼水，尤其明顯的是前述李貽孫的文章中，如果依照原文的記載順序，寫完鹽井，向西到八陣圖，再過去應該會發現梅溪河，但是，他並沒有提到在八陣圖再過去一點的位置上有另一條溪流(不管這條溪水是不是也叫做瀼水)。

北宋樂史的《太平寰宇記》引《水經注》作「東旁讓溪」，瀼、讓二字因形義相近，可不論，溪名之前沒有東字。而後，在王存所編的《元豐九域志．奉節縣》條下有：

> 中，奉節。一十一鄉。有三峽山、東瀼水、灩澦堆。註42

三個地名都集中在白帝山附近，溪流只記了一條，不過他稱爲「東瀼水」，此書本是參考《太平寰宇志》而來，但與《太平寰宇記》小異，是除今本《水經注》之外，最早寫下「東瀼水」的古地理書。

但是在專爲《元豐九域志》增補古蹟解說的《新定九域志》中，其〈夔州〉條下僅有：

> 春秋時，庸國之魚邑。古楚宮，襄王所游，見寰宇記。白帝城山，公孫述□□。大仙廟，巫山神女祠也。白鹽山。三峽山，謂西峽、巫峽，見方輿記。八陣磧，自然而成，在江水之中。灩澦堆。赤甲城，見寰宇記。古信州城，梁置。註43

並沒有討論到瀼水，大概被無意中省略了。

---

42 ·宋王存撰，王文楚、魏嵩山點校：《元豐九域志》(北京：中華書局，1984）卷8，頁364。

43 ·《元豐九域志》附錄之《新定九域志》卷8，頁681。

到了南宋，「瀼水」一名，已經被新州城東的梅溪河取代，在《輿地廣記》的記載中便只有一條瀼水：

> 今縣二：中，奉節縣，…有三峽山、白鹽山、赤甲山、大瀼水、灩預堆。有魚復縣故城，在縣北，今名赤甲城。有古扞關，楚肅王所作拒巴蜀。有白帝城，公孫述築。有故永安宮，劉備所置。備終諸葛亮受遺詔於此。有諸葛亮八陣圖，累石爲之。（輿地廣記．夔州路）

《輿地廣記》這段文字明顯地是綜合鈔錄《太平寰宇記》、《元豐九域志》之類書籍而成。但在文中把「讓水」或「東瀼水」改稱爲「大瀼水」，書中雖然沒有對「大瀼水」作更多的解說，但應是指梅溪河。因爲在繼此書而作的《方覽勝覽》中就很清楚地說了：

> 大瀼水，在奉節縣，州城以景德二年遷瀼西。《夷堅志》：夔人龍澄遊瀼水，見水中一石合，命漁人探取之，獲玉印五，文字如星霞，□非世間篆□比。忽見天神侍立曰：其乃九天使者，所獲王印，乃上帝所寶。昔禹治水，拜而授之水上，既平復，藏之名山大川，今守護不謹，可亟投元處。澄如其言，後亦登科，爲桃源令。杜甫詩：瀼東瀼西一萬家，江南江北春冬花。（方輿勝覽．夔州路）[註44]

這段記載承用大瀼水之名，省略了東瀼水，並且明確地以景德二年遷

---

44 ．見宋歐陽忞：《輿地廣記》，卷33，總頁583。祝穆編、祝洙補訂：《宋本方輿勝覽》(上海：上海古籍出版社，1991年12月)卷57，總頁500。

治之事爲遷「瀼西」，註45可見他是把梅溪河當作大瀼水，瀼西就是梅溪河西之地。在本條的最後，他引述杜甫「瀼東瀼西」之句，更確認杜詩中的瀼水就是梅溪河。基於《輿地廣記》與《方覽勝覽》的淵源關係，《輿地廣記》對「大瀼水」的詮釋應與此相同。

事實上，他們所指的「瀼水」，相對於《水經注》《太平寰宇記》《元豐九域志》原指的「東瀼水」而言，已經是第二條河了，但是，從記載的存在現象面來說，畢竟在一本書中仍舊只記了一條瀼溪。

當古代的地理學者所記錄的瀼水只有一條的時候，對讀者而言，就意味著兩種可能，一種是基於地貌變化的理由，可能當時確實只有一條瀼水，另一條可能是後起的溪流，著書當時並不存在。一種是基於城市發展的理由，比較接近城市的一條瀼水被特別重視，另一條則不被注意。關於前一種可能性，我先前已指出梅溪河並無侵奪的條件，何況，同樣只記一條瀼水，當北宋移城以前州城位在今白帝山時，所有記載的瀼水都指向白帝城外的那條東瀼水，等到北宋移城之後，人們的注意力便移到梅溪河，並稱之爲瀼水，這顯然不是河流侵

45．按《宋史》（北京：中華書局，1977年11月）卷283，頁9566，〈丁謂傳〉云：「峽路蠻擾邊，命往體量。還奏稱旨，領峽路轉運使，累遷尙書工部員外郎，會分川峽爲四路，改夔州路。…居五年，不得代。」按：分四路在宋眞宗咸平四1001年：見王應麟：《玉海》（南京：江蘇古籍出版社，1988年2月），冊7，收《通鑑地理通釋》，卷3，頁14上。居五年不得代，則丁謂自咸平三年至景德元年（1000-1004）在夔路轉運使之任，景德初丁謂還朝前已規畫移城，推薦薛顏繼任完成之，所以陸游〈入蜀記〉云：「景德中運使丁謂薛顏所徙。」蓋謂此也。

奪的自然現象，而是人爲使注意力轉移的問題。所以，我們相信後者才是使瀼水少了一條的眞正原因。

總之，同一個溪名，被由舊夔州州城邊（白帝城）轉移到新夔州州城邊（今奉節縣城），其決定因素在於溪名與州城居民的生命情感，而不是意味著陵谷之變。這些地名稱謂變化在先，古代地理書卻因襲不知變通在後，才是發生問題的根本原因。

五 · 歷代主張瀼西草堂在梅溪河西者

1 · 王十朋之瀼西說

在州城遷移的重大變化條件之下，人們的注意力也會因遷城而受到牽引，最簡單的例子，就是今天奉節縣城永安鎭的居民數遠遠多於白帝鎭。奉節縣的商業活動都在縣城進行，白帝鎭即使擁有白帝城這樣全國知名的古蹟，距離縣城也只有幾公里路程，但其城市發達情況，遠遠不及永安鎭。我們可以想見唐代州城在白帝山時，梅溪河流域一定極爲荒蕪，不會形成商業聚落。而到了宋代，卻反過來，由新州城到白帝城的交通不便，由白帝城再向東瀼水流域，更少人到，在南宋的詩文中，屢屢說及此間的荒涼境況。南宋人只看得見梅溪河，而未把注意力放到東瀼水，以致地名爲之受到侵奪，都是其來有自的。以下我想經由王十朋和陸游的夔州詩文，來證明這個論點。

由於交通不便與居住習慣雙重因素，居住於新州城的人很少到白帝山、城及東屯來，以王十朋爲例，他身爲一州長官，也很少到這些地方來。

王十朋任夔州太守是在南宋乾道元年九月至三年七月（1165-1167)，那時他已五十歲，他在州宅中建了許多名樓，像制勝樓、靜暉樓、詩史堂等，平日只在樓中登眺而已，甚少離城。

王十朋甚至不談瞿唐峽，他寫得最多的是臥龍山和勝己山，臥龍山在梅溪河東，出東門，過梅溪河上山就是了，離城不遠（參閱頁262，圖十）。他經常說的是勝己山，這座山在長江南岸、白帝城西南，是上峽的船隻進入夔州的門戶，他平日在州宅中最遠只望望勝己山而已，較少關心瞿唐峽與今稱草堂河的東瀼水流域。

他到過瞿唐關，也作了一些詩篇，如〈至瞿唐關戲用山名成一絕，有勝己、清簾、赤甲、白鹽四山〉、〈連日至瞿唐謁白帝祠登越公三峽堂徘徊覽古共成十二絕句：有瞿唐、灩澦、白帝城、越公堂、三峽堂、石筍、白鹽、赤甲、東屯、昭烈廟、八陣圖、勝己山，共十二首〉，都是同一次來游時所作，依時序看來，應是爲了主持端午競渡才到此地。宋代夔州的競渡場地，設在白帝城之西、勝己山及灩澦堆之北、魚復浦之東的水灣，大約是在唐代瞿唐驛之東，這是長江進入瞿唐峽前留下的天然回水灣澳，安全性上當然比夏水初生的夔州其他水域更好。王十朋到此作了一次詩，從此少見他的影蹤。

而且，身爲太守的王十朋，兩年的任期中，只有在任期結束後的七月十八日那一天到過東屯，[註46] 這是因爲江水太盛，在瞿唐關下過夜準備改行陸路，次日渡過東瀼水，登今稱赤甲山（唐稱白鹽山），

---

46 ・宋王十朋撰，梅溪集重刊委員會編：《王十朋全集》（上海：上海古籍出版社，1998年10月。）詩集卷24，頁436。有〈七月十七日離夔州，是夜宿瞿唐〉詩云：「我亦憐夔不忍去，一夜留宿舊江城。」

越嶺到巫山縣的黛溪（大溪）換船東歸，這樣才第一次去拜訪所謂的東屯杜公祠堂。註47

在這種情況下，王十朋所關心的瀼水，便只有新遷州城旁的梅溪河，比如他到瞿唐關主持競渡，這裡離東瀼水很近，離梅溪河反而遠，但是，在王十朋的感覺中，卻只注意到梅溪河，所以他在這組詩中說到競渡地點，是在：

勝己山陰瀼水東。註48

山北爲陰，則勝己山在大江的南岸，梅溪河爲瀼水，在瞿唐關的西方。他寫詩的時候人在瞿唐關，所以對山稱北而對水稱東。距離遠（梅溪河）卻仍舉出，距離近（東瀼水）卻渾然不曾注意，由此可以看出在人類通常行爲模式下王十朋的表現。

由於王十朋也是杜詩專家，他也同時知道杜甫和劉禹錫對瀼東瀼西的描寫，劉禹錫詩說：「江上朱樓新雨晴，瀼西春水縠紋生。橋東橋西好楊柳，人來人去唱歌行。」（竹枝詞九首之三），註49所以他也在瀼水東西種柳，柳樹是由州西的社稷壇開始栽植，社稷壇在州之

---

47 ·《王十朋全集》詩集卷24，頁436，〈至東屯謁少陵祠〉詩云：「宦游夔子兩經年，未到東屯意慊然。」

48 ·《王十朋全集》詩集卷21，頁377，〈五月四日與同僚南樓觀競渡因成小詩四首，明日同行可、元章登樓，又成五首〉，競渡地點參閱273頁。

51 ·劉禹錫這一組詩在宋朝並不陌生，陸游也有模擬之例，陸游的名句：「峽雲烘日欲成霞，瀼水生紋淺見沙。」（寒食，劍南詩稿校注，2：185）即由劉詩而來。

西五里。註50 據他〈種柳詩〉序中說：

> 東至夔唐，西過社壇，凡十餘里，種柳二千株，後人不斬伐，則垂條聳幹當如柳子厚詩，但愧無惠化傳耳。詩云：瀼水東西十里餘，新栽楊柳二千株。會看聳幹參天去，能似甘棠勿翦無？註51

由社稷壇向東延伸十里餘，經過夔州城，跨過梅溪河，直到瞿唐關，種柳二千株，平均四米種了一株，這是他重要的治績。但是，杜甫和劉禹錫所指的瀼水東西是在白帝城旁的東瀼水（草堂河），而王十朋指的卻是梅溪河的東西岸，與杜甫、劉禹錫詩意毫不相干，對於這一點，王十朋似乎並未發現，他只注意到這一條瀼水。

除了上篇之外，在〈登制勝樓〉詩中有：「鳥穿雲過白鹽去，魚透浪來清瀼游。」之句，註52 他也稱梅溪河爲「清瀼」，此外，在〈夔州新遷諸葛武侯祠堂記〉中他還說：

> 武侯故祠在州之南門，沿城而西三十六步，…門之東去祠一百八十五步，城有臺，下臨八陣圖，登而望則常山之蛇，四頭八尾之勢宛然在目。北直郡倉，倉故永安宮也，據爽塏，狀如屏。宮之北有水曰清瀼，瀉出乎兩山之間，東入於江，又東過灩澦入於峽，峽口有山，卓然立乎群峰之外者，白鹽也。可謂

50．《王十朋全集》詩集卷21，頁373。有題云：「夔州祀社稷於州之西五里…」，以此知之。

51．《王十朋全集》詩集卷21，頁371〈種柳詩並序〉。

52．《王十朋全集》詩集卷23，頁427〈登制勝樓〉。

江山之勝矣。…遂與同僚謀而遷焉。註53

文中「清瀼」，即指梅溪河。這裡談到武侯祠和永安宮，經過簡單的計算，可知武侯新祠距離南門九十九步，換算爲145.53米，假如宋城的南門與清代夔州府的大南門(依斗門)相當，那麼，向東走145.53米還不到小南門(今開濟門)，新祠建在城牆上八陣臺的後面，祠有兩個門，南門就做在八陣臺上，西門才是主要通道，永安宮故址的就在新祠後門。這是南宋主張永安宮在新州城內的主要證詞，王十朋也說得很詳切，不但方位，連尺步都有了。問題是永安宮在《水經注》時已經破敗，唐時王勃、杜甫都以「虛無」或「荒」字來形容並無所見的感覺，何以宋人反而能清楚地指出是在新州城內呢？還指得出故址是在當時的郡倉呢？至於明清所說在府學內，也是同一地點。

現在回想起來，王十朋在夔州任了兩年太守，都是以今奉節縣城爲瀼西，以原本的瀼西爲東屯，這會不會是當時本地人的普遍看法，他是曾經讀過《夔州圖經》的，顯然《夔州圖經》的說法與他相同，那麼？是誰開始了錯誤呢？陸游爲何也未深考便接受了呢？而王十朋更是二年任期結束後，才到東屯走了半天。以當時的交通工具而言，他所乘坐的是人力的籃輿，在東屯這半天是看不到什麼的。如果這樣

---

53 ·〈夔州新遷諸葛武侯祠堂記〉見《王十朋全集》文集卷22，頁953。是乾道三年四月所作，春水方生，所以登臺所見如此。這是夔州的第三個武侯祠。最早的是在南門西城內臥龍坊的舊祠，王十朋於乾道二年十一月初到夔州時，曾予整修。其次是在臥龍山下，由前帥張震所建，見《王十朋全集》文集卷22，頁950，〈夔州新修諸葛武侯祠堂記〉一文。又見《三峽通志》頁14。共有三處武侯祠。

的話，即使宋代確有瀼西在梅溪河之說，也並不是經過王十朋或陸游仔細考證的結果，雖然兩人都是名人，也都是杜詩的愛好者，但他們的言論並沒有強化證據的效力。

在此要補充一條可供評價王十朋考證能力的資料，在他所作〈昭君村〉詩下，有自注云：

> 按《圖經》，昭君村在歸州興山縣，而巫山亦有之，在十二峰之南神女廟下，未知孰是。杜少陵詩云：若道巫山女粗醜，安得此有昭君村。劉夢得竹枝詞云：昭君村中多女伴，永安宮外踏青回。則在巫山者是。註54

歸州和巫山縣兩處都有昭君村，王十朋欲證明此昭君村在「巫山縣」，引用了杜、劉二家詩，杜詩之意比較模棱兩可，但劉禹錫的詩則斷然是指夔府有昭君坊（劉原詩作昭君坊），這明明是坊里之名，即使並無王昭君居住於夔州的事實，夔州規劃坊名時借「昭君」二字一用也無不可。因此，根本就無關昭君村在那裡的考辨。王十朋連這一點都不注意，只看了杜詩有「巫山」二字，便說「在巫山縣爲是」，可見王十朋的考證態度輕率，此是一個例證。

不過，即使他的考據這樣粗疏，但他喜歡說古跡，喜歡說杜甫住過那裡，至今方志的錯誤，都由他而起。他喜歡在自己的詩下作注，因而留下許多關於本地的材料，如：

> 「其奈蒼生望子何」句下自注：梁（子韶）臨別指瞿唐關，有

54·《王十朋全集》詩集卷 24，頁 438。

懶出此門之語。註55

「少陵池館三人賞」句下自注：世傳計臺乃少陵舊居，今有祠堂。註56

〈修壘〉詩題下自注：夔城頗惡，予修之，雖雉堞一新，然土城易壞，兵有守城者勿它役，隨壞而補，則城常固矣。註57

由第一、三例，知道瞿唐關門的存在，以及夔州州的城牆建築狀況。由第二例，我們知道以新州城為杜甫「瀼西草堂」所在的說法，是在王十朋之前就有的「世傳」之說。註58 這些都是非常有用的材料。

此外，他又列舉州辦公室所有的建築物，如：甘露堂、萬卷堂、瑞白堂、詩史堂、易治堂、細香堂、靜暉樓、制勝樓、穿楊亭、無隱齋、跳珠池、土洞。又有柏、荔、竹、柑等樹。又列舉城內十八坊名：宣化、刑清、介福、弭節、皇華、興儒、崇化、懋遷、興龍、臥龍、慶豐、禮賓、通津、義泉、永安、折桂、知足、和風。又由瞿唐關起介紹夔州古跡。並一一為以上所有的樓堂名、坊名、植物、古跡

---

55 ·《王十朋全集》詩集卷21，頁409，〈子紹至雲安復和前韻見寄酬以二首〉。

56 · 按：計臺又名西臺、漕司，是周行可的官署，漕司即各路轉運使，為專責財賦的路級單位。夔州路漕司建有白雲樓，樓下有行可所作池沼，倣效杜甫引水植蓮於池，又於其旁種荔枝，載王十朋〈行可再和因思前日與韶美同飲計臺臨池摘實復用前韻〉詩，見《王十朋全集》詩集卷22，頁382。王十朋又有〈白雲樓赴周漕飯追念行可〉，見同書，詩集卷23，頁412。

57 ·《王十朋全集》詩集卷21，頁371，〈修壘〉詩。

58 · 見《方輿勝覽》頁502〈少陵故宅〉條。被寫入古地理書，是因為王十朋說過才被載入。

都各作一首詩，當然大部份都是他親臨的，也有如東屯，是他在作詩之前沒有去過的，後世夔州的方志，受他影響相當大，是沒有疑問的。

總之，在王十朋的詩中，眺望白帝城的感覺是十分遙遠的。對東瀼水他更是極少涉足，但他同時又是杜甫崇拜者，熟悉杜甫在夔州的詩作，因此當他談到「瀼水」「瀼西」這些名詞，乃就近以梅溪河來取代。事實上，由王十朋的例子也使我們警覺到，連交通能力好的官員，住慣了新州城以後都不願常到隔了一段距離的白帝城，何況是長住白帝城附近的杜甫，怎麼願意遷到今奉節縣城所在之地來居住呢？

2．陸游之瀼西說

王十朋離開夔州刺史任後三年，陸游也來到此州，任夔州通判（乾道六年十月至八年 1170-1172），由於陸游精熟杜詩，很快地，他就完全被自己的詩興所牽引，追隨王十朋之後，也成為一名以梅溪河為瀼水的新瀼西論者。

前文說過，杜甫寫到瀼水的詩，用了不少「瀼西」及「瀼岸」的詞組，陸游也是如此：「猶能下榻否？擬卜瀼西居。」（陸游，寄張眞父舍人二）以及「千載瀼西路。」（陸游，瀼西）、「孤夢時時到瀼西。」（陸游，感昔）都是，註59 可見他手摹心追之誠。

59．見《劍南詩稿校注》卷1，頁69。這兩句出自杜甫：「瞿唐春欲至，定卜瀼西居。」（瀼西寒望）張眞父，名震，這年任夔州太守（即王十朋的前任），當時陸游尚未到過夔州，也未受夔州通判之命。餘詩皆見卷二。

陸游也和王十朋一樣，即使身在白帝城，實際上已經十分接近東瀼水（草堂河）之時，仍然遙望著梅溪河方向，把梅溪河西岸懷想爲杜甫詩中的「瀼岸」，如：

客路閑無事，津亭爽有餘。峽江春漲減，瀼岸夜燈疏。老矣孤舟裡，依然十載初。倦遊思稅駕，更覺愛吾廬。（白帝泊舟）

這夜泊舟在白帝山邊，依理必定是在白帝山的西面，詩中的津亭應是宋代瞿唐關。由這裡看不見東瀼水，只能勉強看見新州城和城外江岸，他仍望向西方遠處，並稱之爲瀼岸。註60

事實上，陸游本人對於當前梅溪河西岸景物與杜詩記載與並不相合這件事，想必也曾做過相當大的考慮。因爲杜甫明明說自己所居是溪堂，可是，若照當時人的說法，杜甫所居是在梅溪河以西這片臨江山坡，梅溪河岸高谷深河床窄，與杜詩所說的景觀完全不同。陸游爲了解決這個問題，也爲了杜甫常常有上小園、上山腳的、緣溪行之類的生活，所以他就親自到梅溪河谷去探訪，並留下了詩作：

60．此詩因有泊舟行爲，已離開住家所在的宋夔州城，所以斷定「白帝」應指古白帝山，但是，在陸游詩中所說的「白帝」並不一定都是實指古白帝山，如下面這首詩中的「白帝城邊」就不是眞正的白帝山：「白帝城邊鶯亂啼，憶騎瘦馬踏春泥。老來感舊多悽愴，孤夢時時到瀼西。」（感昔，劍南詩稿，7：3456）由於這是離夔以後多年的回憶，所以是用「白帝城」一名替代「宋夔州城」，詩中回憶到瀼西，也是指梅溪河。此外，在〈久病灼艾後獨臥有感〉一詩也有：「白帝城高暮柝傳。」之句（劍南詩稿，2：198），此句雖由杜甫「白帝城高急暮砧」而來，但因是在家臥病，應在宋夔州城，而非白帝山城。可見他借用舊地名到新處所，是有前例的。

千載瀼西路，今年著脚行。匆匆衰已具，渺渺恨難平。絕壁猿啼雨，深枝鵲報晴。亦知憂吏責，未忍廢詩情。（瀼西）註61

陸游是完全相信瀼西在梅溪河西的人，因此，他的瀼西行，一定是沿著梅溪河西岸行，這是不會錯的。他的目的是爲了重現杜甫詩情，這也不會錯，他用了千載瀼西路，又用了未忍廢詩情，也可證明是爲了杜甫而來的。但是，這樣一來，他有沒有看到和杜甫所見同樣的情景呢？完全沒有。

在這首詩中，用了「絕壁猿啼雨，深枝鵲報晴。」表面上去符合杜甫「綵雲陰復白，錦樹曉來青。身世雙蓬鬢，乾坤一草亭。哀歌時自惜，醉舞爲誰醒。細雨荷鋤立，江猿吟翠屏。（其三）」（暮春題瀼西新賃草屋五首3，詳注，18：1610）末四句的意思，連用韻也取八庚與杜甫原作九青韻相近。可是杜甫是身在寬谷，所以荷鋤而立時，有陶淵明式的輕鬆愉悅之味，江猿之吟於翠屏，也是取其輕柔之感。但是，陸游據實寫梅溪河谷，便不得不把山勢與物景寫得那麼幽深強烈。而且，在杜甫的瀼水所居的環境，不論是瀼西的草堂或東屯的茅屋，屋外都有水池，一種荷芡，一以養魚。可是，在今梅溪河來說，河谷內深峭不可能圍成水池，兩岸的坡度極陡，也不易取水。從宋明清以來，歷代夔州的地方官都爲缺水所苦，建築飲用水池，開辦免費義泉，或收費供水等管制水的措施，時時被人提出。以現今奉節縣城的自來水供應來說，也是相當艱難的，王十朋時，雖然有周行可因認

61．見宋陸游撰、錢仲聯校注：《劍南詩稿校注》（上海：上海古籍出版社，1985年9月），卷2，頁183。

爲杜甫曾居計臺之地，既爲他祠祀，並開了荷池，但行可隨即死在任上，池亦隨廢，和杜甫的構築水池，還自稱「習家池」的悠然情境，根本不能相符。陸游在行可逝後三年到此，就從未提及此事。

爲何陸游在實探過梅溪河之後，仍然沒有注意到梅溪河西不像杜甫的瀼西呢？一則是他太早認定梅溪河西爲瀼西，二則是爲了前面談過的劉禹錫和李貽孫的文章，由於誤讀劉李二文，使他誤以爲夔州城的前身本在瀼西，而且就是在梅溪河之西，因而一再犯錯。第三個重要的因素，就是陸游相信了李襄所發現杜甫東屯茅屋的房契。

陸游相信李襄所有的東屯房契，並且爲他作了〈東屯高齋記〉，（請參閱第四章），其後不論是文人記載或古地理總志、地方志、杜詩注，都抄錄這個說法。如《方輿勝覽》就曾說：

> 杜少陵故宅—陸務觀〈記〉：東屯李氏居已數世，上距少陵纔三易主，唐大曆初故券猶在。（宋本方輿勝覽，502）

總之，由於陸游相信李襄，認定東屯乃在白帝城北五里之地，從而誘使他自己把「瀼西」問題朝另一個方向去思考：「東屯既在東瀼水濱，所以瀼西應在另一條溪吧？」再加上前述種種巧合的說法，使得陸游完全沒有懷疑地把「瀼西」定位在東梅溪河之西。

3 · 明代官書記載之衝突

從南宋以後，瀼西稱謂與杜甫研究一致地把瀼水指向今梅溪河，到了明清兩代，不但無人發現這個錯誤，在地名變遷史上，更把兩條溪流並列爲瀼水，把梅溪河稱爲「大瀼水」以結合杜詩「瀼西」之說，把草堂河稱爲「東瀼水」，以附會「東屯」的「東」字。

茲舉兩部明代的重要地理書爲例，書中皆並載二條瀼水，而以府城旁的梅溪河爲主：

《大明一統志》云：

> 大瀼水—在府城東，自達縣萬頃池發源，經此流入大江。宋洪邁《夷堅志》云：宣和中夔人龍澄曾於水中獲玉印，印文非世間篆籀，澄恍見天神立於傍曰：此印乃上帝所寶，今守護不謹，遂落於此，神俄不見。澄懼，乃奉印投元處。
>
> 東瀼水—在府城東一十里，公孫述於東濱墾稻田，號東屯。夔門志云：「東屯諸處宜瓜疇芋區，瀼西亦然。」註62

《四川總志》：

> 大瀼水—府治東，自達州萬頃池發源，經此流入大江。宋洪邁夷堅志云：宣和中夔人龍澄曾於水中獲玉印，文非世間篆籀，澄恍見天神立于傍曰：此印乃上帝所寶，今守護不謹，遂落於此，神俄見，澄懼，乃奉印投原處。
>
> 東瀼水—府治東一十里，公孫述于東濱墾稻瀼東，號東屯。夔門志云：「東屯諸處宜瓜疇芋區，瀼西亦然。」註63

比對這兩部書的文字，可發現字句幾乎全同，《大明一統志》先出，

62．明李賢：《大明一統志》（西安：三秦出版社，1990年2月），總頁1089。

63．與明虞懷忠、郭棐等：《四川總志》（台北：商務印書館，四庫全書存目，1998年）總頁史199-499。此書序成於萬曆九年（1581）秋。

《四川總志》晚出，相襲之途徑宛然。兩書的來源，即是前引的《方輿勝覽》，只是將宋人口吻的景德移治之事刪去，改稱府城，並對《夷堅志》的故事稍加刪芟，《方輿勝覽》於地名後原附載名家詩文，《大明一統志》予以省略，《四川總志》則移置他處。

至於正德《夔州府志》，也是自《大明一統志》節錄：

> 大瀼水—在府城東，自萬頃池發源，經此流入大江。註64
>
> 東瀼水—在府城東一十里，公孫述於東濱墾稻田，號東屯。

一般府志應詳於全省或全國之志書，但此處完全相反。

其後清人所編《明史》也分稱大瀼水、東瀼水：

> 奉節，倚。洪武九年四月省，十三年十一月復置。東北有赤甲山，東有白帝山，又有白鹽山，南濱江。東出爲瞿唐峽，峽口曰灩澦堆。又西有南鄉峽、虎鬚灘，東有龍脊灘，皆江流至險處。又東有大瀼水、東瀼水，俱流入江。南有尖山、又有金子山二巡檢司。又東有瞿唐關。東南有江關。南有八陣磧，磧旁有鹽泉。註65

此文簡要地記載了夔州奉節縣的山川古蹟，把鹽泉和八陣圖分立，顯然是受到李貽孫文章影響；對於重要山名，它顯然用心考證過，因而把赤甲山說成在縣東北，把白鹽山說成「南濱江」，並且，把「赤甲－白帝－白鹽」三山以這樣的順序排列，一反宋明以來各書的錯誤。

---

64 · 見正德本《夔州府志》卷之一。

65 · 見《新校本明史》卷 43，頁 1029-1030。

註66至於把大瀼水和東瀼水分立，應是沿用明人稱謂，不過，由於文字簡略，他並沒有指出那一條溪流才是杜甫居住過的瀼西所在。

在清光緒本《奉節縣志》則將原稱大瀼水、東瀼水，改稱爲西瀼水與東瀼水，並且指明西瀼水即杜詩瀼西所在：

> 西瀼水，治東一里，自達州萬頃池發源，至八陣圖流入岷江。杜甫詩〈晚登瀼上堂〉：「雉堞粉如雲，山田麥無隴。春氣晚更生，江流靜猶湧。」即此。
>
> 東瀼水，治東十五里，自長松嶺發源，由白帝山腳流入岷江。公孫述於此墾稻田，號東屯。杜甫僑寓詩有：「泥留虎門跡，月掛客愁村。」之句。草堂遺址尚在，又名爲東瀼水。註67

對於西瀼水如何由東門繞經南門外而後入江，《奉節縣志》也有比較詳細的介紹：

> 城池形勢說：左以西瀼水爲環拱，西瀼水自千頃池來，源遠流長，南入大江，出口處恰有八陣磧阻之，瀼水折而西流，從東門繞南門入江。註68

這裡把西瀼水源頭由萬頃池改爲千頃池，與前引的西瀼水解說不同，

66．我這樣推論，其是還是有疑慮。因爲把赤甲山推到府東北的，正是《大明一統志》的錯誤組合，《明史》究竟是眞有所見，還是隨沿其誤呢？文句簡短，實不易明。不過，他把白鹽定位在江北岸，確實是重要的突破。

67．光緒本《奉節縣志》，頁152。

68．光緒本《奉節縣志》，頁116

應是承襲《大明一統志》而致誤的，《大明一統志》一面在〈大瀼水〉條稱大瀼水（即西瀼水）出自達縣萬頃池。隔了一頁又記載〈千頃池〉云：「千頃池，在大昌縣西三十六里，波瀾浩渺，分爲三道，一道東流當縣西爲井源，一道西流爲雲安縣湯溪，一道南流，爲奉節縣西瀼水。」註69。這條記載又源於《太平寰宇記》大昌縣下有〈千頃池〉條：

> 千頃池，在縣（大昌縣）西三百六十里，波瀾浩渺，莫知涯際，分爲三道，一道東流當縣西爲井源，一道西流爲雲安縣湯溪，一道南流，爲奉節縣西瀼水。註70 。

兩者除字句小小差別外，主要差別在池距離大昌縣的位置，在《太平寰宇記》說是「三百六十里」，到了明代的《大明一統志》就只記三十六里，不知孰是。這段文字據《大明一統志》說曾被《方輿勝覽》所引用：

> 奉節縣：大瀼水，在縣東。…方輿勝覽：『千頃池一道南流爲西瀼水。』註71

不過，今傳《宋本方輿勝覽》對大瀼水的詮釋這一節（已見前引），並沒有這段話。所以沒有旁證可解其歧異之故。

4．明清注家之資料來源與混亂情形

---

69 ．《大明一統志》卷 70，頁 8 下，總頁 1090。

70 ．文海本《太平寰宇記》，卷 148 頁 7 下，總頁 320。

71 ．《嘉慶四川通志》，卷 14，山川 5。

前面談到宋明對瀼西說法的情形，不過，宋代注家和明清注家還是有分別。宋代注家因爲他們因襲的最早來源是以趙次公爲首，所以基本上帶有不明確的主張「瀼西草堂」在東瀼水的性質，何以說不明確，是因爲除了趙次公本人外，其他注家都因爲相互因襲情形嚴重，而模糊了本身的主張。關於趙次公和其他宋人注，下面才會談到。至於明清的杜詩注家，基本上都是主張「瀼西草堂」位在梅溪河西的，主要是因爲明清的杜注與《大明一統志》、《四川總志》等官書，已經非常深度地結合了。而在志書體系上，不論是《大明一統志》、《四川總志》或正德本《夔州府志》、光緒本《奉節縣志》、1995年新版《奉節縣志》都持此說，資料來源如此，朋儕的意見也一致，確實會使大多數的注家不會懷疑「瀼西草堂」位在梅溪河西的正確性。

在《大明一統志》、《四川總志》的指導下，明清注家很容易陷入的另一個錯誤，便是以宋代以後遷到今奉節縣城的新夔州城，去解釋杜詩的夔州城。例如《分類集註》有一段話：

> 賦也，白帝城在夔州東。（江雨有懷鄭典設，分類集註3210 ）

此注中的「夔州」二字，如果讀者不小心，即可能誤認爲注家所說的是唐代夔州城，事實上不然，根據同書〈晚登瀼上堂〉的注可知：

> 大曆二年三月，公自赤甲遷居瀼西時作。瀼西在今夔州府城東，地高可以登眺。
>
> 賦也。崖石擁，公舊居赤甲山，在府城東北，不生樹木，土后皆赤，如人袒臂，故曰赤甲。（分類集註1072-3）

以上二段文字，都是從《大明一統志》的原文脫胎來的：「大瀼水，在府城東，赤甲山，在府城東北七里。」註72以「府城東北」四字形容赤甲山，是《大明一統志》的特徵，所以這兩段文字抄自《大明一統志》，非常明確。《大明一統志》主張瀼西在今奉節縣東，所以此處《分類集註》所說的夔州，是宋人遷治以後的夔州，並非唐城觀念。

明末清初的錢謙益，注杜時少用《大明一統志》，而換成《四川總志》，但這兩書幾乎完全相同，所以錢氏在〈自瀼西荊扉且移居東屯茅屋四首4〉詩注上分注瀼西及東屯說：

> 《四川總志》：「大瀼水。府治東。自達州萬頃池發源。經此流入大江。東瀼水，府治東十里。公孫述于東濱墾稻田。號曰東屯。《夔門志》曰：東屯諸處，宜瓜疇芋區，瀼西亦然。」（杜詩錢注316）

可知其主張，乃是以府城旁之大瀼水（梅溪河）爲瀼西，以東瀼水（草堂河）爲東屯。錢謙益在這條注中還又引述了陸游《東屯高齋記》及王十朋的說法（未錄出），其實，《四川總志》也好，《大明一統志》也好，都已經引用了陸游、王十朋，乃至王應麟、于臬、費士郊諸說，並無新異之處。

到了清代，基本上與明代諸家注的說法是接近的，但由於晚出的關係，資料來源多，混亂的情形比明人嚴重。像《杜詩詳注》所收資料最多，但也最混亂，例如〈阻雨不得歸瀼西甘林〉詩注，他先說：

> 《寰宇記》：夔州大昌縣西，有千頃池，水分三道，一道南

72．分見《大明一統志》，頁1089及1087，〈夔州府．山川〉。

流，爲奉節縣西瀼水。（詳注，19：1659）

他不引後出的《大明一統志》，而向上援引宋代的《太平寰宇記》，但是意見還是一樣，把瀼西指向「奉節縣西瀼水」，即梅溪河去。但是，同在這一首詩的注中，他接著又說：

前《柴門》詩「東城乾旱天」，指白帝在夔州之東；此云「佇立東城隅」，言瀼西在夔州之東。《地志》：瀼水，在夔州府治東十里。（詳注，19：1659）

如據此言，那麼他又主張瀼西在「在夔州府治東十里」，前面已說過，「府治」二字是《四川總志》的用語特徵，可知道這條注是由《四川總志》的〈東瀼水〉條而來，因此，這裡所指的瀼西，必指東瀼水流域。同一首詩中介紹瀼西，前後矛盾，忽然指著大瀼水（梅溪河），忽然指著東瀼水（草堂河），究竟他所認知的瀼西在那裡呢？本條注中他引了〈柴門〉詩，如據他在〈柴門〉詩所注，則瀼西明確是指大瀼水，與他自己前面的話自相矛盾了：

前三段，記瀼西回望之景。此望兩崖東城也。泛舟，從東屯而至也。兩崖，即瞿唐兩崖。白帝城在夔州之東，故云東城。（詳注19：1643）

由此注所言，〈柴門〉詩既然被認爲是自東屯而至，明顯的，他仍是以東屯在東瀼水，瀼西在梅溪河，意指杜甫由東瀼水而至梅溪河。

在另一首〈夔州歌十絕句之五〉的注解時，《詳注》也有同樣混亂的表現：

《水經注》：白帝山城，東望瀼水，即以爲隍。《入蜀記》：夔人謂山澗之流通江者曰瀼。居人分其左右，謂之瀼東瀼西。（詳注 1748，杜詩鏡銓 637 引同）

《入蜀記》：「瞿唐關西門，正對灩澦堆。」「自關而東即少陵東屯故居。」（同上）

對於同一首詩，注同一個地名，不應該出現兩種完全不同位置的說法。仇氏既然先引用了《水經注》，就應該貫徹《水經注》的主張，接受瀼東瀼西是東瀼水兩岸的說法，不應再引用《入蜀記》。理由很簡單，因爲陸游是完全主張瀼東瀼西在梅溪河兩岸的人，所謂：「瀼西蓋今夔府治所，劃爲阡陌，裂爲坊市，而高齋尤不可識。」（陸游．夔州府東屯高齋記）便是。仇氏在注〈自瀼西荊扉且移居東屯茅屋四首 1〉時，已經引用過這篇文章，不能說他不知道陸游的主張。但是，仇氏終於又引了陸游之說，這就可見《詳注》解釋此詩，還是以梅溪河之西爲瀼西，毫無可疑。這樣一來，便形成了在同一首詩注中，同時出現相互矛盾的兩說。

〈卜居〉一詩中的注解，更加不成條理：

江北即瀼西，其地寬平，故可耕種。破，是破土。希曰：瀼水在白帝城之東。（卜居，詳注，18：1609）

他既引述黃希的說法，很明白地說瀼西是在白帝城東的東瀼水，註 73

73．希曰的原文是：「水經云：白帝山北緣馬嶺接赤甲山，東傍瀼水，即以爲隍，則讓溪在白帝山之東。」

但是，他又說「江北即瀼西」，照《詳注》在其他詩篇的注解習慣，這一句的意思便是指梅溪河西，仍是一注兩說，自成矛盾。

像這種混亂的情形，觸處可見。但是，並沒有人關心這件事。《杜詩鏡銓》是《詳注》之後，承襲《詳注》的，照理說，他在抄引的時候，應該會發現其間的矛盾才對，結果他不但沒有發現《詳注》的問題，自己也錯誤得十分嚴重，同樣在〈夔州歌十絕句之五〉注，他說：

> 見人煙之盛。《水經注》：白帝山城東傍瀼水，即以為隍。《入蜀記》：夔人謂山澗之流通江者曰瀼，居人分其左右，謂之瀼東瀼西。（杜詩鏡銓637）

這段注中，他引用了《水經注》和《入蜀記》，前者是指東瀼水，後者是指梅溪河，和前面仇兆鰲所犯的問題相同。

如果讀者認為，單單只是引用了《入蜀記》，不足以證明他同意陸游瀼西在梅溪河西的說法，那麼請看《鏡銓》在〈暮春題瀼西新賃草屋五首之一〉一詩的注解，他自朱鶴齡注轉引南宋費士戣原文，確指「瀼西草堂」在今奉節縣城。[註74] 不但如此，他的〈柴門〉詩注也同意浦起龍《心解》所說的：「時以事出遊峽間，舟迴瀼西，作是詩

74．《杜詩鏡銓746》：「年譜：大曆二年三月，公遷居瀼西。朱注：宋費士戣漕司高齋記：公在夔各隨所寓而賦高齋，後人即其處各肖像以高齋名之。今東屯白帝城像具存，瀼西居後廢。按：圖經所載漕廨，即其故地也。（暮春題瀼西新賃草屋五首1）」《鏡銓》自朱注轉引費氏之言，所謂瀼西高齋在漕廨，意即在今奉節縣城。參閱頁339。

也。」（鏡銓，764）註74浦起龍的舟迴瀼西正是回梅溪河西，可見楊倫的確是把瀼西定位在梅溪河西，既然如此，又何必先引《水經注》呢？

總之，歷代杜注沿襲的情形太嚴重，在處理注解材料時，又經常不夠細心，他們漫不經心地持著瀼西位在梅溪河西之說，而所引述的證據卻是指向東瀼水，完全沒有自覺，所作的論斷，證據力薄弱，完全不可信，後人卻根據這樣的注釋去解詩，怎能得到正確的答案呢？這是我們今天重新檢閱杜集時，不可不注意的。

5．劉眞倫之說

自宋代以來，誤以梅溪河西即是瀼西的人，為數衆多，民國以後，這種情勢並未改變。近年重要的杜甫研究論著，幾乎都持此說，無須舉例，大陸杜詩學者劉眞倫更寫下〈杜甫夔州高齋考〉註76，想在今奉節縣城中找到「瀼西草堂」的遺址，茲將該文重點節錄於下：

> 大曆二年三月，杜甫再遷瀼西。瀼西，在白帝城西十里，西瀼水（今梅溪河）西岸。其地平曠，爲北魏北周州城所在地，即今奉節縣城。上文〝依藥餌〞者即是。其具體方位，仍可按之杜詩。《晚登瀼上堂》：〝雉堞粉如雲，山田麥無隴〞則正當舊州城附近。《溪上》云：〝溪邊四五家。〞則當在溪水沿線。《課伐木》

75．《讀杜心解》一書，其地理詮釋之出處，仍是《大明一統志》，由所注〈暮春題瀼西新賃草屋五首〉（心解卷三之五/532）可見。

76．《杜甫研究學刊》，1989年第四期，總第22期。頁49-51，57。

> 云："舍西崖嶠壯。"《后園山腳》云："小園背高崗，朱崖著毫髮。"又有《課小豎鋤斫舍北果林三首》。舍北果林，即瀼西果園四十畝。據此探尋瀼西宅的方位，應該比較明確了。首先，梅溪河在今奉節城東，由北向南匯入長江。瀼西宅當在梅溪河沿線位置上，範圍不出超府城之外。
>
> 它的北面，有四十畝果園。果園又緊靠著一面紅色的高崗。住宅的西面，則是氣勢宏壯的高崖。符合這一條件的地方只有一處，即今奉節城東北部梅溪河邊的后關。此地本身爲梅溪河沖積地帶，較爲平曠。西靠高崖，即今縣醫院住院部及奉節中學一線。北當斷崖，土質爲紅色，今名紅岩。詩中小園所背的朱崖，當即指此。奉節城中除此之外，別無其他類似土質。據文獻記載，明萬歷間，郭棐，羅繡等曾尋訪遺址，重修瀼西宅以奉祀少陵。陳文燭爲之作《重修瀼西草堂記》。但時至今日，其祠早湮滅。但《奉節縣志》記載有"少陵書院"，方位與之相近。其地在今小東門外，與本文所考少陵瀼西宅相去無幾。二者之間，或者不無關係。至于瀼西宅的形制，與西閣的閣欄不同，爲開闊軒敞的堂結構。《晚登瀼上堂》："開襟野堂豁"可以爲證。它仍然是茅草爲頂，前引詩題可證。

這篇文章至少有三個疑點，他所定位的位址不正確還不包括在內。第一，是關於梅溪河邊有「北魏北周州城所在地」，以及認爲杜甫所見的「雉堞」是那個「舊州城」的城牆。北魏時此地尚爲梁朝所有，自不可能建城。北周建城不在梅溪河西，我已經在前文詳論過了，而且，杜甫詩中所看見的乃是眞實存在的夔州城牆與城上旌旗，並不是百年前所建而當時已無人戍守的廢城。第二，他說杜甫瀼西宅的「果園又緊靠著一面紅色的高崗，…北當斷崖，土質爲紅色，今名紅岩。詩中小園所背的朱崖，當即指此。」並以引文方式抄錄了「《后園山腳》云：〝小園背高崗，朱崖著毫髮。〞」二句。這實在是誤解了杜詩，首先得指出，這兩句詩並不在同一首詩，上句出於杜甫〈上後園山腳，19：1647 〉詩，原作：「朱夏熱所嬰，清旭步北林。小園背高岡，挽葛上崎崟。」並沒有什麼紅色的土壤，後者出自〈又上後園山腳，19：1661 〉：

> 昔我遊山東，憶戲東嶽陽。窮秋立日觀，矯首望八荒。朱崖著毫髮，碧海吹衣裳。蓐收困用事，玄冥蔚強梁。逝水自朝宗，鎮石各其方。…〈又上後園山腳，19：1661 〉

前十句完全在說泰山，「朱崖著毫髮」之句，是描寫泰山日觀峰受朝日所照射，被染成了紅色，李白〈游泰山六首〉也有類似寫法，這與杜甫的瀼西宅既沒有關係，原來的句意也絕不是說山崖土質是紅色土壤。第三，他把「明萬歷間，郭棐、羅績等曾尋訪遺址，重修瀼西宅以奉祀少陵。」的瀼西宅當作在今奉節縣，其實在《四川總志》中明明白白地寫著此宅在東瀼水，還附有當時人的題記。這是明朝一個很重要的不把瀼西誤解於今奉節縣城的人，劉先生顯然誤會了。由於以上三點小小的錯誤，使得劉先生說法的立足點已難以成立。至於位在后關一事，我在前文已經駁議過了。

六·歷代主張瀼西草堂在東瀼水西者

1·趙次公之說與宋人注杜

最早注意到「瀼西草堂」應該在東瀼水流域的杜詩注家，首推趙次公，趙次公根據《水經注》，堅稱瀼水只有一條，非常值得注意：

> 次公曰：按酈道元水經注云：白帝山東傍東瀼水，即以爲隍。今所謂瀼東、瀼西，則一東瀼水，而其溪之左右分之曰：瀼東、瀼西耳。公江雨有懷鄭典設詩云：岸高瀼闊限西東。（夔州歌十絕句5， 趙本967）
>
> 夔州惟有東瀼水，見水經注。瀼東瀼西，則水兩傍之名。（柴門，趙本1002）

趙次公兩次認定夔州只有東瀼水，而且特別提出「一東瀼水」、「惟有東瀼水」，顯然當時另有不同意見，所以他必須特別強調。以一個從未到過夔州的人，能作出這樣正確的判斷，誠然不易。

但是，才隔兩頁，他在注「白帝夔州各異城」時，卻說：

> 白帝以言公孫述之城，夔州以言劉備之城，蓋永安宮所在也。白帝城在瀼之東，夔州城在瀼之西，此所以爲異城。上流爲蜀江，下流爲楚峽，雖楚蜀之名不同，而二人之城皆臨之。（夔州歌十絕句2，趙本965）

依他所注方位，很明確地是把瀼水說到梅溪河去了，與他只有一條東瀼水主張，正好自相矛盾。這兩個互相矛盾的注解同出現在〈夔州歌十絕句〉組詩中，令人遺憾。趙次公在解釋其他詩篇時，還常常出現一些曖昧混淆的見解，使他的東瀼水主張更加不明，例如：

次公曰：雲障，以言山聳雲而障蔽。寬江北，則夔江之北其山稍遠爲寬矣。夔人有江南、江北之稱，故公詩有句(原作使，誤)云：今日江南老。今蓋自赤甲而遷此江北，乃瀼西之地。瀼者，水名，音讓。（卜居，趙本902）

「今日江南老」之句，見於杜甫〈社日兩篇其二〉：「今日江南老，他時渭北童。」(詳注，20： 1749 ）並不是說自己居住在夔州大江之南，而是以渭水在北，長江在南，故有此稱。趙次公顯然弄錯了。但這還不是問題，主要在他解釋「江北」二字時所用的形容，彷彿是今奉節縣城的景觀，讀者如果把他前述劉備城的注一作聯想，則瀼西便全到了今梅溪河西，我所謂趙次公的創見，原來不過如此。

不過，不管他的「惟有東瀼水說」是矛還是盾，縱使矛盾自亂，他畢竟曾注意到這個觀點，仍是他的創見。然而，後之注家既未發現其矛盾之處，又競相沿襲其辭，使之更加淆亂。

關於這一點，我想兼論一點宋代古注被後世因襲的問題，我以瀼西相關項目的解釋為主題，把各家注互相轉引的情形，列了一張表格（表四），從這張表中，很明顯地可以看到各家杜注對同一條資料的處理手法，他們抄錄前注，偶然更動一二字，千篇一律，了無新意。

表四　歷代杜注因襲情況一覽表（以瀼西為例）

首次出現之注釋原文	首次出處及轉引	說明
次公曰：末句舊注云：沿峽開鑿而成，故少平土，惟夔州稍平，其說是。	移居夔州作，趙注749。/黃鶴注、草堂詩箋、集千家註批點、分門集注、讀杜愚得同引	出於《方輿勝覽499》

次公曰：此篇舖敘甚明。夔州惟有東瀼溪，見水經注。瀼東瀼西，則水兩傍之名。	柴門，趙注1002。/九家集註693、分門集注438（晚登瀼上堂）同引	趙氏首引《水經注》，後黃希注也有：「《水經》云：白帝山北綠馬嶺，接赤甲山，東傍瀼溪，即以爲隍，則讓溪在白帝山之東。」見黃鶴注516，又，詳注，18/1609（卜居）引此。
舊注謂楚人涉此瀼水，謂之踏瀼。又曰：秦俗以堰水亦謂之瀼。原不引出處，當俟博雅考訂。…。	柴門，趙注1002。/九家集註693、黃鶴注、分門集注535-536同引	九家集註693作：「楚俗以山谷間水可涉爲瀼，其涉也謂之踏瀼。秦俗以堰水爲瀼，皆謂之瀼。」楚俗以下，黃鶴說是王洙語。《九家集註》不說是王洙。此段與趙注相似。
今蓋自赤甲而遷此江北，乃瀼西之地。瀼者，水名，音讓。	卜居，趙注902。/黃鶴注516同引	此處江北乃瀼西之地，所指地點並未明說，《詳注1609》之〈卜居〉注取此語，但所指瀼西地則爲梅溪河之西。
夔有澗水出山谷間，土人名之曰瀼。又分左右曰瀼東、瀼西。	江雨有懷鄭典設，趙注882。/九家集註1891、讀書堂杜詩注1485同引，錢注369（瀼西寒望）作張璁曰。	《黃鶴注808》引作「居人分其左右謂之讓東瀼西」，《集千家註分類876》引（孫曰）「夔有澗水出於山谷之間，謂之瀼溪。人居其左右，謂之瀼東瀼西。」（夔州歌十絕句之五）又，《詳注1304》據此引。
江水橫通山谷處，居人謂之瀼。	秋日夔府詠懷，集千家註批點1185。/分類集注3208同引	江字、通字疑出於《入蜀記》：「土人謂山間之流通江者曰瀼云。」又，《入蜀記》與趙注同用「土人」一詞，應有關聯。又《分類集注3208》除「夔有澗水橫通山谷間謂之瀼」之外，又有「居人分左右謂之瀼東瀼西」與《集千家註分類876》同。

上表中分爲三欄，第一欄把每種說法最早出現的原貌呈現出來，第二欄把本條資料受何人轉引，擇要記錄下來，其中也選錄一些必要的明清轉引情形，第三欄就各家轉引時衍生的問題作些說明。經過這樣的分析，可以發現他們強大的共同性，這種共同性明顯的已經使他

們缺少獨立思辨的能力。

2．明人之主張

明清注杜，相當程度上尊重宋注，也大量地取用宋注，但也受到本身時代的制約，而產生不同程度的改變或誤解。註77所謂的時代制約是什麼？其實這也就是推究明人對瀼西的主張時，務必要注意的問題。

那就是，前文已經談過的一項事實：明清人談到杜詩地理時，相當程度地受到《大明一統志》和《四川總志》的影響，如《分類集註》注〈晚登瀼上堂，1072-3〉、〈夔州歌十絕句之六，2021〉，與《讀杜心解》注〈暮春題瀼西新賃草屋五首1及4，卷三之五：532〉都全引《大明一統志》文字，幾於一字不改。《杜臆》注〈瞿唐懷古，7：253〉，《杜詩錢注》注〈自瀼西荊扉且移居東屯茅屋四首1，14：316〉雖改用《四川總志》，但《四川總志》是以《大明一統志》爲基礎改編的，基本上兩書即是一書。

《分類集註》和《杜臆》作者是明朝人，錢謙益身跨兩朝，《讀杜心解》作者浦起龍生於清康熙18年，他雖是清初人，仍使用《大明一統志》。錢謙益對古地理頗爲自負，使用了較多古地理書，但仍

77．對於宋人古注解，明人大量地承襲轉抄。但是，在抄錄中往往會移轉了宋人原注的意思，如《分門集注438》引用了：「師曰楚地有瀼東瀼西，」（晚登瀼上堂，分門集注438）可是，師曰這句話本來是出自《趙次公注》，瀼字指東瀼水，而《分門集注》引用之後卻指向梅溪河。

不脫出二書的範圍。註78《大明一統志》和《四川總志》解釋「大瀼水」與「東瀼水」的說法，早就深入各注核心。像下面所引《分類集註》和《讀書堂杜詩注》所說的，事實上，已成爲明清各書普遍的主張：

> 瀼西在今夔州府，東屯即東瀼。（東屯月夜，分類集註932）
>
> 公卜居瀼西故言其勝，瀼東西皆傍江。（夔州歌十絕句之五，讀書堂杜詩注1533）
>
> 此公在西閣望瀼西也。（瀼西寒望，讀書堂杜詩注1485）

這三條注文在解釋瀼西時，都抄錄了不少宋代古注的陳言，我引錄時已經將它省略，要注意所謂「瀼東西皆傍江」及「此公在西閣望瀼西也」二事，都是因認爲杜甫所居在大瀼水（梅溪河）西而引起的，如果是東瀼水，不會有傍江之說，也不可能由西閣望見。這樣的說法，與其說是贊同南宋王十朋、陸游之說，不如說他們是接受了《大明一統志》的共同說法。

但是，由於種種因素，非常有趣的，同樣在《讀書堂杜詩注》和《分類集註》卻出現和前面完全相反的注釋：

> 瀼西去夔州十里。（柴門，讀書堂杜詩注1543）

78．錢注喜歡徵引古書，以示廣博，他的注中引用了《漢書地理志》、《水經注》、《元和群縣圖志（元和群國志》、《太平寰宇記（寰宇志)》、《方輿勝覽》、《四川總志》及陸游等南宋文章，收集之廣，爲前人所無，所以他頗爲自負。但《大明一統志》本來就是根據這些書改編的，錢氏再找回原書，意義不大，再加上他並不能看出《大明一統志》誤引誤用古書的地方，所以引書雖多，並無突破性見解。

瀼西在夔州府東十里，公嘗寓居此地。…草堂公之瀼西宅也。（阻雨不得歸瀼西甘林，分類集註 1104）

如果根據這兩段，完全可以推翻前面同書對瀼西位在梅溪河西的說法。

不過，這兩本杜注的本意，可能並未發現他們在自己書中出現如此巨大的差異，因為此注之出處，也是在《四川總志》，《四川總志》曾記載了杜甫「瀼西草堂」，他這樣說：

草閣—府治東十里，即杜工部瀼西舊址也。萬曆三年……建。註 79

我們由《讀書堂杜詩注》、《分類集註》和《四川總志》三段資料的共通點「十里」二字，可以看見彼此的關係。如果再比較《讀書堂杜詩注》和《分類集註》二書中所有相關的注解，我們會發現二書並不認為把瀼西定位在梅溪河西是錯誤看法，他們只是任由矛盾的主張並存在書中而已，關於這一點，我在頁 348-353 已經談過很多了。

在這裡我要提出的是，在明代確實曾經認真考慮過「瀼西草堂」應該在東瀼水西的三組人：一是新建「瀼西草堂」的陳文燭與郭棐、羅繡藻三人，二是《杜臆》的作者王嗣奭，三是曾任夔州知府的江權。照時間先後，我本來應該先介紹陳文燭，但因為必須和《四川總志》的「草閣」記載併同討論，而王嗣奭又與此有關，所以我們先討論王嗣奭。

---

79 · 《四川總志》卷 24，頁 55 下，總頁史 199-720。

在各種杜注中，最富懷疑精神的應推王嗣奭與他的《杜臆》，此書談到〈夔州歌〉的：「白帝夔州各異城」句時，他認爲白帝和夔州不是兩座城，何來異城之事？

其二：『白帝夔州各異城』，今方志亦不辨其同異。公秋興詩『白帝城高』而後首即『夔府孤城』，知非異城也。無從考正。（夔州歌十絕句2，杜臆，9：303）

在談到「八陣圖」時，他說出了自己所見「與往籍全異」：

余從蜀歸經夔州，登城望圖，見灘上平沙如雪，但有黑圓影徑可二丈者八，分作兩行，列于沙上，整然芥小大斜正之殊，其黑者□□□□□沙，與往籍全異，不知何故？（八陣圖，杜臆，7：241）

可惜的是，就算有所懷疑，他也只是點到一下，便以「不知何故」或「無從考正」來結束他的懷疑，不過，即使如此，王氏能注意到往籍所載的不同，仍是進步的。

也正因爲這樣，對於杜甫的瀼西住宅，他曾經有定位在東瀼水的說法：

此公瀼西之居也。白帝城在西而云『東城』，豈自蜀言之，以此爲東城耶？…『窄容浮查』，當是東瀼水，所謂『碧溪搖艇闊』者。『巨渠決太古』，則大江也。（柴門，杜臆9：308）

他引述了杜甫兩個泛舟的詩句，由溪流的景觀來推斷杜甫瀼西之居當是東瀼水，相當合理。我們知道，王氏是參考過《四川總志》和《大明一統志》註79的，他能不爲官書所迷惑，實爲難得。在他之後，如仇氏《杜詩詳注》和楊倫《杜詩鏡銓》都做了錯誤的注解，遠不及前人的正確性，《詳注》說：

> 前三段，記瀼西回望之景。此望兩崖東城也。泛舟，從東屯而至也。兩崖，即瞿唐兩崖。白帝城在夔州之東，故云東城。日照城，則見旱氣如焚。日臨崖，則見長影餘光。（詳注1643）

《鏡銓》說：

> 浦注：時以事出遊峽間，舟迴瀼西，作是詩也。前半從登岸後回寫峽勢之奇險，後半由息足餘自述身謀之止足，有見險息機之思。主意在後半，故題曰柴門。（杜詩鏡銓764）

《鏡銓》基本上是節錄《詳注》的，《詳注》說由東屯歸瀼西，意思便是由東瀼水回到梅溪河西，《鏡銓》所引「浦注」是浦起龍《心解》，所謂「以事出遊峽間，舟迴瀼西」，也是指由東瀼水回到梅溪河西。關於這段水路絕對不可能成行的理由，已見前文（請參閱頁276-277），王嗣奭親自到過夔州考察杜甫作詩地點，或許是當他看見決不可能由東瀼水乘溪船到梅溪河去，因而對舊說產生懷疑。

說到這裡，必須談到《四川總志》的「草閣」一名與當時所建的「瀼西草堂」。前面說過，由於有《四川總志》關於「草閣」這類記載，《讀書堂杜詩注》和《分類集註》一度改持「瀼西草堂」在東瀼

79．根據書中所引「赤甲山在夔府東北七里。」（杜臆254）一條，可以證明他參考《大明一統志》。因爲這個錯誤的赤甲山里程數據，是此書特點。

水之說。同時，我們另外也看到《杜臆》爲此而不滿的意見：

> 公在成都有草堂，在夔有草閣，《總志》載之，亦因公詩，而終不詳其處。（草閣，杜臆9：311）

> 公有草閣詩，故《總志》載有「草閣」，注云：『在府治東。』此臆說。觀此詩云：『高齋次水門。』知江邊閣即草閣也。若西閣，必不易以江邊之名，亦未必有高齋。公三徙居皆有高齋，『次水門』者其一也。（宿江邊閣，杜臆7：253）

《杜臆》認爲《總志》之所以載杜甫的草閣，是因爲杜詩先有了「草閣」的題目，所以才因詩而生出古跡，這正和我提出「研究方法中必須要釐清後起的新設古跡」的精神一樣。他這樣反對假古跡是對的，不過，由於王嗣奭在夔州時間太短，不了解《總志》記載「草閣」的來龍去脈，所作的批評，不免失之太過。其實這件事還有很重要的背景，而且與陳文燭與郭棐、羅繡藻三人有關，值得投以深刻注意。《總志》所載草閣全文是這樣的：

> 草閣－府治東十里，即杜工部瀼西舊址也。萬曆三年，知府郭棐，行奉節縣知縣羅繡藻建，立門樓三間、前堂三間、寢室三間，上倚雹山，下瞰瞿唐，頗極形勝。提學副使陳文燭作記。（四川總志，史199-502）

《總志》中所說的陳文燭作記，現在這篇文章尚在，[註80]大體上如《總

80 ．陳文燭〈重修瀼西草堂記〉見《四川總志》卷27，頁68下，總頁史200-35。

志》所言，不過，陳文燭原題說是「瀼西草堂」，到了《總志》正文卻改爲「草閣」。這個建築在當時是新造的杜甫紀念館，《總志》經過多次修纂，現存的版本是萬曆九年所定，離開這所新修的瀼西草堂之落成，只有六年，註81如參考《夔州府志》《奉節縣志》，以夔州府、縣的其他公有建築來比較的話，這次新建的「瀼西草堂」規模並不算小，而且是以尋求杜甫的故居爲訴求，因而《總志》列入書中，也並非全然可議，只是不當改名爲「草閣」，並視爲古跡而已。

陳文燭官銜是四川按察副使提學政，簡稱提學副使，提學副使是明代特有的職銜，主管全省教育工作，除主持鄉試之外，每年例行的巡迴全省，主持府州縣學的考試，他至少兩度因公到夔州，第一次到夔州，便重建杜甫「瀼西草堂」，並作了〈重修瀼西草堂記〉，在文章中，他明確地稱它爲「瀼西草堂」，所謂重修，其實是重建：

> …而寓於夔門，其居三徙，有瀼東，有東屯，而瀼西尤著。地多平曠，田可水稻，先生出峽即易其主，而所手書券，宋元間得而珍之，後日荒圮，萬歷改元，夔守郭君棐訪遺基，檄奉節令羅繡藻新祠事，肖先生像。太守能文章，有記述，而又請余碑焉。

第二次到夔，他爲萬曆新修的《夔州府志》寫了書序，他非常關心夔

81．關於《四川總志》修訂出版的問題，請參見《四川總志》卷24，頁48下，總頁史199-717。有劉大謨〈重脩四川總志序〉，云《總志》本已舊有，正德12年（1517），清戎侍御台峰熊子曾經重脩，嘉靖二十一年（1542）又重脩，即劉氏作序之本。可見經常修訂。

州，所以和本地知府、知縣共同新修杜甫草堂。在上引文章中，陳文燭也談到「宋元故券」，這就是李襄所提出的杜甫大曆中故券，像陸游等人都認爲是東屯宅之券，而陳文燭卻認爲是瀼西宅的，不過，據文意看，陳氏本人並沒有看過這份文件。

關於這次新建「瀼西草堂」的位置，據陳文燭〈夔州府志序〉說：「余放舟夔門，登白帝城，訪瀼西故居，因憶昔時賢豪勳業政事文章氣節，…」註82 可見新建的瀼西草堂在白帝城北，他再次到夔州時曾到。《總志》則說在府治東十里，對比《總志》同樣把東瀼水定位在府治東十里，可知這座杜甫紀念館應是建在馬嶺北面，今稱子陽山的山麓，距東瀼水渡口不遠處。若根據後來又新建了另一所「杜工部祠」的夔州知府江權所說：「近人於舊城西偏築數椽爲草堂，謂即工部詩中稱草閣者，然湫隘卑陋不足觀，且日久傾圮。」註83（杜工部祠碑記）之言推論亦如此，江權所批評的草閣，即陳文燭所築這座草堂，所謂舊城當是相對於當時的夔州府城，而指唐代夔州舊治。

綜合以上三家所述，這次所建的杜甫「瀼西草堂」，應該在東瀼水流域，從這件事情就可證明陳文燭確實有獨到的眼光。因爲就「瀼西草堂」定位的歷史來說，雖然陳文燭這次重建並沒有眞正找到完全符合杜甫詩意的地點，但他能擺脫流俗，把眼光放在東瀼水西岸，以此爲「瀼西草堂」，這樣的作法，是一般人做不到的。相對於此，《四川總志》把它改名爲「草閣」，多少是因爲反對把瀼西草堂定位到東瀼水去，而自行改名登錄的。註84

---

82 ．《四川總志》卷24，頁55下，總頁史199-720。

83 ．見光緒本《奉節縣志》，頁1036。

最後我想補敘一下江權的主張，他也是歷史上敢於對「瀼西在梅溪河西」之說感到懷疑的人，他說：

> 工部入蜀所居，皆名草堂，惟夔之草堂有三：一曰瀼西、一曰瀼東、一曰東屯。瀼西由魚復入江，瀼東由西陵入江，蓋唐時治城與白帝相唇齒，魚復在其西，西陵在其東，故以此指而名之。若今時郡治，則前所稱西瀼亦在郭之東矣。然西瀼源近而流淺，夏秋水漲，可通小舟，餘時則涸。兩岸又皆懸崖仄徑，無可容十笏者，諺以此爲草堂故處，豈山川今昔易形歟？抑流俗傳聞失實歟？東瀼爲公孫述屯田之所，源遠而流長，兩岸多衍迤平坦，工部卜築於斯，自可無疑。前人謂瀼西平曠，田可水稻，蓋誤以東瀼爲西瀼耳。…（杜工部祠碑記）

江權這段話說得有些不清不楚，比如他說：「瀼東」由西陵入江、「瀼西」由魚復入江，西陵即瞿唐峽，可見他所謂瀼東乃東瀼水，瀼西乃西瀼水，但是這種表述方式與一般說法不同，初看之下，不易被人接受，他還說杜甫有「瀼西草堂」、「瀼東草堂」，分明是口誤，

84．後來江權在〈杜工部祠碑記〉一文中，也稱此建築爲「草閣」，並批評它卑陋，由江權的文章看來，即使陳文燭已經表明這是「瀼西草堂」，仍有人以「草閣」來稱這個建築物，不知是《總志》先誤，江權隨之而誤，或當時本有人以「草閣」稱之，無法確定。或者，《總志》以「草閣」爲子題，是沿用舊本而誤，據正德本《夔州府治》有草閣，注云：「在府治內，杜甫立。」(《夔州府志》卷7，頁2上)《總治》在編輯時參考了這本書，因而把兩個名詞混用了，江權讀了《總志》，用繼續其誤。但《總志》加上了「即杜工部瀼西舊址也。」總算稍稍顧全了陳文燭的本意。

他卻沒有注意到。後來光緒本《奉節縣志》就根據這一點對他提出糾評。註85 他談東屯這一小節，也是承沿宋人成說，與眞相有所出入。

但是，有一點確實是他的獨到見解，他認爲世俗以梅溪河（西瀼）爲杜甫「瀼西草堂」之地，可是從地形地貌來說都不符合，他因而提出了「豈山川今昔易形歟？抑流俗傳聞失實歟？」的質疑。他還從地形條件說前人「誤以東瀼爲西瀼」，認爲是錯把杜甫對東瀼水的形容詞拿去放在梅溪河。確實說中了千年來無人提出的要點。

可惜的是，像王嗣奭雖有懷疑，並未完全呈現在《杜臆》書中，陳文燭和江權這一類實地求是的質疑者，也並沒有演進成有系統的研究，他們本人對杜詩相關子題的了解，也還存在許多問題，不能令後人信服。直到現代，不論是本地的方志記載，或是學界的杜甫研究，都很堅定地認爲杜甫的「瀼西草堂」就在梅溪河以西的今奉節縣城。

六·結語

杜甫在夔州的居住地，目前已知的有西閣、瀼西草堂、東屯高齋和赤甲宅，其中西閣、瀼西草堂和東屯高齋三處，由於留下的資料比較多，可以得到比較明晰的概念，至於赤甲宅，因爲杜甫本人著墨無多，居住的時間位置較難論定。再者，由於種種因素，即使是西閣、瀼西草堂和東屯高齋這三處遺址的確定位置，也充滿了變數。我已經討論過了杜甫的東屯茅屋，本文是爲瀼西草堂定位的專著。

杜甫居住瀼西一事，從劉禹錫以來，歷代都十分注意，談及「瀼

85．見光緒本《奉節縣志》頁 1040，〈作者按語〉

西草堂」位址的各種詩文記載不少，各種杜甫詩注及古今方志，當然也必須對此表示意見，綜合各家的看法，不外乎兩派：一是認爲「瀼西草堂」位在東瀼水流域，東瀼水環繞白帝山，今稱草堂河、浣花溪、鐵柱溪等名，這一派的主張者人數較少，從唐以後，宋、明兩代只有零零星星的人主張此說。二是認爲杜甫「瀼西草堂」應該位在今奉節縣城，縣城外有一條溪流，在南宋稱爲瀼水或清瀼，明清稱爲大瀼水、西瀼水，今稱梅溪河，這一派的主張者人數衆多，尤其自南宋王十朋及陸游以後，大多數的詩文記載與杜詩古注都持此說。

本文以杜甫本人的詩篇，證明「瀼西草堂」的方位在白帝城東北的東瀼水西岸(由於東瀼水並不是一直保持正南北向，此言西岸是指相對於河東岸的廣義西岸)，又歸納出瀼西草堂應具備的多個居住條件，又由地畝栽植條件解說杜甫柑林與瀼西草堂的產業，又由交通工具說明杜甫在瀼西草堂的生活，又由溪谷形勢剖析東瀼水才符合杜詩所描寫的景觀，梅溪河西不可能成爲瀼西草堂位址，最後，確認杜甫「瀼西草堂」的位址，應該就在今奉節縣白帝鎭土地嶺西南坡的奉節頁岩磚廠舊址(現已拆遷)，包括通過磚廠旁公路的兩側之地。並確認杜甫的四十畝柑林，就是「瀼西草堂」的果園，二者是一體的。

土地嶺是唐赤甲山(今稱子陽山)廣大山體向山腳延伸的高岡，以公路經過的最高點而言，海拔高度是165米，越過公路，其西北側的海拔更高，符合高岡的形貌。我推定的「瀼西草堂」可能位址，是其下坡路上的奉節頁岩磚廠，海拔稍低於上述數據，坡度尚稱平緩。

土地嶺的地形特徵，是長條狀呈西北－東南走向，西北連接今稱子陽山的本體，其餘三面都是東瀼水環繞。杜甫草堂就在其西南坡，就草堂本身而言，其西面偏北是大山，北偏東面是上坡的高岡，東面、南面對著當時所稱的白鹽山（今稱赤甲山），西南遙向白帝山，與白帝山之間是寬廣的東瀼水谷地。

整個「瀼西草堂」的範圍很大，有果園四十畝及住宅房舍等，草堂的柴門在偏南的臨溪之處，住宅房舍在西北傍山之處，主居室的座落方位面向西南。柴門左近有大片菜園，由柴門到房舍之間是主要的果園區，栽種柑林，住宅的周圍及北面還有小量的果林，植果的種類很多。除此之外，還有種植荷芡的水池。前章說過，唐代東瀼水河床應低於今日，唐代長江回水應比今日所見更深入，一般多頻率高水位爲103米時，目前只能淹及距離土地嶺約500米處，唐代溪船應可到柴門前不遠之外。枯水期間，河谷可用來耕作，據杜甫說有成畦的蔬菜及野放的小麥，現代的情況也頗相似。由於杜甫是以詩的語言表達，不能繞著東北、西南、北偏東、西偏北這些詞彙跑，因此，如果我們簡化方位角的稱謂時，這個地點就非常符合杜甫所謂「西枕崖嶠、北升崇岡、泛艇碧溪、種菜濕壤」的情境，也符合與白帝城之間「南有龍湫北虎溪」的關係。

此地距離白帝山又不遠，直線距離約爲1,700米，可以直接望見白帝山及馬嶺。唐代夔州城位在白帝山及馬嶺上，州城兩側有數萬居民，從夔州城外到土地嶺之間這一段東瀼水的兩側，一定有不少的人家，可以成市。杜甫所居，就在整個瀼西社區的最北端，喧寂之感，經常並存於詩篇中。

從宋代以後，由於種種因素，「瀼水」之名被移到梅溪河，「瀼西」也隨之被用來稱謂今縣城所在之地，各種杜注，千人一聲，本文已從各種充分的資料證據，將這些傅會之說，一一找尋其說法的源頭，予以明確的駁正。

陸·結論

本書是對杜甫夔州詩全面研究的一環，也是最基礎的調查研究，從本書所處理的「楚宮陽臺」、「赤甲白鹽」、「東屯茅屋」、「瀼西草堂」等主題看，似乎只是討論杜詩地理，小題大作，無關宏旨；或者認為只是把杜詩當作一種證明地理的材料而已，與文學的效果和功能並無多大關係。實質上，不僅在杜詩的研究歷程，經由這種研究法所得到許多有效的結論，可以用來重新改寫杜甫詩注，重新定義杜詩的詮釋，甚至會影響到整個傳統詩文研究上，促使詩文研究者必須在方法上重新省思。具體而言，其在學術上之意義，可從以下幾個方面去思考：

一、歷來對古典文獻中之地名或遺址之研究，其運用之材料，絕大部份都是依賴於書面文字的記載；即以杜詩研究而言，箋註家所取資者，便多為方志或私家筆記之著述，這在以往，每每視為當然，蓋除此之外，似乎也別無他法。而本文則另闢途徑，借用法律學界「完全模擬實際狀況」之研究方式，回到詩文作者所敘述之現場，考察當地之實際狀況，再據以對照詩文之內容，藉此尋獲眞實之答案。對於該地之方志類資料，尤其是唐、宋以來之歷史與地理文獻資料，更一一加以檢證，核實去取。單純依賴古籍文獻者，其內容因多非親眼目睹，又多陳陳相因，自是難以讓人盡信，相較於本文所謂之「現地研究」，其眞實度實難以道里計。

二、本文所謂之「現地研究」，實爲一門跨學科之研究，其涉及之相關學科，包括了歷史地理學、測量學、考古學、河流水文學、地質學等範疇，實已超越了傳統文史研究者之視域，爲科際整合之研究提供了範例。作者花費相當多時間，去研習各該學門的主科學術，並從各學門的專業論文去取材借鑒，所作論證，都言而有據。另外，在運用現代科學知識之同時，作者也並未捨本逐末，仍然在文本解讀上作了精細之解說，並照顧到歷代關於此一論題之各種說法，加以論難辨駁。換言之，其運用文學以外知識之目的，絕非爲了誇奇炫博，乃是因應求得實證之必要手段。是以其研究宗旨仍爲文學的層面，而未脫離其本體。

三、在現地資料的取得方面，作者曾兩度親赴現場，費時二十餘日，丈量道路里數、河床寬度，觀測水位變化、地形地貌，並訪問當地農民、學者、官員，借覽官方資料，收集相關學術論著，務實求眞，一絲不苟。特別是作者出身中文系，對於大地測量的工作，先天能力不足，因而更加謹愼，再三反復檢測才作記錄。每一項資料在運用時，也都做過交叉比對，嚴格審定，以求得最高的研究效果。1979-80年山東大學曾由蕭滌非先生兩度率領《杜甫全集》小組成員的多位教授及學生，進行「訪古學詩萬里行」活動，遍訪杜甫曾經到過的地方，雖也類似所謂之現地研究，但行程匆促，時日既短，也無實際之測量等作法，其研究質量自然難與本文相比。

四·在古代文獻的取信方面，作者相當注意驗證古代地理總志、方志、私家記載及杜詩古注的文獻可信度，在研究中發現唐代劉禹錫和李貽孫，雖然身爲本地刺史，在介紹本州歷史時，仍有不周延之誤。宋代曾任夔州太守的王十朋、曾任夔州通判的陸游、曾任四川制置使的范成大，他們更是夔州杜甫相關地名遺址錯誤化的關鍵人物。作者也發現，明清兩代，凡是任官於夔州或經過夔州的官吏，幾乎都會關心一下杜甫的詩篇和事蹟，但是面對著杜甫詩中所提到的地點，當代的地名與杜詩所稱相同，而景物卻完全不同時，很少發出疑問，也很少有人敢於提出質疑。為什麼會發生這樣的事情？可以說，在夔州任官的杜詩愛好者，往往急著用即興式類比方法，以文人即興感懷的心情，去追懷與摹擬杜甫的詩人生活。他們收集資料，多來自文獻記載或聽取當地紳民的傳述，沒有持久而全面的研究作為，也缺乏正確判斷所需的方法體系，因而他們所提出的看法，所指述的古跡，經常與杜甫原意不合。不幸的是，這些不正確的言論，卻成為所有地理總志、地方志、文人題詠、杜詩注釋的根據。

根據上述研究特色，作者對四個主要論題，提出了合理的新見解，有效地解決了杜詩研究中的許多關鍵問題，以下分為四點報告：

1 · 關於楚宮陽臺：過去均以巫山縣的巫山來詮解。我以古典詩寫作方法為基礎，以現地實際調查作驗證，從杜甫原詩著手，辯證主要的杜詩舊注，將杜甫在「楚宮、陽臺」相關詩篇中所指示的地形地貌、景物方位等等，作了縝密的研究。我認為杜甫對「楚宮、陽臺」事件的傳述有完整的一致性。詞彙的運用，採取古跡概念，景物的描述，也是以現地觀念，指為眼前目見之景。可見他確實把夔府的某一座山峰，視作已不存在的楚宮古跡的遺址，時時對之眺望。這一座山峰，其位置應是今稱赤甲山主峰尖（唐白鹽山）的西南崖。

2 · 關於赤甲白鹽：作者分別從赤甲白鹽二山的地形地貌、赤甲白鹽在歷史地理文獻的記錄、杜甫本人詩作中使用赤甲白鹽二名的實指、其他古代詩文的稱謂實例等四個角度著手檢證，並參考了今人的考古成果，對杜甫詩中赤甲和白鹽二山的地名稱謂，作成明確的結論：「杜甫本人所認知的赤甲山，指的是現今稱爲子陽山的位置。杜甫本人所認知的白鹽山，指的是現今稱爲赤甲山的位置。」

在杜甫的時代，由於州城以白帝山爲核心，位在州城西北的「赤甲山」（今稱子陽山），與位在州城之東的「白鹽山」（今稱赤甲山），乃是它的左右屏障，所以當時人對這三座山的概念，乃是「赤甲山－白帝山－白鹽山」的結構關係。到了北宋薛顏承丁謂之規畫，將州城移到今治之後，水上交通大盛，宋人由新州城向東方遠眺，或由舟中觀賞江景，因爲方向角度的關係，只能看到今日所稱的赤甲山與白鹽山，看不見杜甫所稱的赤甲山（子陽山），久而久之，以白帝山爲軸心的赤甲、白鹽兩山關係，就移轉爲以瞿唐峽江爲軸心的新關係，唐代「赤甲」山名從原來在今子陽山的位置，被移到唐代稱白鹽山（今稱赤甲山）的位置，而「白鹽」山之名，也就被擠壓到隔江南岸，變成了「赤甲山－瞿唐峽－白鹽山」的結構關係。此一變化，自南宋沿襲至今，造成所有方志及杜注的誤載，也影響到杜詩的正確詮釋。

3．對於東屯茅屋的問題：本文從杜甫詩作對東屯的山川形勢、社區特性、生產特徵等各方面觀察，確定東屯必須是產稻的中心區，必須是同時可以看見赤甲城（今稱子陽山上）與白鹽山（今稱赤甲山）、必須是對夔州城而言是偏遠荒僻而且如同桃花源在溪畔。而後，經由研讀跨科際的學術論著，了解長江與東瀼水流域的地質屬性與歷代水位變化，再用實證的手段，檢證了長江古今水位、東瀼水的長江回水長度，並解決灩澦堆大小的懸案，終於在客觀且科學的要求下，找出符合上述條件的杜甫東屯茅屋可能位址，排除了自南宋以來東屯距白帝北五里而近的說法，也指出今人以清代杜公祠（文革中被拆毀)所在之白帝鎮浣花村四組爲東屯舊址的錯誤，並將東屯茅屋最可能的位址，定位在石馬河北岸、東瀼水東岸的八陣村二組南向山坡下，這是個北有山峗，南對白鹽，西瀕瀼水，平田如雲的所在。

4．關於瀼西草堂的問題：本文先對瀼西定位爭議中所提到的兩條河流－東瀼水（草堂河）與西瀼水（梅溪河）的自然景觀作了掃描。其次，由杜甫原詩的描寫，歸納出能夠資以定位瀼西草堂的「方位特徵、房舍園產、舟馬交通、寬谷地貌、成市屬性」等五大條件。再其次，對歷史文獻上的瀼水說法，作全面性的辨證，由北周陸騰遷城的歷史起，透過對瞿唐驛、永安宮、八陣磧位址的考察，驗證了劉禹錫與李貽孫二人所說的「瀼西」所在，並對《水經注》的許多說法，作了深入的析論。而後，再由此基礎，檢驗王十朋、陸游等人所認爲的瀼西位址，並查證了宋明清杜詩注與古地理文獻。將「瀼西」地名被由東瀼水移轉到梅溪河的變遷史，作清楚的證述。

最後，我將杜甫「瀼西草堂」定位在唐赤甲山（今稱子陽山）主體向東南延伸的土地嶺上，土地嶺爲西北－東南走向的條狀長嶺，地貌特徵相當明顯，杜甫瀼西草堂的範圍應在其西南坡、今已拆遷的奉節頁岩磚廠位置，四十畝柑林，也可確定是在瀼西草堂所屬範圍內。

以上，是本書四大主題的簡要結論，有關四大主題結論的詳細內容，在每章之下都各有結語，敬請參看。在每個主題之內，都運用了作者親自做成的實地測量結果，也包含了甚多以各種科學方法所作的精密研究，同時，我也對許多相關詩篇，作了採證精確且富有創意的詮釋。凡此種種，已具見於內文，茲不一一指出。本書之後，還有許多後續研究仍在進行中，敬請繼續惠予指導。

———全書完

參考文獻

壹・書籍

杜工部集　王洙　台北：學生書局
杜詩趙次公先後解輯校　趙次公／林繼中　上海：上海古籍出版社
九家集注杜詩　郭知達　杜詩叢刊　台北：大通書局
分門集注杜工部詩　闕名　四部叢刊　台北：台灣商務印書館
杜工部草堂詩箋　魯訔／蔡夢弼　古逸叢書　台北：藝文印書館
補注杜詩(黃氏集千家注杜工部詩史)　黃希原本、黃鶴補注　四庫全書　台北：台灣商務印書館
集千注分類杜工部詩　徐居仁／黃鶴　杜詩叢刊　台北：大通書局
王狀元集百家注編年杜陵詩史　王十朋　台北：中文出版社
集千家批點補遺杜工部詩集　劉辰翁／高楚芳　杜詩叢刊　台北：大通書局
杜詩趙注　趙汸　杜詩叢刊　台北：大通書局
讀杜詩愚得　單復　杜詩叢刊　台北：大通書局
杜詩論文　吳見思　杜詩叢刊　台北：大通書局
杜工部詩通附本義　張綖　杜詩叢刊　台北：大通書局
刻杜少陵先生詩分類集注　邵寶　杜詩叢刊　台北：大通書局
杜臆　王嗣奭　台北：台灣中華書局
杜詩錢注(錢牧齋先生箋註杜詩)　錢謙益　杜詩叢刊　台北：大通書局
杜工部詩說　黃生　台北：中文出版社

讀書堂杜詩集附文集註解　張溍　杜詩叢刊　台北：大通書局
杜工部詩集　朱鶴齡　台北：中文出版社
杜詩詳注　仇兆鰲　北京：中華書局
讀杜心解　浦起龍　北京：中華書局
杜詩鏡銓　楊倫　台北：華正書局
讀杜詩說　施鴻保　北京：中華書局
杜集書錄　周采泉　上海：上海古籍出版社
杜集書目提要　鄭慶篤　濟南：齊魯書社

杜甫　汪中　台北：河洛圖書出版社
杜甫傳　馮至　天津：百花文藝出版社
杜甫評傳　劉維崇　台北：商務印書館
杜甫評傳　莫礪鋒　南京：南京大學出版社
杜少陵先生評傳　朱偰　台北：東昇出版事業公司
杜甫評傳　陳貽焮　上海：上海古籍出版社
杜甫評傳　金啓華、胡問濤　西安市：陝西人民出版
少陵新譜　李春坪　台北：古亭書屋
杜甫年譜　劉孟伉　台北：學海出版社
詩聖杜甫　龔嘉英　作者自印
李白與杜甫　郭沫若　北京：人民文學出版社
古典文學研究資料彙編杜甫卷（上編）　華文軒　北京：中華書局
古典文學研究資料彙編杜甫卷（全）　華文軒　台北：源流出版社

杜甫研究　蕭滌非　濟南：齊魯書社

杜甫敘論　朱東潤　台北：木鐸出版社
杜甫研究叢稿　鍾樹梁　成都：天地出版社
杜甫在四川　曾棗莊　成都：四川人民出版社
我怎樣寫杜甫　洪業　台北：學海出版社
杜詩雜說　曹慕樊　成都：四川人民出版社
杜甫詩論　傅庚生　上海：上海古籍出版社
杜詩散繹　傅庚生　香港：正文書局
杜詩瑣證　史炳　上海：上海書店出版社
杜集叢校　曹樹銘　北京：中華書局
杜詩檠沽　鄭文　成都：巴蜀書社
杜甫夔州詩析論　方瑜　台北：幼獅書局
杜甫詩選/大唐詩聖　張健　台北 ： 五南書局
杜甫傳記與唐宋資料考辨　陳文華　台北：文史哲出版社
杜律旨歸　張夢機、陳文華　台北：學海出版社
杜甫詩論叢　金啓華　上海：上海古籍出版社
杜詩別解　鄧紹基　北京：中華書局
讀杜劄記　郭曾炘　上海：上海古籍出版社
杜甫詩研究　簡明勇　台北：學海出版社
李杜詩中的生命情調　簡恩定　台北：台灣書店
杜甫詠懷詩研究　林麗娟　高雄：高雄文化出版社
杜甫秋興八首集說　葉嘉瑩　台北：國立編譯館中華叢書
杜甫戲爲六絕句研究　楊松年　台北：文史哲出版社
訪古學詩萬里行　山東大學杜甫全集校注組　北京：人民文學出版社
杜甫夔州吟　胡煥章　奉節：作者自印本

杜甫在夔州　劉健輝、劉新宇、劉紅雨、張素華　重慶市：重慶出版社
杜甫文學遊歷：杜少陵傳　郭永榕　台北：文史哲出版社
杜詩論集　吉川幸次郎　東京：筑摩書房
杜甫私記　吉川幸次郎　東京：筑摩書房
杜甫詩注　吉川幸次郎　東京：筑摩書房
杜甫　吉川幸次郎譯　東京：筑摩書房
杜甫の詩と生涯　目加田誠　東京：龍溪書舍
杜甫　高木正一／李君奭譯　專心出版社
杜甫の研究　黑川洋一　東京：創文社
杜甫　黑川洋一注　東京：岩波書店
杜甫之旅　田川純三　東京：新潮社

全上古三代秦漢三國六朝文　嚴可均　北京：中華書局
先秦漢魏晉南北朝詩　逯欽立　北京：中華書局
全唐文　北京：中華書局
全唐文補遺　吳鋼　西安：三秦出版社
唐大詔令集　宋敏求　上海：學林出版社
全唐詩　北京：中華書局
全唐詩補編　陳尚君　北京：中華書局
全五代詩附補遺　李調元　北京：中華書局
全宋文　四川大學古籍整理研究所　成都：巴蜀書社
全宋詩　北京大學古文獻研究所　北京：北京大學
（全宋詩及全宋詞之一部，如已爲元智大學羅鳳珠教授中國文學網站所收，相關詩詞檢索即利用該網站之服務）

增訂注釋全宋詞　朱德才　北京：文化藝術出版社
明文海　黃宗羲　北京：中華書局
全元文　李修生　南京：江蘇古籍出版社
元詩選　顧嗣立　北京：中華書局
樂府詩集　郭茂倩　台北：里仁書局
蜀中名勝記　曹學佺　台北：學海出版社
全蜀藝文志　周復俊　台北：商務印書館　四庫全書
三峽詩文選　胡煥章　成都：四川人民出版社
三峽文薈　譚傳樹　北京：文津出版社

庾子山集注　庾信　北京：中華書局
王子安集註　王勃／蔣清翊註　上海：上海古籍出版社
李白全集年注釋　李白／安旗　成都：巴蜀書社
元次山集　元結　台北：世界書局
白居易集箋校　白居易／朱金城　上海：上海古籍出版社
劉禹錫集箋證　劉禹錫／瞿蛻園　上海：上海古籍出版社
元稹集　元稹　台北：漢京文化事業有限公司
玉谿生詩集箋注　李商隱／馮浩　台北：里仁書局
陳與義集校箋　陳與義／曹光甫　上海：上海古籍出版社
嘉祐集箋註　蘇洵　上海：上海古籍出版社
欒城集　蘇轍　上海：上海古籍出版社
蘇軾文集　蘇軾／孔凡禮　北京：中華書局
蘇軾詩集　蘇軾／王文誥　北京：中華書局
豫章黃先生文集　黃庭堅　台北：商務印書館，四部叢刊本

王十朋全集　王十朋　上海：上海古籍出版社
范石湖集　范成大　上海：上海古籍出版社
渭南文集　陸游　台北：台灣商務印書館　四部叢刊
劍南詩稿校注　陸游　上海：上海古籍出版社
漁洋精華錄集注　王士禛　濟南：齊魯書社
嘉定錢大昕大集　陳文和　南京：江蘇古籍出版社
趙熙集　趙熙／王仲鏞　成都：巴蜀書社
蜀輶日記　陶澍　臺北：學海出版社

百種詩話類　臺靜農　台北：藝文印書館
歷代詩話　何文煥　北京：中華書局
歷代詩話續　丁福保　北京：文物出版社
明詩話全編　吳文治　南京：江蘇古籍出版社
清詩話　丁福保　台北：明倫出版社
清詩話續編　郭紹虞　台北：明倫出版社
杜甫詩話校注五種　張忠綱校注　北京：書目文獻出版社
詩人玉屑　魏慶之　台北：佩文書社
苕溪漁隱叢話　胡仔　台北：世界書局
詩藪　胡應麟　台北：正生書局
夢溪筆談　沈括　上海：上海古籍出版社
入蜀記　宋陸游　上海：上海遠東出版社
困學紀聞　王應麟　台北：中國子學名著集成編印基金會
朱子語類　朱熹　台北：正中書局
唐才子傳校箋　傅璇琮　北京：中華書局

唐詩人行年考　譚優學　成都：巴蜀書社
唐才子傳校正　辛文房／周本淳校正　南京：江蘇古籍出版社
帶經堂詩話　王士禎／郭紹虞　北京：人民文學出版社
詩詞曲格律淺說　呂正惠　台北：大安出版社

唐代詩人叢考　傅璇琮　北京：中華書局
唐詩百話　施蟄存　上海：上海古籍出版社
朱熹詩論研究　張健　台北：台灣商務印書館
韓愈傳　羅聯添　台北：國家出版社
劉禹錫評傳　卞孝萱、卞敏　南京：南京大學出版社
丁謂研究　池澤滋子　成都：巴蜀書社
高唐神女與維納斯：中西文化中的愛與美主題　葉舒憲　北京：中國社會科學出版社
北京大學百年國學文粹：文學卷　北京大學中國傳統文化研究中心　北京大學出版社
唐詩選之旅　高木健夫　日本：講談社
藝林叢錄　台北：谷風出版社
古典文學（多年）　中國古典文學研究會　台北：學生書局
唐代文學研究年鑒（多年）　傅璇琮　廣西：師範大學出版社
唐詩旅情　葵又民　東京：東方書店
世界奇人三峽走鋼絲　趙貴林　北京：中國三峽出版社

二十五史　書籍部份使用北京：中華書局本／電子檢索使用台北：中央研究院漢籍資料庫二十五史

資治通鑑　司馬光　北京：中華書局
通鑑紀事本末　袁樞　北京：中華書局
二十五史補編　二十五史刊行委員會　北京：中華書局
華陽國志校注　常璩　成都：巴蜀書社
華陽國志校補圖注　常璩／任乃強校注　上海：上海古籍出版社
九家舊晉書輯本　湯球、楊朝明　鄭州：中州古籍出版社
明會要　龍文彬　北京：中華書局
劍橋中國隋唐史　梁環　北京：中國社會科學院出版社
南蠻源流史　何光岳　江西：江西教育出版社
巴楚史話　李忠武、續海榮　新疆：新疆人民出版社
中國史歷日和中西歷日對照表　上海：上海辭書出版社

唐六典　李林甫等　北京：中華書局
通典　杜佑　北京：中華書局
通志二十略　鄭樵／王樹民　北京：中華書局
元和姓纂　林寶／岑仲勉　北京中華書局
唐僕尙丞郎表　嚴耕望　北京：中華書局
唐刺史考　郁賢皓　南京：江蘇古籍出版社
唐律疏議　長孫無忌／劉俊文　北京：中華書局
中國歷代戶口田地田賦統計　梁方仲編　上海：上海人民出版社
中國歷代契約會考釋　張傳璽　北京：北京大學出版社
中國歷史人口地理和歷史經濟地理　史念海　台北：學生書局
明代驛遞制度　蘇同炳　台北：國立編譯館中華叢書編書委員會
敦煌社會經濟文獻眞跡釋錄　唐耕耦、陸宏基　北京：全國圖書館文獻

縮微複制中心

水經注疏　酈道元／楊守敬、熊會貞　南京：江蘇古籍出版社

元和郡縣圖志　李吉甫　北京：中華書局

元和郡縣補志　嚴觀　台北：中文出版社

元和郡縣圖志（闕卷逸文）　繆荃蓀　台北：藝文印書館

太平寰宇記　樂史　臺北：商務印書館，四庫全書本

元豐九域志（附新定九域志）　王存　北京：中華書局

宋本方輿勝覽　祝穆、祝洙　上海：上海古藉出版社

輿地紀勝　王象之　北京：中華書局

廣輿記　陸應陽　台北：學海出版社

廣輿圖　朱思本　台北：學海出版社

大明一統志　李賢　陝西：三秦出版社

大元一統志（殘本）　孛蘭　台北：藝文印書館，據遼海叢書景印

大清一統志　台北：商務印書館，四庫全書

讀史方輿紀要　顧祖禹　台北：樂天出版社

四川總志　虞懷忠、郭棐　台北：商務印書館，四庫全書存目本

四川通志　常明、楊芳燦　成都：巴蜀書社

三峽通志　吳守忠　北京：中國書店

夔州府志　吳潛　天一閣藏本　上海：上海古籍出版社

奉節縣志　清光緒本　台北：學生書局

奉節縣志　清乾隆本　北京：方志出版社

1995年版奉節縣志　四川省奉節縣志編纂委員會　北京：方志出版社

奉節年鑒　重慶市奉節縣志編委會辦公室　奉節：奉節縣人民政府

巫山縣志　四川省巫山縣志編纂委員會　成都：四川人民出版社
天一閣明代方志選刊、續編（全套）　上海：上海古籍出版社
天一閣藏明代方志選刊人物資料人名索引　華東師範大學圖書館古籍部　上海：上海書店出版社
漢唐方志輯佚　劉緯毅　北京：北京圖書館出版社
修志須知　浙江省地方志編纂室　杭州：浙江人民出版社
修志實踐　浙江省地方志編纂室　杭州：浙江人民出版社
中國地方史志論叢　中國地方史志協會　北京：中華書局
中國市縣手冊　王越　浙江省：浙江教育出版社

初學記　徐堅　北京：中華書局
太平御覽　李昉　北京：中華書局
冊府元龜　王欽若　北京：中華書局
玉海　王應麟　南京：江蘇古籍出版社
永樂大典　北京：中華書局
說郛三種　陶宗儀等　上海：上海古籍出版社

中國大百科全書—（大氣科學、海洋科學、水文科學、地理學、地質學、天文學、中國地理、測繪學、考古學等各卷爲主）　中國大百科全書出版社編輯部編　北京：中國大百全書出版社
中國地學大事典　陳國達　濟南：山東科學技術出版社
中國古代科學技術史綱－地學卷　汪前進　遼寧：遼寧教育出版社出版
中國古代地理學史　中國科學院自然科學史研究所地學史組　北京：科學出版社

中國自然地理　馮繩武　北京：高等教育出版社
地理學中的解釋　中衛．哈維／高泳源　北京：商務印書館
論地理科學　錢學森等　杭州：浙江教育出版社

中華人民共和國國家普通地圖集　北京：中國地圖出版社
中國衛星影像圖　中國科學院遙感應用研究所編製　北京：科學出版社出版
中國古代地圖集戰國一元　曹婉如、鄭錫煌等　北京：文物出版社
中國歷史地圖集（1-8冊）　中國社會科學院／譚其驤　北京：中國地圖出版社
中華人民共和國國家農業地圖集　中國科學院南京地理與湖泊研究所　北京：中國地圖出版社
中國古地理圖集　中國地質科學院地質研究所、武漢地質學院編制　北京：地圖出版社
中國地貌圖集　中國地貌圖集編輯組　北京：測繪出版社
中國土壤圖集　中國科學院南京土壤研究所　北京：地圖出版社
中國交通營運里程圖　人民交通出版社　北京：人民交通出版社
四川公路交通　成都地圖出版社　成都：成都地圖出版社
長江、江南旅遊圖冊　成都：成都地圖出版社
大哉中華－揚子江分冊　台北：新晨出版社
中國長江三峽全景　劉家信　北京：中國城市出版社
地圖學教程　馬永立　南京：南京大學出版社
地圖制圖參考手冊　北京：測繪出版社
國家標準地形圖用色　中國標準出版社　北京：中國標準出版社

國家標準地形圖圖式　中國標準出版社　北京：中國標準出版社
國家標準地形圖編繪規範及圖式　中國標準出版社　北京：中國標準出版社

歷史地理(1-14期)　中國地理學會歷史地理編　上海：上海人民出版社
古代的地理學　波德納爾斯基／梁昭錫　北京：商務印書館
中國古代都城制度史研究　楊寬　上海：上海古籍出版社
中國古代的城市與建築　謝敏聰　台北：大立出版社
中國城郭都市　愛宕元　東京：中央公論社
古代都市文化考古學　町田章　東京：雄山閣
唐兩京城坊考　徐松／李健超　西安：三秦出版社
成都城坊古蹟考　四川省文史館　成都：四川人民出版社
唐代揚州史考　李廷先　南京：江蘇古籍出版社
Chinese Walled Cities　Benjamin E.Wallacker等　香港：中文大學出版社
歷史地理與地名研究　徐兆奎　北京：海洋出版社
古代交通與地理文獻研究　辛德勇　北京：中華書局
古代交通地理叢考　王文楚　北京：中華書局
歷史地理交通中國古代文集　張忱石　北京：中華書局
長江航運史：古代部份　羅傳棟　北京：人民交通出版社
行川必要　羅笏臣　台北：學海出版社
中國歷史自然地理　　台北：明文書局
長水集續編　譚其驤　北京：人民出版社
小方壺齋輿地叢鈔　台北：廣文書局

明實錄類纂自然災異卷　李國祥、楊昶吳柏森、田強、阮榮華、閻穎　武漢：武漢出版社

中國災害史年表　佐藤武敏　東京：國書刊行會

中國古代重大自然災害和異常年表總集　宋正海　廣州：廣東教育出版社

中國自然災害地圖集　中國人民保險公司、北京師範大學　北京：科學出版社

中國地震歷史資料匯編 1-5 卷　謝毓壽、蔡美彪　北京：科學出版社

長江黃河流域旱澇規律和成因研究　葉篤正、黃榮輝等　濟南：山東科學技術出版社

四川兩千年洪災史料匯編　水利部長江水利委員會、重慶市文化局、重慶市博物館　北京：文物出版社

中國雷達遙感圖像分析　姚歲寒、彭斌、彭勝潮　北京：科學出版社

實用地質統計學程序集　孫洪泉等　北京：地質出版社

地形測量學　汪鐵生、翁丙姝、王澤良　山東：石油大學出版社

水文學精要　鄒日誠　台北：三民書局

水文學　黃錫荃　北京：高等教育出版社

水力學　呂文舫等　上海：同濟大學出版社出版

工程水文學　唐山譯　台北：大中國圖書公司

水文觀測實務講義　台灣省水利局　台灣省水利局

河流動力地貌學　倪晉仁、馬藹乃　北京：北京大學出版社

中國河口演變概論　喬彭年、周志德、張虎男　北京：科學出版社

河道整治及堤防管理　張俊華、許雨新等　鄭州：鄭州黃河水利出版社

三峽工程技術研究概論　以下十三種爲長江三峽工程技術叢書　長江水利委員會　武漢：湖北科學技術出版社
三峽工程水文研究　長江水利委員會　武漢：湖北科學技術出版社
三峽工程地質研究　長江水利委員會　武漢：湖北科學技術出版社
三峽工程綜合利用與水庫調度研究　長江水利委員會　武漢：湖北科學技術出版社
三峽工程大壩及電站廠房研究　長江水利委員會　武漢：湖北科學技術出版社
三峽工程永久通航建築物研究　長江水利委員會　武漢：湖北科學技術出版社
三峽工程機電研究　長江水利委員會　武漢：湖北科學技術出版社
三峽工程施工研究　長江水利委員會　武漢：湖北科學技術出版社
三峽工程科學試驗和研究　長江水利委員會　武漢：湖北科學技術出版社
三峽工程泥沙研究　長江水利委員會　武漢：湖北科學技術出版社
三峽工程移民研究　長江水利委員會　武漢：湖北科學技術出版社
三峽工程生態環境影響研究　長江水利委員會　武漢：湖北科學技術出版社
三峽工程經濟研究　長江水利委員會　武漢：湖北科學技術出版社
大壩抗震特性與抗震計算　倪漢根、金崇磐　大連：大連理工大學出版社
長江中下游中生代陸相盆地演化與成礦作用　倪若水、吳其切、岳文

浙、張德寶、王華田等　上海：上海科學技術文獻出版社

黃河下游地上河發展趨勢與環境後效　葉青超、尤聯元、許炯心、龔國元、陳志清等　北京：黃河水利出版社

黃河下游河道演變基本規律　趙業安、周文浩、費祥俊、胡春宏、申冠卿、陳建國等　北京：黃河水利出版社

中國氣候資源地圖集　中國氣象局　北京：中國地圖出版社

中國古代天文文物論集　中國社會科學院考古研究所　北京：文物出版社

一九九九年天文年曆　中國科學院紫金山天文台　北京：科學出版社

天文學　國家自然科學基金委員會　北京：科學出版社

中國古代天象記錄總集　北京天文台　南京：江蘇科學技術出版社

中國科學技術典籍通彙－天文卷　任繼愈　鄭州：河南教育出版社

中國考古學年鑒（歷年）　中國考古學會　北京：文物出版社

文物（學術期刊多年）　文物出版委員會　北京：文物出版社

考古（學術期刊多年）　考古通訊委員會　北京：科學出版社

考古學報(學術期刊多年）　中國科學院考古研究所　北京：商務印書館

四川考古報告集　四川省文物考古研究所　北京：文物出版社

北京大學百年國學文粹－考古卷　北京大學中國傳統文化研究中心　北京大學出版社

考古測量　王樹林　北京：北京大學出版社

考古繪圖　馬鴻藻　北京：北京大學出版社

中國古代度量衡論文集　河南省計量局　鄭州：中州古籍出版社

夏侯陽算經（中華雜經集成）　吳輝龍　北京：中國社會科學出版社

楊輝算法導讀　郭熙漢　漢口：湖北教育出版社

九章算術校證　李繼閔　陝西：陝西科學技術出版社

《測圓海鏡》導讀　孔國平／李迪　武漢：湖北教育出版社

形式邏輯　金岳霖　北京：人民出版社

謬誤研究　武宏志、馬永俠　陝西：陝西科學技術出版社

貳．單篇論文

廖仲安：〈杜詩學（上）〉，《首都師範大學學報（社會科學）》1994年5期，總第100期（1994年10月），頁12-18。

廖仲安：〈杜詩學（下）－杜詩學發展的幾個時基〉，《首都師範大學學報（社會科學）》1994年6期，總第101期（1994年12月），頁1-38。

饒宗頤：〈論杜甫夔州詩〉，《中國文學報》第17期，頁104-118。

賴愷元：〈杜甫夔州詩〉，《新天地》1卷8期。

祝崧：〈杜甫〝浣花草堂〞在哪兒？〉，《社會科學戰線》1979年3期（1979年8月），頁256。

楊承祖：〈杜甫政治生涯的新探討－東川奔走眞相的解釋〉，《鄭騫先生八十壽慶紀念論文集》（台北：台灣商務印書館）

陳貽焮：〈杜甫秦州行止探〉，《草堂》1983年1期，總第5期（1983年3月），頁1－04，頁73－79。

陳貽焮：〈杜甫川北行蹤遺跡考察記〉，《草堂》1983年1期，總第5

期（1983年3月），頁79－83。

王利器：〈論注杜詩〉，《草堂》1986年2期，總第12期（1986年12月），頁53－54。

白航：〈談杜甫的夔州景物風俗詩〉，《草堂》1982年2期，總第4期（1982年9月），頁62－66。

王錫臣：〈論杜甫夔州詩的藝術成就〉，《天津師院學報》1981年3期，總第36期（1981年6月），頁57－63。

范文質：〈從成都到夔州－杜甫去蜀沿途詩作〉，《瀋陽師範學院學報（社會科學）1990年4期，總第56期（1990年10月），頁45-48。

賀秀明：〈讀杜甫東歸山水紀行詩劄記〉，《廈門大學學報（哲學社會科學）1990-2期，總第104期（1990年10月），頁108-113，118。

松原朗：〈杜甫「旅夜書懷」詩制作時期〉，《中國文學研究16（早稻田大學文學部創立百周年記念》（1990年12月），頁46-63。

周世輔：〈杜甫與三峽〉，《東方雜誌》（1988年7月）22－1，頁73－75。

李石：〈杜詩與日常生活〉，《中外文學》9卷7期（12月），頁62～72

何冠彪：〈說杜甫「白帝城最高樓」〉，《大陸雜誌》63卷1期（1981年7月），頁42－46。

鷺山：〈杜甫的《秋興八首》〉，《文史知識》1981年4期（1981年6月），頁30－33。

匡扶：〈彩筆今猶干氣象年試論杜甫夔州詩作的社會政治內容〉，《西北師院學報（社會科學）》1985－4期，總第46期（1985年10月），頁60－64。

于志培：〈“香稻啄餘鸚鵡粒”的平仄問題〉，《遼寧師範大學學報（社會科學）》1988年2期，總第58期（1988年3月），頁68。

周振甫：〈談杜甫《戲爲六絕句》的〝當時體〞〉，《晉陽學刊》1993年1期，總第76期（1993年1月），頁41－42。

華夫：〈杜甫《負薪行》語詞小箋〉，《河南大學學報（哲學社會科學）》1985年2期，總第83期（1985年3月），頁65－66。

侍問樵：〈“即從巴峽穿巫峽”句之我見〉，《西南師範大學學報（哲學社會科學）》1986年4期，總第43期（1986年），頁135－136。

朱明倫：〈關於杜詩《望嶽》的立足點〉，《遼寧大學學報（哲學社會科學）》1981年4期，總第50期（1981年），頁85－87。

張良皋：〈試談杜甫在長安的居處〉，《草堂》1982年1期，總第3期（1982年3月），頁103－107。

：〈關於杜甫在長安落戶的地點問題〉，《韓克仁人文集志》1982年4期，總第18期（1982年8月），頁111－113，125。

吳鼎南：〈略談古草堂、梵安兩寺及杜甫草堂的位置－評唐、宋人的有關記載〉，《草堂》1981年2期（1981年8月），頁70－72

胡守仁：〈試談杜甫從秦州到成都的紀行詩〉，《酒西師範大學學報（哲學社會科學）》1993年1期，總第69期（1993年），頁47－50。

濮禾章：〈李杜川北遺跡考察散記〉，《草堂》1982－1期，總第3期（1982年3月），頁113－114，39。

鄧國泰：〈杜甫筆下的閬中〉，《四川師院學報（社會科學）》1983年2期，總第37期（1983年6月），頁101－103。

李壽松：〈略論《杜少陵集詳注》中的問題〉，《文學遺產增刊》16期（1983年11月），頁144年160

李琦：〈杜甫山水詩的現實主義特色〉，《遼寧大學學報（哲學社會科學)》1987年1期，總第83期（1987年1月），頁71－72。

王學泰：〈杜詩的趙次公注與宋代的杜詩研究〉，《首都師範大學學報(社會科學)》1994年1期，總第96期（1994年2月），頁47-50

袁仁林：〈杜甫寓夔故居考〉，《草堂》1983年1期，總第5期（1983年3月），頁84－86。

許總：〈艱難詩萬首，夔府至今名杜甫夔州詩評價之我見〉，《草堂》1985年2期（1985年12月），頁41－51。

張志烈：〈讀《草堂》年兼談近年來的杜詩研究〉，《草堂1986－2期，總第12期（1986年12月），頁85－101，75。

丁浩：〈杜甫兩川行蹤遺址資料輯錄〉，《草堂》1987年1期，總第13期（1987年6月），頁107－112。

金諍：〈試論杜詩風格的地理特徵〉，《杜甫研究學刊》1988年2期，總第16期（1988年），頁59－64，70。

楊宇平、唐宏毅：〈梓州杜甫草堂遺址考〉，《杜甫研究學刊》1989年3期，總第21期（1989年），頁59－61，58。

劉眞倫：〈杜甫夔州高齋考〉，《杜甫研究學刊》1989年4期，總第22期（1989年），頁49－51，57。

劉眞倫：〈武侯祠：杜甫夔州詩地名考釋〉，《杜甫研究學刊》1990年3期，總第25期（1990年），頁71，43。

許永璋：〈論晚期杜詩的人生思考年以兩首「返照」詩爲中心〉，《杜甫研究學刊》1989年2期，總第20期（1989年），頁47－53，66

白敦仁：〈也來談談《詠懷古跡五首》〉，《杜甫研究學刊》1990年1期，總第23期（1990年），頁26-31。

彭獻翔：〈杜甫客居雲安水閣的地址在何處〉，《杜甫研究學刊》1991-4期，總第30期（1991年），頁58－60。

劉健輝：〈久遊巴子國－杜甫流寓夔州行蹤考〉，《杜甫研究學刊》1991年2期，總第28期（1991年），頁71-74。

謝宇衡：〈客居愧遷次年杜甫夔州詩述略之一〉，《杜甫研究學刊》1994-4期，總第12期（1994年），頁18年27，76。

譚文興、龍占明：〈從麝香山談起〉，《萬縣師專學報》1990年第1期，頁11-13。

譚文興：〈論杜甫夔州詩中的〝江湖〞〉，《杜甫研究學刊》1994年4期，總第12期（1994年），頁54－58。

譚文興〈關於「夔州歌十絕句」之六的注釋〉，《杜甫研究學刊》1988年4期，總第18期（1988年）。頁71-74。

譚文興：〈《偶題》究竟作於何時〉，《杜甫研究學刊》1990年1期，總第23期（1990年），頁32-35，46。

（譚文興先生系列論文甚多，不一一列舉）

簡錦松：〈唐代時刻制度與張繼「夜半鐘聲」新解〉，（彰化：國立彰化師範大學國文學系主辦，第四屆中國詩學會議論文，1998年5月），頁189-226。

簡錦松：〈從實證觀點論論王之渙「登鸛雀樓」〉，《中央研究院文哲研究集刊》第14期（1999年3月），頁117-191。

張桂修：〈古彭蠡澤消退與九江安慶城址轉移的研究〉，《中國地理學會歷史地理專業委員會《歷史地理》編委會：歷史地理》，第14期（上海：上海人民出版社，1998年8月），頁58-62。

本書圖表索引

楚宮陽臺之部

赤甲白鹽之部

東屯茅屋之部

瀼西草堂之部

On-Site Research on The Tu Fu's KueiCho Poems

Chien Chin Sung

In this book the author makes a completely new interpretation of Tu Fu's K'uei Chou poetry, to which his approach is a combination of traditional research with knowledge of natural geography, hydrography, and agriculture collected from the on-site research of K'uei Chou. Focusing on the problem of location of Ch'u-kung and Yang-tai, Ch'ih-chia and Pai-yen, Tong-t'un thatched house, and Jang-hsi cottage, the author reviews the misplacement of those sites by traditional commentators, and demonstrates their accurate addresses. The methods adopted throughout this book are, firstly, to analyze and arrange Tu Fu's poetry systematically, secondly, to review ancient commentaries of Tu Fu's poetry, local gazetteers, and related sources from ancient poetry and essays, thirdly, to use data derived from such disciplines as archeology, geology, hydrography, astronomy, and historical geography, and lastly, to compare discretely the conclusions of above study with the data collected from on-site geodetic surveying, photographying, etc. The author writes down his conclusion only after these preparations, and has confidence in its reliability. Considering the fact that, after the completion of the Three Gorges Dam, ninty percentage of the places where Tu Fu composed his K'uei Chou poetry will be under water, this book will be an indispensable reference for the students of Tu Fu's poetry.

This book is for scholars, teachers, and graduate students who study or teach Tu Fu's poetry. It is also for the lovers of Tu Fu's poetry, T'ang poetry, and classical literature to read at leisure.

國家圖書館出版品預行編目資料

杜甫夔州詩現地研究

簡錦松著.— 初版.— 臺北市：臺灣學生，
1999[民 88] 參考書目：面 含索引

ISBN 957-15-0996-5 (精裝)
ISBN 957-15-0997-3 (平裝)

1.(唐)杜甫 – 作品研究

851.4415 88017666

杜甫夔州詩現地研究(全一冊)

著作者：簡錦松
出版者：臺灣學生書局
發行人：孫善治
發行所：臺灣學生書局
臺北市和平東路一段一九八號
郵政劃撥帳號00024668號
電話：(02)23634156
傳真：(02)23636334
本書局登記證字號：行政院新聞局局版北市業字第玖捌壹號
印刷所：宏輝彩色印刷公司
中和市永和路三六三巷四二號
電話：(02)22268853
定價：精裝新臺幣五〇〇元
平裝新臺幣四二〇元

西元一九九九年十二月初版

82117

ISBN 957-15-0996-5 (精裝)
ISBN 957-15-0997-3 (平裝)

臺灣學生書局出版

中國文學研究叢刊

❶	詩經比較研究與欣賞	裴普賢著
❷	中國古典文學論叢	薛順雄著
❸	詩經名著評介	趙制陽著
❹	詩經評釋(全二冊)	朱守亮著
❺	中國文學論著譯叢	王秋桂著
❻	宋南渡詞人	黃文吉著
❼	范成大研究	張劍霞著
❽	文學批評論集	張　健著
❾	詞曲選注	王熙元等編著
❿	敦煌兒童文學	雷僑雲著
⓫	清代詩學初探	吳宏一著
⓬	陶謝詩之比較	沈振奇著
⓭	文氣論研究	朱榮智著
⓮	詩史本色與妙悟	龔鵬程著
⓯	明代傳奇之劇場及其藝術	王安祈著
⓰	漢魏六朝賦家論略	何沛雄著
⓱	古典文學散論	王安祈著
⓲	晚清古典戲劇的歷史意義	陳　芳著
⓳	趙甌北研究(全二冊)	王建生著
⓴	中國兒童文學研究	雷僑雲著

㉑ 中國文學的本源　王更生著
㉒ 中國文學的世界　前野直彬著，龔霓馨譯
㉓ 唐末五代散文研究　呂武志著
㉔ 元代新樂府研究　廖美雲著
㉕ 五四文學與文化變遷　中國古典文學研究會主編
㉖ 南宋詩人論　胡　明著
㉗ 唐詩的傳承—明代復古詩論研究　陳國球著
㉘ 中外比較文學研究　第一冊(上、下)　李達三、劉介民主編
㉙ 文學與社會　中國古典文學研究會主編
㉚ 中國現代文學新貌　陳炳良編
㉛ 中國古典文學研究在蘇聯　(俄)李福清著，田大長譯
㉜ 李商隱詩箋釋方法論　顏崑陽著
㉝ 中國古代文體學　褚斌杰著
㉞ 韓柳文新探　胡楚生著
㉟ 唐代社會與元白文學集團關係之研究　馬銘浩著
㊱ 文轍(全二冊)　饒宗頤著
㊲ 二十世紀中國文學　中國古典文學研究會主編
㊳ 牡丹亭研究　楊振良著
㊴ 中國戲劇史　魏子雲著
㊵ 中外比較文學研究　第二冊　李達三、劉介民主編
㊶ 中國近代詩歌史　馬亞中著
㊷ 近代曲學二家研究—吳梅・毛季烈　蔡孟珍著
㊸ 金元詞史　黃兆漢著
㊹ 中國歷代詩經學　林葉連著
㊺ 徐霞客及其遊記研究　方麗娜著
㊻ 杜牧散文研究　呂武志著

47 民間文學與元雜劇 譚達先著
48 文學與佛教的關係 中國古典文學研究會主編
49 兩宋題畫詩論 李　栖著
50 王十朋及其詩 鄭定國著
51 文學與傳播的關係 中國古典文學研究會主編
52 中國民間文學 高國藩著
53 清人雜劇論略 黃影靖著，黃兆漢校訂
54 唐伎研究 廖美雲著
55 孔子詩學研究 文幸福著
56 昭明文選學術論考 游志誠著
57 六朝情境美學綜論 鄭毓瑜著
58 詩經論文 林葉連著
59 傣族敘事詩研究 鹿憶鹿著
60 蔣心餘研究(全三冊) 王建生著
61 眞善美的世界—高中高職國文賞析 戴朝福著
62 何景明叢考 白潤德著
63 湯顯祖的戲曲藝術 陳美雪著
64 姜白石詞詳注 黃兆漢等編著
65 辭賦論集 鄭良樹著
66 走看臺灣九〇年代的散文 鹿憶鹿著
67 唐賢三體詩法詮評 王禮卿著
68 清初前期話本小說之研究 徐志平著
69 文心雕龍要義申說 華仲麟著
70 楚辭詮微集 彭　毅著
71 習賦椎輪記 朱曉海著
72 韓柳新論 方　介著

⑬	西崑研究論集	周益忠著
⑭	李白生平新探	施逢雨著
⑮	中國女性書寫—國際學術研討會論文集	淡江大學中國文學系主編
⑯	杜甫夔州詩現地研究	簡錦松著